£2.69

G000154904

FOLIO SCIENCE-FICTION

Christopher Priest

Le glamour

Traduit de l'anglais
par Michelle Charrier

Denoël

Cet ouvrage a été précédemment publié
dans la collection Lunes d'encre aux Éditions Denoël.

Titre original :

THE GLAMOUR

Né en 1943, Christopher Priest est connu dans le monde entier pour son roman *Le monde inverti*. Considéré comme l'un des écrivains les plus fins et les plus intéressants du genre, il partage avec Philip K. Dick la volonté d'explorer l'envers du décor, de questionner en permanence notre perception de la réalité.

Christopher Priest a reçu le prix de la British Science Fiction Association pour *Les extrêmes* et le World Fantasy Award pour *Le prestige*, tous deux parus dans la collection « Lunes d'encre » aux Éditions Denoël. Son dernier roman en date, *La séparation*, a été récompensé par le prix de la British Science Fiction Association, le prix Arthur C. Clarke et le Grand Prix de l'Imaginaire, catégorie roman étranger.

PREMIÈRE PARTIE

J'essaie de me rappeler quand tout a commencé, en évoquant mon enfance et en me demandant si un événement particulier a fait de moi ce que je suis. Je n'y avais jamais beaucoup pensé avant, parce que, l'un dans l'autre, j'étais heureux. Sans doute grâce à mon père, dont la protection m'évitait de découvrir de quoi il retournait. Je n'avais que trois ans quand j'ai perdu ma mère, mais ce choc-là aussi a été atténué : elle était malade depuis si longtemps que, à sa mort, j'avais l'habitude de passer mes journées avec la nourrice.

Mes souvenirs d'enfance les plus nets sont de très bons souvenirs. À huit ans, j'ai été renvoyé de l'école avec une lettre du médecin scolaire. Une infection virale s'était répandue parmi les élèves, et après examen il s'avérait que j'en étais porteur. On m'a mis en quarantaine et interdit de me mêler aux autres enfants jusqu'à ce que je ne risque plus de les contaminer. Finalement, je suis entré dans une clinique privée, où on m'a retiré deux amygdales en parfait état, mais je n'ai retrouvé l'école que peu après l'anniversaire de mes neuf ans.

La quarantaine avait duré près d'un an, y compris les mois les plus chauds d'un long été brûlant. Je passais presque tout mon temps seul. Au début, je me sentais délaissé, isolé, mais je n'ai pas tardé à m'adapter. Les plaisirs de la solitude m'ont été révélés — innombrables lectures et longues promenades dans la campagne, autour de chez moi, où j'ai remarqué pour la première fois la vie sauvage. Mon père m'a acheté un appareil photo basique. J'ai entrepris d'étudier oiseaux, fleurs et arbres, compagnons finalement plus agréables que mes amis. Je me suis bâti dans le jardin un repaire secret où j'ai passé des heures, avec mes livres ou mes photos, à rêver et à me raconter des histoires. J'ai construit une petite voiture, dotée des roues d'un vieux landau, dans laquelle j'ai filé sur les sentiers et les collines alentour, plus heureux que je ne l'avais jamais été. Cette époque de contentement, de simplicité, m'a permis de me forger des forces intérieures et une solide assurance. Inévitablement, j'en suis sorti transformé.

Retourner à l'école a été un déchirement. Ma longue absence avait fait de moi un étranger aux yeux des autres enfants. Ils ne me demandaient plus de participer à leurs jeux et activités diverses, formaient des groupes auxquels je n'étais pas intégré, me traitaient comme si leur langue, leurs signes secrets m'étaient inconnus. Peu m'importait, puisque cela me permettait de continuer à mener — plus modestement — mon existence solitaire.

J'ai passé le reste de ma scolarité en marge, presque invisible à mes condisciples. Jamais je n'ai regretté ce long été solitaire ; je regrette juste qu'il ne se soit pas prolongé à jamais. J'ai changé en grandissant, je ne suis plus à présent celui que j'étais alors, mais je pense toujours à cette époque heureuse avec une sorte de violent désir infantile.

Alors peut-être est-ce là que tout a commencé ; peut-être mon récit ne constitue-t-il que le résultat, la continuation de ces débuts. Ce qui suit est une histoire, la mienne, contée à plusieurs voix, dont la mienne, même si, pour l'instant, je ne suis que « moi ». Je ne vais pas tarder à avoir un nom.

DEUXIÈME PARTIE

La demeure dominait la mer. Après sa conversion en maison de repos, on y avait ajouté deux ailes du même style que l'original, puis on avait réaménagé les jardins pour éviter les pentes raides aux patients amateurs de promenades. Les allées gravillonnées aux douces sinuosités qui séparaient pelouses et massifs de fleurs débouchaient sur des espaces nivelés, où attendaient des bancs de bois et où il était possible de garer les fauteuils roulants. Arrivé à maturité, le parc s'ornait de buissons épais, quoique entretenus, et de superbes bosquets d'arbres à feuilles caduques.

En son point le plus bas — au bout d'une allée étroite qui partait de la zone principale —, une parcelle reculée, défendue par des haies, pleine de mauvaises herbes et négligée, offrait une vue dégagée de la côte sud du Devon. Là, on pouvait oublier un instant que Middlecombe était une clinique. Même si certaines précautions avaient été prises : une bordure basse en béton, enfoncée dans l'herbe, arrêtait les fauteuils roulants qui s'aventuraient trop près du bord de la falaise, et un système d'alarme à utiliser en cas d'urgence se dessinait nettement dans les buissons, relié au bureau de l'infirmière de garde du bâtiment principal.

Richard Grey gagnait ce point de vue le plus souvent possible. La distance l'obligeait à s'activer sur les roues de son fauteuil, donc à faire travailler ses bras, et de toute manière, la solitude lui plaisait. Il ne manquait pas d'intimité dans sa chambre, entouré de ses livres, de la télé, du téléphone, de la radio, mais, à l'intérieur, le personnel soignant exerçait une pression permanente, quoique subtile, pour l'inciter à se mêler aux autres patients. Maintenant qu'il en avait terminé avec les opérations, la convalescence lui semblait interminable. La kinésithérapie le fatiguait et le laissait tout endolori. Il avait beau se sentir solitaire en faisant cavalier seul, ses compagnons d'infortune — dont beaucoup parlaient mal anglais — l'impatientaient et l'agaçaient. Gravement blessé dans son corps, mais aussi dans son esprit, il savait que ces deux composantes avaient les mêmes besoins pour guérir : beaucoup de repos, de l'exercice sans forcer, une résolution de plus en plus ferme. Grey n'était souvent capable que de cela : contempler la mer, le flux et le reflux, écouter le ressac. Les oiseaux en vol le faisaient sursauter, le moindre bruit de voiture frissonner de peur.

Son seul but était le retour à une normalité qui allait de soi avant l'attentat. Il parvenait enfin à se tenir debout tout seul, appuyé sur ses béquilles, qu'il ne savait jamais vraiment où mettre — signe de progrès. Après avoir parcouru les jardins en fauteuil roulant, il se hissait sur ses pieds puis faisait quelques pas, fier d'y arriver sans thérapeute ni infirmière, sans rampe ni encouragements. Debout, on voyait plus loin, on pouvait se rapprocher davantage du bord de la falaise.

Ce jour-là, il tombait au réveil de Grey une bruine dérivante, qui s'était obstinée toute la matinée et l'avait obligé à enfiler son manteau. À présent, cependant, la pluie avait cessé, mais le manteau était toujours là. Ce qui déprimait le convalescent en lui rappelant ses véritables infirmités : son incapacité à se déshabiller seul, en l'occurrence.

Des pas s'élevèrent dans l'allée gravillonnée, puis le bruit d'une masse se frayant un passage à travers les feuilles et les branches mouillées qui obstruaient le sentier. Il se retourna lentement, un pied et une béquille à la fois, les traits figés.

Dave, un des infirmiers, apparut.

« Vous y arrivez, monsieur Grey ?

— J'arrive à tenir debout.

— Vous voulez vous rasseoir dans votre fauteuil ?

— Non. Je restais juste là. »

Dave s'était arrêté à quelques mètres de Grey, une main sur le fauteuil, visiblement prêt à le pousser d'un geste vif pour le positionner derrière les jambes de son interlocuteur.

« Je suis venu voir si vous n'aviez besoin de rien.

— Je veux bien que vous m'aidiez à ôter mon manteau. Je suis en nage. »

Le jeune homme s'avança puis, s'emparant des béquilles de Grey, lui présenta un bras secourable.

Après quoi il lui déboutonna son manteau d'une seule grande main, le prit par les aisselles pour supporter son poids et le laissa se débarrasser lui-même. Un processus lent, douloureux, car le convalescent cherchait à jouer des omoplates pour s'extirper de ses manches sans comprimer les muscles de son cou ni de son dos, chose évidemment impossible, même avec de l'aide. Une fois dépouillé de son manteau, il ne parvenait plus à dissimuler sa souffrance.

« Bon, on va vous rasseoir, maintenant. »

Dave fit pivoter Grey en le portant presque puis le réinstalla dans son fauteuil.

« C'est horrible. Je ne supporte pas d'être aussi faible.

— Vous progressez de jour en jour.

— Ça fait combien de temps que je suis là ?

— Trois ou quatre mois. Sans doute quatre, depuis le temps. »

La mémoire de Grey restait muette en ce qui concernait une période donnée de sa vie, irrémédiablement perdue. Ses souvenirs se limitaient aux jardins, aux sentiers, au spectacle de la mer, à la douleur, la pluie ininterrompue et les collines brumeuses. L'ensemble se fondait dans son esprit en jours indiscernables à force de ressemblance, mais le passé recelait aussi l'époque perdue. Les semaines de lit, les sédatifs et les calmants, les opérations. Il ignorait comment il y avait survécu, comment il avait quitté l'hôpital et été envoyé en convalescence, dans un autre lit d'où il lui était impossible de se lever seul. Mais chaque fois qu'il tentait de se reporter à sa vie d'avant la souffrance, quelque chose dans sa mémoire se détournait, lui échappait. Il ne restait que les séances de thérapie, les jardins, Dave et les autres infirmiers.

Grey avait fini par admettre que les souvenirs ne reviendraient pas, et que s'acharner ne servirait qu'à retarder la guérison.

« Figurez-vous que je vous cherchais, reprit Dave. Vous avez de la visite, ce matin.

— Je ne veux voir personne.

— Vous allez peut-être changer d'avis. La fille est mignonne...

— Je m'en fiche. Ce sont des journalistes ?

— Je pense. Le type, je l'ai déjà vu.

— Dites-leur que je suis avec le kinésithérapeute.

— Ils attendront probablement que vous ayez fini.

— Je n'ai rien à leur dire. Je n'ai rien à dire du tout. »

Pendant qu'ils discutaient, l'infirmier s'était appuyé aux poignées du fauteuil pour le faire pivoter. À présent, il le balançait doucement, par petites poussées.

« Je vous ramène à la maison ?

— Manifestement, je n'ai pas le choix.

— Bien sûr que si. Mais s'ils arrivent de Londres, ils ne repartiront pas sans vous avoir vu.

— Bon, d'accord. »

Le jeune homme prit en charge le poids du fauteuil, qu'il poussa sans se presser dans l'allée accidentée. L'ascension vers le bâtiment principal fut aussi longue que lente. Quand il se déplaçait par lui-même, Grey avait déjà développé un véritable instinct pour se protéger des secousses, qui affectaient son dos et ses hanches, mais il lui était impossible de les anticiper si quelqu'un d'autre le poussait.

Enfin, Dave et lui pénétrèrent dans la clinique par une petite porte, qui s'ouvrit automatiquement à leur approche. Le fauteuil parcourut en douceur le corridor jusqu'à l'ascenseur. Le parquet luisait d'un éclat satiné, que ne déparait aucun signe d'usure. L'établissement tout entier, soumis à un nettoyage perpétuel, ne sentait pas l'hôpital, mais la cire et le vernis, les tapis, la cuisine d'innombrables pays. Les sons y étaient aussi étouffés que dans un grand hôtel, les patients traités en hôtes bichonnés. Grey ne se connaissait pas d'autre demeure. Il lui semblait parfois y avoir passé toute sa vie.

Au premier étage, Dave poussa le fauteuil jusqu'à l'un des salons. Étonnamment, il ne s'y trouvait aucun autre convalescent, mais James Woodbridge, le psychologue clinicien en chef, s'était installé au bureau de l'alcôve latérale pour téléphoner. Il salua Grey d'un signe de tête, dit tout bas quelques mots rapides puis raccrocha.

Tony Stuhr, un reporter, était assis près de l'autre fenêtre. À sa vue, Grey sentit s'éveiller les impressions conflictuelles qui s'emparaient toujours de lui en présence du jeune journaliste : il avait l'air sympathique, franc, intelligent, mais il travaillait apparemment pour une feuille de chou de la pire espèce, à la réputation douteuse, et qui, disait-on, payait ses informateurs. Stuhr y signait depuis quelques jours une série d'articles consacrés à une supposée relation royale extraconjugale. On livrait le quotidien à Middlecombe tout exprès pour Richard Grey, qui ne le prenait jamais sur le présentoir de la réception et y jetait rarement un œil, lorsqu'on le lui apportait dans sa chambre.

Stuhr se leva à son apparition, lui adressa un sourire fugace puis se tourna vers Woodbridge. Le psychologue avait quitté le bureau pour s'avancer vers le convalescent. Dave écrasa le frein à pied du fauteuil et se retira.

« Richard, je vous ai envoyé chercher parce que je voudrais vous présenter quelqu'un », commença Woodbridge.

Un grand sourire aux lèvres, Stuhr se pencha vers la table pour écraser sa cigarette. Sa veste s'ouvrit, dévoilant un exemplaire enroulé de son journal, fourré dans une de ses poches intérieures. Le préambule du praticien surprit Grey : Stuhr et lui s'étaient vus plus d'une fois, Woodbridge aurait dû le savoir. Alors seulement il s'aperçut que le reporter était accompagné. Une jeune femme se tenait près de lui, les yeux fixés sur le patient, mais papillotant nerveusement en direction du psychologue, de toute évidence censé faire les présentations. Grey ne l'avait pas remarquée immédiatement. Sans doute le journaliste s'était-il posté devant elle en se levant.

Elle s'approcha.

« Richard, je vous présente mademoiselle Kewley. Susan Kewley.

— Bonjour, Richard, lança-t-elle, souriante. Ça va ? »

Elle se tenait tout près de lui, grande, à ses yeux, alors qu'elle ne l'était pas réellement. Il n'avait pas encore l'habitude de rester assis, entouré de gens debout. Devait-il lui serrer la main ?

« Mademoiselle Kewley a appris par les journaux ce qui vous était arrivé. Elle est venue de Londres spécialement pour vous voir.

— Vraiment ? s'enquit-il.

— Disons qu'on a tout organisé en votre honneur, intervint Stuhr.

— Que voulez-vous ? demanda Grey à la visiteuse.

— Eh bien, j'aimerais vous parler.

— De quoi ? »

Elle jeta un coup d'œil à Woodbridge.

« Vous préférez que je reste ? lui demanda le psychologue par-dessus la tête de son patient.

— Je ne sais pas, répondit-elle. C'est quoi, le mieux ? »

Grey comprit que la situation risquait d'évoluer sans lui, le véritable dialogue lui passant au-dessus. Comme lorsqu'il souffrait, aux soins intensifs de l'hôpital londonien, après les deux premières opérations, qu'il entendait vaguement discuter de son cas et qu'il s'y intéressait tout aussi vaguement, isolé par le filtre de l'insoutenable douleur.

« Je repasse dans une demi-heure, disait Woodbridge. Si vous avez besoin de moi avant, téléphonez.

— D'accord, merci », acquiesça Susan Kewley.

Woodbridge parti, Tony Stuhr relâcha le frein à pied du fauteuil, qu'il poussa jusqu'à la table à laquelle il s'était installé. La jeune femme prit le siège le plus proche de Grey, tandis que le journaliste s'asseyait près de la fenêtre.

« Vous ne vous souvenez pas de moi, Richard ? interrogea-t-elle.

— Je devrais ?

— J'espérais que ce serait le cas.

— Nous sommes amis ?

— Je suppose qu'on peut dire ça. Nous l'avons été un moment.

— Désolé. Je ne me rappelle pas grand-chose de mon passé. Ça fait longtemps ?

— Non. C'était juste avant que vous ne soyez blessé. »

Les yeux de la visiteuse ne se posaient que rarement sur le convalescent, passant plutôt de ses propres genoux à la table ou au reporter, qui regardait par la fenêtre. Toutefois, il écoutait visiblement la conversation, même s'il se gardait d'intervenir. Lorsqu'il s'aperçut que l'attention de Grey s'était fixée sur lui, il tira son journal de sa poche et l'ouvrit à la page consacrée au football.

« Vous prendrez bien un café ? proposa Grey.

— Je t'ai déjà dit et répété... » Susan Kewley se reprit. « Je préfère le thé.

— Je m'en occupe. »

Il manœuvra son fauteuil pour gagner le téléphone, affirmant ainsi son indépendance, puis, la commande passée, rejoignit les visiteurs. Stuhr se replongea dans sa lecture ; de toute évidence, il y avait eu dialogue.

« Autant vous prévenir que vous perdez votre temps, lança Grey. Je n'ai rien à vous dire.

— Vous savez combien vous coûtez à mon journal, ici ? riposta Stuhr.

— Je ne vous ai rien demandé.

— Nos lecteurs s'intéressent à vous, Richard. Vous êtes un héros.

— Certainement pas. Je me suis trouvé au mauvais endroit au mauvais moment. Ça ne fait pas de moi un héros.

— Écoutez, je ne suis pas venu pour me disputer avec vous. »

Le thé leur arriva sur un plateau d'argent : théière et vaisselle assortie, minuscule bol de sucre en poudre, petits gâteaux. Pendant que le maître d'hôtel disposait le service sur la table, Stuhr se consacra à son quotidien, ce qui permit à Grey d'examiner Susan Kewley. « Mignonne », avait dit Dave, mais le qualificatif était mal choisi. « Agréable à regarder dans sa banalité » convenait peut-être mieux. Un visage régulier, des yeux noisette, des cheveux raides, châtain clair, des épaules fines. Vingt-cinq, trente ans. Détendue, les mains et les poignets minces, posés sur les accoudoirs, le dos droit, assez à l'aise, apparemment. Ce qui ne l'empêchait pas de fixer la vaisselle au lieu de Grey, comme si elle espérait échapper non seulement à son regard, mais aussi à son opinion. Alors qu'il n'en avait pas ; elle était là, accompagnée de Stuhr, elle devait donc être liée à son journal d'une

manière ou d'une autre, voilà tout ce que le convalescent savait d'elle.

Dans quelle mesure l'avait-il connue par le
passé ? Elle affirmait être une amie, mais encore ?
Une amie de la famille ? Une relation de travail ?
Une maîtresse ? Il se rappellerait quand même bien
une chose pareille ? Qu'aurait-il vu en elle pour
l'aimer ? Peut-être s'agissait-il d'un coup monté,
concocté par la feuille de chou : FEMME MYSTÉ-
RIEUSE EN QUÊTE D'AMOUR.

« Bon, qu'avons-nous à nous dire ? » demanda-
t-il, après le départ du maître d'hôtel.

Sans répondre, la jeune femme attira à elle une
tasse et une soucoupe. Elle ne regardait toujours
pas son interlocuteur, et ses cheveux lui tombaient
devant le visage, dissimulant ses traits.

« Autant que je m'en souvienne, je ne vous ai
jamais vue. Il va falloir m'en dire davantage que
Nous étions amis. » Des veines pâles se dessinaient
sous la peau translucide de la main qui tenait la
soucoupe. Susan Kewley secouait légèrement la
tête. « À moins que vous ne soyez là parce qu'*il*
vous a amenée, tout simplement ? » continua Grey
avec colère, les yeux fixés sur Stuhr, qui n'eut
aucune réaction. « Je ne sais pas ce que vous voulez,
mais… »

Elle se tourna vers lui, et pour la première fois, il
vit vraiment son visage — plutôt allongé, une ossa-
ture fine, un teint hivernal ; les yeux pleins de
larmes, les coins de la bouche tremblants, tordus
vers le bas. Elle repoussa vivement son siège en
arrière, renversant sur la table sa soucoupe et sa

tasse, se leva puis heurta au passage le fauteuil roulant de Grey. La douleur le poignarda au dos, tandis que la jeune femme inspirait bruyamment,
avant de s'enfuir dans le corridor.

La regarder partir l'aurait obligé à tourner la
tête, malgré son cou raide : il n'essaya même pas. Le
salon lui sembla brusquement se refroidir, se figer.

« Quel salaud ! » Stuhr jeta son journal sur la
table. « Je vais appeler Woodbridge.

— Attendez ! Qu'est-ce qui se passe ?

— Vous ne vous rendez donc pas compte de ce
que vous avez fait ?

— Qui est-ce ?

— Votre petite amie, figurez-vous. Elle pensait
que si vous la revoyiez, ça réveillerait peut-être un
souvenir quelconque.

— Je n'ai pas de petite amie. »

Pourtant, Grey éprouvait de nouveau la rage
impuissante que lui inspiraient les semaines perdues. De même qu'il cherchait à éviter de se rappeler la souffrance, il renâclait devant la période
antérieure à l'attentat. Dans son esprit s'était logé
un néant profond, où il ne s'aventurait jamais, car il
ignorait comment y pénétrer.

« C'est ce qu'elle nous a dit.

— Où était-elle, quand c'est arrivé ? Elle n'a pas
entendu parler des appels aux proches ? Pourquoi
lui a-t-il fallu aussi longtemps pour réagir ? Et si je la
connais, qu'est-ce qu'elle fait ici avec vous, bordel ?

— C'était une expérience.

— C'est Woodbridge qui a mis la rencontre au
point ?

— Non, Susan s'est adressée à nous, au journal. Elle nous a dit que vous aviez été amants, peu de temps avant l'attentat. C'était fini, et vous n'aviez pas gardé le contact, mais quand elle a enfin appris que vous faisiez partie des victimes, elle s'est présentée. Elle pensait que le fait de la voir vous aiderait peut-être à retrouver la mémoire.

— Alors c'est un coup de pub.

— Je ne cherche pas à nier que, si vos souvenirs vous revenaient, on publierait toute l'histoire. Mais en fait, je suis là pour m'occuper de votre amie. »

Grey secoua la tête, un regard furieux posé sur la mer, par la fenêtre. Depuis qu'on lui avait appris qu'il souffrait d'amnésie rétroactive, il s'efforçait de l'accepter. Il avait commencé par explorer l'impression de néant, en se disant qu'il parviendrait peut-être à pénétrer ce vide, d'une manière ou d'une autre, mais ses tentatives le plongeaient dans une introspection dépressive. À présent, il essayait de ne plus y penser, d'admettre que les semaines perdues l'étaient à jamais.

« Qu'est-ce que Woodbridge a à voir là-dedans ?

— Ce n'est pas lui qui a mis la rencontre au point. Il a juste donné son accord. L'idée est de Susan.

— Mauvaise idée.

— Ce n'est pas sa faute. Regardez-vous — vous restez de marbre ! Woodbridge n'émettait qu'une seule réserve : il avait peur que ça vous traumatise. Mais vous voilà assis là, comme si de rien n'était, alors que Susan est en larmes.

— Je n'y peux rien.

« — Ne le lui reprochez pas, à elle. » Stuhr se leva et fourra derechef son journal dans sa poche. « Bon, pas la peine de s'obstiner. Je vous appellerai et je repasserai d'ici à un mois. Vous serez peut-être plus réceptif.

— Et mademoiselle... et Susan ?

— Je reviens cet après-midi. »

Elle était là, à côté du fauteuil roulant, la main sur la poignée, derrière l'épaule gauche de Grey, les yeux baissés vers lui. Il sursauta de stupeur, la secousse ébranlant son cou raide, le mouvement qu'il avait retenu au moment où la jeune femme quittait la pièce arrivant à son terme. Depuis combien de temps se tenait-elle près de lui, à la périphérie de son champ de vision ? L'attitude de Stuhr n'avait montré en rien qu'elle était revenue.

« Je vais vous attendre dans la voiture », lui dit-il.

En le regardant partir, Grey éprouva de nouveau l'impression désagréable de toujours être le plus petit. La visiteuse se rassit dans le fauteuil qu'elle avait occupé un peu plus tôt.

« Je suis désolée, déclara-t-elle.

— Non, c'est à moi de vous présenter mes excuses. Je me suis montré impoli. C'était destiné à Tony Stuhr, mais vous étiez là en travers. Ce n'est pas votre faute.

— Je ne vais pas rester maintenant. J'ai besoin de réfléchir. Je repasserai plus tard.

— Après déjeuner, je pars en kinésithérapie. Vous pouvez revenir demain ?

— Peut-être. Tony rentre à Londres aujourd'hui, mais je pourrais rester.

— Où êtes-vous descendus ?

— On a passé la nuit dernière à Kingsbridge. Je me débrouillerai avec l'hôtel. »

Elle ne le regardait toujours pas, sinon par coups d'œil fugaces, rapides, entre ses mèches châtaines. Malgré ses yeux secs, elle semblait pâlie. Il aurait aimé éprouver pour elle un sentiment quelconque, la trouver dans ses souvenirs, mais ce n'était qu'une inconnue.

« Vous êtes vraiment sûre de vouloir me parler ? » s'enquit-il, cherchant à lui donner un peu plus de chaleur qu'on n'en mettait dans un glacial échange d'arrangements.

« Certaine.

— D'après Tony, nous... c'est-à-dire vous et moi... nous avons été...

— Nous avons été amants. Ça n'a pas duré, mais c'était important, sur le moment. J'espérais que vous vous rappelleriez.

— Je suis désolé.

— N'en parlons plus. Je repasserai demain matin. Ça ira mieux.

— C'est parce que vous êtes arrivée avec Stuhr. » Grey voulait s'expliquer. « Je me suis dit que vous travailliez pour son journal.

— Il a bien fallu que je les contacte, ou je ne vous aurais pas trouvé. Ce n'était pas possible autrement. Il semblerait qu'ils détiennent tous les droits sur votre histoire.

— Comment cela se fait-il ?

— Je l'ignore. » Elle avait ramassé son sac, un

fourre-tout en toile à longue bandoulière. « Je repasserai demain.

— Revenez dans la matinée et restez déjeuner, ou le temps que vous voudrez.

— J'aurais dû vous le demander tout de suite : vous souffrez beaucoup ? Je n'avais pas compris que vous seriez toujours en fauteuil roulant.

— Ça va mieux, maintenant. C'est juste très lent.

— Richard... ? » Les doigts de la visiteuse n'avaient pas quitté le dos de la main de Grey. « Est-ce que vraiment... Je veux dire, vous ne vous rappelez vraiment rien ? »

Il aurait aimé tourner la main pour qu'elle lui touche la paume, mais rien ne lui donnait droit à un geste aussi intime, il le savait. Devant les grands yeux et le teint pâle de son interlocutrice, il se dit qu'il avait dû se faire facilement à leur liaison. À quoi ressemblait cette jeune femme discrète qui avait été son amante ? Que savait-elle de lui ? Que savait-il d'elle ? Pourquoi avaient-ils rompu, alors que leur relation était manifestement importante à leurs yeux ? Elle appartenait à la vie d'avant le coma — avant la torture des organes lacérés et de la peau cloquée —, à l'époque perdue de Grey. Pourtant, il ignorait jusqu'alors son existence même. Il avait envie de lui donner une réponse sincère, mais quelque chose l'en empêchait.

« J'essaie de me rappeler. J'ai l'impression de vous connaître. »

Les doigts de Susan Kewley se crispèrent brièvement.

« Bon. Je reviendrai demain. »

Elle se leva, passa près du fauteuil roulant puis disparut. Ses pas, d'abord étouffés par le tapis, résonnèrent plus distinctement dans le couloir. Grey ne parvenait toujours pas à tourner la tête sans douleur.

Richard Grey était orphelin. Il n'avait ni frère ni sœur. Sa seule parente, la sœur de son père, s'était mariée et vivait en Australie. Après le lycée, il était entré à l'École technique de Brent dans l'espoir de devenir photographe. Il avait profité de ses études pour entreprendre un cursus de formation proposé par la BBC puis, son diplôme en poche, avait trouvé un emploi de cameraman stagiaire dans un des studios télé de l'entreprise. Quelques mois plus tard, il était passé assistant cameraman, ce qui lui avait permis de travailler avec différentes équipes en studio et en extérieurs, avant de gagner enfin ses galons de cameraman de plein droit.

À vingt-quatre ans, il quittait la BBC pour une agence de presse indépendante, aux bureaux situés dans les quartiers nord de Londres. L'agence vendait du film d'informations dans le monde entier mais, surtout, à un grand réseau américain. La plupart du temps, on confiait à Grey des reportages sur la Grande-Bretagne ou l'Europe, ce qui ne l'empêchait pas de se rendre aux États-Unis, en Extrême-Orient, en Australie ou en Afrique. Au fil des années 1980, il fit plusieurs séjours en Irlande du Nord pour couvrir les troubles qui agitaient le pays.

Une réputation de courage ne tarda pas à l'entourer. Les spécialistes de l'information se trouvent souvent au cœur du danger, et il faut posséder une forme de dévouement particulière pour continuer à tourner en pleine émeute ou sous une fusillade. Richard Grey risqua sa vie à maintes reprises.

Il fut nominé deux fois par la BAFTA[1] pour les documentaires ou les films d'informations ; une année, son preneur de son et lui reçurent même un prix Italia spécial, qui couronnait un reportage consacré aux émeutes de Belfast. L'éloge spécifiait : *Richard Grey, cameraman, BBC News. Prix spécial. A filmé les événements dans des circonstances extrêmement dangereuses pour sa personne.* Grey n'en était pas moins populaire parmi ses collègues. Malgré sa réputation, ils ne rechignaient pas à travailler avec lui, car sa célébrité croissante dans la profession n'occultait pas ses qualités sur le terrain : loin de se montrer téméraire, de s'exposer au danger et d'y exposer ses coéquipiers, il avait assez de talent et d'expérience pour savoir intuitivement quand prendre des risques calculés.

Il vivait en célibataire dans l'appartement que l'héritage de son père lui avait permis d'acheter. La plupart de ses amis étaient des collègues de travail, et il voyageait trop, de par son métier, pour nouer une relation sentimentale stable. Les rencontres sans importance s'enchaînaient facilement, mais il ne formait jamais de liens véritables. Quand il ne travaillait pas, il allait souvent au cinéma, parfois

---

1. La British Academy of Film and Television Arts remet chaque année des prix dans les domaines du cinéma, de la télévision et des médias interactifs. *(N.d.T.)*

au théâtre. Toutes les semaines, il passait une soirée au pub, avec des amis. La plupart du temps, il prenait ses vacances en solitaire, campait ou faisait de la randonnée. Un jour, il prolongea un voyage professionnel aux États-Unis en louant une voiture pour se rendre en Californie.

Hormis la mort de ses parents, il n'avait vécu qu'un seul choc important, six mois avant l'attentat à la voiture piégée.

Tout ça parce qu'il était meilleur sur pellicule. Il aimait le poids de l'Arriflex, son équilibre, la vibration discrète de son moteur. Le viseur reflex était pour lui un troisième œil — il lui arrivait de dire qu'il voyait plutôt mal, sans. Et puis il y avait la texture même de la pellicule, la qualité de l'image, le grain, la subtilité des effets. La conscience que la longue bande progressait dans le couloir de la caméra, s'immobilisant puis se remettant en branle vingt-cinq fois par seconde, donnait au travail un petit plus intangible. Grey s'énervait toujours quand il entendait dire qu'il était impossible de distinguer sur un écran télé les séquences filmées sur pellicule ou enregistrées en vidéo. À son avis, la différence sautait aux yeux : la vidéo donnait une impression de vacuité, avec sa netteté et son éclat mensongers, artificiels.

Toutefois, le changement était survenu pendant la phase la plus productive de sa carrière. En ce qui concernait la collecte de l'information, le celluloïd était un médium à la fois lent et peu maniable. Il fallait apporter les boîtes au laboratoire puis en salle de montage. Synchroniser ou doubler le son.

Des problèmes techniques affectaient la transmission, surtout si on avait recours à un studio local ou s'il fallait expédier par satellite les images à une chaîne émettrice. Ces difficultés ne faisaient que croître quand on travaillait à l'étranger ou dans une zone de guerre : il était parfois nécessaire pour livrer le reportage d'emporter la pellicule non développée à l'aéroport et de la charger dans un avion à destination de Londres, New York ou Amsterdam.

Les réseaux d'informations du monde entier se convertissaient aux caméras numériques. Grâce aux antennes satellites portables, les cameramen transmettaient ainsi les images en direct, au moment où elles étaient filmées. Le studio n'avait plus qu'à en réaliser le montage, avant de les diffuser immédiatement.

Une à une, les équipes passaient à la vidéo. Contraint de se plier au changement, Grey suivit des cours de recyclage puis accepta d'utiliser une caméra numérique, mais transférer ses compétences lui fut difficile, pour des raisons qu'il ne parvint jamais vraiment à cerner. Il n'arrivait pas à « voir » sans passer par la pellicule, sans le ronflement silencieux de l'obturateur. Il chercha à résoudre ce problème préoccupant en repensant son approche de manière fondamentale. À ajuster son œil pour recommencer à voir — concept accessible à ses collègues, même si la plupart opéraient sans douleur la transition. Il se disait et se répétait que la caméra était juste un instrument, que son talent n'était pas un produit du médium, mais un don. Il n'en restait pas moins qu'il avait perdu son flair.

D'autres postes lui étaient accessibles, mais BBC News et ITN se convertissaient également à la collecte numérique de l'information. ITN avait beau lui offrir un emploi de cameraman, le problème se poserait sous peu, là aussi. Il avait en outre la possibilité de travailler avec une équipe spécialisée dans les documentaires industriels, mais il s'était fait la main sur l'information, et ce poste-là ne lui apparut à aucun moment comme une alternative sérieuse.

La solution se présenta lorsque l'agence perdit sans avertissement la clientèle du réseau américain, ce qui la contraignit à se séparer d'une partie de son personnel. Grey se porta volontaire, sans idée préconçue : il se contenta d'empocher l'indemnité de licenciement, décidé à s'en servir pour prendre le temps de repenser sa carrière.

L'argent ne lui manquait pas. Il avait acheté son appartement comptant avec l'héritage paternel, et l'indemnité lui permettrait de subsister au moins un an. Le désœuvrement ne lui posait pas non plus de problème, car il trouvait parfois du travail en indépendant.

À partir de là, c'était le gouffre.

Ses souvenirs suivants se révélaient parcellaires : il se trouvait aux soins intensifs de l'hôpital londonien de Charing Cross, branché sur un poumon artificiel, soumis à une série d'opérations importantes, en proie à la douleur, malgré les sédatifs. Des trajets en ambulance ponctuaient la torture, lorsqu'on le transportait d'un service spécialisé à un autre. Le dernier avait pris la journée ; depuis, il se trouvait à

Middlecombe, en convalescence sur la côte sud du Devon.

Quelque part au fond du gouffre qui partageait sa vie, il se promenait tranquillement dans une rue de Londres où des terroristes avaient piégé une voiture, devant un commissariat. La bombe avait explosé sur son passage, lui infligeant de multiples brûlures et lacérations, notamment au dos, des fractures du pelvis, d'une jambe et d'un bras, ainsi que des blessures internes. Il avait frôlé la mort. Il le savait parce qu'on le lui avait dit, pas parce qu'il se le rappelait.

Telle était l'étendue de ses souvenirs, le jour où Susan Kewley lui rendit visite. Elle n'y figurait nulle part.

Les spécialistes n'étaient pas d'accord sur l'amnésie de Grey, et la situation se compliquait encore pour lui du fait qu'il n'était pas non plus d'accord avec lui-même.

Deux praticiens s'occupaient de lui à la clinique : le psychologue, James Woodbridge, et un psychiatre consultant, le docteur Hurdis.

Personnellement, Grey trouvait Woodbridge antipathique, car cavalier et souvent distant, mais la démarche clinique du psychologue lui semblait compréhensible, acceptable. Quoique conscient des effets du choc et de la nature traumatisante des blessures, Woodbridge pensait que l'amnésie rétro-active avait peut-être un fondement psychologique. Autrement dit, d'après lui, la situation de Grey découlait d'événements antérieurs, étrangers à l'attentat, mais dont il refoulait le souvenir. La psychothérapie permettrait de le lui redonner en douceur ; quant à l'utilisation d'autres techniques pour lui rendre la mémoire, le jeu n'en valait pas la chandelle. La rééducation devait être progressive. En retournant à la normalité, Grey parviendrait à s'accommoder du passé et se le rappellerait par paliers.

D'un autre côté, le docteur Hurdis, à son avis plus sympathique, le poussait dans une direction où il n'avait aucune envie d'aller. Le psychiatre estimait qu'une psychanalyse orthodoxe se solderait par des progrès trop lents, d'autant qu'on avait affaire à une perte de mémoire organique. Malgré les sentiments que les deux hommes lui inspiraient en tant qu'êtres humains, Grey avait jusque-là mieux réagi aux soins de Woodbridge qu'à ceux de Hurdis.

Avant l'arrivée de Susan Kewley, il n'avait pas tellement pensé à ce qu'il avait bien pu faire durant les semaines perdues. Ce qui le tracassait, c'était la sensation d'*absence*, le trou dans sa vie — période obscure, silencieuse, qui semblait à jamais hors de sa portée. Son esprit battait en retraite d'instinct, quand il y songeait, et il s'efforçait de ne pas le solliciter davantage que les zones douloureuses de son corps.

Mais la jeune femme avait surgi de cette absence pour venir à lui, parfaitement étrangère à ses souvenirs. Elle l'avait connu, il l'avait connue. Elle éveillait en lui le besoin de se rappeler.

Le lendemain matin, Woodbridge vint trouver Richard Grey dans sa chambre, où il attendait, baigné et rasé, qu'on lui annonce l'arrivée de Susan.

«Je voulais vous parler tranquillement avant la visite de mademoiselle Kewley, annonça le psychologue. Elle a l'air tout à fait charmante, vous ne trouvez pas?

— Si, répondit Grey, brusquement agacé.

— Je me demandais si vous vous souveniez d'elle un tant soit peu.

— Absolument pas.

— Vous n'avez même pas la vague impression de l'avoir déjà vue quelque part?

— Non.

— Vous a-t-elle parlé de ce qui s'était passé entre vous?

— Non.

— Ce que j'essaie de vous dire, Richard, c'est que vous avez peut-être eu avec elle un quelconque différend traumatisant, que vous avez géré par la suite en cherchant à enfouir le souvenir. Rien que de très normal.

— Bon. Mais quelle importance?

— L'amnésie rétroactive est parfois causée par le désir inconscient d'effacer les mauvais souvenirs.

— Ça risque de m'influencer?

— Disons que voir mademoiselle Kewley risque d'accentuer votre désir inconscient de la tenir à distance.

— Ça ne m'a pas fait cet effet-là, hier. Ça a même accentué mon désir de la connaître. Elle réussira peut-être à me rappeler des choses que je n'arrive pas à retrouver tout seul.

— En effet, mais comprenez bien qu'elle ne va pas vous apporter de solution.

— Ça ne peut quand même pas faire de mal ?

— Il faudra voir. Si vous avez envie de me parler plus tard, je passerai le reste de la journée ici. »

Woodbridge parti, l'irritation bornée de Grey persista. D'après lui, il existait une différence subtile, mais nette, entre sa vie privée et son statut de patient. Il lui semblait parfois que ses thérapeutes considéraient son amnésie comme un défi d'ordre professionnel, quelque chose de totalement indépendant de son existence réelle. S'ils avaient vraiment été amants, Susan et lui, on pouvait penser qu'ils s'étaient bien connus. Leurs souvenirs appartenaient donc à la sphère privée, et les questions de Woodbridge s'immisçaient dans leur intimité.

Quelques minutes après le départ du psychologue, Grey prit le livre qu'il avait commencé, quitta sa chambre et emprunta l'ascenseur, puis gagna l'extrémité de la terrasse. Cela le rapprochait des autres patients, mais il avait une bonne vue sur les jardins et sur l'allée carrossable menant au parking des visiteurs.

Il faisait frais et gris ; des nuages bas menaçants arrivaient du nord-ouest. En principe, on distinguait la mer depuis la terrasse, à travers les arbres, mais ce jour-là une brume floue pesait sur le paysage.

Grey se plongea dans son livre. Quelques minutes plus tard, cependant, les rafales le persuadèrent d'appeler un aide-soignant pour demander une couverture. Au bout d'une heure, tous les autres patients s'étaient réfugiés à l'intérieur.

Des véhicules arrivaient de temps à autre, s'engageant prudemment dans le virage pentu qui donnait sur l'allée escarpée. Deux ambulances amenant de nouveaux patients, quelques camionnettes de livreurs, des voitures. Chacune raviva les espoirs de Grey, qui attendait impatiemment l'apparition de la jeune femme.

Se concentrer sur son livre lui étant impossible, la matinée s'écoula avec lenteur. Il avait froid, il était mal installé, et plus midi approchait, plus il nourrissait de rancune. Après tout, *elle* avait promis, et elle savait sans doute ce que sa visite représentait pour lui. Il commença à lui inventer des excuses : elle avait été obligée de louer une voiture, qui s'était fait attendre ; elle était tombée en panne ; elle avait eu un accident. Mais il en aurait tout de même été averti ?

En proie à l'égoïsme inévitable des invalides, il ne pouvait penser à rien d'autre.

L'heure du déjeuner approchait, puisqu'on viendrait le chercher à une heure pour l'emmener à la salle à manger. En admettant que Susan arrive d'ici quelques minutes, ils ne passeraient que peu de temps ensemble, car à deux heures il partait en kinésithérapie.

À une heure moins cinq, une voiture s'engagea dans l'allée. Il contempla le toit argenté et les vitres où se reflétait le ciel avec la certitude fataliste qu'ils dissimulaient Susan Kewley. Puis il attendit.

Elle apparut sur la terrasse en compagnie d'une

des infirmières, sœur Brecon. Les deux femmes s'approchèrent.

«Le déjeuner est servi, monsieur Grey, lança la religieuse. Vous voulez que j'appelle quelqu'un pour vous faire emmener à la salle à manger ?

— J'arrive dans cinq minutes», répondit-il, les yeux fixés sur la visiteuse.

«Je n'ai pas beaucoup de temps», intervint-elle, pour l'infirmière également, pas pour lui.

«Je peux prévenir que vous restez déjeuner.

— Non, merci.»

Sœur Brecon les considéra l'un après l'autre puis s'éloigna.

«Je suis désolée, Richard, je n'ai pas pu venir plus tôt.

— Où étiez-vous ?

— J'ai été retenue à Kingsbridge.

— Je vous ai attendue toute la matinée.

— Je sais. Je suis sincèrement désolée.»

Elle s'assit sur le parapet carrelé de la terrasse. Son imper brun fauve, ouvert, dévoilait le bas de ses jambes. Ses fines chevilles disparaissaient dans des socquettes, enfilées sur des collants. Elle portait une jupe à fleurs, ornée de dentelle blanche.

«J'ai commis l'erreur de téléphoner à l'atelier, ce matin, continua-t-elle. Il y a un tas de problèmes.

— À l'atelier ?

— Là où je travaille. Je suis dessinatrice, et ils m'emploient trois jours par semaine en indépendante. C'est ma seule activité régulière. Je pensais que vous vous rappelleriez peut-être.

— Non.»

Elle se pencha pour lui prendre la main. Il regardait le sol, tristement conscient de l'hostilité qu'il lui témoignait — pour la seconde fois.

« Je suis désolé, ajouta-t-il.

— Il y a autre chose, aussi. Il faut que je rentre à Londres aujourd'hui. » Comme il relevait vivement les yeux, elle ajouta : « Je sais. J'essaierai de revenir la semaine prochaine.

— Pas avant ?

— Je ne peux vraiment pas. Ce n'est pas évident. J'ai besoin d'être payée, et si je les laisse tomber, ils feront appel à quelqu'un d'autre. Trouver du travail n'est jamais facile.

— Bon. » Luttant contre la déception, il s'efforça d'ordonner ses pensées. « Je vais vous dire à quoi je pense depuis hier. Je veux vous regarder. »

Il s'était déjà rendu compte qu'elle se tournait rarement droit vers lui : elle se présentait toujours de trois quarts face ou la tête modestement basse, le visage dissimulé par les cheveux. Au début, il avait trouvé ça attirant, cette timidité, cette réticence, mais il voulait la voir correctement.

« Je n'aime pas qu'on me regarde, protesta-t-elle.

— Je veux me souvenir de vous telle que je vous ai connue.

— Vous ne me regardiez pas non plus, à ce moment-là. »

Toutefois, elle rejeta ses cheveux en arrière d'un léger mouvement de tête et le considéra franchement. Il la contempla en s'efforçant de se la rappeler, de la voir comme il l'avait peut-être vue auparavant, mais au bout d'un moment elle baissa de nouveau les yeux.

«Ne me regardez pas.

— Si j'arrive à me souvenir de vous, je me souviendrai de tout le reste.

— C'est pour ça que je suis là.

— Je sais, mais les choses ne sont pas faciles pour moi. Le personnel me dit ce que je dois faire, le journal veut que je lui raconte mon histoire, je suis coincé dans ce fauteuil, et tout ce qui m'intéresse, moi, c'est de reprendre une vie normale. Je vais vous dire la vérité, Susan : je ne me souviens pas de vous. Pas du tout.

— Mais...

— Laissez-moi terminer. Je ne me souviens *pas* de vous, mais j'ai quand même le sentiment de vous connaître. C'est le premier sentiment véritable que j'éprouve depuis mon arrivée ici.»

Elle acquiesça sans mot dire, le visage de nouveau dissimulé par les cheveux.

«J'aimerais vous revoir le plus souvent possible, conclut Grey.

— Ce n'est pas facile. J'ai dépensé presque tout l'argent dont je disposais pour louer la voiture, et il faut que j'achète mon billet pour Londres.

— Je paierai... j'ai de l'argent. Ou alors le journal s'en chargera. Il suffit de s'arranger.

— Peut-être.»

La question n'était pas là, il le sentait, et le véritable problème serait plus difficile à surmonter que les ennuis financiers. Susan avait détourné les yeux, qu'elle promenait sur la longue terrasse. Si seulement elle l'avait regardé en face.

« Je suppose qu'il y a quelqu'un d'autre, reprit-il.

— Il y a eu, en effet.

— C'est pour ça que vous avez mis aussi longtemps à venir me voir ?

— Non… ce n'est pas si simple. Je suis venue dès que ça m'a semblé possible. Niall, l'ami en question, n'a fait aucune différence en la matière. Il était au courant pour vous, il savait que vous me manquiez, mais il ne s'est pas interposé. C'est fini, maintenant. »

Grey sentit une vague d'excitation l'envahir, ses muscles se contracter involontairement — une impression qu'il n'avait plus connue depuis il ne savait combien de temps.

« Susan, qu'est-ce qui s'est passé entre nous ? À la fin. Pourquoi avons-nous rompu ?

— Vous ne le savez donc vraiment pas ?

— Non. »

Elle secoua la tête.

« Je n'arrive pas à croire que vous ayez oublié. C'était tellement important, sur le moment.

— Vous ne pouvez pas me raconter, tout simplement ?

— Ça n'a sans doute plus d'importance, maintenant ? Il n'y avait pas de raison bien précise. Je crois qu'en fait ça n'avait jamais vraiment marché, dès le début.

— Ça a assez marché pour que vous veniez. Que nous est-il arrivé ? Une dispute ? On s'est dit des horreurs ?

— Non, il n'y a pas eu de scène ni rien de ce genre. Les choses s'étaient gâtées depuis déjà un certain temps, il nous semblait évident que ça ne pouvait plus durer. C'était compliqué. J'ai passé un moment avec Niall, ça ne vous a pas plu, mais nous ne nous étions pas compris. Vous étiez parti, je pensais que tout était fini entre nous. Vous m'aviez même dit que vous ne vouliez plus me voir, mais en fait, personne n'avait rien décidé. Voilà où en était la situation, terriblement embrouillée, terriblement déstabilisante, quand l'attentat s'est produit. Je suppose qu'on vous a raconté ce qui a suivi, la manière dont les terroristes ont menacé de se lancer à la recherche des survivants pour les achever. La police vous a fait admettre dans un autre hôpital, et je ne savais absolument pas où vous trouver.

— Jusqu'à maintenant.

— Oui.

— Bon, je devine plus ou moins ce qu'il en est. La vie que je menais avant mon coma n'était visiblement pas aussi simple que je l'aurais voulu. J'étais persuadé que si j'avais eu une liaison, elle était forcément sans importance.

— Oh non, elle n'était pas sans importance », affirma Susan, les yeux écarquillés.

« Alors racontez-moi. Où nous sommes-nous connus ? Où sommes-nous allés ? Donnez-moi quelque chose à quoi me raccrocher.

— Vous vous rappelez le nuage ?

— Un nuage ? Quel nuage ? De quoi voulez-vous parler ?

— Le nuage, c'est tout. »

Un des serveurs était apparu sur la terrasse, une serviette drapée sur le bras.

« Votre visiteuse et vous désirez-vous déjeuner, monsieur ?

— Pas aujourd'hui », répondit Grey en lui jetant un coup d'œil rapide. À sa grande surprise, Susan considéra l'interruption comme l'ordre d'en terminer, car elle se leva. « Qu'est-ce qui vous prend ? Vous ne pouvez pas vous en aller maintenant !

— Je dois ramener la voiture à Kingsbridge avant de prendre le bus pour la gare de Totnes. Je suis déjà en retard, il faut que j'y aille.

— Que vouliez-vous dire, à l'instant ? Qu'est-ce que c'est que cette histoire de nuage ?

— Je pensais que ça, au moins, vous vous en souviendriez.

— Eh bien non. Dites-m'en plus.

— Niall. Vous vous rappelez ?

— Non. Je devrais ?

— Vous vous rappelez comment on s'est rencontrés ? »

Il secoua la tête, exaspéré.

« Pas du tout !

— Je ne sais pas quoi vous raconter. Écoutez, je reviendrai, et on en discutera tranquillement. »

Elle partait. Déjà, elle se détournait de lui.

« Mais quand ? Le week-end ?

— Le plus tôt possible. » Elle s'accroupit près de son fauteuil et lui serra la main avec douceur. « Je *veux* vous revoir, Richard. Je resterais, si je pouvais. J'aurais dû prendre plus de temps, mais au journal on n'a rien voulu me dire de votre état d'esprit. Je pensais... »

Elle approcha le visage du sien puis lui posa doucement les lèvres sur la joue. Il leva la main pour lui toucher les cheveux, tourna la tête et trouva sa bouche. Elle avait la peau froide, à cause du temps. Le baiser se prolongea quelques secondes, puis elle s'écarta.

« Ne t'en va pas, Susan, dit Grey tout bas. Ne me quitte pas, je t'en prie.

— Je suis obligée. » Elle se leva et s'éloigna, mais déjà le baiser avait changé la donne : elle hésitait. « Oh, j'ai failli oublier ! Je t'ai apporté un cadeau. »

Elle revint sur ses pas en fouillant dans son grand sac de toile, d'où elle tira une pochette de papier blanc au sommet replié, maintenu par un morceau de ruban adhésif transparent. Après l'avoir donnée à Grey, elle attendit qu'il l'ouvrît. Il cassa le ruban adhésif avec le pouce puis sortit du sachet une douzaine de cartes postales de tailles et de genres différents, mais toutes anciennes, la plupart ornées de photos sépia ou noir et blanc. Certaines montraient des stations balnéaires anglaises, d'autres des étendues campagnardes ou encore le continent. Grey entrevit en les parcourant des villes d'eaux allemandes, des cathédrales et des palais français, un paysage alpin, des ports de pêche.

« Je les ai vues chez un antiquaire, ce matin. À Kingsbridge.

— Merci. Je ne sais pas quoi dire.

— Tu en as peut-être déjà certaines. Dans ta collection.

— Ma *collection* ? »

La visiteuse éclata d'un rire brusque, bruyant.

« Tu ne te souviens même pas de ça ?

— Je collectionne les vieilles cartes postales ? »
Il souriait. « Qu'est-ce que tu vas m'apprendre
d'autre, Susan ?

— À vrai dire, tu pourrais faire quelque chose
pour moi dès maintenant. Tu ne m'as jamais appelée Susan. J'ai toujours été Sue pour toi. »

Elle se pencha de nouveau afin de l'embrasser,
sur la joue cette fois. Puis elle partit, longeant la
terrasse d'un pas vif avant de disparaître dans le
bâtiment. Il attendit. Peu après, une portière claqua, un moteur démarra. Les fenêtres et le toit de
la voiture ne tardèrent pas à glisser lentement vers
l'allée. Le ciel sombre se reflétait sur les surfaces
luisantes.

Richard Grey passa une partie du samedi après-
midi suivant en compagnie du docteur Hurdis, qui
faisait à la clinique une de ses visites habituelles. En
général, Hurdis donnait au convalescent l'impression qu'ils étaient victimes du même problème, pas
qu'ils formaient un tandem patient-thérapeute, où
le second cherchait à soigner le premier en lui appli-
quant ses théories. Leurs rencontres ressemblaient
souvent davantage à des conversations qu'à des
séances d'analyse. Grey se rendait bien compte
qu'il s'agissait sans doute d'une illusion, mais il était
reconnaissant au psychiatre de ne pas le traiter
comme la plupart des employés de la clinique : ils
lui donnaient l'impression d'être un hybride, moitié

riche client dans un hôtel, moitié malade ne comprenant que les instructions monosyllabiques et le langage des signes.

Ce jour-là, Grey se sentait d'humeur communicative : non seulement il lui semblait tenir enfin un sujet de conversation, mais en plus il s'intéressait maintenant à son propre cas.

Non que la brève visite de Sue eût résolu le moindre problème. L'amnésie persistait, toujours aussi profonde et impénétrable, Hurdis le fit rapidement admettre à son patient. En fait, la jeune femme ne pouvait s'attendre au changement majeur qu'elle avait suscité : elle avait apporté au convalescent la preuve de son existence pendant la période perdue. Avant l'apparition de Sue, il ne croyait pas vraiment en lui-même. L'impression de néant, d'absence qui remplaçait son passé était si totale qu'elle l'excluait de sa propre vie. Mais Sue était témoin de la réalité de Grey. Elle se souvenait de lui, alors qu'il en était incapable.

Depuis le départ de la visiteuse, il n'avait pratiquement pensé qu'à elle. Elle emplissait son esprit et son existence. Il avait envie de sa compagnie, du contact de sa main, de ses baisers. Mais, surtout, il avait envie de la voir, de la regarder à loisir, même si — étrange miniature du problème de l'amnésie — il ne se rappelait que vaguement à quoi elle ressemblait. Les détails périphériques revenaient facilement à Grey : le fourre-tout en toile, les chevilles dans les socquettes, la jupe à fleurs, le voile de la chevelure. À un moment, Sue l'avait regardé en face, comme pour lui accorder une vue secrète sur elle-même, mais il avait découvert par la suite qu'il ne parvenait pas à évoquer dans l'œil de son esprit le visage de la jeune femme. Elle était d'une agréable banalité, avec ses traits réguliers, seulement ce simple souvenir ne servait qu'à dissimuler son apparence.

« À mon avis, c'est avec Sue que j'ai le plus de chances de vaincre mon amnésie, déclara Grey. Elle me connaît visiblement bien, et elle était là pendant mes semaines perdues. Je ne peux pas m'empêcher de penser que si elle me disait une chose, une seule qui me secoue la mémoire, ce serait peut-être assez.

— C'est possible », acquiesça Hurdis. Ils se trouvaient dans le bureau que le psychiatre utilisait lors de ses visites du week-end, une pièce confortable à gros fauteuils en cuir, lambris de bois sombre et bibliothèque emplie d'ouvrages de médecine. « Mais permettez-moi de vous avertir. Ne cherchez pas trop à vous rappeler. Il existe une maladie du nom de paramnésie. La paramnésie hystérique.

— Je ne suis pas hystérique, docteur Hurdis.

— Certes non, pas dans le sens usuel. Mais quand on a perdu la mémoire, il arrive qu'on cherche à se raccrocher au moindre fétu, à la moindre impression de réminiscence. Et, si on ne connaît pas sa fiabilité en tant que telle, elle risque de mener à une séquence entière de faux souvenirs inventés.

— Ça ne se produira pas avec Sue. Elle me remettra sur les rails.

— Peut-être. Mais vous ne serez pas forcément

capable de faire la différence. Qu'en pense
M. Woodbridge ?

— Il préférerait que j'évite d'en discuter avec
elle, me semble-t-il.

— Oui, je vois. »

Depuis le départ de la jeune femme, Grey passait son temps à essayer de libérer les souvenirs
qu'elle avait peut-être effleurés. Enflammé par
l'intérêt qu'elle lui inspirait, il attachait une importance énorme aux quelques éléments obtenus, au
point de les examiner en esprit sous tous les angles
possibles et imaginables. Il s'en ouvrit au docteur
Hurdis, heureux de disposer d'un auditeur neutre,
qui participait à la conversation en l'encourageant
à s'exprimer.

Ses réflexions lui avaient déjà permis de résoudre
par lui-même un petit mystère : celui des cartes postales. Au début, il avait cru être tombé par hasard
sur quelque chose qui appartenait à ses semaines
perdues, quelque chose qu'il avait par conséquent
oublié, puis le souvenir s'était imposé, émergeant
du passé lointain.

Il travaillait à Bradford, dans le nord de l'Angleterre. Un après-midi, il était allé se promener seul
dans des ruelles reculées, où il avait découvert un
minuscule magasin de tout et de n'importe quoi. Or
il était en permanence à la recherche d'un élément
quelconque, digne de figurer dans sa collection de
matériel cinématographique et télévisuel ancien.
Ce magasin-là n'avait rien de tel à lui offrir, mais
il avait trouvé sur le comptoir un carton à chaussures cabossé, rempli de cartes postales qu'il avait

regardées un moment, vaguement intéressé. Lorsque la gérante de la boutique l'avait informé que le prix y figurait, au dos, il lui avait impulsivement demandé à combien elle estimait le lot. Quelques secondes plus tard, ils se mettaient d'accord sur dix livres.

Au bout de quelques jours, il était rentré chez lui, et il avait passé en revue les centaines de vieilles cartes postales dont il était devenu propriétaire. Bon nombre avaient visiblement été achetées autrefois par un collectionneur, car elles n'avaient pas servi, mais certaines portaient un message au verso. Il avait lu les notes déchiffrables, écrites au stylo-plume ou au crayon indélébile. Il s'agissait presque toujours de nouvelles prosaïques de vacanciers : on s'amusait bien, le temps s'arrangeait, on avait rendu hier visite à tante Sissy, le paysage était beau, il avait plu toute la semaine mais on avait le moral, Ted n'aimait pas la cuisine, il faisait un temps magnifique, les jardins étaient tellement paisibles, le soleil rendait les moustiques plus actifs, on était tous allés nager, le temps, le temps, le temps.

Beaucoup de cartes dataient de la Grande Guerre, voire avant, avec leur timbre à un demi-penny, témoignage muet de l'évolution des prix. Un bon tiers avait été expédié de l'étranger. Longs voyages à travers l'Europe, trajets en funiculaire, petits tours dans les casinos, chaleur insupportable. Les photos elles-mêmes étaient encore plus intéressantes. Grey les considérait comme des instantanés tirés de documentaires du passé depuis longtemps perdus — aperçus de villes et de décors qui, d'une certaine manière, avaient cessé d'exister. Plusieurs montraient des endroits qu'il connaissait ou avait visités : des gentlemen et des dames de l'époque edwardienne se promenaient sur des esplanades de bord de mer à présent bordées d'hôtels imposants, d'établissements de jeux, de parcmètres ; des vallées campagnardes où passaient maintenant des autoroutes ; des lieux de pèlerinage français et italiens, entourés depuis de boutiques de souvenirs ; les marchés de villes paisibles, que l'époque moderne avait encombrées de circulation automobile et de grands magasins. Souvenirs d'un passé évanoui, là aussi, étranger mais reconnaissable, hors de portée — en réalité.

Il avait trié les cartes par pays, avant de les remettre dans leur boîte. Par la suite, chaque fois que ses amis lui en envoyaient, il les ajoutait à la collection en se disant que, plus tard, celles-là aussi représenteraient un certain passé.

La remarque de Sue l'avait surpris, mais les cartes n'appartenaient pas à sa période d'amnésie. Son séjour à Bradford s'était déroulé à l'époque où il travaillait toujours pour l'agence, c'est-à-dire au moins un an avant qu'il fasse la connaissance de la jeune femme.

Toutefois, elle savait qu'il avait entamé cette collection ; elle était donc venue chez lui, où elle avait vu la boîte, à moins qu'ils n'aient été assez intimes pour qu'il mentionne ce détail, somme toute insignifiant.

Ce qu'elle lui avait dit par ailleurs était plus vague. Ils avaient bel et bien été amants, quoique peu de temps, semblait-il. Ils avaient rompu. Il y avait quelqu'un d'autre dans sa vie à elle — elle avait mentionné un certain Niall. Grey l'appelait Sue, pas Susan. Venaient ensuite des détails bizarres : la manière dont ils s'étaient connus, le nuage.

Pourquoi leur liaison s'était-elle étiolée ? Les deux fois où il l'avait vue, brièvement, à la clinique, il s'était d'abord senti hostile. S'agissait-il du réveil de son inconscient ? S'il y avait quelqu'un d'autre, la jalousie avait-elle tout gâché ?

Et que signifiait le nuage, s'il signifiait quelque chose ? C'était une image banale. Pourquoi se la rappelait-elle tout particulièrement et l'imaginait-elle capable de réveiller les souvenirs de Grey ?

Dans l'ensemble, Sue n'avait rien dit qui fasse le moins du monde tressaillir sa mémoire. De la référence aux cartes postales, qu'il comprenait, à la mention du nuage, qu'il ne comprenait pas, elle ne l'avait aidé en rien.

Le docteur Hurdis écoutait avec une attention chaleureuse, comme d'habitude. Il prit quelques notes au fil des déclarations de Grey, mais, pour finir, se contenta de rester assis là, son carnet fermé sur les genoux.

« Nous pourrions essayer une nouvelle approche, annonça-t-il. J'aimerais vous hypnotiser.

— Ça y changerait vraiment quelque chose ?

— Peut-être. L'hypnose est parfois d'un grand secours pour retrouver les souvenirs perdus, quoique la technique reste imparfaite. Je pense cependant que, dans votre cas, elle pourrait apporter certains changements.

— Pourquoi ne pas me l'avoir proposé avant ?

— Maintenant, vous êtes motivé, affirma Hurdis, souriant. Je dois repasser à la clinique mercredi. Nous nous lancerons à ce moment-là. »

Le soir venu, Grey passa une heure à nager lentement sur le dos dans la piscine du sous-sol, en pensant à Sue.

Elle appela le mardi soir, obligeant une infirmière à pousser le fauteuil de Grey jusqu'au téléphone payant du corridor. Il disposait dans sa chambre d'un appareil privé, mais sans doute la jeune femme n'en avait-elle pas obtenu le numéro. Dès qu'il entendit sa voix, il comprit qu'elle allait le laisser tomber.

« Ça va, Richard ? s'enquit-elle.

— De mieux en mieux, merci. »

Un court silence, puis :

« J'appelle d'un téléphone public, alors je ne peux pas rester trop longtemps.

— Raccroche, je te rappellerai de ma chambre.

— Non, quelqu'un attend. Il faut que je te dise. Je ne pourrai pas venir te voir cette semaine. La semaine prochaine, ça ira ?

— Je suppose », répondit-il, malgré le choc et l'inévitable déception. « Tu avais promis de venir.

— Je sais, et j'en avais bien l'intention, mais ce n'est pas possible.

— Qu'est-ce qui se passe ?

— Je ne peux pas me payer le train et...

— Je t'ai dit que je pouvais payer.

— Oui, mais je ne peux pas prendre de congé.

J'ai une date limite qui m'oblige à travailler tous les jours à l'atelier.»

Deux patients parcouraient le corridor d'un pas lent, sans mot dire. Grey pressa le combiné contre son oreille dans l'espoir de préserver son intimité, jusqu'à ce que les deux autres convalescents entrent au salon; la musique de la télé lui parvint brièvement, avant que la porte ne se referme.

«Tu ne te rends donc pas compte de ce que ça représente pour moi?» demanda-t-il enfin.

Toutefois, il n'avait pas terminé la phrase que la communication s'interrompit puis reprit aussitôt, sans doute au moment où Sue ajoutait une pièce.

«Je n'ai pas entendu ce que tu as dit, lança-t-elle.

— J'ai dit que ta visite représentait beaucoup pour moi.

— Je sais. Je suis désolée.

— Tu viendras vraiment la semaine prochaine?

— J'essaierai.

— Tu *essaieras*? Je croyais que tu en avais envie.

— Mais oui, j'en ai envie.»

Un autre silence.

«Où es-tu? interrogea Grey. Il y a quelqu'un avec toi?

— Chez moi. Le téléphone est dans le hall de l'immeuble.

— Est-ce qu'il *y a* quelqu'un avec toi?

— Non, et je ne vois pas...

— C'est vrai, dit-il très vite. Je suis navré.

— Je travaille dans ma chambre, j'essaie de terminer un dessin avant d'aller à l'atelier, demain matin.»

Grey s'aperçut alors qu'il ignorait totalement où vivait sa correspondante ; une goutte de sueur lui coula sur la tempe, près de l'œil. Une partie de son être lui disait qu'il se ridiculisait en se laissant obséder par cette jeune personne, au point de déjà vérifier ce qu'elle faisait en son absence. Il s'était rarement senti aussi isolé, aussi peu libre de ses mouvements ou de ses pensées, aussi dépendant de quelqu'un d'autre.

« Écoute, reprit-il, on ne va pas tarder à être coupés. Il te reste de la monnaie ?

— Non, je vais devoir raccrocher.

— S'il te plaît, Sue, trouves-en un peu et rappelle-moi, qu'on puisse discuter. Ou donne-moi ton numéro, que je te rappelle. »

Le temps passait, tandis qu'il implorait d'un ton raisonnable.

« J'essaierai de venir passer le week-end dans le Devon.

— C'est vrai ? Tu es sérieuse ? Ce serait... »

Un déclic, et la communication s'interrompit. Grey poussa un gémissement de frustration, puis il raccrocha lorsque s'éleva le signal sonore invitant l'usager à composer un numéro. L'établissement tout entier lui sembla très silencieux, comme si ses dernières répliques résonnaient à travers la clinique, parfaitement audibles. Ce n'était heureusement qu'une illusion : les bruits étouffés de la télé lui parvenaient toujours, à travers la porte du salon, et quelque part sous ses pieds, la chaudière du chauffage central produisait les habituels grondements lointains. Des voix s'élevaient tout au bout du corridor.

Assis dans son fauteuil roulant, le combiné pendu au crochet en perspex, juste au-dessus de sa tête, Grey s'efforça de maîtriser ses émotions. Il n'était pas raisonnable, il le savait. Il traitait Sue comme si elle devait lui répondre de ses pensées, de ses actes, comme si elle rompait un serment.

Au bout de dix minutes, le téléphone sonna. Il décrocha brutalement.

«Je n'ai réussi à emprunter que deux pièces, annonça Sue. On a trois ou quatre minutes.

— Bon. En ce qui concerne le week-end...

— S'il te plaît ! Laisse-moi dire ce que j'ai à dire. Tu as l'impression que je te laisse tomber, je le sais très bien, mais je suis venue dans le Devon sans avoir vraiment réfléchi à ce que je faisais ni à l'épreuve que ça risquait de représenter pour nous deux. Je ne me rendais pas compte de l'effet que ça me ferait de te revoir. Tu veux que je t'explique ce qui s'est passé, mais c'est comme ça que les choses ont mal tourné la dernière fois, alors j'ai peur de te perdre une nouvelle fois.

— Ça veut dire qu'il faut qu'on se voie le plus vite possible.

— Oui, mais je ne peux pas laisser ma vie en plan. Je viendrai le week-end. Je te le promets. Seulement il faudra m'envoyer un peu d'argent.

— Je n'ai pas ton adresse !

— Tu as du papier sous la main ? Ou tu arriveras à t'en souvenir ? » Elle lui dicta au plus vite une adresse dans les quartiers nord de Londres. « C'est bon, tu as noté ?

— Je t'envoie un chèque demain.

— Je te rembourserai dès que possible.

— Tu ne…

— Il y a autre chose. » On aurait presque dit qu'elle expirait enfin, après avoir retenu son souffle un long moment. « Ne m'interromps pas, on n'a pas le temps. Je ne sais pas où j'en suis vis-à-vis de toi, vu que tu n'as pas l'air de me reconnaître et qu'il s'est passé ce qui s'est passé entre nous, mais c'est ma seule chance, il faut que je te le dise. Je veux qu'on se remette ensemble, je t'aime toujours.

— Toujours ?

— Je t'ai toujours aimé, Richard, depuis le début. Presque avant que tu ne m'adresses la parole pour la première fois. »

Il souriait, bien qu'il en crût à peine ses oreilles.

« Je n'en ai plus pour longtemps ici. Une semaine ou deux, je pense. Je me sens nettement mieux.

— C'est terrible de te voir dans un fauteuil roulant. Tu étais toujours si actif que je me sentais paresseuse, par comparaison.

— J'ai bien marché, aujourd'hui. Cinq allers-retours, et ça s'améliore de jour en jour. » Il avait conscience de se vanter comme un gamin, mais la mélancolie sinistre où elle l'avait plongé s'était évaporée. « Je suis désolé. Pour tout. Je suis tellement coupé du monde, ici, que mes problèmes personnels en arrivent à m'obséder. Les choses se passeront différemment, la prochaine fois. »

Ils discutaient toujours, échangeant des demi-confidences, quand l'argent de Sue s'épuisa et la communication fut coupée. Il raccrocha puis s'ébranla en poussant de toutes ses forces sur les roues de son fauteuil, pivota au bout du couloir et fonça vers l'ascenseur. S'il avait eu un bras disponible, il aurait agité le poing en l'air.

De retour dans sa chambre, il fouilla la boîte de papiers personnels envoyée à la clinique par la police, en quête de son carnet de chèques. La seule vision des diverses cartes et feuilles ressemblait à un aperçu de son ancienne identité : permis de conduire, cartes de crédit, carte de certification de chèques (arrivée à expiration), carte de membre de l'Institut britannique du film, carte de syndiqué BECTU, carte du club de la BBC, carte de membre du National Trust[1]...

Après avoir mis la main sur son chéquier, il rédigea un chèque d'une centaine de livres en faveur de Sue, griffonna quelques mots sur le papier à entête de la clinique puis glissa lettre et chèque dans une enveloppe. Il y inscrivit l'adresse dictée par la jeune femme et la plaça en évidence, prête à partir le lendemain matin.

Enfin, adossé dans son fauteuil, il s'attarda avec plaisir sur les répliques intimes échangées au terme de la conversation. Les yeux clos, il chercha à évoquer le visage de Sue.

Un peu plus tard, son attention revint aux documents éparpillés sur la table. Ils avaient beau l'accompagner depuis son transfert dans le Devon,

---

1. Société pour la conservation des sites et monuments. *(N.d.T.)*

c'était tout juste s'il les avait regardés, jusque-là. Rien n'aurait pu lui sembler plus indifférent. Un avocat payé par le journal veillait sur ses intérêts, s'il en avait. Le chèque destiné à Sue était le premier qu'il écrivait de son propre chef depuis l'attentat.

Saisi d'un brusque intérêt pour sa personne, il ouvrit le carnet afin d'en étudier le contenu. La moitié environ des vingt-cinq chèques avait été utilisée, et les dates griffonnées sur les talons correspondaient toutes aux quelques jours précédant l'explosion de la voiture piégée. Il les examina un à un, dans l'espoir de découvrir un indice, mais comprit vite qu'il n'en tirerait pas grand-chose. La plupart concernaient des retraits d'argent, deux de cent livres, les autres de cinquante. Les derniers chèques manquants étaient destinés aux British Telecom (un), à la London Electricity (un), à un magasin de disques (un), à des stations-service (deux ou trois) et à une certaine Mme Williams (un, de vingt-sept livres). C'était le seul à laisser Grey perplexe, mais il n'avait sans doute aucune importance.

Le carton contenait aussi un carnet d'adresses, un petit calepin relié plastique — presque vide, son propriétaire le savait, car il n'avait jamais été doué pour prendre les adresses. Il n'en chercha pas moins la page des K. Pas de Susan Kewley, ce qui était un rien décevant, mais pas surprenant. Ç'aurait été une sorte de preuve, un lien avec son passé oublié.

Il parcourut le calepin en examinant toutes les notes. La plupart des adresses correspondaient à des gens dont il se souvenait : des collègues, d'anciennes maîtresses, sa tante australienne. Certains noms étaient accolés à des numéros de téléphone, sans plus. La moindre entrée lui semblait familière, associée à son passé connu, et ne lui apprenait rien de neuf. Pas de Mme Williams. Il allait reposer le carnet, lorsque l'idée lui vint de consulter le verso de la dernière page, car il venait de se rappeler qu'il y griffonnait parfois quelques notes. Là, il trouva enfin ce qu'il cherchait : parmi divers gribouillis, un certain nombre d'obscures opérations arithmétiques et les renseignements correspondant à un rendez-vous chez le dentiste, figurait le mot « Sue », près d'un numéro de téléphone londonien en 28.

Grey fut tenté de décrocher immédiatement pour rappeler la jeune femme, afin de célébrer le fait qu'il l'avait trouvée dans son passé, mais il se retint. Ce qui s'était passé entre eux et la conclusion de leur dernière conversation l'avaient satisfait. Un autre coup de fil risquait de la faire changer d'avis, une fois de plus. Il avait tout le temps de vérifier qu'elle avait gardé le même numéro et de s'assurer du lien d'autrefois.

Le lendemain matin, le convalescent se rendit au bureau du docteur Hurdis, d'humeur aussi optimiste que la veille au soir. Il avait bien dormi, sans analgésique. Le psychiatre l'attendait, en compagnie d'une jeune femme.

« Richard, je suis heureux de vous présenter Alexandra Gowers, une chercheuse qui a fait partie de mes étudiantes. Alexandra, M. Richard Grey.

— Ravi de faire votre connaissance. »

L'inconnue et Grey se serrèrent poliment la main, lui un peu déconcerté par ce préambule, elle un sourire amical aux lèvres. Peut-être s'agissait-il d'un sourire de circonstance, mais il la rendit plutôt sympathique à l'arrivant. Il remarqua sans s'y arrêter qu'elle portait une jupe rouge et un pull en laine noir. Ses lunettes et ses longs cheveux sombres lui donnaient l'air studieux.

« Si vous le permettez, Richard, reprit Hurdis, j'aimerais que Mlle Gowers assiste à la séance d'hypnose. Y voyez-vous un inconvénient ?

— Je suppose que non, mais puis-je vous demander pourquoi ?

— Ses recherches portent sur l'amnésie spontanée dans ses relations avec la transe hypnotique, et il m'a semblé que votre cas présenterait pour elle un intérêt très net. Mais si vous préférez…

— Non, non, je n'ai aucune objection », coupa Grey.

Il n'avait pas réellement envie de résister.

« De toute manière, il s'agit juste d'une séance préliminaire. Je me contenterai de vous plonger dans une transe légère pour voir comment vous réagissez. Ensuite, si tout va bien, peut-être essaierai-je de vous emmener un peu plus profond. »

Hurdis et la jeune femme aidèrent Grey à quitter son fauteuil roulant. Hurdis supporta son poids pendant qu'il se laissait aller dans un des fauteuils de cuir, où il se mit à son aise.

« Avez-vous des questions, Richard ?

— Dites-moi ce qui va se passer. C'est comme quand on perd connaissance ?

— Non, vous resterez conscient tout du long. L'hypnose n'est qu'une forme de détente.

— Je n'aime pas l'idée d'être inconscient.

— Il faut vous efforcer de coopérer autant que possible. D'une certaine manière, le sujet s'hypnotise tout seul, ce qui signifie que vous garderez le contrôle. Vous serez libre de parler, de bouger les mains, voire d'ouvrir les yeux. Rien de tel ne brisera la transe. Mais attention, je vous préviens, et c'est important : nous n'obtiendrons peut-être pas de résultats immédiats. Dans ce cas, ne vous sentez surtout pas floué.

— Je suis capable de l'accepter », assura Grey, qui se rappelait les moments où il avait espéré progresser, ces derniers temps, sans jamais y parvenir.

« Bon, si vous êtes prêt… » Posté près de lui, Hurdis étira le pied d'une lampe de bureau ajustable pour la lui positionner au-dessus de la tête. « Vous voyez la lampe ?

— Oui. »

Le psychiatre la recula un peu.

« Et là ?

— Tout juste.

— Continuez à regarder en l'air de manière qu'elle reste à la limite de votre champ de vision. Décontractez-vous le plus possible et laissez votre respiration devenir calme, régulière. Écoutez-moi, et si vos yeux fatiguent, laissez-les se fermer. » Grey savait qu'Alexandra Gowers s'était éloignée pour s'asseoir sur une des chaises droites rangées contre le mur. «Ne perdez pas la lampe de vue, écoutez-moi et, tout en m'écoutant, commencez à compter à rebours dans votre tête, compter dans votre tête, compter à rebours en partant de trois cents, commencez maintenant, continuez à compter et écoutez-moi, mais continuez à compter lentement *299* dans votre tête, respirez *298* lentement et calmement, *297* ne pensez à rien mais *296* continuez à regarder la lampe *295* et à compter lentement à rebours *294* en m'écoutant et en sentant vos muscles se décontracter *293* et en vous sentant bien, extrêmement bien *292*, vos jambes sont lourdes *291*, vos bras sont lourds *290*, vos yeux commencent à fatiguer *289*, vous pouvez les fermer si vous voulez *288*, mais continuez à compter lentement en m'écoutant *287*, vos muscles sont décontractés et vos yeux fermés *286*, mais vous continuez à compter *285* lentement en vous sentant *284* dériver peu à peu *283*, et là, vous vous sentez *282* somnolent et bien *281* en dérivant lentement *280*, somnolent en m'écoutant mais en somnolant, en dérivant de plus en plus vers le sommeil mais en m'écoutant…»

Grey se sentait bien en écoutant les instructions, décontracté et somnolent, les yeux fermés, quoique toujours conscient de son environnement. Ses sens lui semblaient même plus aiguisés qu'à l'ordinaire, puisqu'il percevait les mouvements et les bruits produits dans la pièce, mais aussi au-delà. Deux personnes passaient dans le couloir en discutant tranquillement. Le moteur de l'ascenseur ronflait. Quelque part dans le bureau, Alexandra Gowers produisit un cliquetis évoquant un stylo-bille puis se mit à écrire. Le bruit du stylo était si délicat, si délibérément dirigé par la main de la jeune femme, qu'il suffisait à Grey de l'écouter attentivement pour suivre les fins tracés : elle venait de coucher son nom à lui sur le papier, en majuscules, avant de le souligner. Elle notait la date à côté. Pourquoi avait-elle dessiné un tiret à travers la tige du « 7 »… ? Dans la pièce voisine, un téléphone sonna, détournant l'attention de Grey. On se racla la gorge, puis on décrocha. Il entendit ce qu'on disait, mais décida de ne pas écouter. La douleur avait disparu, totalement, pour la première fois depuis des semaines. Conformément aux instructions de Hurdis, les sensations de la transe…

« … dérivant vers le sommeil, somnolent, m'écoutant, tous les muscles décontractés, somnolent. Bien, Richard, très bien. Maintenant, continuez à respirer régulièrement, mais je vous demande de vous concentrer sur votre main droite. Pensez à votre main droite, aux sensations qu'elle vous procure, concentrez-vous dessus, peut-être vous rendez-vous compte qu'elle repose sur quelque chose de doux, de discret, de très discret, quelque chose qui soutient votre main et se presse doucement contre elle par en dessous, soulevant votre main, soulevant votre main… »

Comme Hurdis prononçait ces mots, Grey sentit sa main droite décoller de ses genoux puis s'élever rapidement, sans à-coups, jusqu'à ce qu'il se retrouve le bras en l'air ou presque.

Alexandra Gowers produisit un autre cliquetis,

avec un chronomètre, comprit-il, avant d'écrire de l'autre main : *Bras droit ; 1 mn 57s.* Nouveau cliquetis du chronomètre.

«Bien, très bien, dit Hurdis. Maintenant, vous sentez votre main en l'air, vous sentez l'air qui l'entoure, qui la soutient en douceur. L'air la tient où elle est, il la tient, et vous ne pouvez pas la redescendre, l'air la tient... »

Pendant que Grey, obéissant, cherchait à redescendre la main, Alexandra Gowers le chronométra de nouveau en prenant des notes. Il comprit qu'il était un bon sujet d'hypnose. La sensation de dualité commençait à lui plaire : son esprit et son corps, séparés, pouvaient agir indépendamment l'un de l'autre.

«... la tient, mais maintenant je veux que vous baissiez la main dès que j'aurai compté jusqu'à cinq, dès que j'aurai compté de un à cinq, votre main retombera, mais pas avant que je sois arrivé à cinq, Richard, un... deux... votre main est toujours maintenue en l'air... trois... quatre... vous sentez l'air relâcher votre main... cinq... votre main est libre... »

De sa propre volonté, semblait-il, la main de Grey retomba lentement sur ses genoux.

«Bien, Richard, parfait. Maintenant, je veux que vous commenciez à respirer lentement, tous les muscles décontractés, mais quand je vous dirai d'ouvrir les yeux, pas avant, vous ouvrirez les yeux et vous regarderez autour de vous, et quand vous ouvrirez les yeux et que vous regarderez autour de vous, je veux que vous cherchiez, mais pas avant

que je vous le dise, je veux que vous cherchiez
Mlle Gowers, que vous cherchiez Mlle Gowers,
mais vous avez beau savoir qu'elle est là, vous
serez incapable de la voir, elle est là mais vous
serez incapable de la voir, mais n'ouvrez pas les
yeux tant que je n'ai pas compté jusqu'à cinq,
quand j'aurai compté de un à cinq, je veux que
vous ouvriez les yeux... »

Hurdis continua de la même voix, douce et
monotone, totalement irrésistible en ce qui concernait son patient, attentif. Grey se concentra sur
Alexandra Gowers, assise à quelques mètres, penchée en avant, les jambes croisées, le bloc-notes
sur les genoux, un stylo dans une main, un chronomètre dans l'autre. Le souffle de la jeune femme
lui parvenait, de même que le sifflement quasi
inaudible produit par ses jambes voilées en se croi-
sant et en frottant l'une contre l'autre, à peine, au
moment où elle bougea.

« ... ouvrir les yeux quand j'arriverai à cinq...
Un... deux... trois... quatre... je veux que vous
ouvriez les yeux... cinq... »

Grey ouvrit les yeux. Le docteur Hurdis le regardait, posté près de son fauteuil, légèrement sur le
côté, un demi-sourire amical aux lèvres.

« Vous êtes incapable de voir Mlle Gowers,
Richard, mais je veux que vous essayiez, je veux
que vous regardiez partout autour de vous mais
vous êtes incapable de la voir, allez-y, regardez... »

Grey se tourna aussitôt dans la direction où se
trouvait la jeune femme, persuadé de la voir, déjà
habitué à son aspect, mais elle n'était pas là. Sans

doute s'était-elle déplacée. Il parcourut le bureau d'un coup d'œil rapide, sans la découvrir nulle part, puis reposa le regard sur sa chaise. Il *savait* qu'elle était là, mais il s'avérait incapable de la voir. Un soleil affaibli brillait derrière la fenêtre, éclairant le mur. Il n'y avait pas même l'ombre de la cher-cheuse.

« Vous pouvez parler si vous voulez, Richard.

— Où est-elle ? Elle est partie ?

— Non, elle est toujours là, mais invisible, pour l'instant. Maintenant, radossez-vous, je vous prie, et remettez-vous à l'aise. Refermez les yeux, respi-rez régulièrement, laissez vos membres se décon-tracter. Vous vous sentez somnolent. » Grey ferma les yeux. Le chronomètre cliqueta, deux jambes glissèrent l'une contre l'autre avec un chuchotis soyeux, le stylo-bille se mit à courir sur le papier. « Bien, très bien. Vous vous sentez de nouveau dériver, vous repartez lentement vers le sommeil, vous vous sentez somnolent, vraiment très som-nolent, vous dérivez de plus en plus loin, de plus en plus loin, très bien, plus loin, toujours plus loin, et maintenant, je vais compter de un à dix, vous allez dériver de plus en plus loin, à chaque chiffre que vous entendrez, vous dériverez un peu plus loin, vous vous sentirez un peu plus somnolent, un... loin... deux... de plus en plus loin... trois... »

Là, un blanc.

Puis, ensuite, aux oreilles de Grey :

« Sept... vous vous sentirez revigoré, heureux, calme... huit... vous commencez à vous réveiller, vous serez tout à fait réveillé, tout à fait alerte, calme... neuf... votre sommeil est devenu léger, vous voyez la lumière du jour à travers vos paupières, dans un instant, vous ouvrirez les yeux et vous serez tout à fait réveillé, calme et heureux... dix... Ouvrez les yeux, Richard. »

Grey attendit quelques secondes supplémentaires, très à l'aise dans son fauteuil, les mains croisées sur les genoux, désolé que la séance s'achève. Il répugnait à briser le sortilège. La transe l'avait libéré de la douleur et de la raideur, ce qui représentait un bienfait sans prix. Toutefois, ses paupières battirent au soleil et, un instant plus tard, ses yeux s'ouvrirent complètement.

Il s'était produit quelque chose.

Telle fut sa première pensée lorsqu'il vit les deux autres. Ils se tenaient près de son fauteuil, le regard baissé vers lui. La sérénité qu'ils affichaient au début de la séance avait cédé la place à une tension inquiète.

« Comment vous sentez-vous, Richard ?

— Bien », répondit-il. Mais, déjà, la douleur s'imposait, la raideur familière s'emparait de sa hanche, de son dos couturé de cicatrices, de ses épaules. « Il y a un problème ?

— Non, bien sûr que non. »

Hurdis se montrait abrupt, maladroit. Il s'installa dans l'autre fauteuil, tandis que son ancienne élève allait se poster près de la fenêtre, à un endroit où Grey la voyait mal. Le soleil avait disparu.

« Vous vous rappelez ce qui s'est passé ? demanda le psychiatre.

— Je pense.

— Quel est votre premier souvenir de la séance ? »

Grey referma à demi les yeux, pensif. Malgré le retour de la douleur, il se sentait optimiste, rasséréné, le cœur léger, comme on se sent en principe après une bonne nuit de sommeil ou de longues vacances. En fait, il ne lui restait pas grand-chose de la transe, à part le compte à rebours monotone, la voix de Hurdis, la conscience aiguë des faits et gestes d'Alexandra Gowers, assise un peu plus loin. Ce souvenir-là était clair et net. Pourtant, le convalescent sentait vaguement que ça ne faisait pas partie de ce qu'il était censé se rappeler.

« Je sais que vous avez compté, dit-il, puis qu'il s'est produit quelque chose avec ma main. Vous avez fait disparaître Mlle Gowers, aussi. Après, je crois que... vous vouliez aller plus loin, mais je ne sais pas exactement ce qui s'est passé. J'ai commencé à me réveiller.

— C'est tout ?

— Oui.

— Vous en êtes vraiment certain ? Il n'y a rien entre les deux ?

— Je crois que j'ai eu en permanence conscience de votre présence à tous les deux », déclara Grey, désireux de coopérer. « C'était très net...

— Non, plus tard. Avant la fin. Vous vous rappelez avoir écrit quelque chose ?

— Pas du tout.

— Alors c'était bien spontané », lança Alexandra Gowers, toujours à la fenêtre.

« Je suis entièrement d'accord avec vous. »
Hurdis continua, pour son patient : « Vous êtes un
excellent sujet d'hypnose. Je vous ai plongé en
transe profonde sans le moindre problème, et je
vous ai ramené à l'époque obscurcie par l'amnésie.
Vous n'en avez aucun souvenir ? »

Grey secoua la tête, fort surpris de la nouvelle,
qui le mettait aux prises avec une immense per-
plexité. Apparemment, il avait oublié une partie de
la séance d'hypnose, celle où il s'était rappelé ce
qu'il avait oublié. Ça semblait tellement pratique
— un message codé de l'inconscient.

« Je vous ai demandé de vous remémorer les événements de l'année dernière. En gros, la période
couverte par votre amnésie correspond aux mois
d'été, puisque la voiture piégée a explosé début
septembre. C'est bien ça ?

— Oui.

— Vous avez accepté de revenir en arrière sans
problème, mais vous étiez bouleversé, ça s'entendait, et suivre ce que vous racontiez n'était pas
facile. Quand je vous ai demandé de décrire votre
environnement, vous ne m'avez pas répondu. Alors
je vous ai demandé si quelqu'un vous accompagnait, et vous m'avez répondu que oui, une jeune
femme.

— Susan Kewley !

— Vous l'appeliez Sue. Mais ça ne prouve rien,
Richard.

— Si Sue était avec moi, ça doit quand même
bien prouver quelque chose !

— Certes, mais il va falloir en passer par d'autres

séances d'hypnose. Celle-ci était trop courte, et ce que vous disiez manquait de clarté. Vous avez parlé français, par exemple.

— *Français !* Mais je ne parle pas français ! Enfin, presque pas. Pourquoi parlerais-je français sous hypnose ?

— Ça arrive.

— Qu'est-ce que j'ai dit ? »

Alexandra Gowers consulta ses notes.

« Vous commandiez à manger, annonça-t-elle. Vous avez demandé du vin rouge aussi. Ça vous rappelle quelque chose ?

— Rien de récent, en tout cas. »

À vrai dire, Grey se souvenait très bien que son dernier voyage en France remontait à trois ans. Il faisait alors partie d'une équipe chargée de couvrir les élections présidentielles, à Paris. Les techniciens étaient accompagnés d'une chercheuse d'informations de l'agence qui parlait français, et qui leur avait servi d'interprète les trois quarts du temps. Personnellement, c'était tout juste s'il avait prononcé un mot de français pendant le séjour. Il ne lui en restait qu'un souvenir : il avait passé une nuit avec la chercheuse, Mathilda. Elle travaillait toujours à l'agence, où elle était devenue directrice générale adjointe, après s'être très vite élevée dans la hiérarchie.

« La prochaine fois, j'enregistrerai la séance, déclara le docteur Hurdis. Je n'en ai pas pris la peine aujourd'hui, parce que je ne m'attendais pas à vous faire dépasser une transe légère, mais je crois que vous devriez voir ça. » Il tendait à son patient

une feuille, apparemment arrachée à un bloc-notes.
« Vous reconnaissez l'écriture ? »

Grey y jeta un coup d'œil puis, surpris, l'examina
de plus près.

« C'est la mienne.

— Vous vous souvenez ?

— Où avez-vous trouvé ça ? » Il parcourut rapidement le texte, qui décrivait la salle d'attente des
départs d'un aéroport : la foule, les enfants courant
partout, les annonces des haut-parleurs, les bureaux
des compagnies aériennes. « On dirait un extrait de
lettre. Quand est-ce que je l'ai écrit ?

— Il y a une vingtaine de minutes, pendant votre
régression.

— Ce n'est pas possible !

— Vous avez demandé du papier, alors
Mlle Gowers vous a prêté son bloc-notes. Vous
n'avez pas prononcé un mot en rédigeant votre
texte, et vous n'avez arrêté que quand je vous ai
repris le stylo. »

Grey relut la page, sans rien y trouver qui lui
donnât la moindre impression de déjà-vu. Le passage avait quelque chose de familier, mais seulement dans la mesure où il décrivait l'agitation,
l'ennui, l'attente nerveuse caractéristiques des ter-
minaux d'aéroport, endroits qu'il avait fréquentés
plus souvent qu'à son tour. La dernière demi-heure
avant l'embarquement le mettait toujours à cran. Il
pouvait donc fort bien raconter ses errances dans
un hall des départs, mais rien n'était plus éloigné de
ses préoccupations, ce matin-là.

« Je ne sais pas quoi dire, avoua-t-il. Je n'ai pas

la moindre idée de ce que ça peut bien signifier. Qu'est-ce que vous en pensez ?

— C'est peut-être tiré d'une lettre, comme vous venez de le dire. Ou d'un livre que vous avez lu il y a longtemps. Ou d'un film. La mémoire joue facilement ce genre de tours. À moins que ça ne concerne un épisode de votre vie, rappelé par l'hypnose à votre esprit.

— Oui, c'est ça. Certainement, non ?

— C'est possible aussi, mais il faut vraiment aborder cette possibilité-là avec la plus grande prudence. » Hurdis jeta un coup d'œil à la pendule murale. « Voilà pourquoi nous devons être précautionneux. Il reste un long chemin à parcourir. La semaine prochaine, lors de notre séance… ? »

Grey éprouva un pincement de mécontentement.

« J'espère quitter la clinique d'ici peu.

— Pas avant la semaine prochaine, tout de même ?

— Non, mais d'ici peu.

— Parfait. »

Hurdis était visiblement prêt à partir. Alexandra Gowers s'était rapprochée de la porte, le bloc-notes serré à deux bras contre la poitrine.

« Mais qu'est-ce que ça signifie, en ce qui me concerne ? » demanda Grey, toujours dans le fauteuil en cuir, qu'il ne pouvait quitter sans aide. « Est-ce qu'on a progressé ?

— La prochaine fois, je vous implanterai la suggestion de vous rappeler ce qui arrive pendant la transe profonde. Ça nous donnera peut-être des chances d'interpréter ce que vous vivrez.

— Et ça ? » Il parlait de la page manuscrite. « Je la garde ?

— Si vous voulez. Non, à la réflexion, je vais la ranger avec mes notes, dans votre dossier. La semaine prochaine, elle servira éventuellement de base à une nouvelle régression. »

Hurdis prit la feuille à son patient sans rencontrer de résistance. Le texte éveillait la curiosité de Grey, mais ne lui semblait pas avoir d'importance en lui-même.

Avant de partir, Alexandra Gowers s'approcha de lui.

« Je vous remercie de m'avoir autorisée à rester. »

Ils échangèrent à l'initiative de la jeune femme une poignée de main aussi formelle qu'en début de séance.

« Vous étiez toujours dans le bureau, quand j'ai cherché à vous voir ? demanda Grey.

— Oui.

— Sur cette chaise-là ?

— Je n'ai pas bougé d'un centimètre.

— Alors comment se fait-il que je ne vous aie pas vue ?

— On appelle ça une hallucination négative induite. C'est un test standard de la transe hypnotique. Vous saviez où je me trouvais, vous saviez comment me voir. À un moment, vous m'avez même regardée droit dans les yeux. Mais vous ne *pouviez* pas me voir, parce que votre esprit refusait d'enregistrer ma présence. L'hypnose de music-hall fonctionne plus ou moins de la même manière, sauf qu'en général le magicien montre au sujet les spectateurs déshabillés. » Elle s'exprimait avec le plus grand sérieux, le bloc-notes serré contre la poitrine. Sans cesser de soutenir le regard de Grey, elle remonta ses lunettes sur l'arête de son nez. « Apparemment, ça marche mieux sur les représentants du sexe opposé.

— Ah ! Eh bien, de toute manière, c'était un plaisir de vous chercher.

— J'espère vraiment que vous retrouverez la mémoire. Je serais très intéressée d'apprendre ce qui va se produire.

— Moi aussi. »

Ils échangèrent un sourire poli, puis elle pivota et sortit dans le corridor. Il attendit qu'un infirmier ou un aide-soignant vienne l'aider à s'installer dans son fauteuil roulant.

Ce soir-là, seul dans sa chambre, Richard Grey se hissa péniblement, douloureusement hors de son fauteuil puis parcourut la pièce en s'aidant de ses béquilles. Plus tard, il parcourut le long corridor, aller-retour, avec l'impression de plonger du bord d'une piscine sans savoir nager. Lorsqu'il recommença, après une courte pause, il mit nettement plus longtemps et se reposa chaque fois qu'il en éprouva le besoin. Le second trajet terminé, il lui semblait qu'on venait de lui marteler la hanche au point de la couvrir d'hématomes. Plus tard, la douleur l'empêcha de dormir. Il resta réveillé dans son lit, fermement décidé à mettre fin le plus vite possible à sa longue convalescence, persuadé que son corps et son esprit guériraient à l'unisson : il se rappellerait en réapprenant à marcher, et vice versa. Jusqu'ici, il s'était passivement satisfait de laisser le temps suivre son cours ; à présent, sa vie avait changé.

Le lendemain, en séance avec James Woodbridge, il ne dit pas un mot de ce qui s'était apparemment produit pendant sa transe hypnotique. Il en avait assez des interprétations, des termes techniques, des avertissements sur la perspective dans laquelle il replaçait les événements. Il fallait qu'il se rappelle son passé oublié, et qu'il se le rappelle en détail, c'était une certitude. D'une certaine manière, ce serait le symbole de guérison qui ouvrirait la voie au reste de sa vie. Les semaines précédant l'explosion de la voiture piégée avaient énormément d'importance. Peut-être ne cachaient-elles rien de plus qu'une amourette avec Sue, mais vu le moment auquel elle s'était produite, ce souvenir-là aurait son prix aussi.

Là aussi, le néant silencieux logé dans la mémoire de Grey, le passé invisible recelaient la promesse de l'avenir.

Le jeudi s'écoula lentement, mais le vendredi finit par arriver. Il rangea sa chambre, fit nettoyer ses vêtements par le pressing de la clinique et travailler son corps, tout en se concentrant sans trêve pour essayer de se rappeler. Chacun savait que Sue devait lui rendre visite, aussi se laissa-t-il taquiner de bonne grâce par le personnel. Rien n'altérait sa bonne humeur. La perspective de voir la jeune femme arrangeait tout. La journée se traîna, le crépuscule arriva, et comme le retard de Sue devenait évident, les espoirs de Grey se muèrent en appréhension. Tard dans la soirée, bien plus tard qu'il ne le pensait, elle appela d'un téléphone public. Son train était enfin arrivé à la gare de Totnes, d'où elle allait prendre un taxi. Une demi-heure après, elle était là.

TROISIÈME PARTIE

Le tableau d'affichage indiquait que mon avion décollerait en retard, mais comme j'avais déjà passé les contrôles de sécurité et de passeport, je ne pouvais plus quitter la salle d'attente des départs. Si vaste qu'elle fût, avec les grandes vitres dominant le tarmac, il y régnait une chaleur et un vacarme oppressants. C'était la semaine la plus chargée des vacances, et une foule de groupes partant en voyage organisé pour Alicante, Faro, Athènes ou Palma de Majorque se pressait dans la salle. Des bébés pleuraient, des enfants couraient partout en s'amusant avec énergie, un groupe de jeunes au crâne rasé se vautrait dans un coin, parmi les canettes de bière vides, on faisait la queue devant les téléphones. Les annonces d'embarquement se succédaient, toujours pour d'autres vols.

Je regrettais déjà de ne pas avoir choisi le train, mais le voyage aérien possédait l'avantage de la rapidité, y compris quand il devait être aussi court que le mien. Pourtant, depuis mon départ matinal de chez moi, les retards s'étaient succédé : la traversée de

Londres en métro, avec deux changements, le lent trajet jusqu'à l'aéroport de Gatwick dans un wagon empli jusqu'aux portières, et maintenant, l'attente.

J'étais nerveux. J'avais pris l'avion un nombre incalculable de fois, mais je me sentais toujours à cran juste avant d'embarquer, alors je traînais dans la salle d'attente en m'efforçant de penser à autre chose. Il ne restait pas une place assise, et il n'y avait pas grand-chose à faire, à part se planter dans un coin ou errer en lorgnant les autres voyageurs. À mon troisième ou quatrième passage, j'ai remarqué un quadragénaire chargé de deux énormes bagages à main, une jolie femme discrètement vêtue d'une veste légère, un homme d'affaires plongé dans un journal financier qu'il tenait tout près de son nez, visiblement désireux de s'isoler par sa lecture de la foule négligée qui l'entourait. Je me suis distraitement interrogé sur chacun d'eux à tour de rôle : comment certains font-ils pour embarquer avec des bagages à main aussi encombrants ? elle me plaît, mais ai-je vraiment une chance de faire sa connaissance ? pourquoi un homme d'affaires prend-il l'avion un week-end de vacances ? Comme toujours, ces questions négligentes ne menaient nulle part, et je m'en suis vite lassé.

La cause du retard enfin écartée, on a appelé les passagers de trois vols les uns à la suite des autres. La foule s'est peu à peu dispersée, puis mon propre avion a été annoncé. J'ai emprunté la porte d'embarquement indiquée en compagnie d'un flot de voyageurs. Le vol jusqu'au Touquet a été si rapide que je me suis senti encore plus frustré de

m'être donné la peine d'aller à l'aéroport. Moins
d'une heure après l'annonce, j'étais installé dans
un train français à destination de Lille. Le voyage
allait être long, aussi avais-je acheté à manger au
Touquet : du pain frais, du fromage, quelques
fruits et une grande bouteille de Coca-Cola.

Comme le convoi s'arrêtait dans toutes les gares
intermédiaires, je suis arrivé à Lille en milieu
d'après-midi. L'express à destination de Bâle attendait à quai, à mon grand soulagement, car le retard
du premier train m'avait fait craindre de rater la
correspondance, mais une fois parti, le second s'est
révélé encore plus lent. Il serpentait sans se presser
à travers les plaines du nord de la France, s'immobilisant souvent en rase campagne. Un grand silence
tombait alors sur le wagon quasi désert. Le soleil
brillait. Seul dans mon compartiment, j'ai sorti un
de mes livres de poche, malgré une certaine somnolence.

Pendant un des longs arrêts dans une gare quelconque, la porte du corridor s'est ouverte, me tirant
de mon assoupissement. J'ai levé les yeux. Une
jeune femme de taille et de corpulence moyennes
se tenait sur le seuil. Sa tête me disait quelque
chose, même si, sur le moment, j'aurais été bien en
peine de dire où je l'avais déjà vue.

« Vous êtes anglais, non ? a-t-elle interrogé.

— Oui. »

J'ai tendu mon livre pour le lui montrer,
comme s'il fallait lui donner une preuve de ma
nationalité.

« C'est bien ce que je pensais. Vous étiez à

Gatwick, il me semble, et je vous ai vu aussi dans le train pour Lille. »

Je me suis alors rappelé l'avoir brièvement remarquée dans la salle d'attente des départs.

« Vous cherchez une place ? » ai-je demandé.

J'étais déjà fatigué de ma propre compagnie.

« Non, j'en ai réservé une à Londres. Je pensais que le train serait complet. Le problème, c'est que je suis dans un compartiment bondé, avec sept autres personnes, alors que le reste du wagon est presque désert. Ça paraît idiot de rester entassés là-dedans, par cette chaleur. »

Le convoi a été ballotté, comme si on y accrochait d'autres voitures, puis s'est figé, une fois de plus. Quelque part sous le plancher, un générateur s'est mis à geindre. Deux hommes en uniforme de la SNCF sont passés d'un pas lent sur le quai, en contrebas.

La jeune femme a refermé la porte coulissante puis s'est assise dans le coin fenêtre à l'opposé du mien. Elle portait un fourre-tout en toile à longue bandoulière, bien rempli, qu'elle a posé sur le siège voisin.

« Où allez-vous ? a-t-elle repris.

— À Nancy.

— Quelle coïncidence. Moi aussi.

— Je ne compte y rester qu'une nuit. Et vous ? Vous connaissez quelqu'un, là-bas ?

— Non, je ne ferai qu'y passer.

— Vous allez en Suisse ?

— Sur la Côte d'Azur, en fait. Je rends visite à un ami, près de Saint-Raphaël.

— Ça ne vous fait pas un long détour ?

— Je ne suis pas pressée. Le voyage ne me coûte rien, alors je me suis dit que je pourrais en profiter pour visiter un peu la France en chemin.

— Vous n'avez pas vraiment choisi la route la plus spectaculaire, vous savez ? »

Je jetai un coup d'œil à l'extérieur, sur une morne ville d'usines et de petites maisons, scintillantes à la chaleur.

Mon interlocutrice avait les cheveux bruns et raides, le teint pâle, les mains fines. Environ vingt-cinq ans, à mon avis. J'étais enchanté de sa compagnie, parce qu'elle me soulageait de mon ennui, mais surtout parce qu'elle m'avait plu au premier coup d'œil ou presque. Apparemment, elle s'intéressait à moi, car elle m'a poussé à parler. Installés l'un en face de l'autre, penchés l'un vers l'autre, nous avons discuté de notre existence londonienne, comparé nos vécus, appris à nous connaître. Comme elle n'avait rien avalé depuis le petit déjeuner, j'ai partagé mes provisions avec elle et acheté plusieurs canettes de bière au vendeur ambulant qui poussait son chariot dans le couloir.

La longue traversée de la France se poursuivait, le soleil brillant droit à travers la fenêtre de notre compartiment. À son arrivée, la jeune femme portait la veste que je lui avais vue à l'aéroport, mais quelques minutes plus tard elle l'a ôtée et rangée dans le filet à bagages, au-dessus de sa tête. Pendant qu'elle me tournait le dos, je n'ai pu me retenir de la jauger. Elle était mince, avec des épaules légèrement osseuses, mais un corps ravissant. Les contours de son soutien-gorge blanc se dessinaient sous son corsage. Des pensées spéculatives charnelles m'ont traversé l'esprit — je me suis demandé où elle comptait passer la nuit, avec qui, si elle aimerait avoir un compagnon de voyage passé ce trajet ferroviaire, combien de temps elle pouvait se permettre de perdre en allant voir son ami dans le Sud... C'était presque trop beau pour être vrai : rencontrer dès le premier jour une jeune personne séduisante. Je comptais passer mes vacances en solitaire, je m'y attendais, mais cela ne signifiait pas que j'en avais envie.

La discussion s'est poursuivie, pendant que nous terminions les provisions, puis nous nous sommes enfin présentés. Elle s'appelait Sue. Elle habitait à Hornsey, un quartier de Londres assez proche de West Hampstead, où je vivais, pour que nous ayons en commun de nombreux points de repère. Nous étions tous les deux des habitués d'un pub de Highgate où nous nous étions sans doute souvent croisés par le passé. Elle m'a confié qu'elle était illustratrice indépendante, qu'elle avait fréquenté une école d'art londonienne, mais qu'elle était originaire du Cheshire, où ses parents vivaient toujours. J'ai aussi parlé de moi, évidemment, de certains événements que j'avais couverts, certains endroits où j'étais allé, des raisons pour lesquelles j'avais arrêté de travailler et de ce que je comptais devenir. Nous nous intéressions l'un à l'autre, c'était évident ; d'ailleurs, je ne me rappelais même pas la dernière fois où j'avais fait aussi vite la connaissance de quelqu'un. Elle me témoignait la plus grande attention, penchée en avant entre nos deux fauteuils, la tête légèrement inclinée de côté, le visage à demi dissimulé par un voile de cheveux. J'ai essayé plusieurs fois de changer de sujet pour la faire parler d'elle. Elle répondait à mes questions, mais ne m'apprenait rien de son propre chef. Non qu'elle parût renfermée ou secrète ; juste discrète.

Je ne pouvais m'empêcher de m'interroger sur sa solitude, car je la trouvais fascinante. Il m'était impossible d'imaginer que les autres hommes la voyaient différemment, et j'avais peine à croire qu'elle n'avait pas d'amant. Sans doute l'ami dont elle avait si peu parlé, celui qu'elle allait voir à Saint-Raphaël. Pourtant, elle s'exprimait toujours au singulier, sans jamais donner l'impression de faire partie d'un couple. Je ne lui ai posé aucune question sur le sujet, parce que j'avais déjà envie de la considérer comme disponible. Personnellement, j'avais ma propre histoire : mon amie Annette était ce qui se rapprochait le plus à mes yeux d'une véritable compagne, même si nous n'avions pris aucune décision et avions tous deux d'autres fréquentations. Mon travail m'éloignait souvent de chez moi pour des semaines, et il m'arrivait d'avoir des passades à l'étranger. Annette vivait sa vie. C'était un peu à cause d'elle que je prenais mes vacances en solitaire, car elle était partie au Canada un mois plus tôt rendre visite à la famille de son frère, m'abandonnant à Londres par un été brûlant.

Mais Sue et moi n'avons pas abordé le sujet des autres. Les mentionner serait revenu à admettre, trop tôt peut-être, ce que nous éprouvions. Il reste

toujours dans ces cas-là un courant sous-marin de
réserve : on se ménage une porte de sortie par
laquelle échapper à une relation potentielle, au cas
où on aurait l'impression que ça ne va pas marcher.
Par ailleurs, nous étions à l'aise ensemble, échangeant des confidences mineures, des opinions, discutant des gens que nous connaissions. J'avais
envie de la toucher. J'aurais aimé qu'elle vienne
s'asseoir à côté de moi ou trouver, moi, le courage
de m'asseoir à côté d'elle. Elle éveillait ma timidité,
mais aussi mon excitation.

Le train est arrivé à Nancy en fin de soirée. La
longue journée de voyage nous avait fatigués, et
l'essentiel de la curiosité nerveuse qui nous liait
s'était fondu en une familiarité sans heurt. Nous
étions toujours installés face à face, mais Sue avait
posé les pieds sur le siège voisin du mien. Ses chevilles m'effleuraient la cuisse. Pendant que l'express
se traînait, la somnolence s'était emparée d'elle et
je m'étais replongé dans mon livre, en essayant de
chasser de mon esprit la proximité de ses jambes
fines. C'est presque par hasard que j'ai levé les
yeux : nous étions arrivés. Une certaine agitation a
suivi. Je m'inquiétais pour les bagages de ma
compagne, qu'elle avait dû laisser dans son compartiment d'origine, quand elle m'a tout bonnement
dit qu'elle n'en avait pas. Lorsque j'ai tiré ma valise
à l'extérieur, elle m'attendait déjà sur le quai.

Au moment où je la rejoignais, un employé de la
SNCF m'a pris mon billet pour le contrôler, mais
Sue ne lui a pas montré le sien, et il ne le lui a pas
demandé.

Nous sommes allés à l'office du tourisme, où on nous a donné l'adresse d'un hôtel bon marché, pas trop loin de la gare, à la recherche duquel nous nous sommes lancés. Devant la porte de l'établissement, Sue s'est tournée vers moi.

« On a oublié quelque chose, Richard.

— Quoi ? me suis-je enquis, même si je voyais de quoi elle voulait parler.

— On se comprend en ce qui concerne cette nuit, j'espère ?

— Je ne me faisais pas d'idées », ai-je affirmé, avec un brin de mauvaise foi. « Tu veux te trouver un autre hôtel ?

— Non, mais on va prendre des chambres séparées. Je t'ai dit que j'allais voir un ami, à Saint-Raphaël. C'est comme ça.

— Bien sûr. »

Je regrettais d'avoir évité le sujet, la contraignant à l'aborder, et plus encore de l'avoir évité jusqu'au dernier moment. N'empêche que j'étais déçu et que j'avais du mal à le cacher. L'hôtel avait bien deux chambres libres, et devant l'ascenseur nous nous sommes préparés à nous séparer.

« J'ai besoin d'une bonne douche, mais j'ai faim, aussi, m'a appris Sue. Tu comptes ressortir pour aller dîner ?

— Oui, mais ça peut attendre. Tu m'accompagnes ?

— Avec plaisir. Je te retrouve dans une demi-heure. »

Au centre de Nancy s'étendait une grand-place magnifique, entourée de palais du XVIIIe, la place Stanislas. Nous y sommes arrivés par le sud, débouchant dans un grand vide paisible. Elle semblait imperméable à l'animation du centre-ville, puisque seules quelques personnes s'y promenaient ou en admiraient l'immensité. Le soleil ardent découpait des ombres nettes sur les pavés de grès. Un car était garé devant l'hôtel de ville, l'ancien palais des ducs de Lorraine, tandis que quatre conduites intérieures noires bien alignées attendaient sagement, un peu plus loin. Aucun autre véhicule ne pénétrait dans ce vaste espace dégagé. Un homme coiffé d'une casquette l'a traversé d'un pas lent en poussant sa bicyclette, dominé par la statue centrale d'un duc d'autrefois.

À un coin de la place se dressait la fontaine de Neptune, glorieuse construction rococo ornée de nymphes, de naïades et de chérubins ; un filet d'eau ruisselait sur les coquilles échelonnées jusqu'à ses vasques, entourées des arches en fer forgé de Jean Lamour. Nous avons emprunté la route pavée, les yeux levés vers l'arc de triomphe que nous avons traversé pour gagner la place Carrière, bordée des deux côtés par de belles maisons anciennes mitoyennes. En son milieu s'étiraient deux rangées de grands arbres, que séparait une allée étroite. Nous nous y sommes trouvés presque seuls, le temps de la parcourir. Au-dessus des toits, à notre gauche, se dessinait le clocher de la cathédrale.

Une vieille voiture est passée, laissant derrière elle un sillage de fumée et de ferraillements. Au bout de l'enfilade, devant l'ancien palais du gouvernement, s'étendait une colonnade où un autre couple s'avançait d'un pas lent. Un coup d'œil en arrière nous a révélé la place Stanislas, derrière l'arc de triomphe : le soleil éclatant donnait aux lignes pures des bâtiments et aux sculptures altières quelque chose de statique, de monochrome. Après le passage de la voiture fumante, rien ne bougeait plus nulle part.

Quittant la place Carrière, nous avons gagné une des principales rues commerçantes par une venelle ombragée. Le niveau sonore a augmenté alentour, et nous avons découvert la foule. Beaucoup de cafés débordaient sur le cours Léopold ; après avoir choisi où nous installer en terrasse, nous avons commandé des *demis**1. La veille au soir, nous étions allés souper tard dans un restaurant situé de l'autre côté de la même artère. Le repas terminé, nous y étions restés jusqu'à une heure du matin, à boire du vin en discutant des autres personnes impliquées dans notre vie. J'avais évoqué Annette, peut-être pour contrebalancer l'amant de Sue qui l'attendait à Saint-Raphaël et dont j'étais déjà jaloux.

À présent, notre petite promenade touristique terminée, elle semblait plus disposée à parler du présent.

« J'adore Londres, mais ça coûte tellement cher ne serait-ce que d'y survivre. Je n'ai jamais vraiment eu d'argent depuis que je suis partie de chez

---

1. Les mots et expressions en italiques suivis d'un astérisque sont en français dans le texte. *(N.d.T.)*

moi. Je suis toujours fauchée, toujours sur la corde raide. Je voulais être une artiste, une vraie, mais je n'ai jamais réussi à me lancer. Je ne fais que du commercial.

— Tu vis seule ? » me suis-je enquis, pensant tenir ma chance d'aborder une des questions les plus importantes.

« J'ai une chambre dans une grande maison mitoyenne de Hornsey, divisée en appartements et en petits meublés depuis des années. Moi, je suis au rez-de-chaussée, mon studio est assez grand, mais j'ai du mal à profiter de la lumière du jour. On est à flanc de colline ; le jardin de derrière arrive plus haut que ma fenêtre.

— Ton ami est dessinateur aussi ?

— Mon ami ?

— Celui que tu vas voir à Saint-Raphaël.

— Non, c'est un genre d'écrivain.

— C'est quel genre d'écrivain, un genre d'écrivain ? »

Elle a souri.

« Il se définit comme ça. J'ai l'impression qu'il passe pratiquement tout son temps libre à écrire, mais il ne me montre jamais ce qu'il fait, et je crois qu'aucun de ses textes n'a encore été publié. Je ne lui pose pas de question là-dessus. » Elle a secoué la tête en pensant à ce type, le regard fixé sur la petite assiette de bretzels que le serveur nous avait apportée avec nos consommations. « Il voulait s'installer avec moi, mais je n'étais pas d'accord. Je n'aurais jamais pu travailler.

— Alors où habite-t-il ?

— Ici ou là. Il se déplace. Je ne sais jamais vraiment où il est, jusqu'au moment où il débarque. Il vit aux crochets d'autrui.

— Mais pourquoi... ? Bon, comment s'appelle-t-il ?

— Niall. » Elle a épelé le nom à mon intention. « C'est un profiteur, un parasite-né. Sans ça, il n'aurait pas mis les pieds en France. Les gens chez qui il vivait partaient en vacances. Je suppose qu'ils étaient obligés soit de le laisser seul chez eux, soit de l'emmener, et qu'ils ont préféré l'emmener. Alors il se repose à leurs frais sur la Côte d'Azur. Et moi, je vais lui rendre visite.

— Ça n'a pas l'air de t'enchanter. »

Sue m'a regardé bien en face.

« Pour être honnête, j'étais ravie de ne pas l'avoir sans arrêt dans les pattes, quand il a commencé à m'appeler de Saint-Raphaël. » Elle a vidé son verre. « Je ne devrais pas dire une chose pareille, mais j'en ai plus qu'assez de Niall. Je le connais depuis trop longtemps. C'est une sangsue, un parasite. J'aimerais bien qu'il me fiche la paix.

— Plaque-le.

— Si seulement c'était aussi simple. Il se cramponne. Il se débrouille pour obtenir ce qu'il veut. Je l'ai fichu dehors une bonne dizaine de fois, mais il s'est toujours débrouillé pour rentrer par la fenêtre. Alors je me suis résignée.

— Mais qu'est-ce que c'est que cette relation ? Il te fait chanter ou quoi ?

— On prend une autre bière ? »

Elle a fait signe au serveur, qui passait près de

nous, mais il ne lui a prêté aucune attention. On a attendu qu'il repasse en sens inverse, et c'est moi qui ai commandé deux nouveaux demis.

« Tu n'as pas répondu à ma question, ai-je alors observé.

— Je n'en avais pas envie. Et ta copine, celle qui est au Canada ? Ça fait longtemps que tu la fréquentes ?

— Tu détournes la conversation.

— Absolument pas. Tu l'as rencontrée quand ? Il y a six ans ? Moi, j'ai fait la connaissance de Niall il y a six ans. Quand tu passes six ans avec quelqu'un, il te *connaît*. Il sait comment te faire mal, comment te manipuler, comment déformer ce qui arrive autour de toi. Niall est doué pour ça.

— Pourquoi ne… ? »

Je me suis interrompu, m'efforçant de m'imaginer une relation pareille, de me représenter, moi, dans ce genre de situation. C'était totalement étranger à mon expérience.

« Pourquoi quoi ?

— Je ne comprends pas pourquoi tu le laisses faire. ».

Le serveur est arrivé avec nos consommations et s'est emparé de nos verres vides.

« Je ne comprends pas non plus, a admis Sue, sauf que c'est souvent plus facile de suivre la pente, tout simplement. En fait, c'est ma faute. Je devrais lui résister. »

Je suis resté un moment muet, bien calé sur ma chaise, à faire mine de regarder les passants. Je la connaissais à peine, mais à mes yeux, elle n'avait rien de la victime complaisante qu'elle décrivait. J'aurais aimé passer en mode « compétition masculine » et lui dire : Je ne suis pas comme ça, je ne m'accroche pas, je ne t'asticoterai pas, tu as trouvé quelqu'un d'autre, tu n'as pas à supporter ce Niall, quitte-le, reste avec moi.

« Tu sais pourquoi il veut te voir ?

— Oh, je ne pense pas qu'il ait de raison précise. Il doit s'ennuyer, il veut quelqu'un à qui parler et avec qui coucher.

— Je ne comprends pas que tu supportes ça. Tu es fauchée, mais tu traverses la France pour le rejoindre. C'est un... comment as-tu dit ?... une sangsue, un parasite, mais tu laisses tomber ce que tu faisais pour lui consacrer ton temps.

— Tu ne le connais pas.

— Ça me paraît complètement irrationnel.

— Je sais. »

Après une nuit supplémentaire à Nancy, on a pris un autre train, à destination de Dijon. Le temps avait changé. Pendant que le convoi traversait lentement les banlieues interminables de notre destination, une pluie drue s'est mise à tomber. On hésitait à rester, mais je n'étais plus pressé du tout d'arriver dans le Sud, et on a décidé de s'en tenir au plan établi la veille au soir.

Dijon était en fait un centre industriel animé, où se déroulait une sorte de convention professionnelle : les deux premiers hôtels où on s'est présentés étaient complets. Le troisième, le Central, n'avait plus à louer que des chambres doubles.

« On n'a qu'à en partager une », m'a proposé
Sue, quand on s'est écartés de la réception pour
discuter de la chose. « Demande des lits jumeaux.

— Tu es sûre que ça ne te dérange pas ? On peut
essayer ailleurs.

— Ça ne me dérange pas de partager », a-t-elle
dit tout bas.

Notre chambre était située au dernier étage, au
bout d'un long corridor, exiguë, mais dotée d'une
porte-fenêtre avec balcon qui offrait à travers les
arbres une vue agréable de la place, en contrebas.
La pluie implacable produisait sur les feuilles un
bruit impétueux. Les deux lits, disposés l'un près de
l'autre, n'étaient séparés que par une table de nuit
sur laquelle trônait un téléphone. Aussitôt le portier
parti, Sue a jeté son fourre-tout sur le plus proche
de la porte-fenêtre et s'est approchée de moi. Elle
m'a étreint avec force, tandis que je la prenais par
les épaules. Ses cheveux, le dos de sa veste et le
décolleté de son corsage étaient tout humides.

« On n'a pas beaucoup de temps, a-t-elle chuchoté. Je ne veux plus attendre. »

On s'est embrassés, avec beaucoup de passion de
sa part à elle. C'était la première fois qu'on s'enla-
çait, la première fois qu'on s'embrassait. Je ne
savais pas comment ce serait, quel goût auraient ses
lèvres et sa peau. Je ne la connaissais que par la
parole, le regard. Maintenant, je la tenais dans mes
bras, je la serrais contre moi, je sentais son corps
ardent s'adapter au mien. On n'a pas tardé à se
déshabiller l'un l'autre, avec impatience, puis à
s'allonger sur le lit le plus proche.

La nuit était tombée quand on a quitté l'hôtel, poussés par la faim et la soif. Une obsession d'ordre physique nous liait, au point qu'il m'était difficile de renoncer à la toucher. Je la serrais contre moi dans les rues balayées par la pluie, l'esprit tout occupé d'elle et de ce qu'elle représentait à mes yeux. Bien souvent, par le passé, le sexe avait juste satisfait mes besoins ou ma curiosité physiques, tandis qu'avec Sue, il avait libéré des sentiments plus profonds, une intimité et une affection plus grandes, un nouvel appétit mutuel.

On est tombés sur un restaurant, Le Grand Zinc, qu'on a failli dépasser parce qu'il avait l'air fermé. Aussitôt entrés, on s'est aperçus qu'on allait être les seuls clients. Cinq serveurs en pantalon et gilet noirs, sous un grand tablier blanc amidonné tombant jusqu'aux chevilles, attendaient patiemment, alignés près des portes de la cuisine. Le maître d'hôtel nous a guidés jusqu'à une table, près de la vitrine, après quoi ils sont passés à l'action, attentifs mais discrets. Ils avaient tous des cheveux noirs très courts, collés au crâne par une substance quelconque, et une moustache aussi fine qu'un crayon. Sue et moi, on s'est regardés en se retenant de pouffer. Il n'en fallait pas beaucoup pour nous faire rire ; jamais encore je ne m'étais senti comme ça.

Dehors, une tempête s'était levée : des éclairs rosés étincelaient au loin, sans susciter de tonnerre. La pluie tombait toujours à verse, mais il n'y avait guère de circulation. Une vieille Citroën était garée près du trottoir, brillante d'eau ; les chevrons ornant la grille du radiateur reflétaient les lumières rouges du restaurant.

À la fin du repas, on a siroté un cognac en se tenant les mains sur la table. Les serveurs regardaient ailleurs.

« Si on allait à Saint-Tropez ? ai-je proposé. Tu connais ?

— Il n'y a pas trop de monde, à cette époque-là de l'année ?

— Sans doute, mais c'est peut-être une raison de plus d'y aller.

— Ça va nous revenir cher.

— On peut vivre de pas grand-chose.

— Si on continue à dîner dans des endroits pareils, ça m'étonnerait. Tu as vu les prix ? »

À cause de la pluie, on s'était dépêchés d'entrer sans regarder la carte, mais les prix y figuraient bel et bien. En anciens francs, semblait-il. J'avais tenté sans conviction de les convertir en livres, mais j'en avais déduit qu'ils étaient soit ridiculement bas, soit outrageusement élevés. D'après la qualité de la cuisine et du service, il fallait s'attendre à affronter la seconde partie de l'alternative.

« Je ne me retrouverai pas à sec, ai-je assuré.

— Je sais ce que tu veux dire, mais ça ne marchera pas. Je ne vais pas vivre à tes crochets.

— Alors qu'est-ce qu'on va faire ? Tu m'as dit que tu n'avais pas de liquide. Si on veut rester un moment ensemble, soit tu me laisses payer, soit ce n'est pas possible.

— Il faut en discuter, Richard. Il faut aussi que j'aille voir Niall.

— Après ce qui s'est passé aujourd'hui ?

— Oui.

— Si c'est juste une question d'argent, on peut rentrer en Angleterre demain.

— Ce n'est pas une simple question d'argent. Je lui ai promis de venir.

— Laisse tomber ta promesse.

— Je ne peux pas faire une chose pareille. »

Je lui ai retiré ma main et l'ai considérée, exaspéré.

« Je ne veux pas que tu y ailles. Je ne crois pas que tu puisses faire quoi que ce soit de plus désagréable pour moi.

— Pour moi non plus, m'a-t-elle répondu à voix basse. Niall est une vraie plaie, d'accord, mais je ne peux pas le laisser en plan comme ça.

— Je viens avec toi. On y va ensemble.

— Non, ce n'est pas possible. Je ne le supporterais pas.

— Bon. Alors je t'accompagne à Saint-Raphaël, et je t'attends pendant que tu lui dis. Après, on prend le premier train et on rentre tout droit à la maison.

— Il pense que je vais rester là-bas un moment. Une semaine, peut-être deux.

— Tu ne peux donc *rien* y faire ?

— J'aimerais bien. Ça fait cinq ans que j'aimerais bien.

— Alors n'attends pas trop. »

J'ai claqué des doigts en direction du maître d'hôtel. Quelques secondes plus tard, une assiette contenant l'addition pliée atterrissait devant moi.

Le total, *service compris**, se montait à trois mille francs — le nombre écrit à l'ancienne. Malgré mes hésitations, j'ai sorti trente nouveaux francs, qui ont été acceptés sans objection.

« Merci, monsieur. »

Le maître d'hôtel et les serveurs, impeccablement alignés, ont salué notre départ en hochant la tête, souriants.

« *Bonne nuit, à bientôt**. »

On a parcouru la rue d'un pas rapide, contraints par la tempête de remettre à plus tard la suite de la dispute. J'étais furieux, mais contre moi-même autant que contre n'importe qui ou n'importe quoi d'autre : quelques heures plus tôt, je me félicitais de mon ouverture d'esprit en ce qui concernait les femmes, et voilà que je me sentais maintenant à l'exact opposé. La solution était évidente : céder, laisser Sue aller voir son amant, dans l'espoir de tomber sur elle à Londres un jour ou l'autre. Mais, déjà, elle était devenue unique à mes yeux. Je l'appréciais, elle me rendait heureux, l'amour physique avait confirmé ce que je ressentais et ouvert d'autres horizons.

À l'étage, dans la chambre, on s'est frotté les cheveux avec les serviettes et débarrassé de nos habits mouillés pour rester en sous-vêtements. La chaleur oppressante nous a persuadés d'ouvrir la porte-fenêtre. Le tonnerre grondait au loin, la circulation chuintait en contrebas. J'ai passé un moment sur le balcon, où je me suis de nouveau laissé tremper, à me demander que faire. J'avais envie de remettre la décision au lendemain.

« Tu viens m'aider ? » a appelé Sue, de la chambre.

Je suis rentré. Elle avait retiré les couvertures d'un des lits.

« Qu'est-ce que tu fais ? me suis-je étonné.

— Je veux réunir les lits, mais il faut déplacer la table de chevet. »

En soutien-gorge et culotte, les cheveux humides, ébouriffés, elle paraissait suante, échevelée et sexy. Sa minceur s'accompagnait de courbes discrètes. Sa peau luisait dans la chaleur étouffante, à peine dissimulée par ses légers dessous. Je l'ai aidée à déplacer la table de nuit, puis les lits, sur lesquels j'ai lancé les couvertures afin d'obtenir une vaste couche, mais on s'est jetés l'un sur l'autre avant d'en terminer. Cette nuit-là, on a dormi sans couverture sur les lits défaits, enroulés l'un à l'autre en travers de la séparation.

Au matin, j'étais toujours indécis, car je me sentais condamné à perdre Sue, quoi qu'il arrive. Après avoir pris le petit déjeuner à une table installée devant l'hôtel, sur le trottoir, on est partis explorer la ville. Il n'a pas été question de continuer le voyage.

Le centre de Dijon était occupé par la place de la Libération, dont l'étendue pavée séparait le palais ducal de plusieurs maisons du XVIIe, disposées en demi-cercle. L'échelle était plus petite, plus humaine qu'à Nancy, mais la foule et la circulation restaient également à distance. Le temps avait de nouveau changé. Le soleil brillait, brûlant. De grandes flaques parsemaient les pavés. Une partie du palais avait été aménagée en musée, qu'on a visité en admirant les grands corridors et les vastes pièces autant que les œuvres exposées. On s'est attardés un moment devant l'étrange tombeau des ducs de Bourgogne, où des mannequins de pierre posaient parmi les arches gothiques, dans des postures grotesques à force de vitalité.

« Où sont passés les gens ? » m'a demandé Sue.

Bien qu'elle se soit exprimée à voix basse, des échos sifflants se sont élevés autour de nous.

« Je pensais qu'il y aurait un monde fou en France, à cette époque-là de l'année », ai-je répondu.

Elle m'a pris le bras et s'est serrée contre moi.

« Je ne me sens pas bien ici. Allons-nous-en. »

On a passé l'essentiel de la matinée à errer par les rues commerçantes animées, en s'arrêtant une ou deux fois dans des cafés pour se reposer, puis on a atteint la rivière et on s'est assis sur la berge, à l'ombre des arbres. C'était un soulagement d'échapper un moment à la foule, au vacarme ininterrompu de la circulation.

« Le soleil va se cacher », a dit Sue en montrant quelque chose du doigt à travers les ramures.

Un unique nuage, épais et noir, dérivait en direction de l'astre éclatant ; un gros nuage menaçant, inexplicable, assez imposant pour dissimuler le soleil pendant quelques minutes dans un ciel par ailleurs dégagé. Je le considérais, les yeux plissés, lorsque son ombre nous a engloutis. Niall occupait mes pensées.

« Viens, on rentre à l'hôtel, m'a proposé Sue.

— D'accord. »

On a regagné le centre-ville, puis la chambre. Les femmes de ménage avaient respecté la nouvelle disposition des meubles. Quand on a tiré les couvertures, après s'être déshabillés, on a découvert que les deux matelas disparaissaient sous un seul grand drap, grâce auquel on disposait maintenant d'un lit double.

Un autre train nous a emportés plus au sud, un changement à Lyon nous permettant d'atteindre Grenoble, grande ville moderne des montagnes. Après avoir pris dans un hôtel à notre convenance une chambre avec lit double, on est partis à la découverte aussitôt débarrassés de ma valise. L'après-midi n'était pas encore trop avancé.

« Si on allait sur la montagne ? » ai-je proposé.

On était arrivés quai Stéphane-Jay, où se trouvait le terminal du téléphérique. Depuis le grand hall de façade, on distinguait les câbles qui s'étiraient vers le haut à la sortie de la ville, tendus à un angle impressionnant jusqu'à une corniche rocheuse assez élevée.

« Je ne supporte pas les téléphériques, a répondu Sue en se cramponnant à mon bras. On n'est jamais en sécurité dans ces engins-là.

— Bien sûr que si. » J'avais envie de découvrir la vue depuis le sommet. « Tu préfères qu'on passe le reste de la journée à se balader ? »

On n'avait pas encore découvert le vieux Grenoble, et l'essentiel de la ville moderne se composait d'immeubles en béton. Le guide consacré à l'agglomération conseillait aux touristes de visiter l'université, mais elle avait été construite à l'écart, dans les faubourgs est.

J'ai fini par persuader Sue d'emprunter le téléphérique. Dans la cabine, la jeune femme s'est cramponnée à mon bras en jouant les grandes nerveuses. Bientôt, la ville s'éloignait dans notre sillage, pendant qu'on prenait rapidement de la hauteur. J'ai passé un moment à regarder en arrière l'énorme étendue citadine déployée dans la vallée, puis on est allés de l'autre côté de la bulle contempler la paroi montagneuse escarpée, en contrebas. Le téléphérique, très moderne, comportait quatre globes de verre qui se déplaçaient en plein ciel à la queue leu leu.

Comme ils ralentissaient en arrivant au sommet, il a fallu jouer des pieds et des mains pour en descendre, puis traverser dans le vent glacial de la corniche la construction bruyante abritant le moteur. Sue a glissé le bras sous ma veste afin de me serrer contre elle. La compagnie d'une femme que j'appréciais vraiment, que j'avais envie de continuer à apprécier, était pour moi quelque chose d'unique. En mon for intérieur, je renonçais à mon passé, je me promettais de ne jamais plus tenter de faciles conquêtes sexuelles.

« Si on buvait un verre ici ? » ai-je suggéré.

Un café avait été construit tout au bord de l'à-pic, de même qu'une plate-forme d'observation dominant la vallée. On s'est réfugiés dans le bar, heureux d'échapper au vent, et on s'est fait servir deux cognacs. Ensuite, on est ressortis, blottis l'un contre l'autre, et on a gagné le bord de la plate-forme. Trois télescopes payants étaient inclinés vers la vallée. Postés entre deux des appareils, appuyés à la murette en béton, on a contemplé le paysage. L'air était limpide, le ciel dégagé. À l'horizon se découpaient les montagnes qui encerclaient la ville, au sud ; plus à gauche, les pics enneigés des Alpes, nettement dessinés sur fond bleu.

« Regarde. » Sue montrait du doigt un groupe de beaux bâtiments anciens, à tourelles et aiguilles, construits le long de la rivière. « Je suppose que c'est l'université. Elle est plus près de la ville qu'on ne le croyait. »

Au sommet du parapet était intégré un plan qui indiquait ce qu'on voyait de la plate-forme. Il nous a permis de trouver différents points de repère.

« Je voyais Grenoble nettement plus grand, ai-je commenté. Quand on est arrivés en train, l'agglomération semblait occuper toute la vallée.

— Où sont les quartiers administratifs ? J'aurais cru qu'on les verrait, d'ici.

— Pas très loin de l'hôtel. » J'avais beau examiner le plan, il ne m'était d'aucune aide pour localiser ce qu'on cherchait. « Il y avait un tas de tours près du terminus du téléphérique », ai-je continué en suivant du regard les câbles qui descendaient le flanc de montagne. Toutefois, l'autre extrémité de la ligne nous était invisible. « Sans doute un jeu de lumière.

— Ils ont peut-être été conçus pour se fondre aux bâtiments anciens.

— Ils ne s'y fondaient pas tellement, de près. »

À en croire le plan, le mont Blanc était visible

au nord-est ; on s'est donc tournés dans cette direction. Malheureusement, des nuages brouillaient les montagnes, dans notre dos. Derrière le café s'étendaient les ruines d'une antique forteresse, dont on s'est approchés, mais le droit d'entrée imposé nous a fait changer d'avis.

« Un autre cognac ? ai-je demandé. Ou on rentre à l'hôtel ?

— Les deux. »

Une demi-heure plus tard, on est retournés sur la plate-forme contempler la ville. Les lumières s'y allumaient. Des points minuscules aux couleurs chaudes, jaunes ou orangés, brillaient sur les constructions. On a passé un moment à admirer le crépuscule, les ombres profondes de la montagne qui progressaient rapidement au fond de la vallée, puis on a repris le téléphérique en sens inverse. Quand notre cabine a franchi une corniche, la ville a réapparu en contrebas. Malgré la brume naissante, on distinguait nettement les quartiers neufs : des néons blanc-bleu fluorescents brillaient sur les tours de verre.

Il semblait impossible qu'on n'ait pas vu les immeubles modernes depuis le sommet de la pente. J'ai sorti les cartes postales dont j'avais fait l'emplette : l'une d'elles portait une photo du panorama sur laquelle les constructions les plus récentes apparaissaient nettement. Toutefois, le mystère ne me semblait pas justifier un retour à la plate-forme d'observation.

« J'ai faim, a annoncé Sue.

— Tu veux aller dîner ?

— Aussi. »

On est arrivés à Nice pendant la semaine la plus chargée de l'année. Un seul hôtel nous a paru abordable, dans le quartier nord, au cœur d'un labyrinthe de ruelles étroites, à bonne distance de la mer. Dès le départ, mon impression dominante a été d'appréhension. Il me restait au mieux un ou deux jours avec Sue, car Saint-Raphaël n'était qu'à quelques kilomètres de là, sur la côte.

Niall — ou ce qu'il représentait — était devenu un sujet tabou, présent à notre esprit en permanence quoique jamais évoqué. Le silence même qui l'entourait nous pesait, mais à ce moment-là chacun de nous savait exactement ce que l'autre avait à en dire, et on n'avait aucune envie de l'entendre. Si j'usais d'une stratégie, confronté au problème, elle se limitait à donner le meilleur de moi-même à Sue, dans l'espoir de lui faire comprendre ce qu'on allait perdre.

J'étais amoureux. Je l'étais depuis Dijon, et la moindre minute de conscience passée avec ma compagne ne faisait que confirmer et renforcer mon amour. Elle me ravissait, elle m'obsédait, même si je rechignais à prononcer les mots fatidiques. Je ne doutais pas, non, mais ce serait revenu à augmenter les enchères face à elle. J'espérais toujours qu'elle changerait d'avis — ce que rien ne laissait prévoir —, qu'elle ne me quitterait pas pour aller retrouver l'autre.

Et je ne savais toujours pas quoi faire. Lors de notre première nuit à Nice, elle s'est endormie contre moi après l'amour, pendant que je restais assis dans le lit, la lumière allumée, un livre à la main, remâchant ce qu'elle m'avait dit de Niall.

Rien ne marcherait. Un ultimatum, l'obligation de choisir entre lui et moi, signerait mon échec. En ce qui concernait ce type, elle était assez butée pour que j'aie la certitude de ne pas réussir à l'ébranler de cette manière. L'idée de jouer l'amant blessé, dans l'espoir de m'attirer sa compassion, ne me plaisait pas non plus. Je n'étais pas loin de me sentir dans la peau du rôle, mais il était hors de question d'utiliser ce stratagème. La raison ne me serait pas plus utile, Sue admettant sans hésiter que ses relations avec Niall étaient irrationnelles.

Elle avait également repoussé mes autres propositions : j'étais disposé à traîner dans le coin pendant qu'elle réglait la question, ou à rentrer à Londres en avance avec elle. Il ne me restait que les mesures extrêmes, inconcevables : une confrontation violente avec Niall ou avec elle, voire une sorte de confrontation violente avec moi-même. Ce n'était tout simplement pas la peine d'y penser.

On a passé la majeure partie de la journée du lendemain dans la chambre d'hôtel, en sortant toutes les deux, trois heures pour se changer les idées : un petit tour, un verre ou un repas. Nice nous restait quasi inconnu, mais mes préoccupations m'ont très vite rendu la ville détestable : je l'identifiais à l'impression de perte que j'éprouvais, et je l'en rendais responsable. La richesse qui s'étalait partout ostensiblement ne me plaisait pas non plus : les yachts amarrés dans le port, les Alfa Romeo, les BMW, les Ferrari qui encombraient les rues étroites, les femmes liftées et les hommes pansus, gavés de repas d'affaires. Je n'aimais pas davantage le revers voyant : les débutantes anglaises en Mini rouillées, les Nike usées, les jeans coupés, les vêtements délavés, les tatouages voyants sur les derrières à demi nus. J'en voulais à celles qui bronzaient sans soutien-gorge, aux palmiers et aux vrais aloès, à la longue plage courbe, aux montagnes vert foncé, à la mer d'un bleu exquis, au casino et aux hôtels, aux villas défendues par des grilles, aux gratte-ciel résidentiels, aux véliplanchistes et aux fans de ski nautique, de hors-bord et de pédalo. J'enviais le plaisir de tous ces gens, parce que je n'allais pas tarder à perdre le mien.

Mon plaisir à moi, c'était Sue, qui était également la cause de ma détresse. Si je repoussais Niall au fin fond de mon esprit, si j'évitais de penser aux quelques heures à venir, si je me cramponnais à mon lamentable espoir d'un revirement de dernière minute, j'étais aussi heureux que peut l'être un amoureux écervelé.

On a décidé de rester une nuit de plus à Nice, même si ça ne faisait que prolonger le supplice. Je ne sais pas comment on a réussi à se mettre d'accord pour dire qu'on partirait le lendemain matin à Saint-Raphaël, où on se séparerait. Voilà, on allait passer notre dernière nuit ensemble. Après avoir fait l'amour comme si de rien n'était, on s'est assis sur le lit, nerveux, la fenêtre et les volets grands ouverts à la nuit et au bruit de la circulation perpétuelle. Des insectes bourdonnaient autour de l'ampoule. Enfin, Sue a rompu le silence.

« Tu comptes aller où, demain ?

— Je ne sais pas encore. Je prendrai peut-être le premier train.

— Mais qu'est-ce que tu avais décidé, avant qu'on se rencontre ? Tu ne veux pas faire comme prévu ?

— Je voyageais juste pour voir ce qui allait arriver. Tu es arrivée. Ça ne m'intéresse pas de revenir à avant.

— Quelqu'un d'autre arriverait peut-être.

— C'est ce que tu veux ? ai-je demandé, stupéfait.

— Bien sûr que non. Pourquoi n'irais-tu pas à un endroit où on s'amuse, genre Saint-Tropez ?

— Tout seul ? Je ne vois pas ce qu'il pourrait y avoir de moins amusant. Je veux être avec toi. »

Silencieuse, elle fixait les draps froissés, sur lesquels on s'était allongés. Elle avait la peau tellement blanche. Une brusque image de jalousie s'est imposée à moi : je la croisais à Londres, quelques semaines après, bronzée.

« C'est fini entre nous, hein ? ai-je repris.

— Je crois que ça dépend de toi.

— Tu te conduis comme si on ne pouvait plus se revoir, après. Pourquoi veux-tu que ce soit aussi définitif ?

— Bon, je te verrai à Londres. Tu as mon adresse. »

Elle a changé de position, s'agenouillant près de moi tout en tirant sur le drap chiffonné pour se couvrir le bas des jambes. Ses mains s'agitaient, tandis qu'elle continuait :

« Il faut que je voie Niall. Que je tienne ma promesse. Mais j'en terminerai le plus vite possible. Toi, continue tes vacances, dis-moi où tu vas, et j'essaierai de te rejoindre.

— Qu'est-ce que tu vas lui dire ? Tu vas lui parler de nous ?

— Je suppose que je vais être obligée.

— Alors je ferais aussi bien de t'attendre ici ?

— Je ne peux pas... je ne peux pas simplement lui *dire*. Arriver et lui lancer comme ça, Ah, tiens, figure-toi que j'ai rencontré quelqu'un d'autre, alors salut.

— Je ne vois pas pourquoi.

— Tu ne le connais pas. Il pense que je viens pour deux semaines. Je vais lui parler de toi, je vais lui annoncer gentiment, mais je sais qu'il va mal le prendre. Il n'y a jamais eu personne d'autre en six ans.

— Alors combien de temps ça va durer ?

— Deux jours, trois tout au plus. »

J'ai quitté le lit et je nous ai servi du vin. Quelle situation ridicule. Chaque fois qu'on cherchait à s'en dépêtrer, je finissais furieux, dépité. Je n'arrivais pas à imaginer quel genre d'emprise Niall pouvait bien exercer sur elle, mais en cherchant à la libérer de ce type, je risquais de la perdre. Tout ce que je voulais...

La tête me tournait tellement j'étais irrité. J'ai vidé mon verre de vin, je l'ai rerempli, je me suis rassis près de Sue et je lui ai passé le sien. Elle l'a posé sans y tremper les lèvres.

«Quand tu vas le voir, demain, vous allez coucher ensemble?

— On couche ensemble depuis six ans.

— Ce n'est pas ce que je t'ai demandé.

— Ça ne te regarde pas.»

La réplique m'a fait mal, mais il y avait du vrai là-dedans. J'ai examiné ouvertement le corps de la jeune femme en cherchant à imaginer l'autre, ce Niall, en train de la caresser, de l'exciter. L'idée m'a révulsé. Sue m'était devenue trop précieuse. Elle avait baissé la tête, le visage dissimulé par les cheveux. Je lui ai posé la main sur le bras, juste pour la toucher. Elle a aussitôt réagi en attrapant cette main.

«Je ne savais pas que ce serait tellement difficile.

— On va faire comme tu as dit, ai-je déclaré. Demain, je te laisse à Saint-Raphaël, et je me mets à longer la côte vers le sud. Si tu ne m'as pas rattrapé dans la semaine, je rentre tout seul en Angleterre.

— Ça ne prendra pas une semaine. Deux jours. Peut-être moins.

— Et l'argent?

— Quoi, l'argent?

— Tu es fauchée. Comment vas-tu te débrouiller?

— Je n'ai pas besoin d'argent.

— Tu veux dire que tu vas en emprunter à Niall.

— S'il le faut.

— Tu veux lui en emprunter à lui, mais tu refuses de prendre le mien. Tu ne te rends donc pas compte que ça lui donne un avantage de plus sur toi ? » Elle a secoué la tête. « De toute manière, tu m'as dit qu'il n'en avait pas.

— J'ai dit qu'il n'avait pas de travail. Il n'est jamais à court d'argent.

— Où le prend-il ? C'est un voleur ?

— S'il te plaît, Richard, arrête. Niall se fiche bien de l'argent. J'aurai ce qu'il me faudra. »

J'ai enfilé pantalon et T-shirt, puis je l'ai plantée là, sur le lit, refermant bruyamment la porte derrière moi avant de descendre les quatre volées de marches qui me séparaient du rez-de-chaussée. Dehors, dans la nuit chaude, je me suis rendu au bar le plus proche. Fermé. J'ai tourné au carrefour, m'engageant dans une rue transversale. C'était un quartier miteux, mal éclairé, dont les maisons serrées perdaient leur plâtre par plaques. La lumière brillait à quelques fenêtres. Un peu plus loin, au croisement suivant, la sempiternelle circulation passait rapidement. J'ai gagné l'intersection, où je me suis immobilisé. Conscient de l'injustice de mes réactions : les trois ou quatre derniers jours ne m'avaient donné aucun droit sur Sue. À ma manière, je me montrais aussi manipulateur que Niall — mais sur le moment, je m'en fichais. Je la voulais comme jamais je n'avais voulu personne d'autre. J'étais amoureux.

Toutefois, ma flambée de colère s'apaisait. Je me sentais coupable. Sue avait débarqué dans cette histoire par hasard, elle aussi, et voilà que j'insistais pour qu'elle change de vie immédiatement. Mes exigences la forçaient à choisir, Niall ou moi, sans lui laisser aucune issue facile. Elle connaissait Niall mieux qu'elle ne me connaissait, moi, qui ne le connaissais pas du tout. J'étais sur le point de la perdre.

Je me suis dépêché de rentrer à l'hôtel, persuadé d'avoir tout gâché. Lorsque j'ai grimpé les escaliers en courant puis me suis précipité dans la chambre, je m'attendais presque à ce que Sue soit partie. Mais elle était là, au lit, le dos tourné à la porte, son corps mince couvert d'un simple drap. Mon arrivée l'a laissée sans réaction.

« Tu dors ? » ai-je lancé.

Elle s'est retournée pour me regarder. Le visage humide, les yeux rouges.

« Où étais-tu passé ? »

Je me suis débarrassé de mes vêtements, puis je l'ai rejointe. On s'est enlacés tendrement, serrés l'un contre l'autre, et elle s'est remise à pleurer, à sangloter contre moi. Je lui ai caressé les cheveux, touché les paupières puis, enfin, bien trop tard mais de tout mon cœur, chuchoté les mots que j'avais retenus jusque-là.

« Moi aussi, je t'aime. Je pensais que tu t'en étais aperçu. »

Telle a été sa seule réponse.

Le matin a de nouveau instauré entre nous un silence profond, mais je me sentais raisonnablement satisfait. On avait fait des projets, conclu un accord. Elle connaissait mon itinéraire des jours à venir, elle savait où et quand chercher à me rejoindre.

On a pris dans le centre-ville un autocar qui est très vite parti à l'ouest. Sue me tenait la main et se serrait contre moi. Antibes, Juan-les-Pins, Cannes. À chaque arrêt, des gens montaient et descendaient. Passé Cannes, certains des plus beaux paysages que j'aie jamais vus en France se sont déroulés autour de nous : montagnes boisées, vallées escarpées menant à la mer et, bien sûr, vues successives de la Méditerranée. Des cyprès et des oliviers poussaient au bord de la chaussée, des fleurs sauvages embellissaient le moindre carré de terre négligé. Le toit ouvert du car laissait entrer des odeurs puissantes — parfois d'essence ou de gas-oil. Des maisons et des immeubles d'habitation s'éparpillaient sur la côte, à flanc de montagne ou parmi les arbres ; s'il leur arrivait de gâcher le paysage, il fallait bien reconnaître que la route en faisait autant.

Quand un panneau indicateur nous a avertis que Saint-Raphaël se trouvait à quatre kilomètres, Sue et moi nous sommes aussitôt rapprochés l'un de l'autre, cramponnés l'un à l'autre, échangeant des baisers. J'aurais voulu à la fois prolonger les adieux et en avoir terminé, mais au moins, on avait dit tout ce qu'on avait à dire sur le sujet.

Sauf une chose, en fin de compte. Quand le car s'est arrêté dans le centre de Saint-Raphaël, sur une place jouxtant un port minuscule, Sue a approché la bouche de ma joue pour me chuchoter :

« J'ai une bonne nouvelle à t'apprendre.

— Laquelle ?

— J'ai mes règles, depuis ce matin. »

Elle m'a serré les doigts, gratifié d'un léger baiser, puis elle a parcouru l'allée centrale avec d'autres passagers. Une foule de vacanciers se pressait sur la petite place. Je les regardais de haut, sans quitter mon siège, en me demandant si Niall était là, perdu dans la masse. Lorsque Sue s'est postée près de ma fenêtre, souriante, j'ai prié que le car reparte. Enfin, il s'est ébranlé.

Une fois seul, j'ai peu à peu repris courage. À Saint-Tropez, je suis parti me promener aussitôt après avoir trouvé à me loger, et le village m'a séduit — plus ou moins pour les raisons qui m'avaient fait détester Nice. Je devais être pervers. C'était le même genre de touristes, le même étalage insolent de richesse, les mêmes paillettes, le même hédonisme. Ça sentait l'argent à plein nez. Contrairement à Nice, cependant, Saint-Tropez restait une petite bourgade, à l'architecture pour l'essentiel locale. La foule y était aussi plus mélangée, socialement : beaucoup de jeunes faisaient du camping aux alentours, et, de jour, les rues regorgeaient de sacs à dos, dont les propriétaires dormaient parfois à la dure sur les plages. Il était encore possible de croire, tout juste, qu'en fin de saison les lieux retrouveraient leur identité propre, la paix et l'obscurité dont ils jouissaient avant leur découverte par les stars du cinéma et les play-boys des années cinquante.

Maintenant que Sue n'était plus là pour me tenir compagnie, le dilemme qu'elle présentait ne s'imposait plus avec une fascination et une urgence aussi permanentes. Elle m'inspirait toujours autant d'amour et de tendresse, mais sans sa présence continuelle je n'ai pas tardé à recouvrer en partie mon assurance habituelle et à me souvenir qu'avant notre rencontre j'étais prêt à passer mes vacances en solitaire. L'idée d'échapper un moment à tout et à tous, au travail, aux filles, à Londres, aux coups de fil, m'avait enthousiasmé.

Quant à la jalousie que m'inspirait Niall, elle s'est également évanouie avec une rapidité qui m'aurait paru inouïe la veille au soir. J'ai fermé de mon mieux mon esprit à Sue et entrepris de planifier mes quelques jours de solitude, décidé à en profiter.

Aussitôt à Saint-Tropez, je suis passé à l'agence Hertz du village réserver une voiture de location, dont je comptais me servir pour repartir trois jours plus tard. Bien m'en a pris de vouloir tout régler à l'avance, car il ne restait qu'un véhicule disponible. J'ai signé le formulaire et versé un acompte. L'employée, « Danièle », d'après son badge, parlait anglais à l'américaine, avec l'accent français. Elle m'a confié qu'elle avait travaillé deux ans dans une agence Hertz de La Nouvelle-Orléans.

Sue et moi avions décidé d'un commun accord que je l'attendrais tous les jours à six heures du soir chez Sénéquier, le grand café à terrasse qui dominait le port intérieur. Ce jour-là, je suis passé devant l'établissement sans voir le moindre signe de la jeune femme et sans vraiment m'attendre à en voir.

J'ai consacré l'essentiel du lendemain à somnoler et à lire sur la plage, sans oublier de me baigner de temps en temps. C'était tout juste si je pensais à Sue, mais le soir venu je me suis rendu chez Sénéquier. Elle ne s'est pas montrée.

Le lendemain encore, retour à la plage, quoique un peu mieux préparé — conséquence de mon imprudence de la veille. Enduit d'une bonne couche d'écran total, assis sous un parasol de location, évitant de bouger trop brusquement la tête, les jambes et les bras, j'ai passé l'essentiel de la journée à regarder les vacanciers qui m'entouraient. Sue avait éveillé en moi des besoins physiques qu'elle n'était plus là pour satisfaire.

Ce n'étaient pas les corps féminins dévoilés qui manquaient : des seins et des fesses nus bronzaient des deux côtés de mon parasol. La veille, j'y avais à peine prêté attention, mais voilà : Sue recommençait à me manquer, et je recommençais à l'imaginer en compagnie de Niall. Il m'était impossible de fermer mon esprit aux Françaises, aux Allemandes, aux Britanniques, aux Suissesses nubiles dont le corps doré luisait au soleil, paré d'une culotte de bikini réduite à un simple *cache-sexe**. Aucune ne valait Sue à mes yeux, mais toutes me rappelaient ce que je ratais.

Ce soir-là, je suis retourné attendre chez Sénéquier, empli du désir ardent de voir apparaître la jeune femme. Elle me manquait plus que jamais, mais finalement je suis reparti sans elle.

Le lendemain matin, il me restait un jour et une nuit à passer là. Au réveil, j'ai décidé de tuer le temps différemment, car la plage m'inspirait des pensées trop dérangeantes. Je suis resté toute la matinée au village même, à me promener d'un pas lent parmi les boutiques et les magasins de souvenirs, d'articles en cuir ou d'artisanat. Ensuite est venu le tour du port, que j'ai parcouru en contemplant les yachts avec une envie non dissimulée — équipages tirés à quatre épingles, propriétaires et hôtes cossus. Après déjeuner, je me suis éloigné du centre-ville le long du rivage. D'abord en grimpant quasi à quatre pattes sur des rochers, puis en suivant une digue de béton.

Quand je suis arrivé au bout, j'ai sauté par terre et continué ma promenade. Il y avait moins de monde, à présent, sans doute parce qu'il était plus difficile de bronzer sur cette partie-là du littoral, au sable presque entièrement ombragé par des arbres. Passé une pancarte *Plage privée**, les choses changeaient du tout au tout.

C'était la plage la moins peuplée que j'aie vue à Saint-Tropez et de loin la plus convenable. Beaucoup de gens profitaient du soleil, quelques-uns se baignaient, mais pas une femme ne montrait ses seins, pas un homme n'arborait de string. Des enfants jouaient dans le sable, ce que je n'avais remarqué nulle part ailleurs, et il n'y avait ni restaurant ni bar de plein air, ni parasol ni matelas de plage, ni vendeur de magazines ni photographe. Je l'ai traversée d'un pas lent, me sentant terriblement voyant dans mon jean coupé court, mon T-shirt Southern Comfort et mes sandales, mais personne ne m'a prêté la moindre attention. Les groupes que je dépassais se composaient surtout de personnes d'âge moyen, munies de leur pique-nique, leurs bouteilles thermos et leur petit réchaud Primus à paraffine pour faire chauffer de l'eau. Beaucoup d'hommes étaient restés en chemise, les manches retroussées, et en pantalon de flanelle grise ou en short kaki informe. Assis dans des fauteuils de toile rayée, la pipe entre les dents, certains lisaient des journaux anglais. La plupart des femmes portaient des robes d'été légères ; quant à celles qui se doraient au soleil, assises plutôt que couchées, elles arboraient de chastes maillots une pièce.

Je suis allé me poster au bord de l'eau, près de quelques enfants qui s'amusaient à se poursuivre en s'éclaboussant les uns les autres. Plus loin, des têtes protégées par des bonnets de bain en caoutchouc montaient et descendaient avec la houle. Un homme s'est remis sur ses pieds pour sortir de l'eau. Il portait un short et un maillot de corps, ainsi que des lunettes de plongée en verre et caoutchouc, qu'il a retirées et secouées en passant près de moi. Les gouttes d'eau ont aspergé le sable blanc. L'inconnu, souriant, m'a souhaité un bon après-midi puis a remonté la plage. Un bateau de plaisance était à l'ancre, à deux ou trois cents mètres du rivage.

Plus près de nous, un skieur s'est redressé au bout de son câble et s'est mis à filer derrière le hors-bord qui le traînait. J'ai poursuivi ma promenade, quittant la section privée, passant sur une autre plage où avaient été érigées des rangées d'abris au toit de chaume, bien alignés sur le sable. À leur ombre, ou étalés en plein soleil, des tas de gens presque nus étaient occupés à bronzer. Cette fois, j'ai gagné un bar de plein air, où je me suis offert un verre de jus d'orange bien frais, hors de prix. Ç'a été un plaisir de le siroter, assis dans le sable, après ma longue promenade.

Quelques minutes plus tard, une jeune femme est arrivée en longeant la plage. Contrairement aux autres femmes en vue, elle était habillée, et avec un panache remarquable : jean de marque aussi collant qu'une seconde peau, corsage blanc à manches longues et grand chapeau de paille. Quand elle m'a dépassé, je me suis aperçu que je la connaissais : c'était Danièle, de l'agence Hertz. Elle s'est installée à quelques mètres de moi puis dépouillée de son jean et de son corsage, sous lesquels elle portait en tout et pour tout une culotte de maillot de bain. Enfin, elle s'est tranquillement avancée vers la mer. Lorsqu'elle en est ressortie, elle a enfilé son corsage à même sa peau mouillée, mais pas son jean, avant de s'asseoir élégamment sur le sable le temps de sécher.

Je me suis approché pour lui parler.

Un peu plus tard, on a décidé d'un commun accord d'aller dîner ensemble le soir même.

À six heures, j'étais chez Sénéquier, où je cherchais Sue. Si elle se montrait, j'oublierais sans scrupule mon rendez-vous avec Danièle, mais sinon je ne passerais pas une autre soirée solitaire. Je ne me sentais pas encore coupable en pensant à ce qui m'attendait, mais provocateur : mes émotions avaient tourné, une fois de plus ; quand j'évoquais Sue, c'était en fait Niall que j'évoquais, le genre d'écrivain, la brute manipulatrice.

De chez Sénéquier, j'ai gagné une boutique où je m'étais déjà rendu plus tôt et où j'avais remarqué un grand choix de cartes postales. Vindicatif, j'en ai choisi une où figurait la reproduction d'une photo du Saint-Tropez d'avant-guerre, encore très éloigné de la célébrité. Des pêcheurs ravaudaient leurs filets sur le mur croulant du port ; les seuls bateaux en vue étaient leurs barques, plus ou moins abîmées. Un peu plus loin, à l'endroit où passait à présent un flot ininterrompu de vacanciers et où se profilait le très chic Sénéquier, une cour étroite s'étendait devant un entrepôt en bois.

J'ai emporté la carte dans ma chambre où, avant même de me changer, je me suis assis sur le lit pour écrire l'adresse londonienne de Sue.

« Dommage que tu ne sois pas là », ai-je ajouté, sardonique, avant de tracer un X au lieu de signer.

Quelques minutes plus tard, en allant retrouver Danièle, j'ai posté le message.

La jeune femme connaissait un restaurant tranquille, La Grotte fraîche, le seul d'après elle à rester ouvert toute l'année, celui que fréquentaient les gens du coin. Après dîner, elle m'a emmené à l'appartement qu'elle partageait avec trois colocataires. Comme sa chambre jouxtait la pièce principale, on entendait en faisant l'amour l'émission de jeux tonitruante qui passait à la télé. J'ai regretté ma conduite, après, car je ne pensais qu'à Sue. Danièle nous a préparé du café-cognac, qu'on a siroté assis côte à côte sur son lit, mais je n'ai pas tardé à regagner ma chambre.

Le lendemain matin, elle était là lorsque je suis

passé chercher la Renault. Amicale, sans complexe, professionnelle sous son uniforme Hertz. On s'est fait la bise avant mon départ.

De Saint-Tropez, je suis parti vers l'intérieur des terres pour éviter la circulation intense de la côte. Au début, la voiture m'a paru difficile à conduire, avec son levier de vitesses récalcitrant, situé à ma droite. Et puis les routes inconnues, sur lesquelles il fallait rouler à droite, me contraignaient à une vigilance permanente, surtout en cas de virages aigus, dans les montagnes. Au Luc, j'ai emprunté l'*autoroute** principale et pris à l'ouest sur la vaste chaussée partagée ; la conduite est devenue moins pénible.

Néanmoins, à Aix-en-Provence, j'ai quitté l'*autoroute** pour mettre le cap au sud en direction de Marseille. Quand l'heure du déjeuner est arrivée, je m'étais installé dans une petite *pension**, près du port, après quoi j'ai passé l'après-midi à explorer une partie de la ville. Bien avant six heures du soir, je suis parti au rendez-vous fixé avec Sue, gare Saint-Charles, où j'ai attendu à l'endroit le plus en vue possible. À huit heures, il était temps de me lancer à la recherche de mon dîner.

Il me restait une journée à traîner à Marseille. J'ai visité le quai du Port, avec ses appontements et ses tramways, ses rangées de trois- et de quatre-mâts, le vacarme assourdissant, omniprésent de ses grues à vapeur. En début de soirée, j'errais sur l'esplanade de la gare, aux portes de laquelle je me postais dès qu'arrivait un train de la Côte d'Azur.

La foule s'écoulait près de moi tandis que je scrutais les visages, à la recherche de Sue. Comme le temps passait et qu'elle ne se montrait pas, j'ai fini par me demander si je ne l'avais pas manquée. Il me semblait la connaître au point d'être capable de la repérer en n'importe quelles circonstances, mais le doute m'assaillait.

Après l'entrée en gare du dernier train en provenance de la Côte, j'ai regagné ma chambre.

Cap à l'ouest, sur la Camargue. En commençant par Martigues, le dernier des lieux de rendez-vous convenus. Ce n'était pas très loin de Marseille, mais il ne faisait pas bon s'y rendre en solitaire, car on n'y trouvait pas grand-chose à faire.

Sue et moi, on s'était mis d'accord pour se retrouver quai Brescon, au bord du canal, dans un quartier dormant de la ville : maisons pieds dans l'eau, barques et autres esquifs attachés le long des étroits chemins de halage. Rares étaient les touristes à découvrir le quai, dépourvu du moindre restaurant, magasin ou même bar. Les vieillards du cru qui s'y réunissaient le soir s'étaient déjà installés devant leurs maisons décrépites sur toutes sortes de caisses et de fauteuils en osier usés, lorsque je suis venu monter la garde. Femmes en noir et hommes en *serge de Nîmes**, ils m'ont regardé déambuler le long du quai ; les conversations mouraient sur mon passage. À l'embouchure du canal, j'ai contemplé les eaux noires et lisses de l'étang de Berre, baigné d'une odeur d'égout.

La chaude soirée s'est obscurcie, la nuit est tombée, les lumières se sont allumées dans les minuscules demeures. Sue ne s'était pas montrée ; j'étais seul.

Le lendemain, j'ai hésité sur la marche à suivre, mais j'ai décidé de continuer ma route en Camargue, dans l'espoir de me distraire. Puis, changeant d'avis, j'ai bifurqué en direction de Paris, résolu à y laisser la voiture et à prendre le premier avion pour Londres. Peu de temps après avoir infléchi mon parcours, je suis arrivé dans la petite ville d'Aigues-Mortes.

J'en avais remarqué le nom en examinant la carte avec Sue, et je m'étais demandé ce qu'il signifiait. Nos recherches nous avaient permis d'apprendre qu'il s'agissait d'une déformation du romain, *Aquae mortuae*, « eaux mortes ». La ville proprement dite était entourée d'une enceinte, car massivement fortifiée au Moyen Âge, et d'un certain nombre d'étangs peu profonds. J'ai garé la voiture à l'extérieur des murailles, dont j'ai entrepris de faire le tour dans la chaleur humide, en suivant l'ancien fossé. Toutefois, la promenade m'a vite ennuyé, et j'ai escaladé une colline basse toute proche, d'où j'ai regardé en arrière. La bourgade semblait presque aussi monochrome qu'une vieille photo sépia, avec ses couleurs délavées par la lumière crue. Je distinguais les toits blottis dans l'enceinte et, un peu plus loin, hors la vieille ville, un site industriel dont les cheminées ne crachaient pas la moindre fumée. Les étangs reflétaient le ciel.

Sans Sue pour m'animer, la France m'apparaissait statique, silencieuse, irréelle à un point surprenant, paysages quasi invisibles à mes yeux, dérivant au fil de mon voyage, se figeant dans l'immobilité dès que je m'arrêtais pour les regarder. Sue me distrayait par sa présence d'abord, par son absence ensuite. Les places désertes de Nancy, le restaurant traditionnel de Dijon, le panorama montagnard de Grenoble, les baigneurs pudiques de Saint-Tropez, les quais de Marseille — scènes statiques dans mon esprit, moments traversés sans y penser. Et, maintenant, Aigues-Mortes, figé sous le soleil scintillant tel un reste de souvenir. La ville avait quelque chose d'arbitraire dans sa paralysie, reflet d'une pensée ou d'une image oubliées, étrangères à Sue. La France m'obsédait, composée d'images discernables par-delà mes préoccupations.

Ma présence sur la colline attirait les insectes, bourdonnements désagréables autour de ma tête. Pressé de regagner la voiture, j'ai parcouru d'un bon pas les rues de la vieille ville afin d'en ressortir par l'autre côté. Arrivé à la Renault, j'ai ouvert la portière pour laisser sortir un peu de chaleur avant de m'installer au volant.

« Richard ! *Richard !* »

Elle courait en zigzag entre les véhicules ; ses cheveux volaient autour de son visage. L'impression d'irréalité s'est dissipée, la ville d'ombre éloignée. Elle était tellement pareille, tellement semblable à elle-même ; ç'a été ma seule pensée. Quand je l'ai de nouveau serrée dans mes bras, quand j'ai senti son corps souple contre le mien, la familiarité de ses formes m'a empli de joie. Elle m'était revenue. J'étais heureux.

On est repartis au sud-ouest, les vitres ouvertes à cause de la chaleur. Hurlements des pneus, du moteur, de l'air déplacé.

« Comment se fait-il que tu m'aies retrouvé là ? ai-je demandé par-dessus le bruit.

— J'ai eu de la chance, c'est tout. Honnêtement, j'étais prête à laisser tomber.

— Mais pourquoi *là* ?

— On en avait parlé à Nice, alors je me suis dit que tu irais peut-être. Je suis arrivée ce matin et, après, j'ai traîné dans le coin. »

On cherchait un endroit où s'arrêter, où être seuls tous les deux. Elle avait passé les derniers trois jours et demi dans des cars, à se déplacer sans arrêt en cherchant d'abord à me rattraper, ensuite à anticiper mes déplacements.

Enfin, on s'est arrêtés à Narbonne, où on a pris une chambre dans le premier hôtel venu. Sue s'est littéralement jetée dans la baignoire, au bord de laquelle je me suis assis pour la contempler. Elle avait à la jambe un gros bleu, qui n'y était pas avant.

« Ne me regarde pas », a-t-elle protesté en se tassant dans l'eau, le genou levé pour me dissimuler son sexe — ce qui a mis la meurtrissure en valeur.

« Je croyais que ça te plairait. »

Je lui ai posé la main sur la jambe, affectueusement, mais elle s'est dérobée.

« Je n'aime pas que tu me regardes, tu le sais parfaitement. »

Quittant la minuscule salle de bains, je me suis dévêtu et allongé sur le lit. Il y a eu des bruits d'éclaboussures, la baignoire s'est vidée, puis un long silence a suivi, rompu par un léger froissement, avant que Sue ne se mouche. Enfin, elle est apparue sur le seuil, en culotte et T-shirt. Après m'avoir jeté un coup d'œil, elle s'est mise à rôder dans la chambre, regardant la cour par la fenêtre puis tripotant son petit tas de vêtements. Quand elle s'est assise au pied du lit, elle s'est installée trop loin pour que je puisse la toucher sans m'asseoir et m'étirer dans sa direction.

« Il sort d'où, ce bleu ? »

Sue a tourné la jambe afin d'examiner la meurtrissure.

« Oh, c'est juste un accident. Je suis tombée contre je ne sais quoi. J'en ai même un autre. » Elle a pivoté en remontant son T-shirt pour me montrer le deuxième bleu, très sombre, qui s'étalait sur sa cage thoracique, sous son bras. « Ils ne me font pas mal.

— Niall t'a frappée, hein ?

— Pas vraiment. C'était un accident. Il ne voulait pas me faire mal. »

J'avais envie de la reprendre dans mes bras, mais une distance subsistait entre nous, impression familière. Déjà. Au bout d'une demi-heure, on s'est rhabillés pour aller manger en ville. C'était tout juste si je voyais ce qui m'entourait. J'en avais assez de voyager, de changer d'environnement. Et puis les inquiétudes que m'inspirait Sue m'empêchaient de remarquer quoi que ce soit d'autre. Pendant le dîner, servi à une table installée sur le trottoir, elle m'a enfin raconté ce qui s'était passé.

Les amis de Niall occupaient une ancienne ferme convertie en location de vacances, à l'extérieur de Saint-Raphaël. Il ne s'y trouvait pas à l'arrivée de Sue, qui avait dû l'attendre jusqu'au soir. Lorsque enfin il était revenu, quatre personnes l'accompagnaient, un homme et trois femmes. Nul ne s'était donné la peine d'expliquer à Sue où ils étaient allés ni ce qu'ils avaient fait. Niall lui-même n'avait pas eu l'air enchanté de la voir. Ils se retrouvaient entassés à neuf dans la maison, ce qui l'avait obligée à partager le lit du jeune homme en oubliant les considérations annexes. D'humeur querelleuse, voire violente, il avait de nouveau disparu au matin en compagnie de Joy, une des trois femmes. Sue avait alors décidé de me rejoindre. Elle était arrivée au bout de l'allée, sur la route du village, quand il était revenu. Elle lui avait parlé de moi, et il s'en était pris à elle physiquement. Les autres les avaient séparés, elle était repartie, mais Niall avait de nouveau changé d'attitude : d'abord mélancolique et crampon, il était passé à l'indifférence dès qu'elle avait répété que, cette fois, c'était fini.

« J'aurais dû le prendre au mot quand il disait qu'il s'en fichait, a-t-elle poursuivi, mais tout d'un coup il m'a semblé que je ne pouvais pas m'en aller comme ça. Finalement, j'ai été obligée.

— Bon, c'est fini alors ? ai-je demandé avec calme.

— Oui, mais je n'ai pas confiance en lui. C'est la première fois qu'il se conduit de cette manière.

— Tu veux dire qu'il t'a peut-être suivie ? »

Tendue, elle jouait avec les couverts posés sur la table.

« Je pense plutôt qu'il couchait aussi avec Joy et qu'il n'arrivait pas à décider laquelle de nous deux il préférait.

— On peut arrêter de parler de lui ?

— Sans problème. »

Après le repas, on est partis se promener en ville, mais en réalité on ne s'intéressait que l'un à l'autre, et on n'a pas tardé à regagner l'hôtel. De retour dans la chambre, on a ouvert en grand les fenêtres à la nuit chaude et fermé les rideaux. J'ai pris un bain, et je suis resté allongé dans l'eau, à fixer le plafond sans le voir en me demandant que faire. Aucune réaction ne semblait adaptée à la situation, pas même rejoindre Sue au lit. La porte de communication était ouverte, mais la baignoire se trouvait juste derrière, si bien que je ne voyais pas la chambre. Toutefois, j'entendais Sue bouger. J'ai cru aussi l'entendre parler, mais quand je lui ai demandé ce qu'elle voulait, elle ne m'a pas répondu. En revanche, elle a fermé la porte de la chambre à clé. Elle n'est pas venue me voir, mais qu'elle vienne ou pas n'avait aucune importance. Une sorte de familiarité asexuée s'était apparemment installée entre nous : on pouvait parfaitement partager une chambre, se déshabiller l'un devant l'autre, dormir dans le même lit, sans que la présence invisible de Niall cesse de nous séparer.

Après m'être essuyé, j'ai regagné la chambre.

Sue feuilletait *Paris Match*, assise sur le lit. Nue. Elle a reposé le magazine quand je l'ai rejointe.

Ç'aurait été le moment idéal pour mettre un point final à nos vacances, mais on voulait voir les Pyrénées et rentrer chez nous en avion. Il fallait donc gagner Biarritz. La traversée des montagnes nous a pris deux jours, agréables et sans incident. À Biarritz, le réceptionniste de l'hôtel a réservé nos billets pour Londres, mais il n'y avait pas de vol avant le surlendemain. Comme je n'avais plus besoin de la voiture, je l'ai amenée à l'agence Hertz la plus proche le lendemain matin.

Sue m'attendait à l'hôtel. Dès mon retour, j'ai compris que quelque chose clochait. Elle avait le regard fuyant des mauvais jours que j'avais appris à connaître. Une appréhension familière m'a brusquement envahi. Sans doute le problème avait-il quelque chose à voir avec Niall.

Mais comment était-ce possible ? Ce type se trouvait à des centaines de kilomètres de là et n'avait pas la moindre idée de l'endroit où nous chercher.

J'ai proposé à Sue d'aller sur la plage. Elle a accepté, mais on est partis séparés, sans se tenir par la main. En arrivant au sentier qui descendait en zigzag jusqu'à la Grande Plage, la jeune femme s'est arrêtée.

« Je n'ai pas envie de me dorer au soleil, aujourd'hui. Vas-y, toi, si tu veux.

— Pas sans toi. On n'a qu'à trouver autre chose.

— J'aimerais bien faire un peu de lèche-vitrines de mon côté.

— Qu'est-ce qui se passe, Sue? Il y a un problème, je le vois bien. »

Elle a secoué la tête.

« J'ai besoin d'un moment de solitude. Une heure ou deux. Je ne peux pas t'expliquer.

— Tu pourrais, mais tu ne veux pas.

— Ne recommence pas à me faire des reproches. S'il te plaît, Richard.

— Puisque c'est ce que tu veux. » J'ai englobé la plage d'un geste irrité. « Je vais profiter du soleil jusqu'à ce que tu sois de nouveau d'humeur à supporter ma compagnie.

— J'ai besoin de réfléchir, c'est tout. » Déjà, elle s'était écartée de moi, mais elle est revenue me poser un baiser rapide sur la joue. « Tu n'as rien fait, ne t'inquiète pas.

— Quel soulagement! »

Elle s'éloignait et n'a pas fait mine d'avoir entendu. Exaspéré, j'ai descendu d'un pas rapide le sentier de la falaise.

Il n'y avait guère de monde sur le sable. Après avoir choisi un emplacement où déployer mon drap de bain, j'ai ôté mon jean et ma chemise puis me suis assis pour ruminer. Sue m'avait de nouveau distrait du monde extérieur, mais maintenant que je me retrouvais seul, je m'intéressais enfin à ce qui m'entourait. La plage était… figée.

Je me suis redressé, conscient que quelque chose avait cessé autour de moi. Cette plage-là ne ressemblait pas à celles que j'avais vues au bord de la Méditerranée. Pas une femme n'y bronzait en monokini, et la chaleur du soleil y était tempérée

par une brise marine fort agréable. L'océan lui-
même y avait du répondant, puisque de longues
vagues déferlantes se brisaient régulièrement sur le
sable, accompagnées du rugissement gratifiant
auquel les Anglais sont habitués. Il y avait donc du
bruit et du mouvement pour contredire l'impression de paralysie, mais je ne m'en sentais pas moins
prisonnier en un lieu inerte, dont les évolutions
s'étaient interrompues.

Quant aux gens qui m'entouraient, beaucoup se
changeaient dans des huttes, sortes de yourtes
minuscules disposées en rangées parallèles, les unes
derrière les autres. Ils en émergeaient avec des mouvements presque timides, s'empressaient de descendre la plage puis se précipitaient dans la houle
en s'accroupissant bizarrement, les bras tendus en
avant. Lorsque la première vague les frappait, ils se
jetaient de dos contre sa masse et hurlaient dans les
eaux froides de l'Atlantique. C'étaient pour la plupart des hommes, mais il y avait aussi quelques
femmes ; elles portaient toutes des maillots une
pièce informes et des bonnets en caoutchouc.

Je me suis rallongé au soleil, mal à l'aise, l'oreille
tendue aux cris des vacanciers, préoccupé par le
comportement de Sue. Comment Niall l'avait-il
contactée ? Comment pouvait-il bien savoir où elle
se trouvait ?

Se pouvait-il qu'elle ait pris, elle, l'initiative de
le contacter ?

Je me sentais irrité, blessé. Le soleil brillait au-
dessus du casino, dans un ciel d'un bleu pur et profond. J'y ai jeté un coup d'œil, les yeux plissés.

Un nuage, un seul, déparait l'azur — le genre de nuage qu'on voit par un bel après-midi d'été en Angleterre, quand des masses d'air chaud s'élèvent des champs et des bois. La brise océanique ne l'affectait sans doute pas, puisqu'il restait tout près du soleil. Il m'a fait penser à Niall, comme celui que j'avais vu depuis la berge de la rivière, à Dijon. Alors comme maintenant, Niall me préoccupait.

Il me restait invisible. En ce qui me concernait, il n'existait qu'à travers Sue, ses descriptions, ses réactions à elle.

À quoi ressemblait-il réellement? Était-il aussi déplaisant qu'elle le dépeignait? Curieusement, lui et moi avions beaucoup en commun, surtout l'amour que nous inspirait la même femme. Niall devait considérer et connaître Sue de la même manière que moi ou presque — sa douceur quand elle était heureuse, sa nature fuyante quand elle se sentait menacée, sa loyauté exaspérante. Mais, par-dessus tout, il devait connaître son corps.

Et, bien sûr, il devait me connaître, moi. Là encore, par l'intermédiaire de Sue. Comment m'avait-elle dépeint? Comme elle m'avait vu, forcément: impulsif, jaloux, capricieux, déraisonnable, crédule... Je ne l'étais cependant que par réaction à Niall — à travers elle. J'aurais préféré croire qu'elle avait de moi la vision que j'en avais aussi, mais je doutais que cette image survive si nous bouclions la boucle de notre triple relation. Sue était douée pour faire ressentir les mauvais côtés d'autrui exclusivement, ce qui entretenait la rivalité et la méfiance.

Je commençais à m'ennuyer et à me dégoûter de

la plage : il me semblait être un intrus, interférant avec l'équilibre naturel du diorama animé où il s'était introduit. Sue n'était manifestement toujours pas décidée à me rejoindre, aussi me suis-je rhabillé avant de remonter le sentier de la falaise, prêt à regagner l'hôtel. Au sommet du chemin, j'ai jeté un coup d'œil en arrière. La plage paraissait plus peuplée, maintenant, les rangées de huttes avaient disparu, et dans l'eau, par-delà les vagues, dansaient un certain nombre de planches à voile et de scooters des mers.

Après avoir laissé dans la chambre un message prévenant Sue que je partais déjeuner, j'ai regagné les rues animées, où je me suis lancé à la recherche d'un café. J'en ai délibérément ignoré quelques-uns, dans l'espoir de retrouver la jeune femme aux alentours, mais il y avait tellement de monde que je pouvais fort bien la rater, je le savais.

J'en avais assez de voyager. J'avais visité trop d'endroits, essayé trop de lits. Je commençais à me demander ce que j'allais découvrir dans le courrier qui m'attendait chez moi, si un paiement en retard était enfin arrivé, si on m'avait offert du travail en indépendant… J'avais presque oublié ce que j'éprouvais, le poids de la caméra sur l'épaule.

Installé à la terrasse d'une brasserie, j'ai commandé des coquilles Saint-Jacques en sauce et un pichet de vin blanc. J'en voulais à Sue de m'avoir laissé tomber de cette manière, de ne pas s'être trouvée à l'hôtel, de ne pas me dire ce qui se passait, mais je me sentais quand même bien là, au soleil. Le repas terminé, j'ai commandé un second pichet, décidé à passer l'après-midi en terrasse. La foule allait et venait autour de moi, qui restais tranquillement assis, un peu somnolent.

Sans avertissement, Sue est apparue de l'autre côté de la rue, dans la direction où je regardais distraitement. Il m'a d'abord semblé qu'elle se promenait en compagnie d'un inconnu. Je me suis aussitôt raidi sur ma chaise, les yeux écarquillés, mais je m'étais trompé : elle était seule. Pourtant, elle se déplaçait comme si quelqu'un l'accompagnait, d'un pas lent, en tournant souvent la tête, en la hochant de temps en temps d'un air approbateur, sans regarder où elle allait. Selon toute apparence, elle était en grande conversation, sauf que personne n'était là pour lui donner la réplique. Arrivée à un carrefour, elle s'est immobilisée, mais pas en attendant que les voitures s'arrêtent : les sourcils froncés, elle secouait coléreusement la tête. Elle a fini par se détourner en esquissant un geste irrité, avant de s'éloigner d'un bon pas dans la rue adjacente, les yeux rivés au sol, l'air mécontente.

Elle semblait vraiment avoir perdu la raison, car elle parlait toute seule et gesticulait, plongée dans son monologue au point de contraindre les passants à s'écarter de son chemin. Ma rancœur a cédé la place à l'inquiétude.

Comme la jeune femme disparaissait, j'ai lancé quelques pièces sur la table pour payer mon repas puis me suis empressé de la suivre. Je l'ai brièvement perdue de vue, mais lorsque j'ai tourné au carrefour, elle m'est de nouveau apparue, plongée dans une dispute rageuse avec un interlocuteur invisible. Peut-être allait-elle s'arrêter une deuxième fois... J'ai fait demi-tour, regagné le croisement et repris la rue principale jusqu'au carrefour suivant. De là, une seconde rue transversale m'a mené à une intersection, qui m'a permis de repartir dans la direction de Sue. Quand je suis arrivé au coin de sa rue, elle était plantée sur le trottoir, immobile, tournée vers moi. Je me suis approché en espérant la trouver dans de meilleures dispositions — à la suite de ses singeries, peut-être —, mais elle m'a fixé d'un regard inexpressif. Un instant, les lignes nettes de son visage et sa morne expression se sont combinées pour lui donner — à mes yeux — l'air désorienté, dérangé. Cet éclair de lucidité m'a causé un choc qui m'a détourné une fois de plus de ce que je voulais dire.

« Ah, te voilà, ai-je lancé. Je te cherchais.

— Salut. »

Elle n'avait aucun sac siglé et ne se rappelait visiblement pas ce qu'elle était censée faire toute seule. On est repartis ensemble dans la direction où elle allait, mais j'avais déjà compris que peu lui importaient ma présence ou mon absence. Ses yeux erraient de-ci, de-là, évitant les miens.

« Qu'est-ce que tu veux faire, ce soir ? me suis-je enquis. C'est notre dernière nuit de vacances.

— Ça m'est égal. Ce que tu veux. »

L'irritation m'a de nouveau envahi, malgré l'effet déconcertant que me faisait Sue.

« Bon, d'accord, je te laisse tranquille.

— Hein ? Comment ça ?

— C'est visiblement ce dont tu as envie. »

Sur ce, je me suis éloigné, exaspéré par sa passivité morose.

«Ne sois pas pénible, Richard», ai-je entendu, sans pour autant ralentir le pas.

Au croisement, je me suis retourné. Toujours plantée au même endroit, elle ne cherchait ni à me suivre ni à me calmer. Je suis reparti, furieux, avec un geste exaspéré.

De retour à l'hôtel, j'ai pris une douche, enfilé des vêtements propres, puis je me suis allongé sur le lit et efforcé de lire. J'en avais par-dessus la tête de cette histoire. Ma seule envie, c'était de gagner immédiatement l'aéroport et de prendre le premier avion pour Londres. À ce moment-là, peu m'importait de jamais revoir Sue.

Pourtant, elle est revenue, et j'étais toujours là, toujours réveillé. À plus de dix heures du soir. Lorsqu'elle est entrée, j'ai fait mine de ne lui prêter aucune attention, mais je n'ai pu m'empêcher d'avoir une conscience aiguë de sa présence tandis qu'elle se déplaçait dans la chambre, posait son sac, ôtait ses sandales, se brossait les cheveux. Exaspéré, je regardais ailleurs. Elle a fini par se déshabiller devant moi en jetant ses vêtements par terre, sans doute dans l'espoir de me faire réagir, puis elle a passé un long moment sous la douche pendant que je restais allongé sur le dessus-de-lit, l'esprit et les émotions en mode neutre. Tout était fini entre nous. Même si elle opérait un de ses revirements habituels, même si elle redevenait une fois de plus tendre, affectueuse, sexy, je ne voulais plus d'elle. On en était arrivés à la fois de trop. Quelque chose d'insurmontable nous séparait, Niall en personne ou peut-être juste ce qu'il incarnait. Je ne supportais plus la manière dont Sue se repliait brusquement sur elle-même, son obstination, son irrationalité. Il fallait en finir.

Enfin, elle est sortie de la douche et venue se poster au pied du lit en se séchant les cheveux. J'ai contemplé sans me dissimuler son corps nu, que j'ai trouvé pour la première fois peu attirant. Elle était trop mince, trop anguleuse ; et puis ses cheveux humides lui dégageaient le visage, lui donnant l'air vague, absente. Consciente de mon regard, elle s'est penchée en avant pour se frotter l'arrière du crâne. Les crêtes osseuses de sa colonne vertébrale me sont apparues.

Enfin, elle a enfilé un T-shirt puis ouvert le lit pour s'y glisser, m'obligeant à déplacer mon poids. Assise, adossée à son oreiller, elle m'a fixé avec de grands yeux.

« Si je te dis la vérité, tu me pardonneras ?

— Ça m'étonnerait.

— Tu ne veux pas m'écouter ?

— Pourquoi ne m'as-tu pas dit la vérité, ce matin ?

— Parce que tu aurais cherché à m'empêcher de faire ce que j'avais à faire. Et tu y serais arrivé, tu sais, si tu avais essayé. Écoute, Richard. C'est Niall. Il est ici, à Biarritz. On a passé la journée ensemble. Mais tu le savais, hein ? » J'ai acquiescé, saisi par la nouvelle, malgré tout, la confirmation de l'inévitable. « Il est passé à l'hôtel ce matin, pendant que tu allais rendre la voiture. Il voulait me parler seul à seule. Je ne pouvais pas refuser. Je ne le reverrai pas, plus jamais, c'est la vérité.

— Qu'est-ce qu'il voulait ?

— Il est malheureux, il espérait me faire changer d'avis.

— Qu'est-ce que tu lui as dit ?

— Que j'avais pris une décision définitive et que maintenant on était ensemble, toi et moi.

— Il t'a fallu toute la journée pour lui dire ça ?

— Oui. »

Elle m'inspirait toujours la même froideur impitoyable. Pourquoi sa *conduite* ne correspondait-elle pas à sa décision ?

« Comment diable nous a-t-il suivis ici ? ai-je repris.

— Je ne sais pas.

— Bon. »

Je me calmai, conscient de la futilité de la discussion. Sue avait perdu ses couleurs : sa peau, ses lèvres, ses yeux même semblaient plus pâles que de coutume. Ses cheveux avaient presque séché, elle semblait moins émaciée, mais elle était aussi furieuse que moi. On devrait se serrer l'un contre l'autre, me disais-je, faire l'amour, remonter le temps, tous les clichés, toutes les formules qu'on emploie quand on se réconcilie après une dispute — mais cette fois, ce n'était pas possible.

On est restés assis là jusqu'à une heure tardive, retranchés dans nos besoins, emplis de rancœur, parce que tout ça avait tellement d'importance. Enfin, je me suis déshabillé et glissé entre les draps, près de Sue, mais il n'était pas question de se toucher, même si on était bien réveillés. Aucun de nous ne voulait faire le premier pas.

« Quand je suis tombé sur toi dans la rue, cet après-midi, qu'est-ce que tu trafiquais ? » ai-je demandé à un moment, sachant qu'elle ne dormait pas.

« J'essayais de tirer les choses au clair. Pourquoi ?

— Où était Niall ?

— Il m'attendait quelque part dans le coin. J'étais partie marcher un peu, et puis tu es arrivé.

— On aurait dit que tu parlais.

— Et alors ? Ça ne t'arrive jamais de parler tout seul dans la rue ?

— Tu agitais les bras, tu enguirlandais quelqu'un.

— Je ne vois pas comment j'aurais pu. »

Allongés dans l'obscurité estivale, on s'était débarrassés des couvertures. Quand j'ai ouvert les yeux, j'ai distingué la silhouette de Sue près de moi. Elle avait tendance à ne pas bouger au lit, à rester immobile, si bien que, dans le noir, je ne savais jamais si elle dormait ou non.

« Où est Niall, maintenant ? me suis-je enquis.

— Quelque part dans le coin.

— Je ne comprends toujours pas comment il a bien pu nous suivre.

— Ne le sous-estime pas, Richard. Il est malin, et têtu, quand il veut quelque chose.

— Quoi que tu en dises, il te tient en son pouvoir. J'aimerais bien savoir comment.

— Oui, il a le pouvoir. »

Elle a inspiré profondément, expiré. Peut-être un petit sanglot lui a-t-il échappé. Un long silence a suivi, et son souffle s'est apaisé. J'en ai déduit qu'elle s'était enfin endormie, et je sombrais dans la somnolence quand elle a ajouté tout bas :

« Niall a le glamour. »

Le lendemain a été consacré pour l'essentiel au voyage : taxi jusqu'à l'aéroport, puis deux vols, séparés par une longue attente à Bordeaux. Enfin, le train, de Gatwick à Victoria Station, où un taxi a accepté de nous emmener chez Sue. Avant d'entrer, j'ai demandé au chauffeur de ne pas repartir sans moi.

Un petit tas de courrier attendait la jeune femme sur la table du vestibule. Elle s'en est emparée avant d'ouvrir sa porte. Sa chambre m'a surpris, sans doute parce que je m'attendais au fouillis habituel des meublés exigus, alors que la pièce, vaste et bien rangée, était aménagée avec discernement. Un des coins abritait un petit lit, près duquel était installée une bibliothèque emplie de livres d'art coûteux. Sous la seule fenêtre se trouvait un bureau chargé d'une planche à dessin, de verres emplis de pinceaux, de crayons et de couteaux, d'un casier à papiers et d'une grosse lampe à pied télescopique. À côté du bureau, un Macintosh trônait sur sa petite table particulière. Il y avait aussi une chaîne stéréo, mais pas de télé. Contre un des murs étaient disposés un lavabo, un petit réchaud et une vieille armoire massive. Lorsque Sue a refermé la porte, j'ai remarqué les deux gros verrous qui y étaient fixés, un en haut, l'autre en bas. La fenêtre aussi comportait des serrures.

« Je ne vais pas faire attendre le taxi, ai-je dit.

— Je sais. »

On se tenait face à face, mais on évitait de se regarder dans les yeux. Elle s'est approchée de moi, et on s'est serrés dans les bras l'un de l'autre, plus chaleureusement que je ne m'y attendais.

« C'est fini ? ai-je demandé.

— Seulement si c'est ce que tu veux.

— Tu sais très bien que non, mais je ne supporte plus ces histoires de Niall.

— Alors ne t'inquiète pas. Il ne s'en prendra plus à moi.

— Bon. On en reparlera un autre jour.

— Je te passerai un coup de fil dans la soirée. »

On avait échangé adresses et numéros de téléphone peu après avoir fait connaissance, mais on s'est pliés à la routine des vérifications. L'adresse de Sue étant facile à retenir, je ne l'avais pas couchée sur le papier, alors que j'avais griffonné son numéro à la fin de mon répertoire.

On s'est de nouveau embrassés, un baiser prolongé, cette fois. Il m'a rappelé le goût de la jeune femme et le contact de son corps. Je regrettais mon comportement de la veille, j'avais une envie folle de lui présenter mes excuses mais, lorsqu'on s'est écartés l'un de l'autre, elle souriait.

« Je t'appelle ce soir. »

Un quart d'heure plus tard, le taxi me déposait devant chez moi. Ma porte refermée, j'ai posé mon sac en regardant le courrier entassé sur mon paillasson. Puis, sans le ramasser, j'ai monté l'escalier.

Mon absence avait été si longue et j'avais visité tellement d'endroits différents que les lieux me déconcertaient par leur mélange de familiarité et d'étrangeté. Il y flottait une vague odeur d'humidité ou de moisi qui m'a poussé à ouvrir plusieurs fenêtres pour aérer, avant de rebrancher chauffe-eau et réfrigérateur. Outre la cuisine et la salle de bains, l'appartement comportait quatre pièces : le salon, ma chambre, la chambre d'amis et mon bureau. C'était là que je rangeais les diverses pièces de matériel cinématographique ou télévisuel ancien acquises au fil des années, ainsi que les copies de mes reportages, mon projecteur 16 mm, mon écran et ma table de montage. L'ensemble témoignait de mes intentions vacillantes de devenir un jour réalisateur indépendant, mais je savais qu'il faudrait remplacer la majeure partie de l'équipement par une version plus moderne, de qualité professionnelle. La location d'un vrai studio s'imposerait aussi.

Il faisait frais dans l'appartement, après la chaleur estivale française. Dehors, il s'était mis à pleuvoir. J'ai erré de pièce en pièce, vaguement déprimé, m'ennuyant déjà de Sue. Nos vacances s'étaient achevées sur une fausse note. Je ne la connaissais pas encore assez pour juger ses sautes d'humeur, et je l'avais quittée au moment même où on remontait de nouveau la pente. J'ai un instant envisagé de lui téléphoner, mais elle avait dit qu'elle le ferait. Et puis j'avais de quoi m'occuper chez moi. Une pleine valise de linge sale attendait de passer à la machine, il fallait faire les courses, mais je me sentais paresseux, peu motivé. La France me manquait.

Je me suis préparé une tasse de café instantané puis assis pour la boire en lisant mon courrier. Les enveloppes ont toujours l'air plus intéressantes avant qu'on ne les ouvre. Le tas accumulé en mon absence se réduisait à des factures, des circulaires, des magazines auxquels j'étais abonné, des réponses peu convaincues à des lettres peu convaincues envoyées avant mon départ.

Une carte du Canada : *Richard — Il se peut que je reste quelques semaines de plus. Tu veux bien appeler Megan, au bureau, et lui demander de faire suivre mon courrier ? Elle a l'adresse. Je pense à toi. Tendrement, Annette.* (Un X suivait la signature.)

Les trois éléments les plus intéressants étaient deux chèques et un petit mot d'un producteur, qui me demandait de l'appeler d'urgence. La lettre datait d'une semaine.

Ma vie reprenait forme. Sue avait une telle capacité à m'en distraire ! Quand elle était là, tout le reste me sortait de l'esprit. Peut-être me semblerait-elle différente à Londres, et notre relation se poursuivrait-elle avec une pression moindre dans le contexte d'une existence routinière, familière. Je savais parfaitement que nous ne pourrions continuer à nous fréquenter longtemps, si l'intensité de nos rapports restait aussi forte.

J'ai appelé le producteur qui m'avait écrit. Il n'était plus au bureau, mais il avait laissé sur son répondeur un message me demandant de le contacter chez lui. Après une tentative, qui s'est soldée par un échec, j'ai gagné le garage où je rangeais ma voiture. À ma grande surprise, elle a démarré à la première sollicitation. Après l'avoir garée devant mon appartement, j'ai rassemblé un sac à provisions et mes vêtements sales, que j'ai laissés dans une des machines du lavomatique le plus proche le temps d'acheter quelques provisions. Les courses et la lessive terminées, je suis rentré chez moi.

J'ai lu le journal du matin en mangeant. Que s'était-il passé dans le monde, en mon absence ? Mon travail me donnait sur les informations un regard très particulier : soit je me laissais saturer par les sujets au fil de leur développement, soit je m'en coupais complètement. Pendant les vacances, j'avais senti avec plaisir un néant de non-intérêt se construire autour de moi. Le journal m'apprenait que les nouvelles étaient pour l'essentiel les mêmes que d'habitude : regain de tension au Moyen-Orient, secrétaire d'État niant des accusations d'adultère, catastrophe aérienne en Amérique du Sud, rumeurs d'élections générales prochaines.

J'ai rappelé chez le producteur, que j'ai enfin réussi à joindre et qui a été ravi de mon retour : un réseau états-unien voulait diffuser un documentaire sur les militaires US en mission en Amérique centrale, sujet politiquement brûlant qui l'empêchait de faire appel à une équipe de compatriotes. Mon correspondant cherchait un cameraman depuis une semaine, mais personne ne voulait de ce travail. J'y ai réfléchi durant la conversation, puis je lui ai dit que j'acceptais.

Ma nervosité n'a fait que croître au fil de la soirée. La raison m'en était devenue familière : j'attendais des nouvelles de Sue. J'avais passé à l'extérieur une heure et demie pendant laquelle elle avait peut-être appelé, mais elle pouvait quand même bien réessayer plus tard ? Il aurait été aussi simple de lui téléphoner de chez moi, seulement elle avait dit deux fois qu'elle le ferait, et les choses obéissaient à une sorte de protocole émotionnel. On n'était pas encore sur un pied d'égalité. La préséance, l'omission, l'à-propos conservaient leur importance.

J'ai attendu des nouvelles de Sue, plongé dans une somnolence et, à partir de dix heures du soir, une exaspération croissantes. Je sentais jusque dans la moelle de mes os que ce silence avait quelque chose à voir avec Niall, dont la possible intervention m'emplissait d'une appréhension familière. S'il pouvait mystérieusement nous suivre jusqu'à Biarritz, il devait lui être facile de nous filer jusque chez nous.

Je me suis couché en colère contre Sue, mais je n'ai pas tardé à m'endormir. Un sommeil agité, entrecoupé. À un moment de déprime, dans le noir, j'ai même résolu de ne plus jamais rien avoir à faire avec la jeune femme. Si ma résolution a persisté jusqu'au matin, elle a été détruite par un coup de téléphone avant que je ne sois tout à fait réveillé. Je suis néanmoins allé répondre.

« Allô, Richard ? C'est moi, Sue.

— Salut.

— Je te réveille ?

— Pas grave. Je croyais que tu appellerais hier soir. J'ai attendu.

— J'ai essayé une heure ou deux après ton départ, mais personne n'a décroché. Je voulais retenter le coup plus tard, seulement je me suis endormie.

— J'ai eu peur qu'il soit arrivé quelque chose. »

Elle est restée un instant silencieuse, avant de reprendre :

« Il faut que j'aille à l'atelier, aujourd'hui, et que je m'occupe un peu de mon travail. Je suis plus fauchée que je ne le pensais.

— On se voit ce soir ? J'aimerais bien. »

On a pris les dispositions pratiques nécessaires, comme pour une rencontre d'affaires. Sue semblait distante, préoccupée ; moi, j'avais du mal à éviter un ton geignard. Les raisons pour lesquelles elle ne m'avait pas appelé éveillaient ma plus extrême méfiance.

« Au fait, a-t-elle ajouté, tu m'as envoyé une carte ? Il y en avait une ici, quand je suis rentrée.

— Hein ?

— Tu m'as envoyé une carte postale de France. Je pense que c'est toi. Elle n'est pas signée. Je suppose que c'est peut-être…

— Non, non, c'est moi. C'est bien moi. »

Le Saint-Tropez d'autrefois — les pêcheurs, les filets, l'entrepôt. Rappel malvenu de la solitude que j'avais subie, quand Sue était allée retrouver Niall, mais aussi de la manière dont les choses avaient tourné depuis. À cause de lui.

« Je n'ai pas reconnu ton écriture, m'a-t-elle expliqué. Bon, à tout à l'heure.

— D'accord. »

J'ai passé la journée à essayer de la chasser de mon esprit, mais on était devenus si imbriqués que je ne pouvais l'oublier une minute. Elle était là, dans tout ce que je faisais ou pensais. Même si je n'aimais pas l'influence qu'elle exerçait sur moi, la vérité s'imposait : j'étais toujours désespérément amoureux d'elle. Pourtant, notre histoire reposait sur deux courtes périodes : un ou deux jours avant qu'elle n'aille voir Niall, un ou deux jours après. Je l'aimais, mais cet amour reposait sur un aperçu de sa personne. Jamais je ne l'avais réellement vue telle qu'elle était.

En proie à un mauvais pressentiment, j'ai gagné la station de métro de Finchley Road. Sue était déjà là. En me voyant, elle s'est précipitée pour m'embrasser et me serrer dans ses bras. Le pressentiment s'est évaporé.

« On va chez toi ? a-t-elle lancé.

— J'ai réservé une table.

— On n'a qu'à appeler le restaurant pour prévenir qu'on sera en retard. »

Sidéré, je me suis laissé entraîner à vive allure. Aussitôt à l'appartement, elle s'est remise à m'embrasser, avec plus d'ardeur et de tendresse qu'elle ne m'en avait jamais témoigné. Je me sentais émotionnellement détaché, tant mes défenses s'étaient renforcées dans la journée, mais il était impossible de se méprendre sur ses intentions. Il ne

nous a pas fallu longtemps pour nous retrouver au
lit. Ensuite, elle a parcouru l'appartement en regardant tout ce qui l'entourait, avant de me rejoindre.
Jamais je ne l'avais vue si animée, si active. Elle
rapportait deux canettes de bière fraîches de la cuisine, une pour chacun de nous. Quand elle s'est
assise en tailleur près de moi, nue, je me suis adossé
à la tête de lit, un regard paresseux fixé sur elle.

« Je vais faire un discours », a-t-elle annoncé en
arrachant l'anneau de la canette et en le jetant à
l'autre bout de la pièce. « Écoute-moi bien.

— Je n'aime pas les discours. Viens ici.

— Celui-là, tu l'aimeras. Surtout que j'y ai
consacré ma journée.

— Tu l'as écrit et tout ?

— Écoute. Premièrement, je tiens à te dire que je
suis désolée d'avoir vu Niall sans t'en parler. Ça ne
se reproduira pas. Je suis désolée de t'avoir blessé
comme ça. Deuxièmement, je veux te prévenir que
Niall va rentrer à Londres d'un jour à l'autre et que
je ne peux pas l'empêcher de venir me trouver. Il
sait où j'habite et où je travaille. Il faut que tu com-
prennes que si je le revois, je n'y serai pour rien.
Troisièmement...

— Mais si tu le revois, il se produira exactement
la même chose que les autres fois.

— Non. Troisièmement, je t'aime, je veux être ta
compagne à toi, et à personne d'autre, et il ne faut
jamais plus laisser Niall se mettre en travers de
notre chemin. »

Un grand calme m'avait envahi après l'amour,
une grande tendresse pour elle, la chaleur qu'elle

dégageait s'y mêlait, mais les dégâts antérieurs étaient indéniables. Le matin même, j'étais persuadé que les événements nous avaient irrémédiablement séparés. Or voilà qu'intervenait un autre renversement de situation, puisque Sue prononçait les mots exacts que je rêvais d'entendre. Mais elle ignorait — d'ailleurs, je commençais tout juste à en prendre conscience — que ces revirements mêmes constituaient le problème. Chaque fois que je m'adaptais à un nouveau changement, je perdais quelque chose du passé. Les secousses étaient telles que je me rappelais à peine nos moments de bonheur.

« Pourquoi ne pas aller voir Niall ensemble ? ai-je proposé. L'idée de vous laisser en tête à tête ne me plaît pas du tout. Si ça se trouve, il va te battre, encore une fois. »

Elle a secoué la tête.

« Tu ne peux pas le voir, Richard.

— Mais si on allait le trouver ensemble, il serait bien obligé d'admettre que les choses ont changé.

— Non, tu ne comprends pas.

— Alors explique-moi.

— J'ai *peur* de lui. »

Je me suis brusquement rappelé qu'on m'avait proposé un contrat qui m'obligerait à quitter Londres deux jours plus tard. Je regrettais à présent de l'avoir accepté : Niall allait rentrer, il allait voir Sue en mon absence. Je m'imaginais le pire, même si, ce faisant, je mettais en doute la sincérité de la jeune femme et sa liberté d'agir en son nom propre. Il fallait que je lui fasse confiance.

Enfin, on s'est rhabillés pour aller au restaurant. Là, je lui ai parlé de mon voyage au Costa Rica, sans souffler mot de mes craintes. N'empêche qu'elle a aussitôt compris à quoi je pensais.

« Le pire, c'est qu'on ne se reverra qu'à ton retour, m'a-t-elle assuré. Il n'arrivera rien d'autre. »

Elle a passé les deux jours suivants chez moi. C'était le bonheur. Et puis je suis parti gagner ma vie.

Je suis rentré à Londres au bout de quinze jours, les yeux rouges, épuisé par treize heures d'avion. Les problèmes rencontrés sur le tournage m'avaient vidé : on ne pouvait rien faire sans la permission des autorités, qui nous la donnaient toujours en retard, il régnait la chaleur humide et brûlante des tropiques, certaines interviews étaient très difficiles à organiser, etc. Chaque fois qu'on allait filmer quelque part, il nous fallait l'accord des bureaucrates locaux ou des militaires, suspicieux, voire hostiles. Enfin, le travail était fait, j'avais été payé et je rentrais chez moi, en lieu sûr. Heureux d'en avoir terminé.

Je suis arrivé fatigué à l'appartement, mais aussi nerveux et morose. Londres me paraissait froid et humide, quoique propre, prospère et moderne, après les bidonvilles et les taudis d'Amérique centrale. Je suis resté chez moi le temps de parcourir mon courrier, avant d'aller chercher ma voiture pour me rendre chez Sue.

Un de ses voisins m'ayant ouvert la porte de la

grande demeure, je me suis empressé de frapper à sa porte personnelle. Pas de réponse, mais on bougeait dans sa chambre. Un instant plus tard, Sue s'est montrée. Enveloppée de sa robe de chambre, quoique visiblement nue en dessous. On s'est dévisagés quelques secondes.

« Autant que tu entres », a-t-elle enfin lâché en jetant un vague coup d'œil par-dessus son épaule, comme s'il y avait quelqu'un derrière elle.

Je l'ai donc suivie dans la pièce, prêt à la confrontation. Empli d'appréhension.

La chambre quasi obscure sentait le renfermé. Les rideaux étaient clos, mais la lumière du jour filtrait à travers le fin tissu. Sue les a ouverts. Le studio, en partie souterrain, donnait sur l'arrière de la demeure. Près de la fenêtre, un petit puits absorbant en brique disparaissait parmi les buissons et l'herbe folle du jardin qui ombrageaient les lieux. Il me semblait qu'il flottait une vague brume bleutée, comme si quelqu'un venait de fumer, mais ça ne sentait pas le tabac du tout.

Sue s'était levée à mon arrivée : ses couvertures étaient entassées au pied de son lit défait, et ses vêtements drapés sur une chaise. Sa table de nuit était occupée par une petite assiette plate contenant trois mégots, des allumettes utilisées et pas mal de cendre.

J'ai promené alentour un regard furieux et méfiant, à la recherche de Niall.

Sue a refermé la porte derrière moi puis s'y est adossée. Elle tenait sa robe de chambre fermée autour de son corps. Malgré son regard fuyant et son visage quasi dissimulé par sa chevelure emmêlée, je voyais bien qu'elle avait le menton et la bouche rouges.

« Où est-il ? ai-je demandé.

— Où est qui ?

— Niall, bien sûr !

— Tu le vois ?

— Tu sais très bien que non. Où est-il passé ? Il est sorti par la fenêtre ?

— Ne sois pas idiot !

— Qu'est-ce que tu faisais au lit en pleine journée ? » ai-je hurlé.

Mais, soudain, mon assurance s'est envolée. J'ai consulté ma montre : toujours réglée sur l'heure de l'Amérique centrale. L'avion ayant atterri à Heathrow peu après l'aube, j'en ai déduit qu'il devait être plus de midi.

« Je n'avais pas à travailler aujourd'hui. Alors j'ai fait la grasse matinée. » Sue m'a frôlé en allant s'asseoir sur le lit. « Pourquoi n'as-tu pas appelé avant de passer ?

— Pourquoi ? Je viens de rentrer, et je suis venu tout droit chez toi, voilà pourquoi !

— Je pensais que tu appellerais d'abord.

— Tu m'avais promis que ça n'arriverait pas, Sue.

— Ce n'est pas ce que tu crois.

— C'est exactement ce que je crois ! » J'ai montré le cendrier d'un grand geste. « Tu me prends vraiment pour un idiot ou quoi ? Arrête de me mentir, ça suffit ! »

Les larmes aux yeux, elle a pourtant soutenu mon regard.

« Je suis désolée, Richard, a-t-elle balbutié. Niall m'a retrouvée. Il m'a suivie un soir quand je suis repartie du travail, et je n'ai pas discuté.

— C'était quand ?

— Il y a deux semaines. Écoute, je sais ce que ça veut dire. Ne rends pas les choses encore plus pénibles qu'elles ne le sont déjà. Il ne me laissera jamais tranquille, alors ça ne marchera pas entre toi et moi, quoi qu'on fasse, quoi que tu me fasses promettre.

— Jamais je ne t'ai arraché la moindre promesse.

— D'accord. C'est fini, voilà.

— Ah ça, c'est fini, c'est sûr !

— Restons-en là. »

C'était tout juste si je l'entendais, recroquevillée sur son lit, les bras pliés dans son giron, penchée en avant, au point que je ne voyais plus d'elle que le sommet du crâne et les épaules. Comme elle s'était légèrement tournée, face à la table de nuit, je me suis aperçu que le cendrier avait disparu. Elle s'était débrouillée pour le cacher d'un geste vif, dissimulation coupable justifiant tous les soupçons qui m'avaient envahi depuis que j'avais frappé à sa porte. Niall n'était parti de chez elle que peu de temps avant mon arrivée.

« Je vais te laisser, ai-je annoncé. Mais de *quelle* manière Niall te tient-il en son pouvoir ? Pourquoi te laisses-tu faire sans réagir ?

— Il a le glamour, Richard.

— Tu me l'as déjà dit. Qu'est-ce que le fait qu'il soit glamour a à voir avec cette histoire ?

— Il n'est pas glamour, il a *le* glamour. Niall *a* le glamour.

— Ce n'est pas sérieux !

— C'est ce qui compte le plus dans ma vie. Dans la tienne aussi. »

À cet instant, elle a relevé les yeux, mince silhouette triste assise dans un fouillis de couvertures froissées. Elle pleurait sans bruit, sans espoir.

« Je m'en vais, ai-je décidé. Je ne veux plus jamais entendre parler de toi. »

Sue s'est redressée, se déployant avec raideur, comme si elle souffrait.

« Je t'aime à cause de ton glamour, Richard. C'est ça qui m'a poussée vers toi.

— Ne rajoute pas un traître mot !

— Tu n'y peux rien. Le glamour ne te quittera jamais. Voilà pourquoi Niall ne me laissera pas reprendre ma liberté. C'est pareil pour lui, pareil pour moi. Vous êtes tous les deux baignés par le glamour, vous ne pouvez pas laisser… »

Dans la chambre, derrière moi, s'est alors élevé un bruit parfaitement reconnaissable : un rire masculin, le ricanement méprisant d'un voyou, incapable de contenir plus longtemps son amusement. J'ai fait volte-face, horrifié, car je venais de comprendre que Niall était là depuis le début, mais je n'ai vu personne. Puis je me suis aperçu que la grande porte de l'armoire était ouverte, depuis le début aussi, et qu'il y avait assez de place derrière pour dissimuler quelqu'un. Il ne pouvait être que là. Juste là !

Étourdi par une nouvelle bouffée de colère et de

désespoir, je n'avais plus qu'une envie : m'en aller. Je me suis jeté sur la porte du studio, je l'ai brutalement ouverte — scintillement des verrous d'acier —, je suis sorti et j'ai claqué le battant derrière moi. Après quoi je me suis précipité dans la rue, trop furieux pour conduire, puis éloigné de toute la vitesse de mes jambes. Dans la nuit de ma rage, où je marchais sans répit, ne surnageait qu'un unique désir : être débarrassé d'*elle*.

Grimper la longue colline en direction d'Archway, traverser le viaduc de Highgate, redescendre sur Hampstead Heath. La colère m'anesthésiait, tourbillon rapide de rancune méchante qui dansait dans ma tête. Le long vol m'avait fatigué, le décalage horaire me mettait dans un état tel que je n'avais aucune chance de me montrer rationnel, dans aucune situation, surtout pas celle-là. Londres ressemblait à une hallucination : l'aperçu des grands immeubles, au sud, les vieilles maisons mitoyennes en brique rouge, de l'autre côté de Hampstead Heath, les piétons omniprésents, le bruit permanent de la circulation. J'ai coupé à travers des rues transversales bordées de demeures victoriennes ; de platanes, de cerisiers et de pommiers ornementaux odorants, à présent épuisés, car l'été s'achevait ; de voitures en stationnement, deux roues sur le trottoir. J'ai joué des coudes dans la foule sans la voir, traversé Finchley Road en courant, malgré la circulation. La descente vers West Hampstead se faisait par de longues rues rectilignes, encombrées de voitures et de camions, de gens qui attendaient le bus ou passaient lentement d'un magasin à l'autre. Je

me frayais un passage dans ce chaos, obsédé par
l'idée de rentrer chez moi, de me mettre au lit, de
dormir pour éliminer autant que possible la colère
et l'effet du décalage horaire. West End Lane,
enfin ; j'y étais presque. La station de métro West
Hampstead, le supermarché ouvert vingt-quatre
heures sur vingt-quatre, le commissariat — autant
de repères familiers qui appartenaient à ma vie londonienne d'avant Sue. Je tirais des plans, je pensais
à un autre contrat dont avait parlé le producteur
pendant le long vol du retour ; pas de l'info, mais un
documentaire destiné à Channel Four, un projet
important qui impliquait un long voyage. Une fois
remis, je l'appellerais, je partirais à l'étranger un
certain temps, je coucherais avec des inconnues, je
ferais ce que je faisais le mieux.

Marcher m'avait éclairci les idées. Plus de Sue,
plus de Niall, plus d'espoirs attisés, de promesses
brisées, de fuites, de mensonges. Plus de sexe
l'après-midi, de regrets la nuit. Je détestais Sue et
tout ce qu'elle m'avait fait. Je regrettais le moindre
mot à elle confié, le moindre acte d'amour partagé
avec elle. À partir du moment où je l'avais surprise
à s'énerver toute seule, je m'étais demandé si elle
n'était pas à moitié folle ; à présent, j'en étais persuadé. Quant à Niall ! La seule raison pour laquelle
je ne l'avais jamais vu, c'était qu'il s'agissait d'une
création de Sue, de son esprit malade ! *Il n'existait
pas !* Quelque chose m'a frappé aux reins, me pro-
jetant en avant. Il n'y a eu aucun bruit, mais j'ai
violemment heurté l'encadrement en brique d'une
vitrine ; le verre épais s'est brisé, les éclats m'ont

arrosé. Une partie de moi roulait à terre, se tordait le dos, tandis qu'une chaleur inimaginable me brûlait le cou, les jambes, les bras, me grillait les cheveux. Lorsque je me suis immobilisé, seul m'est parvenu le fracas du verre qui se cassait et tombait, s'abattait sur moi par plaques tranchantes en une pluie sans fin, douloureuse ; et, quelque part, un immense silence, un silence total, hors de moi, autour de moi, par-delà mes yeux aveugles.

QUATRIÈME PARTIE

À partir de la clinique, la route suivait sur quelques kilomètres le trajet des étroits chemins d'antan, protégés par les grandes haies du Devon. Les tracteurs qui les empruntaient maculaient la chaussée de boue. Nerveuse et hésitante au volant, Sue freinait brusquement avant les virages sans visibilité puis les négociait avec une prudence élaborée, le cou tendu pour voir le plus loin possible. En ce qui la concernait, conduire était toujours dangereux, elle devait se concentrer en permanence, mais le risque augmentait encore sur les étroites routes de campagne. Heureusement, les rares véhicules à arriver en sens inverse roulaient lentement, ce qui rendait de fait un accident quasi impossible, mais elle ne connaissait pas la voiture, elle la trouvait encombrante, et elle avait hâte d'atteindre la voie rapide.

Installé à côté d'elle sur le siège passager, Richard regardait droit devant lui, sans presque desserrer les lèvres. Il tenait la ceinture de sécurité d'une main pour l'empêcher de se presser contre

son ventre, mais il partait en avant chaque fois que
Sue freinait à l'approche d'un virage. Il avait même
inspiré brusquement à plusieurs reprises. Sans
doute les embardées lui étaient-elles douloureuses,
mais essayer d'y remédier ne faisait que rendre sa
compagne plus nerveuse et plus empruntée.

Quelques kilomètres après Totnes, ils attei-
gnirent enfin la A38, une grand-route moderne à la
pente douce et aux virages peu marqués. Rasséré-
née, Sue accéléra presque aussitôt pour atteindre
une allure de croisière d'environ quatre-vingt-dix
kilomètres-heure. Il tombait une bruine fine.
Chaque fois qu'ils dépassaient un camion ou autre
gros véhicule, des éclaboussures boueuses leur
brouillaient la vue. Après Exeter, la A38 rejoignit
l'autoroute M5, qui menait droit à Londres via la
M4.

À la demande de Sue, Richard se pencha pour
allumer la radio, puis essaya différentes stations
avant d'en trouver une qui leur convenait à tous les
deux.

« Si tu veux qu'on s'arrête, dis-le-moi, reprit-elle.

— Pour l'instant, ça va, mais il faudra que je
sorte me dégourdir les jambes d'ici une heure.

— Comment te sens-tu ?

— Bien. »

Elle se sentait bien aussi. Rentrer pour de bon à
Londres l'enchantait, car elle avait passé quelques
semaines épuisantes à multiplier les voyages dans
le Devon. Richard marchant sans aide depuis près
d'un mois, ils avaient tous deux attendu sa sortie de
clinique avec une impatience croissante. Le doc-

teur Hurdis l'avait repoussée, sous prétexte que son patient n'était peut-être pas venu à bout des traumatismes dont il souffrait. De fait, les séances d'hypnothérapie supplémentaires n'avaient pas été plus concluantes que la première. Richard, lui, ne s'en inquiétait visiblement guère ; il avait juste hâte d'en finir avec le traitement.

Quant à Sue, elle était partagée, car au fond elle donnait raison à Hurdis. Le convalescent ne s'était pas encore réconcilié avec son passé, elle le savait, mais elle était également persuadée qu'il ne tirerait plus aucun bénéfice d'une thérapie convention- nelle. L'indécision de la jeune femme reposait sur des raisons personnelles. Richard avait perdu son glamour et ignorait tout du sien à elle ; ce qui avait détruit leur liaison était donc toujours là, toujours aussi dangereux, potentiellement, véritable bombe à retardement. Il n'empêchait qu'il avait enfin été autorisé à quitter la clinique.

Au fil des fréquentes visites de Sue, ils avaient découvert qu'il leur était quasi impossible de se voir en tête à tête. Quelqu'un traînait forcément aux alentours, les empêchant de discuter de manière aussi intime qu'ils l'auraient voulu : ils en savaient toujours aussi peu l'un sur l'autre que lors de leur première rencontre à Middlecombe. Une fois, une seule, ils avaient réussi à se ménager un moment de solitude à deux dans la chambre de Richard, où ils avaient tenté de faire l'amour, maladroitement. En vain : ils avaient trop conscience du manque d'inti- mité réelle, le lit d'hôpital fonctionnel n'était pas conçu pour, et de toute manière le corps de Richard

était encore trop raide, trop douloureux. Finalement, ils s'étaient contentés de se blottir quelques
minutes dans les bras l'un de l'autre, nus, mais ce
contact seul avait infligé à Sue un choc désagréable.
Jusque-là, elle n'avait eu aucune idée de l'étendue
des blessures de son compagnon ; les cicatrices
atroces des brûlures, des lacérations et des opérations l'avaient horrifiée. Cette découverte avait fait
entrer ses sentiments dans une phase nouvelle, car
l'échelle des souffrances subies par Richard avait
suscité en elle un regain de tendresse.

À présent, les problèmes de Middlecombe appartenaient au passé, et le dilemme personnel de la
jeune femme devenait prioritaire. Elle aspirait par-
dessus tout à un nouveau départ, une seconde
chance, alors que Richard cherchait avec ardeur à
retrouver son passé. Un passé que, en toute
conscience, elle ne pouvait lui dénier.

Ils étaient restés silencieux pendant presque tout
le trajet à écouter Radio 3. Elle se demanda quel
genre de musique il aimait, s'il se cantonnait au
classique ou s'il avait des goûts plus éclectiques.
L'amnésie mise à part, ils ignoraient tellement de
petites choses l'un de l'autre : l'exploration
mutuelle avait d'abord été balayée par la fièvre des
débuts, puis par la fin brutale de leur liaison. Sue
avait des découvertes à faire, elle aussi.

Bristol n'était plus très loin. Un peu moins de
deux kilomètres avant le pont de l'Avon, ils décidèrent de s'arrêter sur une aire de repos. Ils avaient
parcouru en ralentissant la bretelle de sortie et

s'engageaient sur le parking, à la recherche d'une place, lorsque Richard se raidit brusquement.

« Sue, bordel ! »

Quelqu'un s'avançait devant leur capot. La jeune femme écrasa sauvagement la pédale de frein en braquant de toutes ses forces. La voiture fit une embardée puis dérapa vers l'avant, inclinée de côté. Les pneus couinèrent sur l'asphalte mouillé, tandis que les roues se bloquaient. L'imprudent qui s'était figé, terrorisé, en s'apercevant de ce qui se passait, recula d'un petit pas. Le véhicule s'immobilisa. Sue baissa sa vitre.

« Ça va ? demanda-t-elle, bouleversée. Je ne vous avais pas vu ! Je suis vraiment désolée. »

L'inconnu la regardait sans rien dire.

Richard se pencha sur la conductrice, position pour lui très inconfortable, et ajouta :

« Vous vous êtes fait mal ?

— Non, ça va. »

L'homme pivota puis s'éloigna d'un bon pas. Sue chassa d'une expiration bruyante la tension accumulée et, les yeux clos, posa le front sur ses doigts repliés.

« J'ai horreur de conduire !

— Je croyais que tu l'avais vu. Tu regardais droit dans sa direction !

— Non, je ne faisais pas attention. » Elle considéra son compagnon. « Et toi ? Ça t'a fait mal ?

— Pas plus que le reste. »

Les mains tremblantes, elle redémarra, gara la voiture puis alla se poster à la portière passager, en attendant que Richard sorte aussi. Il était capable

de se débrouiller tout seul, il y tenait, mais elle voulait être là, près de lui. Après s'être emparée de la
béquille posée sur la banquette arrière, elle ver-
rouilla le véhicule. La pluie avait cessé, mais des
flaques subsistaient sur le macadam mouillé du parking. Un vent froid soufflait du pays de Galles, à
travers l'estuaire de la Severn.

Sue acheta deux tasses de thé et plusieurs parts
de gâteau, qu'elle apporta à la table où Richard
l'attendait. Comme d'habitude, il y avait foule
dans la cafétéria. Jamais elle n'avait vu ce genre
d'endroit désert. L'ouverture spacieuse qui donnait sur le hall transmettait aux consommateurs les
couinements et grognements des jeux d'arcades,
ainsi que leurs soudaines explosions de petites
musiques démentes.

« À quoi penses-tu ? s'enquit Sue.

— Je rentre chez moi. Je me rappelle à quoi ressemblait l'appartement quand je l'ai acheté. Les
ouvriers venaient juste de terminer la division de la
maison. Tout était vide. J'ai du mal à imaginer le
même endroit meublé. Y compris avec mes affaires
à moi.

— Il me semblait que ça, tu *arrivais* à t'en souvenir.

— J'ai l'esprit embrouillé. Je n'arrête pas de
repenser au jour où j'ai emménagé. Bêtement,
j'avais rangé les tapis au fond de la camionnette.
J'ai été obligé de les décharger en dernier et de
redéplacer tous les meubles pour les installer. Je me
souviens aussi que tu es venue, bien après, mais on
dirait qu'à ce moment-là ce n'était plus tout à fait le

même appartement. Simplement, les deux visions se superposent. Tu vois ce que je veux dire ?

— Pas vraiment.

— Tu n'y es pas retournée, par hasard ?

— Non. »

L'idée était venue à Sue de se rendre chez lui pour vérifier que tout allait bien, mais elle s'était abstenue.

Depuis le début de ses visites à la clinique, deux problèmes banals se posaient à elle : le manque de temps et d'argent. Au départ, elle en avait parlé le moins possible, parce que Richard se montrait d'une méfiance inouïe dès qu'elle évoquait les raisons de ses retards. Par la suite, considérant qu'il y avait plus important, elle s'était efforcée de minimiser ses difficultés quand ils en discutaient. Son compagnon payait les frais dont il avait connaissance — dépenses de voyage et d'hébergement lorsqu'elle venait le voir, location de voiture, repas communs —, mais le problème central était tout autre. Elle avait besoin de gagner chaque mois l'argent de son loyer, de manger, de se chauffer, de se déplacer dans Londres, de s'habiller. Ses absences répétées avaient désorganisé sa vie professionnelle. L'atelier avait apparemment de moins en moins envie de recourir à ses services, parce qu'elle n'était plus fiable, et elle n'avait pas le temps de se lancer à la recherche d'autres commandes.

Depuis quelques années, il était extrêmement important pour elle de vivre de son travail. Elle avait eu du mal, comme tous les indépendants, mais elle s'en était sortie. Dans son esprit, sa liberté et l'argent qu'elle gagnait en toute honnêteté se confondaient avec la maturité croissante qui lui avait permis d'échapper à l'influence de Niall, deux ou trois ans plus tôt, quand elle s'était rebellée.

Toutefois, les tentations se multipliaient, parce que, en ce qui la concernait, les problèmes financiers étaient tellement faciles à éviter. Niall lui avait appris le vol à l'étalage ; elle savait qu'elle s'en tirerait si nécessaire. Quoique considérablement affaibli, son glamour était toujours là, en cas de besoin. Pourtant, elle résistait à la tentation. Richard n'avait même pas conscience de son conflit intérieur.

Au sortir de la cafétéria, ils regagnèrent la voiture. Il ne se servait pas de sa béquille, mais il boitait. Elle resta près de lui, protectrice, tandis qu'il s'asseyait sur le siège passager puis rentrait les jambes dans l'auto, l'une après l'autre. Le mal qu'il se donnait pour bouger normalement bouleversait Sue. Après avoir refermé sa portière, elle passa quelques secondes plantée là, un regard absent fixé au loin, par-dessus le toit de la voiture ; saisie par le souvenir fugitif d'un moment où elle l'avait vu courir, durant leur première liaison.

Ils ne tardèrent pas à rejoindre l'autoroute de Londres. À cause de l'homme qu'elle avait failli renverser et des dangers bien réels qui sous-tendaient l'incident, Sue se montrait plus prudente que jamais.

Elle eut un peu de mal à trouver l'appartement, malgré les indications de son compagnon. Conduire à Londres lui avait toujours fait peur. Après s'être trompée en empruntant un réseau de sens uniques, où elle évita de justesse certaines des voitures qu'elle croisait dans les venelles étroites, elle finit par trouver la bonne rue et par se garer non loin de la maison.

Richard se pencha en avant pour scruter les constructions à travers le pare-brise.

« *A priori*, ça n'a pas tellement changé.

— Ça t'étonne ?

— Je suis parti longtemps. Je m'imaginais que ce serait différent, je ne sais pas pourquoi. »

Ils descendirent de voiture et gagnèrent la demeure. La porte extérieure ouvrait sur un hall minuscule où s'inscrivaient deux autres portes, celle de l'appartement du rez-de-chaussée, et celle qui donnait sur l'escalier menant chez Richard. Pendant qu'il se débattait avec son porte-clés, Sue cherchait à deviner ce qu'il ressentait, mais il restait impassible. Lorsque la clé Yale eut tourné dans la serrure, il poussa le battant. Il y eut un froissement, un raclement, une brève résistance, puis une deuxième poussée ouvrit la porte en grand. Au pied de l'escalier s'entassait une montagne de lettres et de magazines.

« Passe la première, proposa Richard. Je ne peux pas enjamber ça. »

Il recula pour livrer passage à Sue, qui s'avança en tassant le courrier de côté, contre le mur, puis en ramassa une grande brassée — elle ne pouvait faire davantage.

Son compagnon la précéda dans l'escalier, négociant les marches d'un pas lent, prudent. Elle le suivit, surprise de trouver les lieux étranges, certes, mais aussi familiers. Pourtant, à un moment, elle avait bien cru ne jamais revoir ne serait-ce que leur occupant. Elle y avait des souvenirs, elle aussi.

À l'étage, Richard s'arrêta sans prévenir. Sue, qui le suivait de près, dut redescendre une marche.

« Qu'est-ce qui se passe ?

— Il y a un problème. Je ne sais pas quoi au juste. »

Une plaque de verre dépoli était incrustée dans le mur à côté de l'escalier, mais les portes closes de l'appartement plongeaient le palier dans la pénombre. Il faisait un froid de canard.

« Tu veux que je passe la première ? demanda Sue.

— Non, ça va. »

Lorsque Richard se remit en mouvement, elle lui emboîta le pas. Il ouvrit les portes l'une après l'autre, jetant un coup d'œil dans chaque pièce avant de gagner la suivante. Outre la cuisine et la salle de bains, à droite au sommet des marches, l'appartement comportait trois pièces. Sue se rendit dans le séjour, où elle laissa tomber sa brassée de courrier et de magazines sur un fauteuil. Il flottait cette odeur indéfinissable qu'on sent toujours chez autrui, mais aussi un parfum de négligence, d'air depuis longtemps stagnant. Elle ouvrit les rideaux mi-clos, puis une des fenêtres. Les bruits de la rue s'imposèrent aussitôt. Sur le rebord étaient alignées des plantes en pots, toutes mortes. Sue en avait offert une à Richard, un *Fatsia japonica*, l'arbuste qui donnait l'huile de ricin, mais il avait perdu ses feuilles depuis longtemps. Il ne lui en restait qu'une, brune et cassante. La jeune femme la regarda en se demandant si elle allait la toucher et la faire tomber.

Richard entra, boitillant, puis parcourut du regard les meubles, la bibliothèque, la télé poussiéreuse.

« Il y a quelque chose de changé, affirma-t-il. De déplacé. » Il se passa la main dans les cheveux, qu'il écarta de ses yeux en un geste de frustration dont Sue se souvenait parfaitement. « Je sais que ça a l'air dingue, mais c'est vrai.

— Tout me paraît comme avant.

— Non. J'ai senti la différence au moment même où on est entrés. »

Il fit demi-tour, en équilibre sur sa jambe valide, puis ressortit. Ses pas arythmiques résonnèrent sur le palier à la moquette trop fine. Sue se remémora sa première visite en ces lieux. Ils venaient de faire connaissance, Richard et elle. L'été emplissait la pièce de lumière ; les murs peints de frais, éclatants, avaient quelque chose de rafraîchissant. Ces mêmes murs portaient à présent les traces des mois de négligence ; ils avaient bien besoin de draperies ou autres ornements capables de les égayer. En fait, l'appartement tout entier avait besoin d'un grand nettoyage et d'un coup de peinture. Sue sentait s'éveiller ses instincts de ménagère, mais la pensée de vaquer chez quelqu'un d'autre à ce genre de tâches l'intimidait. Et puis le long trajet l'avait fatiguée ; elle avait envie de sortir prendre un verre.

Richard se déplaçait dans la pièce voisine, où

était rangé son vieil équipement de tournage. Elle le rejoignit.

« Il manque une pièce, voilà ! s'exclama-t-il à son entrée. Tout au bout, près de la salle de bains. Il y avait une chambre d'amis !

— Je ne m'en souviens pas.

— C'était un quatre-pièces ! Celle-ci, le séjour, ma chambre et la chambre d'amis. Est-ce que je deviens fou ? »

Il parcourut le couloir, dont il montra le mur du fond.

« C'est le mur extérieur, lui fit remarquer Sue.

— Tu es déjà venue. Tu ne te rappelles pas ?

— Si, mais c'était exactement comme ça. » Elle lui serra doucement le bras. « Ta mémoire te joue des tours. Tu ne te rappelles pas ce matin, sur l'autoroute ? Tu disais que tu te souvenais de l'appartement de deux manières différentes.

— Mais maintenant, je suis *là*. »

Il s'éloigna en boitant sur le palier. Que lui dire ? La veille, Sue avait vu sans l'en informer le docteur Hurdis en tête à tête. Le psychiatre l'avait avertie que Richard n'avait sans doute pas totalement recouvré la mémoire. Hurdis était persuadé que certains éléments importants échappaient toujours à son patient, lequel confondait des détails brouillons avec de véritables souvenirs.

« Mais comment faire la différence ? avait interrogé la jeune femme. Et comment réagir ?

— Laissez le bon sens vous guider. L'amnésie concerne souvent de petites choses sans importance, mais qui peuvent se révéler déroutantes. »

Aussi déroutantes que la supposée disparition d'une des pièces de l'appartement où avait vécu Richard ?

Sue gagna la chambre, qui sentait également le renfermé, ouvrit les rideaux, mais constata que soit les fenêtres avaient gonflé dans leur encadrement, soit la peinture les avait scellées, car elles ne se laissaient pas ébranler. Une imposte consentit cependant à s'ouvrir. Le lit, poussé contre le mur où s'inscrivait la porte, avait été fait avec bien plus de soin que Richard ou elle n'en auraient jamais apporté à la tâche. Qui donc s'en était chargé ? La police était passée à l'appartement après l'attentat à la voiture piégée, évidemment. Une image grotesque traversa brusquement l'esprit de la jeune femme : deux agents casqués, en uniforme, lissaient méticuleusement les draps, remontaient les couvertures, tapotaient les oreillers.

Elle rabattit le linge de lit puis, pendant que Richard parcourait les autres pièces, arracha les draps et s'acharna à retourner le matelas. Il sentait le renfermé aussi, mais elle n'y pouvait rien. La salle de bains comportait une armoire chauffante, elle s'en souvenait, montée au-dessus du ballon d'eau chaude. Il s'y trouvait une parure complète de draps et de taies, dépourvus du moindre relent d'humidité. Pendant que Sue y était, elle alluma le chauffe-eau électrique en songeant à la manière dont un foyer revenait à la vie, peu à peu. Toutefois, lorsqu'elle gagna la cuisine, poussée par la même idée, rebrancher le réfrigérateur n'en fit pas démarrer le compresseur ni s'allumer la lampe intérieure.

Elle retourna sur le palier, localisa la boîte à fusibles et relança l'alimentation. La lumière se mit à briller au-dessus d'elle, le réfrigérateur à bourdonner. Un regard à l'intérieur lui révéla alors les grandes plaques de moisissure noire tachetée étalées sur les parois blanches isolées. Elle vida dans l'évier une brique de lait puante, dont jaillit un liquide jaunâtre aux gargouillis répugnants, qu'elle évacua en faisant couler l'eau. Lorsque Richard la rejoignit, elle nettoyait le réfrigérateur, à genoux. Il se posta derrière elle, appuyé d'une main à la table. Un simple coup d'œil à son visage apprit à Sue qu'il n'avait toujours pas résolu le dilemme posé par le nombre de pièces.

Refermant l'appareil, elle se leva et s'approcha de lui.

« Tu veux en parler ?

— Pas maintenant.

— Bon. C'est moi qui organise ton existence. Ce soir, on va au restaurant, mais après, je te ferai la cuisine.

— Ça veut dire que tu restes ?

— Un jour ou deux. » Elle le gratifia d'un petit baiser. « Je vais commencer à décharger tes affaires. Je dois rendre la voiture aujourd'hui.

— Tant qu'on l'a encore, on pourrait en profiter pour aller chercher la mienne ?

— Où est-elle ?

— Si personne ne l'a volée, je suppose qu'elle attend toujours là où je l'ai garée, dans ta rue, devant chez toi.

— Je ne me rappelle pas l'avoir vue. » Sue fronça

les sourcils, persuadée qu'elle se serait souvenue du véhicule, qui avait fait partie de sa vie un certain temps. « C'est une Nissan rouge, hein ?

— C'était. Elle doit être couverte de feuilles mortes et de crasse. »

Non, elle en était sûre et certaine, la voiture ne se trouvait pas près de chez elle. Richard la garant en principe dans un box de location, Sue avait tenu pour acquis qu'elle y était toujours.

« Si on met la main dessus, tu arriveras à conduire ?

— Je n'aurai aucune certitude avant d'essayer, mais je crois que oui. »

Ils consacrèrent l'heure suivante à diverses corvées puis, après avoir regagné l'appartement et rangé leurs emplettes, se lancèrent à la recherche — sans espoir, d'après Sue — de la Nissan rouge. L'heure de pointe vespérale avait sonné : conduire dans les quartiers nord de Londres était un véritable cauchemar pour la jeune femme. Enfin, ils quittèrent les embouteillages de Highgate en coupant Archway Road pour gagner Hornsey. Elle s'engagea lentement dans sa propre rue puis s'arrêta devant chez elle.

« Plus loin, dit Richard. De l'autre côté.

— Je ne la vois pas. ».

Elle parcourut cependant toute la rue, au bout de laquelle elle fit maladroitement demi-tour.

Alors qu'ils revenaient en sens inverse, son compagnon reprit :

« Je me rappelle parfaitement où je l'ai laissée. Sous cet arbre-là, à la place qu'occupe la Mini.

Après, je suis reparti à pied, donc elle doit toujours être là.

— Tu es peut-être revenu la chercher plus tard ?

— Non, c'était le jour de l'attentat. »

Ils arrivèrent de nouveau devant chez Sue. De l'autre côté de la rue se trouvait une place libre, où elle se gara et coupa le moteur. L'absence de la Nissan déstabilisait visiblement Richard, qui se tourna sur son siège pour regarder la file des véhicules en stationnement.

« Allons quand même jeter un coup d'œil dans ton garage, proposa Sue. Il se peut que la police y ait ramené ta voiture. Ils avaient les papiers, non ?

— Oui, c'est vrai. » Il paraissait soulagé. « Tu as peut-être raison. »

Elle ouvrit sa portière.

« Je vais voir si quelqu'un m'a laissé un message. Tu veux venir ?

— Je pense que je vais attendre ici. »

La voix soudain tendue de Richard alerta Sue, mais il restait impassible. S'il se rappelait avoir garé sa Nissan là, cela signifiait-il qu'il se souvenait aussi de la dernière fois où il était passé chez elle ? Ils n'en avaient pas encore parlé. Elle gagna la maison, pendant qu'il l'attendait dans la voiture.

Deux notes griffonnées étaient épinglées au tableau d'affichage commun, accroché à côté du téléphone. L'une mentionnait l'atelier, qu'elle eut aussitôt le réflexe de rappeler, mais un coup d'œil à sa montre lui apprit que les bureaux seraient fermés. Le message n'était pas daté : peut-être remontait-il à quatre jours. En entrant dans sa chambre, elle découvrit les lieux exactement tels qu'elle les avait laissés. L'habitude de chercher les signes d'une visite de Niall se révélait difficile à perdre. Elle prit dans l'armoire des vêtements et sous-vêtements de rechange, qu'elle jeta dans son fourre-tout. Si elle avait besoin d'autre chose, ses affaires se trouvaient déjà chez Richard, dans le sac qu'elle y avait apporté.

Ses quelques instants de solitude lui permirent de parcourir du regard la pièce familière en évoquant ce qu'elle éprouvait trois ans plus tôt, lors de son emménagement. C'était la première fois qu'elle essayait réellement de rejeter Niall et son mode de vie. Sans bien le comprendre, à l'époque, elle avait déjà pris la décision personnelle qu'elle allait mettre à exécution après avoir fait la connaissance de Richard. Entre-temps, Niall s'était obstiné à faire partie du paysage, parce qu'il refusait de lui laisser sa liberté, tandis qu'elle manquait de détermination pour se débarrasser de lui. Quand elle s'était installée ici, elle le savait parfaitement incapable de l'aider à apprécier toutes les richesses du monde. Elle avait fait des études artistiques qui ne lui servaient à rien, mais elle avait mûri, elle n'était plus disposée à se contenter d'une vie de vols mesquins et de dérive sans but. La chambre qu'elle louait en toute légalité, et dont elle payait le loyer avec l'argent qu'elle gagnait, représentait un nouveau tournant. Seulement le temps avait passé ; il ne restait de cette étape qu'un endroit où vivre, qui ne signifiait rien.

La jeune femme regagna la voiture, qu'elle conduisit jusqu'à West Hampstead. Il y avait moins de circulation, et elle commençait à se rappeler le chemin, mais Richard dut lui indiquer la route exacte du garage. Lorsqu'il en ouvrit la porte, ils y découvrirent la Nissan. Malgré ses deux pneus et sa batterie à plat, sans doute était-elle par ailleurs exactement telle qu'il l'avait laissée, des mois auparavant.

Ils dînèrent dans un restaurant indien de Fortune Green Road puis regagnèrent l'appartement. Cela après avoir utilisé les câbles de démarrage de la voiture de location pour ranimer la Nissan de Richard, qui s'était ensuite essayé à la conduite. Il avait roulé jusqu'à la station-service la plus proche, où on lui avait regonflé les pneus, mais le trajet l'avait tellement fatigué qu'il n'avait pu en faire davantage.

Il se montra cependant détendu durant le repas. Pour la première fois depuis le départ de Middlecombe, il se montra même bavard : il voulait reprendre le travail le plus tôt possible, peut-être à l'étranger, car il aimait voyager. De retour chez lui, il regarda le journal télé en parlant du style des reportages et des différences subtiles qui séparaient les conventions américaines et anglaises. À l'époque où il faisait partie de l'agence, il lui avait fallu apprendre la manière états-unienne.

Lorsque enfin ils allèrent se coucher, Sue ne put s'empêcher d'évoquer le passé. L'amour physique leur rappelait à tous deux des souvenirs : il y avait tellement longtemps, c'était parfois tellement bon, ça avait tellement d'importance. Elle resta ensuite allongée contre lui, la tête sur sa poitrine, position dans laquelle elle ne distinguait pas la moindre cicatrice ; mirage d'autrefois, car les blessures de Richard exerçaient leur influence sur le plus petit élément du présent.

Comme ils n'avaient sommeil ni l'un ni l'autre, elle finit par se relever pour aller se préparer du thé et chercher une canette de bière bien fraîche. Il faisait froid dans la chambre, malgré le radiateur électrique, et en revenant elle enfila son pull avant de s'asseoir sur le lit en face de son compagnon, adossé aux oreillers.

« Tu n'as pas redécoré », remarqua-t-elle en parcourant la pièce du regard, à la faible clarté de la lampe de chevet. « Tu avais dit que tu t'en occuperais.

— Ah bon ? Je ne m'en souviens pas.

— Tu voulais tapisser. Ou peindre en couleurs.

— Pourquoi donc ? Ça me plaît comme ça. Le blanc me convient parfaitement. »

La feinte agressivité de la réplique amusa d'autant plus Sue que Richard était vautré dans le lit, la canette à la main. Un entrelacs de tissu greffé rose lui entourait le cou et les épaules.

« Tu ne te rappelles pas ? reprit-elle.

— On a déjà parlé de ce genre de choses ? Les peintures de l'appartement ?

— Je croyais que tu avais recouvré la mémoire.

— Oui, mais je ne peux pas me souvenir du moindre détail minuscule.

— Ce n'est pas un détail.

— Enfin, Sue, ça n'a aucune espèce d'*importance* !

— Combien de minuscules détails as-tu oubliés ? »

Elle se rappela trop tard l'avertissement du docteur Hurdis.

« Je n'en sais rien et, très honnêtement, je m'en fiche un peu. J'ai des problèmes de mémoire, d'accord, mais certaines choses ont plus d'importance que d'autres. Moi, je veux me concentrer sur celles qui comptent vraiment. Toi et moi, par exemple.

— Désolée, Richard. Je n'en parlerai plus.

— C'est dur pour nous deux, alors pourquoi ne pas y aller franchement ? Qu'est-ce qui s'est passé entre nous, la dernière fois ?

— Rien de grave.

— Ce n'est pas vrai. Je le sais, et toi aussi.

— Les choses ont mal tourné. On a une seconde chance, je ne veux pas la gâcher. Profitons-en le plus possible. »

Quoi qu'elle dît, cependant, elle ressentait l'excitation perverse caractéristique de leur première liaison. Retourner en arrière serait dangereux, elle en avait conscience, mais l'idée de s'y risquer exerçait sur elle une attraction fatale.

« N'empêche que, à mon avis, c'est intimement lié à ce qui m'est arrivé. Tu es la clé du problème, Sue, j'en suis persuadé.

— J'ai besoin de boire un verre. »

Sans laisser à Richard le temps de répondre, elle descendit du lit et partit à la cuisine prendre deux bières de plus dans le réfrigérateur. Il fallait qu'elle s'éloigne de lui, car l'extase l'avait envahie, l'excitation dangereuse qui la poussait à réessayer.

Elle regardait en aveugle l'intérieur de l'appareil, dont elle tenait la porte ouverte. L'air froid jouait tout du long autour de ses jambes nues.

S'imaginer capable de reformer un couple avec Richard sans le lien du glamour revenait à se bercer d'illusions. Le glamour était l'état naturel, intrinsèquement fascinant, qui les unissait. La fois précédente, leur relation avait capoté à cause de Niall. Maintenant qu'il ne faisait plus partie de l'équation, les choses seraient sans doute différentes.

Refermant le réfrigérateur, elle regagna la chambre, où elle posa les deux canettes sur la table de nuit, près de son compagnon. Puis elle se rassit en tailleur au pied du lit, en tirant sur le devant de son pull pour se couvrir les genoux.

« Je ne crois pas que tu te souviennes de tout à mon sujet, déclara-t-elle.

— Je croyais que si, mais tu me donnes des doutes. »

Elle se rapprocha et lui prit la main.

« Tu n'as pas réellement recouvré la mémoire, hein ?

— Mais si. La majeure partie, les choses importantes. Je me rappelle qu'on est tombés amoureux l'un de l'autre, mais que tu avais déjà un amant, Niall, qui ne voulait pas te rendre ta liberté et que ça a fini par nous séparer. C'est bien ce qui s'est passé, non ?

— Est-ce que tu te rappelles pourquoi Niall s'est conduit comme ça ?

— Par jalousie, je suppose. Quand on s'est rencontrés en France.

— Je n'ai jamais mis les pieds en France, protesta-t-elle, saisie. Je n'ai jamais quitté la Grande-Bretagne de toute ma vie. Je n'ai pas de passeport.

— C'est là-bas qu'on s'est connus. En France, dans un train. Moi, j'allais à Nancy ; toi, quelque part sur la Côte d'Azur.

— Richard, je t'assure que je n'ai jamais mis les pieds en France. »

Il secoua la tête. Son visage reflétait le même choc que dans la journée, quand il s'était trompé sur la taille de l'appartement.

« Aide-moi, Sue, murmura-t-il. Dis-moi la vérité.

— Je ne t'ai jamais menti. On a fait connaissance à Londres. Dans un pub, à Highgate.

— Ce n'est pas possible ! »

Il se détourna, les yeux clos. Une brusque frayeur envahit Sue ; elle était impuissante, incapable de gérer une situation pareille, qui demandait des compétences particulières. Le psychiatre avait vu juste : Richard était sorti de clinique trop tôt, la mémoire endommagée à vie. Elle contempla le corps couturé de cicatrices, le torse et les bras plus épais, mais aussi plus flasques que par le passé, à cause du manque d'exercice. Avait-elle tort de contredire les souvenirs du convalescent ? Étaient-ils à leur manière aussi valables que les siens ? Pourquoi s'imaginait-il qu'ils s'étaient connus en France ? Elle en restait saisie, tellement surprise qu'elle n'y comprenait plus rien du tout.

Elle ne connaissait que sa vérité à elle, l'unique pivot de leur relation.

« Tu te rappelles le glamour, Richard ?

— Ne recommence pas avec ça !

— Donc ça te dit quelque chose. Est-ce que tu te rappelles ce que c'est ?

— Non, et je ne veux pas que tu m'en parles !

— Alors je vais te le montrer. »

Sa décision était prise. Elle quitta de nouveau le lit, emplie de détermination. Les délices de leur passé commun s'étaient accrochées à elle : le reste devrait attendre jusqu'à ce que cette question-là soit résolue. Ils ne pouvaient échapper au glamour.

« Qu'est-ce que tu fais ? demanda Richard.

— Il me faut un pull de couleur vive. Où sont rangées tes affaires ?

— Dans les tiroirs. »

Mais, déjà, elle avait ouvert un tiroir, où elle fouillait sans hésiter. Elle dénicha presque aussitôt un sweat-shirt en laine d'un bleu roi profond, qu'elle sortit. Son propriétaire devait s'en servir pour bricoler, car un des coudes s'effilochait et une tache de peinture crème s'étalait sur le devant.

Le simple fait de le tenir donna à Sue une impression de danger stimulante : jamais elle ne se serait offert un vêtement aussi voyant. Il possédait à ses yeux quelque chose d'intrinsèquement sexy, comme une robe trop décolletée ou une jupe trop courte.

« Regarde-moi bien, Richard. Regarde tout ce que je fais. »

La jeune femme se débarrassa de son pull beige, qu'elle jeta sur le lit. Quelques secondes durant, elle resta intégralement nue, à retourner une des manches du sweat-shirt pour pouvoir l'enfiler. Puis elle le passa par la tête, en agitant les bras à cause du poids de la laine. Lorsque le tricot lui recouvrit le visage, l'odeur de Richard s'imposa brièvement, parfum de corps auquel s'était superposée une faible puanteur de moisi, pendant les mois où personne n'avait touché au pull dans son tiroir. Enfin, Sue s'en libéra la tête puis le tira sur ses seins. Il lui descendait jusqu'aux cuisses, et elle flottait dedans.

« Je te préférais toute nue », lança Richard — faible tentative d'humour.

« Tu sais ce que je fais ? Tu te rappelles ? demanda-t-elle.

— Non. »

Mais elle lisait dans ses yeux que si.

« Le type qu'on a croisé aujourd'hui, sur l'aire d'autoroute ! Celui que j'ai failli écraser... Tu croyais que je ne l'avais pas vu, alors je t'ai dit que j'étais distraite, mais c'est toi qui avais raison. Je ne l'avais pas vu, je ne *pouvais* pas le voir. Il était invisible. Je n'avais pas la moindre idée qu'il y avait quelqu'un là avant que tu cries. Quelqu'un qui avait le glamour, quelqu'un d'invisible naturellement. Tu comprends ?

— Viens te coucher, Sue.

— Non, il faut regarder les choses en face. Je sais pourquoi tu as perdu la mémoire : tu refuses d'admettre ce qui s'est passé la dernière fois, tu cherches à le refouler. Mais il ne faut pas, plus maintenant ! » Au fil de ses explications, elle sentait l'impression de danger due à la tentative s'imposer à elle, exaltante. « Regarde le sweat-shirt, Richard. » L'excitation lui étoffait la voix, un peu comme le désir. « Regarde cette belle couleur, si vibrante, si nette. Tu vois ? »

Son compagnon, qui la fixait sans mot dire, hocha la tête de manière quasi imperceptible. Elle l'avait enfin captivé.

« Regarde bien la couleur. Ne la perds pas de vue. »

Sue se concentra sur le nuage, appelant le glamour à la rescousse. Autrefois, elle l'avait constamment senti là, en elle, mais à présent il ne l'enveloppait plus que si elle l'y forçait. Enfin, le nuage se rassembla autour d'elle.

Elle devenait invisible.

Richard n'avait pas quitté du regard l'endroit où elle se tenait, aussi se déplaça-t-elle sans qu'il la voie, gagnant l'autre côté du lit.

C'était toujours comme ça quand on consentait au glamour. Comme se déshabiller devant des inconnus, les rêves où on se retrouvait nue dans un endroit public, les fantasmes sexuels de vulnérabilité et d'impuissance totales. Pourtant, l'invisibilité était synonyme de sécurité, elle cachait, elle dissimulait ; c'était un pouvoir et une malédiction ; la poussée brutale de l'excitation, mêlée de remords, l'envie suave de céder sans aucune protection, le sacrifice de l'intimité, la révélation du désir enfoui, la certitude que rien ne pourrait arrêter ce qui venait de commencer. Il y avait déjà eu une première fois avec Richard, mais parce qu'il avait oublié, parce que son esprit avait été modifié, le destin accordait à Sue une seconde première fois.

Elle tremblait de désir libéré ; son souffle lui râpait la gorge. Relevant le devant du sweat-shirt, elle s'enfonça les doigts dans le sexe, les plongea dans l'humidité de la passion. Muet, totalement inconscient de l'endroit où elle se tenait et de ce qu'elle faisait, Richard fixait toujours l'autre côté de la pièce.

« Tu te rappelles notre première rencontre ? »

La voix de Sue avait l'étoffe du désir. Saisi, son compagnon se tourna brusquement dans la direction où elle se tenait à présent, femme invisible protégée par son glamour. Il se trouva alors directement confronté au sien propre, irrésistiblement attiré par le pouvoir qui le liait à elle.

CINQUIÈME PARTIE

Je croyais t'avoir vu la première, mais Niall était plus rapide. Il a attendu sans mot dire que je te remarque.

Enfin, à l'instant où je prenais conscience de ta présence, il m'a lancé :

« Viens, on s'en va.

— Je préfère rester. »

C'était un samedi soir. Il y avait foule. Toutes les tables étaient prises, quelques clients restaient debout dans les espaces libres, et beaucoup s'agglutinaient autour du comptoir. Sous le plafond bas stagnait une épaisse fumée qui se mêlait à ton nuage. Si je t'avais vu plus tôt, je ne t'avais pas réellement remarqué. Ton apparente normalité t'avait paradoxalement aidé à échapper à mon attention.

Je t'ai observé de ma table avec toute la fascination qu'on éprouve pour ceux de sa propre espèce. Sans doute la fille qui t'accompagnait était-elle ta petite amie, mais tu ne devais pas la connaître depuis bien longtemps. Tu cherchais à lui être agréable en la faisant rire, en te concentrant sur

elle, sans jamais la toucher, ou alors par hasard.
Apparemment, elle t'aimait bien. Elle souriait
beaucoup, elle hochait la tête, approbatrice. C'était
une normale : elle n'en savait pas sur toi autant que
moi. D'une certaine manière, je possédais déjà
quelque chose de toi, même si tu n'avais pas
conscience de mon existence. Je me sentais excitée,
prédatrice, aux aguets ; tu finirais forcément par
flairer ma présence, par me voir, me reconnaître.

Ce soir-là, Niall et moi étions invisibles. On partageait une petite table proche de la porte avec
deux normaux qui ne nous avaient pas remarqués,
évidemment. Et, avant que mes yeux ne se posent
sur toi, son comportement avait provoqué une de
nos sempiternelles disputes. Il conservait quelque
chose d'adolescent : ça l'amusait toujours de voler
les cigarettes d'autrui. Il en avait déjà pris trois dans
le paquet du type, dont il avait aussi utilisé le bri-
quet. Ce genre de petit tour mesquin aurait dû le
lasser depuis des années, mais il continuait à l'exé-
cuter, par habitude. Il ne se ferait pas prendre, évidemment. N'empêche que ça m'agaçait. Il insistait
aussi pour aller nous chercher à boire, se glissait
derrière le comptoir et se servait lui-même. Parce
que, si c'était moi qui m'en occupais, je me rendrais
momentanément visible, j'attendrais qu'on me
serve, comme tout le monde, et je paierais mon dû.
Niall voyait dans mon attitude une manière de lui
tenir tête, de lui rappeler que, en ce qui me concernait, le glamour n'était qu'un des aspects de mon
existence.

Je commençais à me demander si tu allais jamais

me remarquer. Tu n'avais d'yeux que pour ta copine. Lorsque tu as jeté un coup d'œil autour de toi, tu avais l'air ailleurs, tu regardais sans voir.

« Il n'est qu'à moitié glam, Susan, m'a dit Niall. Pas la peine de perdre ton temps.

— Tu es jaloux ?

— Pas de lui. Je sais ce que tu mijotes. Ça ne marchera pas. »

Je n'arrivais pas à te quitter des yeux, parce que c'était justement ce côté partiel, ébauché que je trouvais intéressant. Comme moi, tu écumais les deux mondes, mi-normal, mi-invisible. Il me semblait inconcevable que tu n'aies pas conscience de la possibilité de voyager entre les deux, que tu arrives à vivre dans le premier sans te rendre compte de ce qui se passait. Tu avais indéniablement une assurance qui manquait à tous les invisibles de ma connaissance, à la possible exception de Niall.

Il buvait trop et me poussait à l'imiter. L'ivresse lui plaisait et, comme beaucoup d'invisibles, il y sombrait volontiers. Parfois, en fin de soirée, quand il était tellement saoul qu'il ne tenait presque plus debout, j'avais moi-même du mal à le voir. Son nuage devenait dense, impénétrable, absence effrayante autour de lui. Cette nuit-là, pendant qu'il s'effaçait, je te regardais. Tu buvais peu, soit pour garder tous tes esprits, soit parce que tu allais conduire, soit parce que tu te réservais — parce que, plus tard, tu serais en tête à tête avec elle. Je l'enviais terriblement !

« C'est moi qui vais chercher la suivante », ai-je annoncé à Niall.

Sans lui laisser le temps de discuter, je suis allée me planter exprès entre ta compagne et toi, en faisant mine d'attendre que le barman me serve. Tu as changé de position pour regarder derrière moi, car tu savais inconsciemment que je me trouvais là, même si tu étais bien incapable de me remarquer. Je t'étais invisible, si près de toi que je sentais les vrilles de mon nuage se mêler à celles du tien, une impression d'une sensualité profonde.

Ça suffisait pour le moment. Je me suis éloignée et glissée derrière le comptoir afin de me servir, après quoi j'ai ajouté dans la caisse le prix des consommations puis rapporté les verres à notre table, à Niall et à moi. Mais je ne me suis pas rassise.

«Qu'est-ce que tu trafiquais, Susan?

— Je regardais, c'est tout. Je voulais être sûre.

— Ça t'a pris trop longtemps. Je ne veux pas te voir traîner autour d'un autre homme.

— Tu *es* jaloux, la preuve! Attends une minute. Je vais aux toilettes.»

Je suis repartie pour échapper un instant à son regard terni par la bière. En traversant le pub, j'ai laissé le nuage se dissiper; je suis devenue visible. Ensuite, à la sortie des toilettes, je suis allée me planter à côté de toi. Dans mon état de normale, c'était tout juste si je ressentais les effets de ton nuage, mais on était presque aussi proches que la fois d'avant. Enfin, tu as pris conscience de ma présence. Tu t'es légèrement reculé.

«Excusez-moi. Vous voulez passer?

— Non, je me demandais si vous pouviez me faire de la monnaie pour le distributeur de cigarettes?

— Les barmen ne veulent pas ?

— Ils sont occupés. »

Tu as fouillé ta poche, d'où tu as tiré une poignée de pièces, mais l'ensemble n'avait pas assez de valeur pour un échange contre mon billet de cinq. Je me suis donc contentée de te remercier puis de m'éloigner. Tu m'avais vue pour de bon. Toujours visible, je me suis rassise près de Niall.

« Arrête, Susan.

— Je ne fais rien que tu te prives de faire. »

Je me sentais d'humeur à le défier. Quand je te regardais, de l'autre côté de la salle, il me semblait être redevenue adolescente. Si seulement tu jetais un coup d'œil dans ma direction, maintenant que tu avais conscience de ma présence. Pour la première fois, Niall ne m'intimidait plus. À ses yeux, je lui étais acquise, parce que je trouvais la plupart des autres invisibles antipathiques et qu'il m'était quasi impossible de fréquenter quelqu'un de normal. Mais je ne lui avais jamais caché que j'aspirais à mieux, et ta vue me faisait oublier toute prudence.

Sa proximité à lui me ramenait peu à peu à l'invisibilité.

« Finis ta bière, on s'en va, m'a-t-il ordonné, une fois le processus arrivé à son terme.

— Tu t'en vas si tu veux. Je reste encore un peu.

— Tu perds ton temps. Il n'est pas des nôtres. Je suis sûr que tu le vois aussi bien que moi. »

Niall, qui avait déjà vidé son dernier verre, a eu un renvoi. Il avait hâte de partir, de m'emmener. Il m'arrivait souvent de remarquer d'autres hommes, de les trouver attirants, mais il se sentait en sécurité

— et il l'était —, parce qu'il s'agissait de normaux. Il te qualifiait de « moitié, moitié », mais à mon avis tu n'avais tout simplement pas *conscience* de posséder le glamour. Tu avais l'air intégré au monde réel. C'était ça qui m'excitait.

Je n'étais qu'en partie une femme invisible — je rôdais juste sous la surface de la normalité, et je pouvais m'élever à la visibilité lorsque je m'en donnais la peine. Niall, lui, n'avait pas le choix. Son invisibilité profonde signifiait que le monde des normaux était totalement hors de sa portée. Voilà pourquoi il a aussitôt compris ce que tu représentais pour moi : l'étape suivante dans la transition. Tu étais plus visible qu'invisible, tout comme j'étais plus invisible que visible.

Je me suis concentrée pour redevenir visible, le provoquant délibérément.

« Allez, Susan, on y va.

— Vas-y si tu veux. Moi, je reste.

— Je ne pars pas sans toi.

— Tu es libre. »

Dire des choses pareilles à Niall, afficher mon indépendance, était pour moi aussi dangereux qu'électrisant.

« Ne t'avise pas de me traiter de cette manière. Tu n'arriveras à rien avec ce type.

— Tu as peur que je m'intéresse à quelqu'un d'autre.

— Tu ne peux pas rester comme ça sans moi. Tu finiras par redevenir invisible, tu le sais très bien. »

C'était vrai, mais je refusais obstinément de l'admettre. Je n'avais perfectionné la technique de formation et de dissipation du nuage qu'après avoir fait sa connaissance, et sa présence m'était nécessaire pour la mettre en pratique facilement. Rester visible sans lui m'était pénible et m'épuisait. Parce que mon nuage et le sien étaient liés : on était devenus dépendants l'un de l'autre, cramponnés l'un à l'autre alors qu'on aurait dû se séparer depuis longtemps.

Il ne savait pas ce que j'avais ressenti la première fois que je m'étais postée près de toi. Les vrilles de ton nuage s'étaient étirées, m'avaient taquinée... Tu menaçais réellement sa domination, car tu étais un normal doté d'un nuage : ta proximité à toi aussi me permettrait d'être visible.

« Je vais essayer, un point c'est tout, ai-je lancé. Si ça ne te plaît pas, tu n'as qu'à t'en aller.

— Va te faire foutre ! »

Il s'est levé, chancelant, et s'est cogné à la table, renversant les consommations. Les gens installés en face de moi m'ont dévisagée, surpris, persuadés que c'était moi la coupable. J'ai marmonné des excuses en promenant un sous-bock parmi les éclaboussures pour éponger. Déjà, Niall se frayait un passage à travers la foule. Les normaux le laissaient passer, reculant automatiquement tandis qu'il jouait des coudes avec brusquerie, mais personne ne réagissait à sa brutalité, personne ne le remarquait.

Après son départ, je suis restée visible afin de me prouver que j'en étais capable. Jamais encore je ne l'avais affronté avec une telle détermination. Je savais que je le paierais, mais à ce moment-là c'était

tout juste si j'y accordais une pensée. Tu étais tellement plus important.

Après avoir réfléchi un moment à la situation,
j'ai quitté la table et suis allée me poster près de toi
dans la foule. Tu avais pivoté pour appuyer les
coudes au bar, penché vers ta copine afin de lui
parler. Je me tenais à moins d'un mètre de toi, mes
instincts de prédatrice se réveillant une seconde
fois. Inconscient de ma présence, tu paraissais sans
défense, ce qui ajoutait encore un peu de piment à
mon excitation coupable. J'ai attendu, toujours
visible, quoique inaperçue dans la foule. Tu discu-
tais avec ton amie, sur qui se concentrait ton attention. Elle buvait de la bière : il me suffisait donc de
patienter. En effet, je n'étais pas là depuis dix
minutes qu'elle s'est éloignée, jouant des coudes à
côté de moi pour gagner les toilettes des dames.

Je me suis aussitôt avancée et t'ai posé la main
sur le bras.

« Il me semble qu'on se connaît ? » ai-je lancé
d'une voix forte, pour couvrir le bruit de la foule et
la musique.

Tu m'as regardée, surpris.

« Vous essayez toujours de faire de la monnaie
avec un billet de cinq ?

— Non. J'ai passé la soirée à vous examiner. Je
suis sûre de vous avoir déjà vu quelque part. »

Tu as secoué la tête d'un geste lent, en te
demandant visiblement ce qui se passait. L'expression qui s'est inscrite sur ton visage à ce moment-
là, je l'avais déjà remarquée chez d'autres hommes
quand ils voyaient une inconnue pour la première

fois. Curiosité et envie d'intéresser mêlées — signal flagrant, plutôt grossier, de disponibilité sexuelle. Sans doute connaissais-tu des tas de femmes, t'était-il facile d'en rencontrer davantage et en changeais-tu de temps en temps. Ta réaction masculine basique et la manière dont tu me traitais — comme une rencontre de hasard, une de plus — m'ont donné un frisson tel que je n'en avais jamais connu. On aurait dit qu'à tes yeux je n'étais pas une invisible, mais une normale.

« Je ne crois pas qu'on se connaisse, as-tu répondu. À moins qu'on ne se soit déjà vus à une soirée ?

— Vous êtes avec une amie, non ?

— Eh bien, elle... oui.

— Ça vous arrive de venir tout seul ?

— Pourquoi pas.

— Je repasserai dans la semaine. Mercredi soir.

— Bon. Mais qu'est-ce que vous voulez ?

— Vous éveillez ma curiosité. Vous savez pourquoi ?

— Non. Vous ne voulez pas me dire ce qui se passe ?

— Ne faites pas attention. Ça me rend un peu nerveuse de bavarder avec un inconnu.

— Parce que c'est ce que vous faites ? »

L'intrusion inexpliquée d'une parfaite inconnue te déconcertait visiblement, elle t'amusait aussi, mais tu ne te moquais pas de moi. J'étais parfaitement capable de me faire honte toute seule — d'ailleurs, après ces quelques répliques, je regrettais de t'avoir adressé la parole. Je me sentais rougir, et c'était tout juste si je savais ce que je disais. J'ai battu en retraite, très gênée de t'avoir abordé avec autant d'effronterie, m'éloignant le plus vite possible à travers la foule. J'avais envie de me cacher, mais j'espérais de toutes mes forces en avoir dit assez pour t'attirer au rendez-vous du mercredi, ne serait-ce qu'en éveillant ta curiosité.

Une fois dehors, je suis restée un instant plantée dans la rue, plus rouge et mortifiée que jamais. J'avais cru que Niall m'attendrait, mais je n'en ai pas vu trace, aussi ai-je respiré profondément pour me calmer, en laissant mon état naturel d'invisible s'insinuer en moi. L'invisibilité offre un réconfort particulier. Les bruits du pub me parvenaient toujours : conversations, musique, tintements des caisses enregistreuses et des verres. Il faisait chaud à l'air libre, parce que c'était l'été. Et, parce que c'était l'été londonien, il tombait une bruine légère. Avoir découvert ton existence me tourmentait, ta réaction à mes ouvertures — à croire que j'étais normale — m'exaltait, mais la maladresse dont j'avais témoigné durant notre petite conversation me faisait grincer des dents en mon for intérieur. Les normaux vivaient-ils ce genre d'épreuves, quand ils cherchaient à faire la connaissance d'un membre du sexe opposé ? Jusqu'ici, le glamour me les avait épargnées.

Les clients quittaient le pub, en groupes ou par couples. Je te cherchais des yeux en priant que tu n'empruntes pas la sortie de secours, sur l'arrière de la bâtisse. J'avais envie de te revoir avant ton départ, au cas où ce serait la dernière fois. Enfin tu es apparu, avec ta copine, que tu tenais par la main. Je vous ai emboîté le pas, dans l'espoir de l'entendre prononcer ton nom ou de saisir au passage une information quelconque à ton sujet.

Ta voiture attendait dans une rue voisine. La Nissan rouge. Tu as ouvert la portière passager, puis tu l'as refermée en douceur, une fois ta compagne installée. Après t'être assis au volant, tu l'as embrassée, et tu as démarré. Pendant que tu t'éloignais, je me répétais le numéro d'immatriculation : peut-être me permettrait-il de te retrouver, si rien d'autre ne marchait.

« Susan. »

La voix de Niall, près de moi.

Je me doutais qu'il était là. Je me suis tournée vers lui, mais il était invisible. Bien sûr. Sauf que cette fois, je ne le voyais pas non plus.

« Où es-tu ?

— Laisse tomber, Susan.

— Non. Montre-toi !

— Tu sais comment me voir. Il suffit de te mettre à mon niveau.

— Je ne peux pas.

— Alors tu sais ce que ça implique. Je serai là quand tu changeras d'avis. »

Il n'en a pas dit davantage. Je l'ai cherché dans la rue obscure en me servant de toutes les techniques que je connaissais pour repérer son nuage, l'amener à moi, mais Niall était un expert. Il m'avait déjà fait le coup, un jour où je l'avais mis en colère : plonger si profond dans l'abysse de l'invisibilité que j'avais cru ne jamais le retrouver. Cette fois-là, il était revenu au bout de quelques heures. Celle-ci, j'avais des doutes. Mais, à cause de toi, je m'en fichais.

Le lendemain, je suis restée seule à penser à toi, à me poser des questions sur toi, à me remémorer notre brève conversation. T'avais-je assez intrigué pour que tu reviennes au pub, mercredi soir ? Tout dépendait de la réponse à cette question, mais j'étais immature, je n'avais aucune expérience, je manquais autant d'assurance qu'une adolescente. Niall le savait, évidemment.

À ce moment-là, je travaillais sur les esquisses des dessins et des illustrations destinés à un livre pour la jeunesse ; une tâche absorbante, minutieuse. Dans la soirée du dimanche, j'ai décidé de passer mes ébauches en revue, et je n'ai pas tardé à m'y replonger complètement. Les trois jours suivants ont été consacrés à cette commande, dont seule me distrayait la disparition de Niall. Il n'avait pas donné signe de vie depuis notre courte discussion orageuse dans la rue, près du pub. D'une certaine manière, je n'avais aucune excuse : j'avais eu parfaitement conscience de le provoquer. Mais notre liaison avait déjà traversé quelques mauvaises passes, à la suite desquelles il était toujours revenu me demander un peu de réconfort.

Je m'attendais à ce qu'il réapparaisse n'importe quand. Chaque fois que le téléphone sonnait dans le hall ou que quelqu'un arrivait de l'extérieur, je pensais — à tort — que c'était lui. Son silence me préoccupait de plus en plus, et comme le rendez-vous du mercredi approchait, un besoin coupable de voir Niall avant toi s'est mis à me tarauder. Le jour J, je me suis rendue à l'heure du déjeuner au pub de Hornsey Rise où il traînait souvent. Il n'y était pas, mais j'y ai trouvé quelques autres invisibles, à qui j'ai demandé s'ils savaient où il était passé. Personne n'avait eu de ses nouvelles depuis la semaine précédente.

J'ai lentement compris qu'il faisait exprès de se tenir à l'écart. Je détestais ne pas savoir où il était, il le savait.

Malgré tout, rien n'aurait pu m'empêcher de chercher à te voir. J'ai choisi ma tenue vespérale avec soin et consacré un temps fou à mon visage, mais aussi à mon aspect général : pour une fois, j'étais bien décidée à ce qu'un homme remarque mon physique. Malgré tout, rester plantée aussi longtemps devant mon miroir à m'examiner d'un œil critique me faisait un effet bizarre. L'invisibilité qui m'avait enveloppée pendant la majeure partie de ma vie adulte avait fini par me rendre mon apparence indifférente.

Alors que j'étais prête à partir, très en avance, le téléphone a sonné derrière ma porte. J'ai répondu. C'était enfin Niall, qui m'appelait d'un appareil privé. Une vague de soulagement m'a envahie. À ce moment-là seulement, j'ai eu la certitude qu'il ne se trouvait pas aux alentours, protégé par son invisibilité transversale.

« Salut Susan, c'est moi.

— Où étais-tu passé ? Tu m'as fichu la trouille, à te cacher comme ça. Pourquoi… ?

— Je me suis dit que tu serais contente de savoir. Il s'appelle Richard Grey.

— Hein ?

— Ton ami du pub. Il s'appelle Richard Grey.

— Comment… ?

— Il travaille pour BBC News, il est cameraman, il a vingt-huit ans, il habite West Hampstead, et la fille, là, c'était sa copine. Tu veux son nom à elle aussi ?

— Non ! me suis-je exclamée. Comment peux-tu bien le savoir, bordel ? Tu inventes ou quoi ?

— Tu verras, si vous avez rendez-vous. Tu y vas, hein ?

— Ça me regarde.

— Moi aussi. Tout ce que tu fais me regarde. C'est pour ça que je t'appelle, d'ailleurs. Tu seras ravie d'apprendre que je pars un petit moment en voyage. »

Niall n'allait jamais nulle part, mais cette nouvelle inattendue m'a mis du baume au cœur. J'allais avoir le temps — un peu — de faire ta connaissance sans qu'il s'en mêle. En attendant des précisions, j'ai fixé le mur d'un regard absent — le tableau d'affichage couvert de vieux messages manuscrits destinés aux autres locataires. Leur vie semblait si simple, si dépourvue des complications de l'invisible. *Anne, pense à téléphoner à Seb, STP. Dick, ta sœur a appelé. Fête au 27 samedi soir, tout le monde est invité.*

« Où tu vas ? » ai-je enfin interrogé, en m'efforçant d'avoir l'air de ne pas y attacher d'importance.

Ou, plutôt, d'y attacher de l'importance, mais pas comme je le faisais réellement

« C'est tout l'intérêt, m'a expliqué Niall. Je suis invité dans le sud de la France, chez des amis qui ont une villa sur la côte. Je ne connais pas l'adresse exacte, mais c'est près de Saint-Raphaël. Je vais passer une ou deux semaines avec eux. »

Je ne voyais vraiment pas qui, parmi ses amis, pouvait bien posséder une maison où que ce soit.

« Ah. Excellente idée.

— Tu veux m'accompagner ?

— Tu sais bien que je suis très occupée.

— Mais pas au point de renoncer à voir Richard Grey, quand même. J'ai raison, hein ? Tu vas le voir ?

— Je ne sais pas.

— C'est ce soir, hein ? Tu lui as fixé rendez-vous. Un petit tête-à-tête, rien que vous deux. »

Une appréhension familière, épuisante m'a envahie : Niall n'allait pas laisser la situation changer. Ça, j'y étais habituée, mais découvrir qu'il était au courant de mes projets...

« Tu m'espionnes ?

— Possible. »

À ce moment-là, je le sais maintenant, j'aurais dû l'écarter définitivement de ma vie. Ne plus lui prêter attention, lui raccrocher au nez. Ce qui allait suivre n'aurait peut-être pas suivi. Mais nous avions été trop intimes trop longtemps : j'ai laissé sa nonchalance feinte me porter sur les nerfs. Il m'était difficile d'oublier que, la première fois où il était devenu profondément invisible, il s'était vanté par la suite de pouvoir le rester indéfiniment. Personne ne le verrait jamais plus. Pas même les autres détenteurs du glamour. Pas même moi. Je ne l'avais pas cru, mais si c'était vrai, ça signifiait qu'il pouvait se trouver n'importe où n'importe quand. Il laissait entendre que quand j'étais allée te parler au pub, il était toujours dans les parages à nous espionner, indétectable. Et puis comment avait-il appris qui tu étais et où tu travaillais ? Il t'avait forcément filé. Mais qu'avait-il fait d'autre ? Que mijotait-il ?

« Combien de temps vas-tu passer là-bas, déjà ? ai-je interrogé, du ton le plus dégagé possible.

— Je ne crois pas te l'avoir dit. Je peux te rappeler en rentrant ?

— Quand ça ?

— Qu'est-ce que ça peut te faire ? Si je trouve un téléphone, je te passerai un coup de fil de là-bas. Bon, je te laisse, on part dans une heure.

— Si jamais tu envisages de t'en mêler, je ne t'adresserai plus jamais la parole.

— Ne t'inquiète pas. Tu vas être débarrassée un moment de l'obligation de me voir. Je t'enverrai une carte postale de France. »

J'étais née dans une banlieue excentrée de Manchester, vingt-six ans plus tôt, non loin de la campagne du Cheshire. Mes parents, des Écossais, étaient originaires de la côte ouest, près d'Ayr, mais aussitôt mariés ils avaient déménagé au sud, en Angleterre. Mon père était employé de bureau près de chez nous, dans une grande entreprise, ma mère serveuse à temps partiel. Mais pendant notre petite enfance, à Rosemary — ma sœur — et à moi, elle était devenue femme au foyer pour s'occuper de nous.

Autant que je le sache et que je m'en souvienne, mes premières années ont été normales, sans rien qui laisse présager ce que j'allais devenir. J'étais la plus solide des deux, car ma sœur, mon aînée de trois ans, tombait souvent malade. Dans un de mes souvenirs les plus nets, on me dit de me tenir tranquille, de marcher sur la pointe des pieds à la maison, pour éviter de déranger ou de réveiller Rosemary. Je n'étais pas rebelle de nature : je me suis habituée à me taire. Je voulais tellement faire plaisir aux autres que j'étais — ou j'essayais d'être — une petite fille modèle, le rêve de n'importe quelle mère. À l'inverse, ma sœur se révélait entre les maladies un vrai garçon manqué, une casse-cou, une présence bruyante. Moi, je me rapetissais, je me faufilais dans l'espoir de passer inaperçue. Ma conduite de l'époque peut s'interpréter aujourd'hui comme un élément constitutif d'un schéma plus vaste, mais dans ma jeunesse, mon envie de disparaître n'était qu'un des aspects de ma personnalité. Je menais une vie normale : j'allais à l'école, j'avais des amis, j'assistais à des goûters d'anniversaire et autres fêtes, je tombais, m'égratignant bras et jambes, j'apprenais à faire du vélo, je voulais un poney, je découpais des photos de chanteurs et d'acteurs dans les magazines.

C'est à la puberté que j'ai changé, graduellement. Je ne me rappelle pas au juste quand j'ai pris conscience d'être différente des autres lycéennes, mais une configuration distincte s'était mise en

place avant mes quinze ans. Ma famille remarquait
rarement ce que je faisais ; la plupart du temps,
mes professeurs ne tenaient aucun compte de moi
lorsque j'essayais d'intervenir en classe ; mes
condisciples semblaient tout juste se rendre
compte de ma présence. J'ai perdu mes amies
d'enfance, une à une. J'étais bonne élève, j'avais
en général des notes plus que correctes, mais mes
bulletins trimestriels comportaient des remarques
du genre « Niveau moyen », « Discrète en classe »,
« Constante ». Je ne brillais qu'en une matière,
l'art, parce que j'avais du talent, certes, mais aussi
parce que l'enseignante faisait l'effort de m'encou-
rager en dehors des heures de cours.

Ces explications risquent de donner l'impression
que mon adolescence s'est écoulée en douceur,
alors qu'il n'en est rien, bien au contraire. Quand
je me suis aperçue que je n'avais pas à subir le
contrecoup de mes écarts de conduite, je me suis
mise à semer le désordre en classe. Je lâchais des
bruits grossiers, je lançais de menus objets, je jouais
des tours idiots aux autres élèves. Il était très rare
que je me fasse prendre, et les réactions de mes
victimes m'amusaient. J'ai aussi commencé à voler
de petites choses sans valeur, parce que l'impunité
dont je jouissais avait quelque chose d'excitant. Ma
conduite ne m'empêchait pas de rester moyenne-
ment populaire ; j'étais acceptée de tous, sans être
proche de personne.

Ma visibilité décroissante a fini par devenir dangereuse. À quatorze ans, j'ai été renversée par une
voiture, dont le conducteur a prétendu ne pas

m'avoir vue sur le passage pour piétons. Heureusement, je n'ai souffert que de blessures superficielles. Une autre fois, j'ai failli être grièvement brûlée à la maison, parce que j'étais appuyée au manteau de la cheminée, quand mon père est arrivé et a allumé le feu au gaz. Je me rappelle très nettement mon incrédulité sur le moment, ma certitude qu'il ne ferait jamais une chose pareille. Je suis restée où j'étais, la flamme a jailli, et ma jupe a pris feu. Mais mon père ne s'est aperçu de ma présence que quand j'ai poussé un hurlement en bondissant de côté et en frappant le tissu fumant.

Les incidents de ce genre et d'autres, moins sérieux, m'ont affligée d'une phobie des situations potentiellement dangereuses. Aujourd'hui encore, je répugne à parcourir une rue animée, à traverser la chaussée, à attendre sur un quai de gare. J'ai appris à conduire il y a quelques années, mais je ne suis pas à l'aise au volant, parce que je n'arrive pas à me débarrasser de l'impression désagréable que la manière dont je manœuvre la voiture va empêcher autrui de la remarquer. Je ne me baigne jamais en mer car, en cas de problème, je serais incapable de me faire voir ou entendre ; je n'ai pas fait de vélo depuis mes douze ans ; je ne m'approche pas de quiconque transporte un liquide, quel qu'il soit, pour la bonne raison que, un jour, ma mère m'a renversé du thé brûlant dessus.

Au bout d'un moment, passer inaperçue a affecté ma santé. Mon adolescence a été une longue période d'anémie, pendant laquelle les migraines s'enchaînaient, je m'endormais aux moments les plus inattendus, j'attrapais toutes les maladies qui traînaient. Le médecin de famille en accusait « la croissance » ou des prédispositions congénitales, mais j'ai compris plus tard que c'étaient mes efforts inconscients pour rester visible qui me causaient tant de problèmes. Je *voulais* qu'on me remarque, qu'on me croie comme les autres. J'aspirais à une vie normale. Cette envie se manifestait en m'imposant de rester visible, ce qui avait un prix. J'oscillais en permanence entre les deux états, alors que ces allers-retours se soldent par une tension terrible, je le sais à présent.

Seule la solitude me soulageait. Je profitais des longues vacances scolaires et, parfois, des week-ends pour aller me promener à la campagne. Un court trajet en car me permettait de gagner au sud une contrée encore vierge, toute de bois et de champs, passé Wilmslow et Alderley Edge. Là-bas, loin des grand-routes, je me laissais aller avec joie au monde de l'invisible, comme si j'étais débarrassée de mes vêtements, de mes affaires, de mes soucis.

J'ai rencontré Mme Quayle lors d'un de ces petits voyages. J'avais seize ans.

C'est elle qui m'a remarquée la première et qui a engagé la conversation. Moi, je n'ai vu qu'une promeneuse accorte, quoique vieillissante ; elle arrivait dans ma direction, un petit chien trottinant sur les talons. On s'est croisées, on a échangé un sourire rapide, comme le font parfois deux parfaits inconnus, puis on a continué chacune sur sa lancée. La pensée ne m'a pas frappée tout de suite qu'elle m'avait réellement vue, à un moment où je me savais invisible ; il ne m'a fallu que quelques instants pour l'oublier. Alors son chien m'a dépassée en courant. J'ai jeté un coup d'œil en arrière : elle avait fait demi-tour et me suivait, à présent.

Quand on a fait connaissance, ses premières paroles ont été :

« Dites-moi, mon enfant, savez-vous que vous avez le glamour ? »

Son sourire était si naturel, elle semblait si désarmée que je n'ai éprouvé aucune inquiétude, mais si j'avais su de quel genre de femme il s'agissait, sans doute aurais-je pris peur et me serais-je enfuie. Au lieu de quoi l'étrangeté de l'interrogation a éveillé mon intérêt. Je me suis mise à marcher à son rythme, en devisant du paysage, de la pluie et du beau temps. Jamais je n'ai répondu à sa première question, parfaitement directe, et jamais elle ne l'a répétée. Elle partageait mon amour de la campagne, des fleurs sauvages et de la paix, c'était suffisant. On a fini par arriver chez elle — une maisonnette sise en retrait du chemin, où elle m'a invitée à boire une tasse de thé.

La demeure était agréable, bien aménagée, avec chauffage central, télévision et magnétoscope, platine CD, téléphone, lave-vaisselle et autres gadgets modernes. Mme Quayle a servi le thé installée sur le canapé, pendant que son chien se roulait en boule à côté d'elle pour faire la sieste.

À ce moment-là, où sa première question planait entre nous, sans réponse, je lui ai demandé ce qu'elle avait voulu dire, car elle avait utilisé le terme *glamour* d'une manière pour moi totalement neuve. Elle m'a alors expliqué qu'il s'agissait d'un ancien mot écossais, passé dans la langue anglaise avant que le sens n'en soit corrompu. À l'origine, un *glammer* était un sortilège, un enchantement. Un amoureux allait trouver la vieille la plus sage du village et la payait pour envelopper son aimée d'un charme d'invisibilité qui empêchait les autres jeunes gens de la convoiter plus longtemps. Une fois affectée du glamour, elle n'avait plus rien à craindre des yeux fureteurs.

Mme Quayle m'a demandé si je croyais à la magie, s'il m'arrivait de faire des rêves bizarres ou de savoir ce que pensait mon entourage. Son ardeur m'a fait peur. Dès qu'elle m'avait vue sur le chemin, affirmait-elle, elle avait su que j'avais le glamour, un pouvoir psychique. En étais-je consciente ? Connaissais-je d'autres gens qui me ressemblaient ?

J'ai annoncé que je voulais m'en aller et je me suis levée. Résultat : ses manières se sont aussitôt transformées, tandis qu'elle me présentait ses excuses pour m'avoir effrayée. Lorsque j'ai battu en retraite, elle m'a dit de repasser la voir si je voulais en apprendre davantage, mais à peine étais-je sortie que j'ai pris mes jambes à mon cou, terrorisée. Cette nuit-là, j'ai rêvé d'elle.

La semaine suivante, je lui ai rendu visite. Elle m'attendait comme si on avait pris rendez-vous et, loin d'évoquer ma fuite, on s'est conduites en vieilles amies. Bien d'autres rencontres ont suivi, réparties sur deux ans.

Je sais maintenant que mon hôtesse ne m'a raconté qu'un chapitre de l'histoire, coloré qui plus est par l'intérêt qu'elle portait au monde psychique. Un mot dont elle se servait d'ailleurs souvent pour se décrire elle-même. En fait, l'invisibilité n'est pas un pouvoir psychique, contrairement à ce qu'elle s'imaginait, mais un état naturel. Bien des gens ordinaires possèdent des talents, positifs ou négatifs : certains ont l'oreille absolue, d'autres une personnalité charismatique, le don de déclencher le rire, de commander l'obéissance ou de se faire des amis n'importe où ; d'aucuns répugnent à autrui, quoi qu'ils fassent. Certains — dont moi —, peu nombreux, un ou deux, sont par nature non remarquables, évanescents, invisibles.

J'ai beaucoup appris, grâce à Mme Quayle, mais j'ai aussi dû apprendre à interpréter la majorité de ce qu'elle me racontait. Par exemple, elle décrivait le glamour comme une sorte d'aura psychique, de « nuage » de même nature que d'autres manifestations du plan astral. Mais mon état d'invisibilité était si particulier, si dépourvu de connotation mystique, à mes yeux, que je ne me sentais aucun point commun avec les gens sensibles au monde psychique — voyants ou médiums. Il n'empêche que le mot « nuage » m'a aidée. Il m'a permis de visualiser la transition d'un état à l'autre, les contours qui se brouillent, la silhouette qui s'estompe, les détails qui s'effacent peu à peu. Ça m'a rendu les choses plus faciles.

Mme Quayle m'a parlé de Mme Blavatsky, la spirite et théosophe qui a fourni plusieurs comptes rendus de productions et de disparitions grâce à l'utilisation du nuage, et qui affirmait devenir invisible à volonté ; de la secte des ninjas du Japon médiéval qui se rendaient invisibles à l'ennemi en trompant ses yeux et en distrayant son attention : un guerrier ninja s'habillait de manière à se fondre à son arrière-plan physique puis se tenait sur le qui-vive pendant des heures, parfaitement figé, avant de bondir avec une soudaineté et une violence terribles pour tuer par surprise ; d'Aleister Crowley, d'après qui l'invisibilité était juste une doctrine, dont il avait prouvé la véracité en paradant à travers les rues de Mexico, affublé d'une robe pourpre et d'une couronne dorée sans que personne le remarque ; et de Bulwer-Lytton, le romancier, qui se croyait capable d'invisibilité et ennuyait souvent ses amis plus que de raison : lorsqu'ils se réunissaient chez lui, il errait parmi eux, en proie à l'illusion qu'ils ignoraient sa présence, puis il se révélait en poussant un grand hurlement, invariablement accueilli par des exclamations soumises de joie et de surprise.

C'est Mme Quayle qui m'a montré dans un miroir que j'étais invisible.

Je n'avais jamais été invisible à mes yeux dans un miroir, parce que je m'y regardais justement pour m'y voir, comme tout le monde ; et, m'attendant à me voir, je me remarquais, je me *voyais*. Mais un jour, Mme Quayle m'a jouée en plaçant une glace à un endroit inattendu, derrière une porte, puis en me laissant passer la première. Avant d'avoir compris de quoi il retournait, j'ai vu son reflet à

elle, derrière moi. Quelques secondes durant
— celles où je me suis interrogée sur ce que je
voyais —, mon propre reflet est passé totalement
inaperçu à mes yeux. À ce moment-là, j'ai enfin
compris : je n'étais pas invisible car transparente, la
science de l'optique n'était pas battue en brèche,
mais le nuage me rendait difficile à *remarquer*.

Mme Quayle disait qu'elle me voyait en permanence, même quand j'étais invisible à d'autres,
même cette fois-là, dans le miroir, où je ne m'étais
pas vue, moi. C'était quelqu'un de bizarre, de têtu,
de très commun et très ordinaire, à vrai dire, hormis
le fait qu'elle se réclamait du psychisme. Veuve,
elle vivait seule, entourée de photos prosaïques de
sa famille, de gadgets banals, de souvenirs de ses
vacances en Floride, en Italie, en Espagne. Son fils
naviguait sur un pétrolier, ses deux filles, mariées,
vivaient dans d'autres régions. Cette femme à
l'esprit pratique, paradoxalement terre à terre, m'a
aidée à comprendre mon existence peu pratique,
m'a bourré le crâne d'idées, m'a donné un vocabu-
laire pour décrire ce que je suis et ce dont je suis
capable. On est devenues de drôles d'amies inéga-
les, mais elle est morte sans avertissement d'une
angine, quelques mois avant que je ne m'installe à
Londres.

Je n'allais pas la voir régulièrement : il s'écoulait parfois des semaines sans que je lui rende
visite. À l'époque, je terminais le lycée, quasi
inaperçue parmi mes condisciples, récoltant des
notes moyennes dans les diverses matières, ne me
distinguant qu'en art. La tension nécessaire pour

rester visible persistait, telle que ma dernière année a été ponctuée d'évanouissements et de violentes migraines. Je ne me détendais réellement que seule ou en compagnie de Mme Quayle. À sa mort, quelques jours avant mes examens de niveau « A », je me suis sentie seule, sans défense.

L'anniversaire de mes dix-huit ans m'a apporté une surprise. À ma naissance, mes parents avaient souscrit à mon nom une petite police d'assurance mixte qui avait fructifié. On me proposait une place dans une école d'art londonienne, mais la seule bourse à ma portée ne couvrirait que mes frais d'inscription, pas mes dépenses quotidiennes. La police d'assurance y suffirait presque, et mon père était prêt à la compléter de sa poche. À la fin de l'été, j'ai donc quitté mon foyer pour la première fois, et je me suis installée à Londres.

Trois ans se sont écoulés. Les études supérieures représentent toujours une période de transition. On s'éloigne peu à peu de ses camarades d'école et de sa famille, on se mêle à des gens de son âge qu'on découvre tout juste, on acquiert des capacités ou des connaissances à utiliser dans sa vie adulte : une nouvelle personnalité, plus mûre, prend lentement forme — un être humain indépendant. Je suis passée par là, moi aussi, mais j'ai subi en même temps un changement qui n'affectait que moi : je me suis accommodée de mon invisibilité en admettant qu'elle faisait partie de mon être et m'accompagnerait toute ma vie.

Je partageais un appartement avec deux autres

filles de l'école d'art, à qui j'étais visible si nécessaire. Mais pendant nos trois ans de colocation,
elles ont passé leur temps à s'imaginer que je me
trouvais quelque part dans le coin, ailleurs, peut-
être enfermée dans ma chambre, tout simplement.
Ç'a été le premier changement imposé : j'ai appris
grâce à elles qu'un invisible existe bel et bien dans
l'esprit de son entourage, qu'on le connaît et le
reconnaît, qu'on sait qu'il est là, mais qu'on l'ignore
car il n'est pas totalement *fonctionnel*. Elles me
remarquaient quand je voulais ; le reste du temps,
elles se comportaient comme si je n'étais pas là.

Les choses se compliquaient à l'école. Évidemment, j'étais obligée de faire acte de présence, de
montrer que je suivais les cours, d'accomplir les
tâches et travaux qu'on m'assignait, de les sou-
mettre à mes professeurs — bref, de me rendre per-
ceptible. J'ai réussi ma première année en me
poussant jusque dans mes derniers retranchements :
les enseignants savaient que j'étais là, mais ma
santé en pâtissait. À partir de la seconde rentrée, la
pression était censée s'atténuer, du fait qu'on nous
encourageait à travailler davantage en solitaire.
J'avais choisi un cours d'art commercial important,
mais très général, afin de pouvoir me fondre à la
foule des étudiants. La tension que je m'imposais
pour rester visible n'en était pas moins terrible et se
soldait par un épuisement permanent. Je perdais du
poids, je souffrais de maux de tête récurrents, je me
sentais souvent mal.

Vivre à Londres représentait aussi un changement en soi. Chez mes parents, j'avais pris

l'habitude d'échapper à toute autorité. Cette liberté se traduisait au lycée par des farces idiotes et des vols sans importance, mais j'avais aussi découvert à l'extérieur qu'il m'était facile de voyager gratuitement et de ne pas dépenser mon argent dans les magasins si je n'en avais pas envie. Compte tenu du revenu minuscule dont je disposais à Londres, éviter de payer est vite devenu une habitude. Puis, de là, un mode de vie.

Vivre dans une grande ville faisait partie du processus corrupteur, parce que là, même les gens normaux se fondent souvent à la foule. Il m'a fallu quelques semaines pour m'habituer au changement, mais ensuite je me suis sentie plus à l'aise que je ne l'aurais jamais cru possible. Londres est fait pour les invisibles. La métropole approfondissait mon anonymat, faisait de mon état un moyen de survie naturel. À Londres, personne n'a d'identité, à moins de la revendiquer.

Comme je n'avais aucune idée du système, j'ai acheté un ticket de métro pour mon premier trajet, puis je n'ai plus jamais payé mes déplacements. Ravalant ma peur de la foule, je me servais des trains et des bus comme de taxis gratuits, des cinémas et des théâtres comme de spectacles gratuits. L'invisibilité me revigorait. Passer une journée dans ce que je considérais comme mon univers d'ombre privé, à errer sans que personne me remarque à travers rues et immeubles, me donnait une sensation de puissance. Telle était la fonction de l'invisibilité : me permettre de rôder — indétectable, imperceptible — aux frontières du monde.

Je ne m'en suis jamais lassée. Les ombres étaient mon refuge, lorsque mes efforts pour être réelle m'avaient saignée à blanc, d'un point de vue physique et émotionnel.

Je ne savais pas voir et je ne pensais guère qu'à moi-même, si bien qu'il m'a fallu des mois pour découvrir que je n'étais pas seule. Londres abritait d'autres invisibles — forcément, j'aurais dû m'en rendre compte.

Ça a commencé par une fille de mon âge. J'attendais le métro à la station souterraine de Tottenham Court Road, où je parcourais le quai du regard, quand je l'ai vue, assise sur un banc, adossée au mur carrelé incurvé du tunnel. Elle avait l'air fatiguée, sale et triste. Ma première réaction a été de m'inquiéter pour cette inconnue : il me semblait qu'elle se trouvait mal. Beaucoup de sans-abri se réfugient dans le métro, surtout en hiver, dont pas mal d'alcooliques et autres épaves. Ensuite, je l'ai considérée avec plus d'attention, et elle m'a paru vaguement familière, je n'aurais su dire pourquoi. Ma propre perspicacité m'a fait renâcler, quand j'ai pris conscience de reconnaître en cette créature pathétique, échevelée, quelque chose de moi-même.

Elle s'est brusquement animée, se redressant sur son banc, me regardant bien en face. La surprise inscrite sur ses traits s'est aussitôt évanouie, tandis qu'elle détournait les yeux.

Elle m'avait *remarquée* ! Alors que j'étais invisible, en sécurité dans mon monde d'ombre !

Je me suis enfuie par un tunnel d'accès, effrayée

de la facilité avec laquelle l'inconnue avait pénétré mon nuage. Toutefois, lorsque je suis arrivée au pied des escalators, dans la zone où se déplaçaient tant d'usagers, en route pour les rues de surface ou les rames souterraines, se déplaçant autour de moi comme si je n'y étais pas, mon anonymat retrouvé m'a rassurée. L'intérêt a pris le pas sur la peur. Qui était cette fille ? Comment avait-elle bien pu me voir ?

J'avais l'intuition de la réponse en regagnant le quai, mais un métro était passé entre-temps. L'inconnue avait disparu.

La seconde fois qu'une chose pareille s'est produite, l'invisible n'était autre qu'un homme d'âge moyen, un certain « Harry », je devais l'apprendre plus tard. C'était chez Selfridges, dans la zone du magasin consacrée à la nourriture. « Harry » flânait le long des présentoirs, prenait boîtes et paquets puis les lançait machinalement dans l'immense sac plastique qu'il traînait sur ses talons. Sensible à l'aura d'invisibilité qui l'entourait, je l'ai tout de même suivi sans me faire remarquer le temps d'être sûre. Puis je suis allée me poster devant lui.

Sa réaction instantanée à mon apparition m'a consternée. Il a eu l'air surpris, non pas parce que j'étais invisible, moi aussi, mais parce qu'il a indéniablement pris mon sourire et mon air engageant pour des signaux d'invite sexuelle. Il m'a regardée de haut en bas puis, à ma grande horreur, s'est coincé son sac sous le bras avant de s'approcher, les traits tordus en un horrible rictus polisson. Un instant, je n'ai plus vu que sa bouche : ses dents noires cassées, ses lèvres molles et humides. J'ai reculé, mais son attention s'était concentrée sur moi, il me voulait. Il a dit quelque chose que le vacarme du magasin bondé m'a évité d'entendre vraiment, même si le sens de la réplique restait très clair. On aurait dit un géant. Je n'avais qu'une envie : rectifier mon erreur et lui fausser compagnie. J'ai fait demi-tour pour prendre mes jambes à mon cou, mais j'ai aussitôt heurté quelqu'un, un autre homme qui, lui, ne me voyait pas. L'invisible arrivait, le bras libre tendu, la main prête à se refermer sur moi. Me trouver dans un lieu public ne me sauverait pas : s'il m'attrapait, il pourrait me faire ce qu'il voudrait devant tout le monde. Jamais je n'avais eu aussi peur. Je suis partie ventre à terre, en esquivant les normaux qui faisaient leurs courses, persuadée qu'il me poursuivait. Si je me retenais de hurler, c'était que personne ne m'aurait entendue. L'heure du déjeuner avait sonné, des centaines de gens se pressaient dans le magasin, mais pas un ne s'écartait de mon chemin. Une foule pareille ne m'était d'aucun secours, au contraire, elle n'avait à m'offrir que des obstacles. Je me suis retournée. Tout sourire effacé, l'invisible me poursuivait avec une agilité terrifiante, furieux, prédateur privé de sa proie. Cet aperçu m'a terrifiée au point que j'ai failli tomber. Les jambes molles, ralentie par la peur, je m'enfonçais de plus en plus dans l'invisibilité, ma protection instinctive contre le danger ; mais elle ne me servait à rien en l'occurrence, au contraire, puisqu'elle m'exposait davantage au danger que représentait l'inconnu. Je me frayais de force un passage à travers la foule, droit vers la sortie la plus proche.

Quand je me suis de nouveau retournée, j'étais dans la rue, et il avait renoncé. Planté près des portes du magasin, appuyé au mur, essoufflé, il me regardait fuir. Mais je me sentais toujours menacée. J'ai continué à courir dans Oxford Street jusqu'à ce que je n'en puisse plus. C'est la seule et unique fois où je l'ai vu.

Voilà les deux rencontres qui ont marqué mon entrée dans le grand monde d'ombre des invisibles. Après l'incident de Selfridges, j'en ai remarqué de plus en plus — comme si la vision des deux premiers m'avait ouvert les yeux sur l'existence des autres —, mais je ne m'en suis plus approchée. J'ai vite appris où les trouver : partout où ils pouvaient voler à manger, s'arroger un lit, mais aussi où il y avait souvent foule. Il en traînait au moins un dans n'importe quel supermarché, et ils hantaient les grands magasins. Il arrivait même qu'ils y vivent — là et dans les boutiques de meubles. D'autres menaient une existence nomade, dormant à l'hôtel, ici ou là, s'introduisant parfois chez des particuliers pour profiter des lits inutilisés ou des canapés. J'ai découvert plus tard que les invisibles partagent un réseau lâche de contacts et de points de rencontre, puisque quelques théâtres, hôtels et salles de concert leur servent de lieux de réunion. Certains se retrouvent même régulièrement dans deux ou trois pubs bien précis de différents quartiers de Londres.

Ils m'attiraient, forcément. Je n'ai pas tardé à comprendre que celui qui m'avait attaqué chez

Selfridges n'était pas représentatif de mes semblables, mais qu'il n'avait rien non plus de particulièrement extraordinaire. En vieillissant, beaucoup d'invisibles mâles deviennent des solitaires, des parias, y compris dans la société de parias constituée par leurs pairs, indifférents à leurs faits et gestes. La plupart ont besoin de soins médicaux. Il m'arrive d'apprendre que l'un d'eux est mort : on découvre un cadavre dans un magasin, devant une porte ou sur un banc, au bord de la Tamise. Les autorités ont souvent du mal à identifier le corps, alors que les invisibles savent de qui il s'agit.

La plupart sont jeunes, plus ou moins. Ils ont le même genre de passé que moi : une enfance et une adolescence solitaires, conclues par une fugue, direction Londres ou autre grande ville. À ma connaissance, les doyens ont la trentaine, à peine plus. Je n'aime pas trop me demander pourquoi ils sont si peu à vivre plus vieux.

Ils constituent une communauté de paranoïaques, persuadés d'être rejetés par la société, craints, méprisés, poussés au crime. Les gens normaux les terrifient, mais ils en sont aussi profondément jaloux. Ils ont également peur des autres invisibles, même si la moindre rencontre leur sert de prétexte à des vantardises et à des allégations d'une bouffonnerie croissante. Certains poussent la paranoïa jusqu'à son autre extrême en célébrant la supériorité inhérente à l'invisibilité, le pouvoir qu'elle donne, la liberté qu'elle apporte.

Tous ceux que je connais ou presque sont hypocondriaques, ce qui se comprend. Leur santé les obsède, parce que leurs maux sont incurables, sauf en laissant la nature suivre son cours. Beaucoup sont atteints de maladies vénériennes ou du moins contagieuses, la plupart ont de mauvaises dents et une espérance de vie réduite. Ils sont souvent alcooliques ou presque, quelques-uns se droguent, mais ils ont du mal à se fournir régulièrement. Aucun n'a d'emploi ni de foyer. Il leur est facile de bien s'habiller s'ils en ont envie, parce qu'il est facile de voler des vêtements, mais en pratique la plupart portent les mêmes plusieurs jours d'affilée, de plus en plus débraillés et puants, avant de se donner la peine d'en choisir des neufs. Beaucoup ne se séparent jamais de coffres ou de valises énormes, pleins à craquer de leurs petites affaires. Mais c'est à leur santé qu'ils sont le plus attachés. Ils passent leur temps à en parler. Ils se promènent lestés d'un tas de spécialités pharmaceutiques, les plus faciles à voler. Ils en essaient sans cesse de nouvelles.

Enfin, comme n'importe quel groupe mal intégré socialement, ils ont leur propre argot. Ils connaissent tous le « nuage ». Il y a les « mobiliers » (qui dorment dans les grands magasins, ou « stations ») et les « immobiliers » (qui s'introduisent la nuit chez les particuliers). La nourriture volée n'est autre que le « remplissage » ; l'argent (dont ils ne se servent jamais) la « sonnaille » ; les invisibles les plus âgés de sexe masculin sont tous des « Harry » d'après les femmes, des « saqueurs » d'après les hommes. Les gens normaux sont les « normaux » ou « viandeux », qui vivent dans le monde « dur », tandis que les invisibles sont les « glams ». Se considérer eux-mêmes comme détenteurs du glamour fait partie de leur paranoïa protectrice, quoique vantarde.

Je n'ai jamais vraiment été des leurs. Je le savais, ils le savaient. De leur point de vue, je n'étais qu'à moitié glam, car capable d'intégrer et de quitter leur univers à volonté. Ils ne m'ont jamais fait confiance, jamais acceptée. Mes vêtements propres (mais pas toujours neufs) me trahissaient, ma sérénité quand il était question de maladie, mes dents soignées, dont je ne souffrais pas. J'avais une identité dans le monde dur, un endroit où vivre, une école à fréquenter, un médecin et un dentiste à consulter. À Noël et à Pâques, je rentrais chez mes parents, je m'évadais, comme disaient les invisibles, chez les viandeux.

Mon entrée dans le monde du glamour n'en marquait pas moins une étape importante. Pour la première fois depuis le début de mon adolescence, je rencontrais des gens comme moi. Mon invisibilité était à leurs yeux une question de degré, mais peu m'importait. J'étais plus invisible que visible, et affectée en permanence. Si les glams cherchaient à me rejeter, c'était juste parce que, en ce qui les concernait, il n'y avait pas d'évasion possible.

Me mêler à eux présentait un autre avantage. L'invisibilité me revigorait, rendant ensuite mon retour au monde dur un peu moins difficile, au moins la transition. Après avoir fait la connaissance des véritables invisibles, je les ai trouvés pathétiques, effrayants dans leur solitude, mais j'ai découvert qu'il me devenait plus facile d'accéder à mon autre option : la visibilité. Si leur désespoir et leur paranoïa me répugnaient, au début, j'ai fini par puiser ma force en eux. Le contact de leurs nuages m'apportait l'énergie nécessaire pour regagner le monde réel, et leur fréquentation me procurait le frisson d'excitation du glamour. J'étais encore jeune, sans expérience ; les deux versions de mon être m'attiraient.

C'est alors que j'ai fait la connaissance de Niall : durant mon dernier trimestre d'école, au moment où j'avais conscience de devoir décider de mon avenir et où je savais moins que jamais quelle vie je voulais mener.

Niall était différent des autres glams, puisqu'il se révélait totalement imperceptible à quiconque n'était pas invisible, abrité du monde dur derrière l'écran impénétrable de son nuage. Il était incrusté plus profond dans les ombres que n'importe qui d'autre, plus éloigné de la réalité, spectre diaphane dans une communauté de fantômes.

Sa personnalité aussi le mettait à part, sa nature même. Alors que la plupart des invisibles se plaignaient de leur manque d'identité, il en jouissait, lui.

C'était le seul invisible physiquement attirant, à mes yeux. Il était en bonne santé, beau, élégant, spirituel. Il prenait des bains réguliers, se coiffait, sentait bon le propre. À l'aise dans son corps, il ne pensait pas plus que moi à la maladie. Il s'habillait avec une classe insolente, de vêtements modernes

élégants, aux couleurs fleuries. Il fumait des gau-
loises et voyageait léger, tandis que le glam moyen
s'inquiétait trop de sa santé pour s'intéresser au
tabac et ne faisait pas un mètre sans se charger de
tout un fatras. Niall était drôle, direct, grossier avec
les gens qu'il n'aimait pas, empli d'idées, d'ambi-
tions, et complètement amoral. Mon existence de
parasite me mettait un peu mal à l'aise — certains
glams avaient également des scrupules —, mais il
considérait, lui, l'invisibilité comme la liberté, un
avantage sur les normaux, un moyen de les espionner, de les spolier, de les dominer.

Si je le trouvais attirant, différent, c'était aussi
parce qu'il s'impliquait réellement dans quelque
chose à quoi il croyait. Il voulait devenir écrivain. À
ma connaissance, c'était le seul invisible à voler des
livres. Il passait son temps dans les librairies et les
bibliothèques, à emprunter ou à dérober de la poé-
sie, des romans, des biographies littéraires, des
récits de voyage. La lecture occupait tout son
temps ; il lui arrivait même de me la faire à voix
haute. S'il avait une morale, elle ne concernait que
les livres : quand il en avait terminé un, il le laissait à
un endroit où quelqu'un le retrouverait, allant parfois jusqu'à le rapporter. Il fréquentait surtout la
bibliothèque de Paddington, où il rendait conscien-
cieusement tout ce qu'il empruntait. Il faisait même
mine de se sentir coupable s'il lui semblait être en
retard.

Quand il ne lisait pas, il écrivait. Son œuvre
emplissait d'innombrables calepins d'une écriture
ornementée, flamboyante, qu'il traçait d'une main

lente. Je n'avais pas le droit de lire ses textes, il ne me les lisait pas non plus, mais j'étais suprêmement impressionnée.

Tel était Niall quand j'ai fait sa connaissance. Il m'a immédiatement ensorcelée. J'avais quelques mois de plus que lui, mais il était plus avisé, plus intéressant, plus expérimenté, plus stimulant que n'importe qui d'autre de ma connaissance. Lorsque j'ai terminé mon école d'art et que j'en suis sortie, mon diplôme en poche, je n'avais plus le moindre doute sur ce que je voulais faire de ma vie. Le glamour était devenu un sanctuaire qui me protégeait du monde dur et où je me suis réfugiée.

L'exaltation pure et simple que m'apportait Niall balayait mes doutes. L'irresponsabilité rehaussait le moindre de nos actes, et je lui vouais une telle admiration que je cherchais à l'impressionner en l'imitant, voire en le surpassant. Chacun de nous faisait ressortir les pires côtés de l'autre, son amoralité satisfaisant mon envie d'une existence meilleure.

Le monde nomade du glamour m'a totalement assimilée. On n'avait pas de toit, puisqu'on errait d'un squat à l'autre, dormant ici ou là dans une chambre d'amis, un grand magasin ou un hôtel. On était bien nourris, car on ne volait que des produits frais, au fil de nos besoins. Quand on avait envie de plats cuisinés, on visitait les coulisses des hôtels ou des restaurants. On disposait de tous les vêtements qu'on voulait, on n'avait jamais froid, jamais faim, on ne connaissait pas l'inconfort, on ne dormait pas à la dure, on ne courait aucun risque de se faire prendre. Quand j'y repense, je me sens coupable.

J'étais une suiveuse, et Niall réveillait mon côté turbulent, dernier vestige de mon adolescence.

Cette existence insouciante d'invisibles a duré environ trois ans. Tout se mêle dans ma mémoire, se brouille pour former ce que j'aimerais considérer comme une escapade de jeunesse. Quelques incidents précis resurgissent souvent ; je retrouve alors la sensation enivrante que j'éprouvais quand on se croyait tellement malins, tellement supérieurs aux autres. Une vie idéale : tout ce dont on avait envie était à notre portée, littéralement, et on n'avait jamais de comptes à rendre.

Avec le temps, forcément, Niall m'a moins éblouie. Je me suis aperçue qu'il n'était pas si original, en fin de compte, que bien des gens du monde dur aimaient les couleurs vives, les coiffures bizarres, les cigarettes françaises. Simplement, il était différent comparé aux autres invisibles, lesquels ne m'intéressaient plus. Sa passion pour les livres et son envie de devenir écrivain restaient admirables, mais il m'en tenait à l'écart. Si je le trouvais encore attirant, notre intimité croissante me montrait que les qualités qui m'impressionnaient le plus chez lui étaient superficielles.

Une autre graine destructrice croissait en moi. Niall et moi passions notre temps ensemble ; je tirais donc des forces de son nuage. Il me devenait de plus en plus facile de me rendre visible, chose qu'il détestait parce que, à son avis, ça me donnait un avantage sur lui. Si jamais il me voyait visible, il entrait dans une fureur noire et m'accusait de nous mettre en danger tous les deux en nous faisant courir le risque d'être découverts. La vérité, c'était qu'il avait horreur de son état. Il était jaloux de moi, d'autant que ma capacité à passer d'un monde à l'autre représentait à ses yeux un moyen de me libérer de son influence. Paradoxalement, c'était lui qui m'apportait cette liberté. La normalité dont j'avais tellement envie et lui tellement peur ne m'était accessible que si on restait intimes, mais plus on était intimes, plus je devenais dépendante de lui, et moins je pouvais jouir de ma présumée liberté.

D'autres besoins se faisaient jour en moi. Avec le temps, les vols dont on se rendait coupables réveillaient ma conscience. Un incident révélateur s'est produit au Sainsbury's de Hornsey : on repartait avec nos sacs à provisions, quand j'ai vu un tiroir-caisse ouvert, bien rempli. Une impulsion m'a poussée à prendre une poignée de billets de dix livres, un vol idiot, inutile, parce que l'argent n'existait pas pour nous. Quelques jours plus tard, j'ai découvert que la caissière concernée avait perdu son emploi. Alors seulement j'ai réalisé qu'on faisait du mal à d'autres. Cet instant-là m'a dégrisée et a tout changé.

À l'époque, je rêvais d'une vie normale : la dignité tirée d'un véritable travail, la conscience de gagner ma vie. Je voulais payer, acheter ma nourriture et mes vêtements, mes tickets de cinéma, mes billets de bus ou de train. Mais, surtout, je voulais m'installer quelque part, me trouver un foyer, un endroit à moi.

Ce genre de choses ne me serait possible que si j'étais capable de et disposée à rester visible sur de longues périodes. Ce qui était hors de question tant que je vivais, déracinée, avec Niall.

Ces tiraillements ont pris une forme pratique. J'avais envie de rentrer chez moi rendre visite à mes parents et à ma sœur, revoir les lieux correspondant à mes souvenirs d'enfance. Il y avait trop longtemps que je n'étais pas retournée là-bas, puisque je n'avais pas remis les pieds dans le Nord depuis que je connaissais Niall. Je ne conservais le contact avec ma famille qu'en lui écrivant de temps en temps. Si douloureuse, si minimale qu'ait été cette correspondance pour mes parents, Niall la considérait comme une rupture de notre accord sur l'invisibilité. Durant les douze derniers mois, je n'avais envoyé qu'une lettre et téléphoné que trois ou quatre fois.

La maturité me venait enfin, instaurant une distance entre nous. Ce qu'il m'apportait ne me suffisait plus. Il était hors de question pour moi de passer le reste de ma vie dans les ombres. Il avait conscience du changement ; il savait que j'essayais d'échapper à son emprise.

En ce qui concernait ma famille, on a fini par atteindre un compromis, mais je savais que ce serait un désastre. On y est allés ensemble.

Les choses se sont mal passées dès le début. Je n'avais encore jamais vu de près comment réagissaient les normaux en présence d'un invisible, et le fait qu'il s'agissait de mes parents, dont je m'étais déjà éloignée, ne faisait qu'ajouter à la complexité émotionnelle de la situation. Je suis restée visible tout du long, mais j'en aurais été incapable sans

Niall. Quant à lui, personne ne le remarquait, bien sûr. Dès notre arrivée, plusieurs problèmes se sont posés simultanément.

D'abord, je voulais établir une relation détendue avec mes parents, me montrer naturelle, leur prouver que je les aimais toujours. Je voulais aussi leur parler de ma vie à Londres, sans leur dévoiler toute la vérité. Et soigner autant que possible le mal que je leur avais fait, j'en étais bien consciente. Seulement je me heurtais à un obstacle, une distraction permanente : ils n'avaient pas conscience de la présence de mon compagnon, ils ne le voyaient pas.

Enfin, il y avait Niall en personne. Mes parents ignoraient qu'il était là, ignorance qu'il exploitait impitoyablement. Lorsqu'ils me demandaient quelle vie je menais, à quoi ressemblaient mes amis, en quoi consistait mon travail, je m'efforçais de leur resservir les pieux mensonges employés dans mes lettres, mais il leur donnait en même temps les réponses (inaudibles) qu'ils méritaient, à son avis. Lorsque nous regardions la télé, le soir, et que la chaîne de leur choix ne lui plaisait pas, il me tripotait pour en détourner mon attention. Lorsque nous sommes allés chez Rosemary pour que je voie son bébé, Niall, installé sur la banquette arrière en ma compagnie, s'est mis à siffler bruyamment et à bavarder chaque fois que mes parents ouvraient la bouche ; j'étais furieuse, mais je n'y pouvais rien. Ce week-end-là, il ne s'est pas laissé oublier une seule seconde : il volait à boire et à fumer, il bâillait avec un ennui exagéré dès que mon père disait quelque chose, il nous traînait autour, il allait aux toilettes sans tirer la chasse, il protestait automatiquement quand quelqu'un proposait d'aller où que ce soit, bref, il faisait de son mieux pour me rappeler qu'il était le centre véritable de mon univers.

Comment mon père et ma mère pouvaient-ils rester inconscients de sa présence ?

Même si on oubliait son comportement abominable, il semblait impossible qu'ils ne s'aperçoivent pas de son existence. Pourtant, ils me saluaient, moi, mais pas lui. Ce compagnon inexpliqué n'éveillait pas leur curiosité. Ils ne parlaient qu'à moi, ne regardaient que moi, ne lui mettaient pas de couvert au moment des repas. Je dormais dans le petit lit de mon ancienne chambre. Ils ne tenaient aucun compte de lui, même dans l'espace réduit de la voiture paternelle, qu'il enfumait avec ses cigarettes. Quand il allumait la seconde, maman ouvrait sa fenêtre, et voilà.

Ma préoccupation majeure consistait à essayer de gérer ça — la contradiction flagrante entre ce qui se passait sous mes yeux et l'absence de réaction de mes parents. Je savais parfaitement comment ils avaient réagi autrefois à ma propre invisibilité, mais, à l'époque, les circonstances étaient souvent ambiguës. Cette fois-ci, il n'en allait pas de même : Niall était indéniablement là, mais ils refusaient en quelque sorte de le voir. Pourtant, j'étais persuadée qu'à un niveau inconscient ils s'apercevaient de sa présence. Elle créait un vide, le centre silencieux autour duquel gravitait le week-end tout entier.

Cette constatation m'a placée devant le fait que ma vie londonienne constituait une rébellion contre mon passé. Mon père me semblait ennuyeux et rigide, ma mère préoccupée de chichis qui ne m'intéressaient absolument pas. Je les aimais toujours, mais ils ne voyaient pas que je gagnais en maturité, que je n'étais plus et ne serais jamais plus l'enfant d'autrefois, la fillette dont ils se souvenaient et n'avaient eu que quelques aperçus ces dernières années. Bien sûr, il fallait aussi voir là l'influence de Niall et de ses interjections sardoniques, qui ne parvenaient qu'à mes seules oreilles, contrepoint perpétuel confirmant mes propres pensées.

Je me sentais de plus en plus seule au fil du week-end, séparée de mes parents par l'incompréhension, détachée de Niall par son comportement. On avait décidé de rester trois nuits chez eux, mais le samedi, après une violente dispute — invisibles dans ma chambre, enveloppés du cocon protecteur de nos nuages, on se hurlait tous les deux des horreurs —, la tension m'est devenue insupportable. Le lendemain matin, mes parents m'ont conduite — nous ont conduits — à la gare, où ils m'ont dit au revoir. Mon père était blême, raidi par une colère rentrée, ma mère en larmes. Niall jubilait, persuadé de me ramener à notre existence londonienne d'invisibles.

Mais rien ne serait plus jamais pareil. Peu après notre retour à Londres, je l'ai quitté. Je me suis rendue visible, et j'ai intégré le monde réel. Enfin, je lui échappais. En m'assurant autant que possible qu'il ne puisse pas me retrouver.

Il m'a retrouvée, bien sûr. J'avais passé trop de temps dans le monde du glamour, j'étais incapable de me débrouiller sans voler. Il savait où j'irais, tant et si bien que, deux mois plus tard, il m'a repérée. À partir de là, évidemment, il a découvert où je vivais.

Toutefois, il s'était écoulé assez de temps pour que les choses changent. Mes deux mois de solitude m'avaient permis de louer une chambre, celle où je vis toujours. J'y étais chez moi légalement, et elle était meublée de choses dont je me sentais légalement propriétaire, même si, à l'époque, je ne les avais pas toutes payées. Elle fermait par une porte dotée d'une serrure : je pouvais m'y réfugier pour être moi-même. Cette chambre était plus importante à mes yeux que n'importe quoi d'autre, et rien ne m'y aurait fait renoncer. Je me débrouillais toujours essentiellement grâce au vol à l'étalage, mais j'étais pleine de bonnes résolutions. Je montais un portfolio de dessins, j'avais contacté un de mes anciens professeurs et, sur sa recommandation, déjà rendu visite à un éditeur dans l'espoir de décrocher du travail. Devenir graphiste indépendante, avec toutes les difficultés que ça comportait, représentait ma meilleure chance de mener ma vie comme je l'entendais.

Mais Niall est réapparu, persuadé que notre liaison allait reprendre son cours où elle s'était interrompue. Il a compris mieux que personne ce que ma chambre représentait pour moi. J'aurais dû en être consciente et l'empêcher d'y mettre les pieds, d'une manière ou d'une autre, mais je me suis laissé berner par sa feinte décontraction. Je lui ai fièrement montré mon domaine — dans l'espoir de lui faire accepter mon évolution.

L'unique conséquence de ma conduite n'a pas tardé à m'apparaître : il savait où me trouver quand il en avait envie. C'était ça le pire. Il arrivait à n'importe quelle heure du jour ou de la nuit, en quête de compagnie, de réconfort, de sexe. Et puis mon indépendance, si réduite fût-elle, l'a transformé, lui aussi. J'ai découvert une nouvelle facette de sa personnalité : il se montrait possessif, morose, brutal. Je me suis cramponnée, parce que la chambre et ce qu'elle représentait étaient mon seul espoir.

Mes premiers contacts ténus m'ont permis de vendre au compte-gouttes : une illustration destinée à un article de magazine, des maquettes à une agence de publicité, du lettrage à une firme de conseil en gestion. Mes rentrées étaient minimes, mais les commandes des débuts ont fini par en provoquer d'autres, et, peu à peu, je me suis fait une réputation. On me proposait du travail sans que je demande rien, un client me conseillait à un autre, un atelier d'art indépendant avec lequel j'avais pris contact me donnait des piges. J'ai ouvert un compte en banque, imprimé du papier à en-tête, acheté un ordinateur d'occasion. Ce genre de choses me donnait l'impression de m'établir dans le monde normal. Dès que les chèques ont commencé à arriver, je n'ai plus volé que le strict nécessaire et puis, très vite, j'ai arrêté complètement. C'est devenu pour moi un article de foi : jamais je ne reviendrais en arrière. Par la suite, il y a eu des périodes difficiles, notamment un mois dont j'ai cru ne jamais voir la fin, mais je n'ai pas craqué. Me rendre visible et apporter un chèque à la banque était un vrai plaisir, de même que faire la queue à la caisse du super-marché, essayer des vêtements dans un magasin puis sortir mon chéquier pour les payer. Mon der-nier geste symbolique a consisté à prendre des cours de conduite ; j'ai obtenu mon permis à ma seconde tentative.

Il m'était moins difficile de me rendre visible, maintenant. Comme je travaillais chez moi, je pou-vais me détendre à volonté dans ma chambre, enveloppée du glamour, et ne devenir visible que quand je sortais. J'y ai gagné une stabilité émotion-nelle que je n'avais jamais connue. Niall lui-même a commencé à comprendre que les choses avaient changé pour toujours. Il a fini par admettre que le bon vieux temps était bel et bien passé, mais il conservait sur moi une emprise quasi irrésistible.

Personne d'autre que moi ne réalisait la profon-deur de son invisibilité et l'impossibilité où il était de fonctionner dans le monde normal. Il jouait de ma compassion, il me faisait chanter en se servant de son état pathétique. Si je mettais l'accent sur mon indé-pendance, il me suppliait de ne pas l'abandonner. Il me montrait les avantages que j'avais sur lui, la stabi-lité à laquelle j'étais parvenue, laissant entendre qu'il avait enduré l'insécurité et le désespoir.

Je capitulais toujours. C'était à mes yeux un per-sonnage de tragédie, et j'avais beau savoir qu'il me manipulait, je le laissais obtenir ce qu'il voulait. Chaque fois que j'essayais de lui résister, il se ser-vait de son invisibilité comme d'une arme contre moi. Lorsqu'une amitié hésitante s'est ébauchée entre un des jeunes illustrateurs de l'atelier et moi, j'ai accepté une invitation à dîner. En attendant la soirée en question, Niall s'est livré à de telles récriminations, une telle exhibition de jalousie blessée que j'ai failli tout annuler. Mais je n'avais jamais eu de véritable petit ami, alors j'étais bien décidée à me cramponner. Je suis allée au rendez-vous, et Niall a tout gâché. Il nous suivait partout, il traînait à portée de voix, il coupait Fergus chaque fois qu'il me disait quelque chose. La soirée était ratée avant même de commencer. Cette nuit-là, de retour dans ma chambre, Niall et moi nous sommes disputés comme des chiffonniers. N'empêche que ma vague amitié a été réduite en miettes.

C'était Niall à son plus exaspérant, mais ce n'était pas tout Niall. Tant que je lui restais fidèle de corps, que j'étais disponible quand il avait envie de me voir et que je ne le narguais pas avec ma visibilité, il me laissait vivre et travailler plus ou moins à ma guise.

Et puis il ne passait pas son temps à me tourner autour. Il lui arrivait de disparaître une semaine entière sans m'avertir avant ni m'expliquer après où il était passé. Il prétendait avoir trouvé un toit, mais je n'ai jamais su où ni comment. Il prétendait aussi s'être fait des amis — je n'ai jamais su qui —, des propriétaires chez qui il allait et venait à sa convenance. À l'écouter, il écrivait avec ardeur puis soumettait ses textes à des éditeurs. Il fréquentait d'autres femmes, du moins le laissait-il entendre, sans doute dans l'espoir de me rendre possessive, mais si elles avaient réellement existé, rien n'aurait pu me faire davantage plaisir.

Surtout, surtout, il me laissait travailler, vivre à la marge du monde réel, acquérir un minimum de respect de moi-même. Dans l'univers distordu où je vivais, affligée de la malédiction d'une invisibilité naturelle, il me semblait que je ne pouvais espérer mieux.

Et puis cette nuit-là, dans un pub de Highgate, je t'ai vu, toi.

Je suis partie très en avance au rendez-vous, marchant d'un bon pas pour brûler l'énergie nerveuse qui m'emplissait. Je ne voulais pas rester dans ma chambre, où Niall pouvait me trouver. Son coup de fil m'avait plongée dans une rage folle — celui où il m'avait narguée en me donnant ton nom et où il m'avait raconté qu'il partait. Là, je savais qu'il mentait : Niall n'allait jamais nulle part, à moins d'y être obligé. Ce qui m'exaspérait par-dessus tout, c'était qu'il m'ait dit une chose pareille. Je détestais sa perspicacité. Il avait fait mine de céder, une toute nouvelle tactique en ce qui le concernait, mûrement pesée et très efficace : c'était à lui que je pensais, pas à toi.

Une fois dans High Street, à Highgate, je me suis mise à faire du lèche-vitrines sans vraiment les voir. J'étais invisible, car j'économisais mon énergie pour plus tard. J'essayais de me concentrer sur toi, de me rappeler à quoi tu ressemblais, de me souvenir de l'excitation qui m'avait envahie quand je t'avais vu. Je ne savais rien de toi, mais j'avais la certitude profonde que si on entamait une relation, elle signerait la fin de ce qui me liait à Niall.

Le risque et la nouveauté que tu incarnais valaient mieux que mon passé tout entier.

Peu après huit heures, je me suis rendue visible, puis je suis entrée dans le pub où on avait fait connaissance. Tu n'étais pas là. Je me suis offert une demi-pinte avant de m'installer à une table. Il était assez tôt, en milieu de semaine : la salle était quasi déserte. Je me suis laissée glisser en douceur dans l'invisibilité.

Tu es arrivé quelques minutes plus tard. Je t'ai vu entrer, parcourir les lieux d'un coup d'œil puis t'approcher du comptoir. À ta vue, quelque chose s'est agité en moi, le frisson d'excitation habituel m'a traversée. J'ai caressé une seconde l'idée de rester invisible pour t'observer, te suivre, te traquer. C'était la voie des glams, le seul vrai plaisir de l'invisibilité, le voyeurisme de ceux qui se cachent. Mais pendant que tu attendais ta consommation, mon autre facette a pris le contrôle : tu avais l'air tellement normal, exactement comme dans mon souvenir. Je n'étais pas en chasse. Je suis redevenue visible, et j'ai attendu que tu me voies.

Souriant, tu t'es approché de ma table.

« Vous voilà. Je ne vous avais pas vue en arrivant.

— J'étais là.

— Vous voulez une autre bière ?

— Non, merci. Pas encore. »

Tu t'es assis en face de moi, avant de reprendre :

« Je me demandais si vous viendriez.

— Vous avez dû me prendre pour une folle, à vous aborder comme ça.

— Qu'est-ce qui s'est passé ?

— Je me suis trompée. J'ai cru vous reconnaître.

— Non, ce n'est pas ça. Qu'est-ce qui s'est réellement passé ?

— Eh bien, vous comprenez, je voulais faire votre connaissance. Ne me demandez pas pourquoi. Je suis toujours aussi embarrassée quand j'y pense.

— Bon, ravi de faire votre connaissance. »

J'avais rougi. Le dialogue maladroit que j'avais engagé avec toi le week-end précédent repassait dans mon esprit, telle une mauvaise vidéo amateur. On a discuté quelques minutes du temps depuis lequel on fréquentait ce pub, tous les deux, puis on s'est présentés. Niall ne s'était pas trompé sur ton identité, ce qui m'a plu et agacée tout à la fois. Je t'ai dit qu'on m'appelait Sue ; tout le monde m'avait toujours appelée Susan, mais j'aimais bien l'idée d'être Sue pour toi.

Après quelques bières supplémentaires, on s'est un peu détendus. On a parlé de ce dont parlaient sans doute les gens normaux quand ils faisaient connaissance : notre gagne-pain, notre quartier, les endroits qu'on fréquentait tous les deux, les amis qu'on partageait peut-être. Tu m'as dit que la fille avec qui je t'avais vu, une certaine Annette, allait partir un mois en visite chez des parents. Ta manière d'en parler laissait entendre, sans vraiment le préciser, que votre relation n'était pas des plus sérieuses. Moi, je ne t'ai pas dit un mot de Niall.

Lorsque tu m'as proposé d'aller dîner, on s'est juste rendus dans un restaurant français, de l'autre côté de la rue. Apparemment, tu m'aimais bien, mais je commençais à m'inquiéter, à craindre de paraître trop empressée. Je savais que j'aurais dû me montrer plus détachée, maintenir une certaine distance pour préserver ton intérêt ; j'avais lu ce genre de conseils stratégiques dans les magazines ! Mais j'étais trop excitée. Tu me plaisais davantage que je n'avais osé l'espérer, et ça n'avait rien à voir avec l'attirance des débuts. J'avais en permanence conscience de ton nuage, dont la brume exaltante effleurait la mienne du bout du doigt, si l'on pouvait dire. L'énergie que j'en tirais me permettait de rester visible sans le moindre effort, si bien qu'il m'était facile de me détendre en ta compagnie, d'être normale. Et puis tu me *regardais* ! Personne ne m'avait jamais regardée aussi souvent, aussi franchement. J'étais habituée au monde furtif des invisibles, qui fuyaient les yeux de leurs semblables.

Lorsque tu es sorti de table pour aller aux toilettes, j'ai fermé les yeux et respiré lentement. Je me retenais de haleter. Il m'était impossible d'imaginer comment tu me voyais ou ce que tu pensais de moi, mais je savais que je risquais encore de tout gâcher par mon empressement. Mon inexpérience me pesait. J'avais vingt-six ans, et jamais encore je n'étais restée seule à seul avec un homme réel !

Le repas terminé, on a partagé la note en la divisant scrupuleusement par deux. Je me demandais déjà ce qui allait suivre. De mon point de vue étroit, tu avais une telle expérience du monde, toi qui évoquais nonchalamment tes anciennes liaisons, tes voyages aux États-Unis, en Australie, en

Afrique, ton célibat, ton intention de continuer à vivre seul. Te semblait-il évident qu'on allait coucher ensemble ? Que penserais-tu de moi si tel n'était pas le cas ? Que penserais-tu si tel *était* le cas ?

On est allés chercher ta voiture, et tu m'as proposé de me raccompagner. Je suis restée muette à te regarder conduire, à m'émerveiller de ton assurance. Niall était tellement différent, et moi aussi. Quand tu as coupé le moteur, devant la maison, il m'a semblé que j'étais censée t'inviter chez moi. Jusqu'au moment où tu m'as demandé si j'acceptais de te revoir.

L'ironie inconsciente de la question m'a arraché un sourire. Les suppositions que je t'inspirais étaient entièrement neuves pour moi. On a passé quelques minutes dans la voiture obscure à mettre au point un nouveau rendez-vous, le samedi soir. J'avais de plus en plus envie de t'inviter à boire un verre ou un café, de te retenir, mais je craignais que tu ne te lasses de moi. On s'est séparés sur un baiser.

Cette semaine-là, une vague de chaleur s'est abattue sur Londres, ce qui a rendu mon travail difficile. Les commandes étaient déjà au plus bas, car la plupart des entreprises avec lesquelles j'étais en rapport avaient visiblement des besoins réduits durant l'été, mais quoi qu'il en soit, la chaleur me distrayait toujours de mon labeur. Le soleil éclatant faisait ressortir la saleté caractéristique de Londres, dont les vieux immeubles exhibaient fissures et désagrégations, tandis que les neufs semblaient plus déplacés que jamais. Je préférais la ville sous les nuages, car la pluie adoucissait les contours des rues étroites et encombrées, encore rétrécies par la pierre sombre et les toits bas. En été, j'avais envie d'être ailleurs, soit sur la plage, soit au frais à la montagne.

Toi aussi, tu me distrayais de mon travail : j'avais beau savoir que je me conduisais en adolescente, il n'empêche que j'étais heureuse. Niall m'avait électrisée, intéressée, mais jamais il ne m'avait rendue heureuse.

Les trois jours ont passé lentement, j'ai eu tout le temps de jouir de mes fantasmes à ton sujet, mais, comme toujours, mes pensées retournaient obstinément à Niall, qui représentait donc une distraction supplémentaire. Je me demandais combien de temps il était disposé à s'effacer. Plus son silence se prolongeait, plus je me sentais mal à l'aise, même si j'avais envie de mieux te connaître avant qu'il ne me retombe dessus. Certes, il avait parlé d'un mystérieux voyage en France, mais je doutais toujours qu'il soit réellement parti à l'étranger.

Alors que je me préparais à sortir, le samedi soir, le téléphone a sonné dans le hall. Un de mes voisins a répondu, avant de frapper du poing à ma porte. C'était Niall ; bien sûr. Tu devais passer me chercher dans moins de dix minutes.

« Salut, Susan, ça va ?

— Qu'est-ce que tu veux ? Je sors, là.

— Oui, avec Richard Grey, hein ?

— Qu'est-ce que ça peut bien te faire ? Tu peux rappeler demain ?

— Je veux te parler maintenant. Je suis en France.

— Ça ne m'arrange pas. »

Sa voix me semblait forte et nette dans l'écouteur. Pas le moindre grésillement en bruit de fond, le plus léger écho ni retard, signes des kilomètres de séparation.

« Je m'en fiche, a-t-il riposté. Je me sens seul. Je veux te voir.

— Je croyais que tu logeais chez des amis. Où es-tu ?

— Je te l'ai dit. Dans un petit bled, Saint-Raphaël.

— On ne dirait pas, à t'entendre. On dirait que tu es à Londres.

— La ligne est bonne. Tu me manques, Susan. Tu ne veux pas me rejoindre ici ?

— Je ne peux pas. J'ai trop de travail.

— Je croyais que tu allais voir Richard Grey.

— Eh bien...

— Le voyage ne te prendrait pas tellement longtemps, et tu n'aurais à rester que quelques jours.

— Je ne peux pas me permettre de partir en vacances. » Je me sentais une fois de plus ballottée par ses manipulations. « Je suis fauchée.

— Tu n'as pas besoin d'argent ! Saute dans le premier train. Ou l'avion. On ne l'a jamais fait, hein, snober les contrôles de sécurité pour embarquer directement ?

— Ne sois pas ridicule, Niall. Je ne peux pas tout laisser tomber comme ça.

— J'ai besoin de toi, Susan. »

J'étais brusquement moins certaine qu'il mentait. Il lui arrivait bel et bien de traverser des crises d'introspection solitaire. S'il se trouvait en réalité à Londres, comme je le soupçonnais, il allait renoncer à ses histoires de voyage pour venir me voir. Son ton pitoyable me donnait l'impression d'être cruelle, parce qu'il s'agissait d'un appel non déguisé à mon bon cœur — le genre de choses qui avait toujours marché, par le passé. Si seulement il m'avait laissée tranquille ! J'ai regardé le tableau d'affichage accroché près du téléphone. Toujours les mêmes messages, sans réponse.

« Je ne peux pas y réfléchir maintenant, ai-je enfin lâché. Rappelle demain.

— Je sais ce que tu mijotes, Susan. Je sais tout de toi. »

Sans répondre, je me suis détournée du mur et de l'appareil, dont le cordon spiralé s'est étiré à travers ma gorge. Les conversations téléphoniques procèdent d'une absence de vision particulière, chacun des interlocuteurs étant invisible à l'autre. Je cherchais à visualiser Niall et ce qui l'entourait : une pièce aux volets clos, dans une villa française, planchers nus polis, fleurs et soleil, des voix derrière une cloison… À moins que la vérité ne soit plus prosaïque : une maison londonienne où il s'était introduit pour se servir du téléphone… Et s'il s'était enfin emparé d'un portable ? Sa voix semblait tellement proche que je ne pouvais le croire en France. Puisque tu le rendais paranoïde, pourquoi serait-il parti en me laissant à Londres ?

Il me harcelait. Comme toujours. Mais, cette fois, il avait recours à une nouvelle méthode.

« Tu ne dis rien ? a-t-il repris.

— Je ne sais pas quoi dire.

— Tu ferais mieux de trouver quelque chose, Grey vient de se garer, et il se dirige vers ta porte d'entrée.

— *Quoi ?* ai-je hurlé. Où es-tu, Niall ?

— Je me tue à te le dire.

— Je ne te crois pas.

— Pourquoi ne pas venir vérifier de tes yeux ? »

Il a raccroché. Un cliquetis, puis la communication a été coupée, remplacée par une sorte de gémissement. Je suis restée plantée là, le combiné à la main, encore prisonnière du cordon, l'oreille tendue au geignement capricieux. Je me retournais pour raccrocher, quand on a sonné. Ton ombre se dessinait derrière le panneau de verre dépoli. À ce moment-là, j'ai eu la certitude absolue que Niall mentait quand il prétendait être en France : il s'était glissé dans une des maisons de la rue, d'où il surveillait tout ce qui se passait. Ou alors il se cachait aux alentours avec un portable.

Le coup de fil m'avait assez contrariée pour me gâcher la première heure de nos retrouvailles, mais comme on se connaissait encore très peu, tu ne t'es sans doute pas aperçu qu'il y avait un problème. Ç'a été une soirée cinéma, suivie d'un souper tardif. Cette fois, quand tu m'as raccompagnée en voiture, je t'ai invité chez moi. On a discuté jusqu'aux petites heures de la nuit et, lorsque enfin tu es parti, nos baisers ont été intimes, prolongés. On a décidé de se revoir le lendemain après-midi pour aller se promener à Hampstead Heath.

J'ai fait la grasse matinée, mais j'ai quand même eu le temps de prendre en paresseuse le petit déjeuner, puis un bain, car tu ne devais passer me chercher qu'à deux heures et demie. Le téléphone a sonné cinq minutes avant.

Je suis sortie décrocher dans le hall sans laisser à personne d'autre le temps de le faire.

« Allô, Susan, c'est moi.

— Mais laisse-moi donc tranquille à la fin ! S'il te plaît !

— Je regrette, je regrette ! Ne raccroche pas !

— Qu'est-ce que tu veux ?

— J'appelle pour te présenter mes excuses à cause d'hier. Parce que tu m'as fait comprendre que tu préférais Richard Grey. Je comprends, je comprends vraiment. Je ne veux pas te perdre, mais j'ai toujours su que ça finirait par arriver, un jour. »

Sa voix était aussi nette, aussi proche que s'il se trouvait dans la pièce voisine. Je tremblais. Au fil de son petit discours, je me penchais en arrière, je m'écartais du téléphone, je tendais le cou pour regarder à travers l'imposte les maisons de l'autre côté de la rue. Derrière quelle fenêtre se tenait-il ? S'il avait volé un portable, n'était-il pas encore plus près ?

« J'aimerais juste que tu me fiches la paix, ai-je lancé. Tout ce que je veux, c'est mener une vie normale, et avec toi je ne pourrai jamais.

— D'accord, mais pourquoi est-ce que tu me fais une chose pareille ?

— Richard est un ami, c'est tout. »

Je mentais, tu étais déjà bien davantage. Perversement, j'aurais aimé que Niall se mette en colère. Les choses en auraient été facilitées.

« S'il n'a pas tellement d'importance, viens me voir, d'accord ?

— Je ne sais même pas où tu es.

— Je te l'ai dit.

— Tu es toujours à Londres, je ne sais où.

— Pas du tout. Je suis dans une villa de location, à flanc de colline, près de Saint-Raphaël. Je voudrais que tu sois là avec moi.

— Pourquoi m'appelles-tu *toujours* juste avant que je voie Richard ?

— Tu le revois déjà ?

— Peut-être. Je veux dire…

— Je suppose qu'il est devant chez toi en ce moment même.

— Hein ? Tu le vois ?

— Je vois tout.

— Ça suffit, Niall ! Écoute, si tu me promets d'arrêter de me harceler, je veux bien venir en France.

— D'accord. Quand ?

— Tout de suite. Demain, si tu veux. Une minute… »

On venait de sonner. Ta silhouette familière se découpait derrière la vitre. Je t'ai ouvert, pendant que le combiné se balançait au bout de son fil. Tu m'as embrassée, on s'est étreints quelques

secondes, puis je t'ai expliqué que j'étais au téléphone et je t'ai introduit dans ma chambre. Après
avoir vérifié que la porte en était fermée, je suis
allée refermer aussi la porte d'entrée. De l'autre
côté de la rue, une rangée de hautes maisons
mitoyennes ; des dizaines de fenêtres.

J'ai entouré le micro d'une main.

«Désolée, Niall. Un ami de Jenny, à l'étage.

— Ne me raconte pas d'histoires, Susan. Je sais
que Grey est là.

— Dis-moi où tu es en France. Si je viens, comment faut-il que je m'y prenne pour te trouver ?

— Bon. Va d'abord à Marseille, c'est facile. Là,
prends le car qui part de l'hôtel de ville et qui va à
Nice en longeant la corniche. Une fois à Saint-
Raphaël, sors du village dans la direction de
l'abbaye. Il y a des pancartes. La maison est à environ un kilomètre et demi, elle est peinte en blanc
et... »

Je l'ai laissé terminer, avant de demander :

«Pourquoi est-ce que tu inventes tout ça ?

— Tu pars quand ? Demain matin ?

— Ça suffit, maintenant. J'y vais.

— Non, attends !

— J'y vais. Au revoir, Niall ! »

J'ai raccroché sans en écouter davantage. Je
tremblais toujours, persuadée que cette histoire de
voyage en France était pur mensonge. Que pouvait-
il bien mijoter ?

Trop bouleversée pour te rejoindre immédiatement, je me suis appuyée quelques instants à la
porte d'entrée en cherchant à me ressaisir. Il y a eu

un mouvement dehors, flouté par le verre dépoli. J'ai sursauté et reculé, alarmée. Sans doute un oiseau ou un passant.

Tu étais là, dans ma chambre, tu m'attendais à quelques mètres à peine. Je n'avais qu'une envie, être avec toi, mais Niall s'immisçait entre nous en permanence. Il connaissait forcément nos projets ! La crainte terrible me revenait qu'il parvienne à atteindre un niveau d'invisibilité impénétrable, même pour moi. Il pourrait très bien me suivre chaque fois qu'on se verrait, toi et moi !

J'étais folle de le croire capable d'une trahison pareille. Plantée seule dans le vestibule, où je rassemblais le courage de te rejoindre, je me suis demandé pour la énième fois si l'invisibilité même n'était pas une forme de folie. Niall en personne l'avait un jour décrite comme l'incapacité à croire en soi, l'échec de l'identité. Les glams menaient une vie de déments, criblée de phobies et de névroses, ils se cramponnaient à un credo paranoïaque, c'étaient des parasites de la société, des prédateurs vains, tragiques, frustrés sexuellement, attardés émotionnellement. La distorsion qui affectait leur perception du réel correspondait à la définition classique du dérangement mental. De ce point de vue là, mon envie de normalité n'était autre qu'une tentative d'accéder à la santé mentale, de croire en moi-même, d'acquérir le sens de ma propre identité.

Niall se cramponnait à moi avec la prise désespérée du dément dont les doigts crochus jaillissent entre les barreaux de sa cellule.

Pour lui échapper, il fallait que je laisse la folie derrière moi, non seulement afin de me guérir, mais aussi de modifier ma perception du monde invisible. Tant que je me laissais persuader qu'il me tournait autour en permanence, son emprise restait puissante. Ma seule chance de normalité consistait à ne pas croire en lui.

Posté à la fenêtre de ma chambre, tu feuilletais un des magazines en principe posés sur mon bureau.

« Désolée, t'ai-je dit. Un ami.

— Tu es toute pâle. Ça va ?

— J'ai besoin de prendre l'air. On y va ? »

On y est donc allés. J'ai pris mon sac, puis tu nous as emmenés à Hampstead. Il faisait chaud, ce jour-là aussi ; il y avait foule pour jouir de l'imprévisible été londonien. On a passé l'après-midi à se balader, bras dessus bras dessous, en parlant de choses et d'autres, en regardant les gens, en s'embrassant parfois. J'adorais être avec toi.

Ce soir-là, on est allés à ton appartement, où on a fait l'amour pour la première fois. Je me sentais en sécurité chez toi : j'étais persuadée que Niall n'arriverait jamais à apprendre où tu vivais et que, s'il l'apprenait, il n'arriverait jamais à s'y introduire, et que, s'il s'y introduisait — s'il arrivait même à ça —, il lui faudrait un minimum de temps. Du coup, j'étais plus détendue que jamais en ta compagnie. L'orage a éclaté pendant qu'on était au lit. On est restés allongés dans la lumière vespérale sulfureuse, les fenêtres ouvertes, tandis que le tonnerre roulait sur les toits, que les nuages crevaient et inondaient les ordures qui jonchaient les rues, parmi les voitures. Me blottir nue contre toi, en écoutant la tempête, me paraissait délicieux, comme illicite.

Tu t'es rhabillé pour aller acheter à manger. À ton retour, j'ai enfilé ta robe de chambre et on a dévoré méthodiquement des chiches-kebabs, assis côte à côte sur le lit. Jamais je n'avais été aussi heureuse.

Et puis le téléphone a sonné. Il m'a semblé qu'une couverture mouillée me tombait dessus. Je me suis tétanisée. Tu as quitté la chambre, gagné la pièce voisine, que tu as traversée avant de décrocher. Un court silence, puis :

« D'accord, Mick. Non non, je comprends. Pas de problème. Je savais que ce serait difficile. Bon. À plus. »

Je me suis détendue d'un seul coup, en me maudissant une fois de plus de laisser Niall manipuler mes émotions, y compris à distance. Tu es revenu avec une bouteille de vin et deux verres, tu as fermé les rideaux et allumé la lumière. J'ai essayé de prendre l'air correspondant à ce que j'éprouvais deux minutes plus tôt.

« Un job pour la semaine prochaine, m'as-tu expliqué. J'étais censé aller en Turquie, mais on vient d'annuler. Ça va, Sue ?

— Oui oui. Qu'est-ce que tu vas faire à la place ?

— Oh, je trouverai autre chose. Je vais appeler deux, trois personnes, voir ce qui se passe un peu partout. À moins que je ne prenne de petites

vacances. J'ai été très occupé, ces derniers temps. »
Le bouchon est sorti du goulot. Tu as rempli nos
verres. « Et toi ? Tu as beaucoup de travail, en ce
moment ?

— Presque rien. Tout le monde est parti.

— Écoute, j'ai un projet qui me trotte dans la
tête depuis longtemps, une idée de film, mais qui
nécessite pas mal de recherches. Ça risque de ne
rien donner, en fin de compte, c'est pour ça que j'ai
attendu ; je me disais que, à l'occasion, je prendrais
le prétexte pour faire un petit voyage. Ça te dirait
de m'accompagner ?

— En voyage ? Quand ça ?

— On pourrait partir tout de suite, plus ou
moins, si tu n'as rien qui te retienne à Londres.

— Mais on irait où ?

— C'est ça, l'idée de film. Je t'ai parlé de mes
cartes postales ?

— Non.

— Je vais te montrer. »

Tu as de nouveau quitté la chambre pour te
rendre dans la pièce dont tu avais fait ton bureau.
Quelques instants plus tard, tu es revenu avec une
vieille boîte à chaussures.

« Ce n'est pas vraiment que je les collectionne,
mais je les accumule. J'en ai acheté la plupart il y a
un an ou deux, et j'en ai ajouté d'autres depuis.
Elles sont presque toutes d'avant-guerre. Certaines
datent même du XIXe siècle. »

On a sorti les cartes pour les étaler sur le lit. Tu
les avais regroupées par pays, puis par villes,
chaque section étiquetée avec soin. Les britan-

niques, la moitié environ, n'étaient pas triées. Le reste venait d'Allemagne, de Suisse, de France, d'Italie, quelques-unes de Belgique et de Hollande. Presque toutes étaient en noir et blanc ou sépia. Beaucoup portaient au dos des messages manuscrits, salutations conventionnelles de vacanciers aux amis et parents restés chez eux.

« Ce que j'aimerais, c'est visiter certains de ces endroits. Essayer de trouver les mêmes points de vue, de nos jours, les comparer avec ces photos-là, voir comment les lieux ont changé entre-temps. Ça pourrait servir de base à un film, c'est vrai, mais ce qui m'intéresse le plus, c'est d'aller y jeter un œil, tout simplement. Ça te tente ? »

Les cartes étaient fascinantes, instants figés d'une autre époque : des centres-villes où ne circulait presque aucun véhicule, des voyageurs en culotte de golf paradant sur des fronts de mer étrangers, des cathédrales et des casinos, des plages aux baigneurs revêtus de chastes costumes de bain, des paysages de montagne traversés par des rails de funiculaire, des palais et des musées, de vastes places désertes.

« Tu veux aller partout ? ai-je interrogé.

— Non, juste à quelques endroits choisis. Je pensais me concentrer sur la France. Le Sud. Il y a un tas de cartes de cette région-là. » Tu m'en as pris quelques-unes. « La Riviera ne s'est vraiment tournée vers le tourisme que depuis la Seconde Guerre mondiale. La plupart de ces photos la montrent avant le grand changement. »

Tu as entrepris de les passer en revue, d'en

produire quelques spécimens pour me les montrer. Des endroits célèbres, considérés d'un point de vue inattendu. Une des sections était consacrée à la côte méditerranéenne, aux alentours de Saint-Raphaël. Coïncidence saisissante. La peur que m'inspirait Niall est revenue me frapper de plein fouet.

«On ne pourrait pas plutôt aller ailleurs? ai-je demandé.

— Si, bien sûr. Seulement c'est là que j'*aimerais* passer mes vacances.

— Je n'ai pas envie de visiter la France.»

Tu as eu l'air tellement déçu, entouré des cartes étalées sur le lit.

«Et les autres pays? ai-je repris. La Suisse, par exemple?

— Non, ce sera forcément le sud de la France. Oh bon, j'irai une autre fois.».

Je me suis retrouvée à utiliser les mêmes excuses qu'avec Niall:

«J'aimerais vraiment t'accompagner, mais je suis fauchée pour l'instant.

— On prendrait ma voiture. C'est moi qui paierais. Je n'ai pas de problème, en ce moment, et je pourrais sans doute le déduire des impôts.

— Je n'ai pas de passeport.

— Ne t'inquiète pas, je peux t'en procurer un d'ici à demain. Il y a un bureau de la BBC…

— Non, Richard, désolée.»

Tu ramassais les cartes, que tu replaçais dans leur ordre méticuleux.

«Tout ça, c'est juste des prétextes, hein?

— Oui. Bon, en fait, voilà. Je veux éviter quelqu'un qui se trouve en France à l'heure actuelle. Du moins je crois. Il...

— C'est le type dont tu évites de parler avec tellement de soin ?

— Oui. Comment le sais-tu ?

— Je pensais bien qu'il y avait anguille sous roche. » Toutes les cartes étaient rangées, à présent, soigneusement classées dans leur boîte à chaussures. « Tu le vois toujours ? »

Une fois de plus, tu employais en toute innocence une expression très ironique. Je t'ai parlé de Niall en transposant de mon mieux la réalité en termes acceptables pour toi, en le décrivant comme quelqu'un dont j'avais longtemps partagé la vie, que je connaissais depuis l'enfance ou presque. D'après moi, notre évolution nous avait éloignés l'un de l'autre, mais il répugnait à me rendre ma liberté ; il se montrait possessif, puéril, violent, manipulateur. Ce que Niall était bel et bien, même si ces caractéristiques-là ne s'appliquaient qu'à une facette de sa personnalité.

On a discuté un moment du problème. Toi, très raisonnable, tu me faisais remarquer qu'on n'avait pratiquement aucune chance de tomber sur lui et que, de toute manière, au cas bien improbable où on le verrait, ta présence l'obligerait à admettre que je l'avais quitté. Moi, inflexible, je soutenais que tu n'avais pas la moindre idée de l'influence qu'il exerçait sur moi. Je ne voulais surtout pas risquer de le croiser.

Alors même qu'on discutait de Niall, les questions que je me posais sur l'endroit où il se trouvait réellement me taraudaient toujours. Il fallait aussi que j'affronte ce problème-là. Croire qu'il n'était *pas* à Saint-Raphaël revenait à flirter avec la folie.

« Si tu ne veux plus de lui, Sue, il va devoir regarder les choses en face, tôt ou tard, as-tu fini par me dire.

— Je préférerais que ce soit tard. Je veux être avec *toi*. On n'a qu'à aller ailleurs, n'importe où.

— Bon. Qu'est-ce que tu proposes ?

— Ce qui me ferait vraiment plaisir, ce serait de quitter Londres un moment. On ne peut pas monter dans ta voiture et partir, tout simplement ?

— Tu veux dire, en Grande-Bretagne ?

— Toi, tu trouves peut-être ça ennuyeux, mais moi, j'ai passé presque toute ma vie en ville. Il y a des régions entières de l'Angleterre que je n'ai jamais vues. On ne pourrait pas juste se balader ? »

Visiblement, l'idée te surprenait, puisque j'envisageais en fait d'échanger un voyage sur la Riviera contre un petit tour de Grande-Bretagne. Malgré le côté boiteux de la proposition, on a fini par tomber d'accord. Quand tu as remporté les cartes postales dans ton bureau, je t'ai accompagné, pour examiner ta collection dépareillée d'équipement de cinéma. Tu en as semblé gêné, tu t'es plaint qu'elle encombre et qu'elle prenne la poussière, mais elle me renseignait sur celui que tu étais avant notre rencontre. Tes divers trophées se trouvaient aussi dans ton bureau, à demi dissimulés derrière une pile de boîtes à pellicule.

« Tu ne m'avais pas dit que tu étais célèbre ! »

ai-je remarqué en prenant celui du prix Italia et en lisant l'inscription qu'il portait.

« J'ai eu de la chance, c'est tout. N'importe qui aurait pu le gagner, cette année-là. Les bons reportages se ramassaient à la pelle.

— *Richard Grey, cameraman, BBC News. Prix spécial. A filmé les événements dans des circonstances extrêmement dangereuses pour sa personne* », ai-je lu tout haut. Les mots étaient difficiles à déchiffrer, dans le recoin mal éclairé où tu conservais le trophée. « Qu'est-ce qui s'est passé ?

— Rien de particulier. Le genre de choses qui arrive, quand on travaille pour les infos. » Tu m'as repris l'objet, que tu as reposé sur son étagère — encore plus en retrait, hors de vue. « Je boirais bien un autre verre.

— Raconte-moi.

— C'était pendant une émeute à Belfast. Le preneur de son était là aussi. Il ne s'est rien produit d'extraordinaire, quoi qu'en aient dit les jurés, après coup.

— S'il te plaît, Richard, raconte-moi. »

Visiblement, tu étais mal à l'aise.

« Je n'en parle pas souvent.

— Allez.

— Ça faisait partie du boulot. On allait tous en Irlande du Nord à notre tour. Moi, ça ne me dérangeait pas. On était mieux payés, parce que c'était assez difficile, mais je n'ai jamais hésité à travailler sur ce genre d'histoires. Filmer, c'est filmer ; à chaque job ses problèmes. Bon, ce jour-là, il y avait eu une manif protestante ; on avait bossé dans la rue. Le soir, on buvait un coup à l'hôtel, quand on a appris que l'armée envoyait des blindés — des Saracens — s'occuper de quelques jeunes qui jetaient des pierres à Falls Road. On s'est demandé s'il fallait y aller; tout le monde était vanné, mais en fin de compte, Willie et moi — Willie, c'était le preneur de son —, on a décidé de jeter un œil. Comme le journaliste était déjà au pieu, on l'en a ressorti. J'ai chargé la caméra avec une pellicule de nuit, et on est partis dans une Land Rover de l'armée.

« Quand on est arrivés sur place, ça n'avait l'air de rien. Quelques ados balançant ce qui leur tombait sous la main. On était derrière les troupes, plutôt à l'abri, il ne se passait visiblement pas grand-chose… La plupart du temps, ce genre d'incidents tourne en eau de boudin sur le coup de minuit. Mais là, tout d'un coup, ça s'est gâté. Les mômes se sont mis à jeter des cocktails Molotov, et on a bien vu qu'il y avait des types plus âgés avec eux. Ça va, tu ne t'ennuies pas ?

— Bien sûr que non ! Continue !

— Les militaires ont décidé d'en finir. Ils ont tiré des balles en plastique. Au lieu de se disperser, les gamins ont continué à nous arroser. Quand les troupes ont chargé, Willie et moi, on y est allés aussi. C'est souvent l'endroit le plus sûr : derrière les soldats. On a parcouru une centaine de mètres, et on est tombés droit dans une embuscade tendue par les républicains. Il y avait des tireurs embusqués dans les maisons, et tout un groupe armé de cocktails Molotov dans une rue adjacente.

« À partir de là, ç'a été du délire. Willie et moi, on a perdu le journaliste. On ne l'a retrouvé que plus tard. Les soldats couraient partout, on était au cœur de l'action. Je n'ai pas arrêté de filmer une seule seconde. Je suppose que je me suis un peu laissé emporter. On n'a pas été touchés, mais il s'en est parfois fallu de peu. Finalement, on s'est retrouvés au milieu des gens qui tiraient sur les militaires — ne me demande pas comment —, et on a continué à enregistrer et à tourner juste sous leur nez. Ils étaient tellement occupés qu'ils ne nous voyaient même pas. Jusqu'au moment où les troupes sont revenues à la charge avec les balles en plastique. Alors les autres se sont enfin dispersés. On était toujours au cœur de l'événement. Enfin bref, on s'en est tirés, et avec de sacrées images. »

Tu souriais ; tu cherchais à minimiser l'événement. Ta description m'a brusquement rappelé une séquence de reportage particulièrement terrifiante qui était passée plusieurs fois à la télé avant d'être interdite, car elle servait dorénavant de pièce à conviction.

« Ce n'était pas le fameux extrait où les cheveux d'une femme prennent feu ? ai-je demandé.

— Si.

— Celui où on voit nettement le visage du type qui a abattu le soldat ?

— Voilà. C'est ça.

— Au moment où tu étais là-bas, à filmer, qu'est-ce que tu as ressenti ?

— Je ne m'en souviens plus très bien. C'est arrivé, c'est tout.

— Tu as dit que tu t'étais laissé emporter. Qu'est-ce que tu entends par là ?

— Par moments, quand on tourne, on est tellement absorbé qu'on ne pense même plus. On ne voit pas ce qui se passe, à part les images qui défilent dans le viseur.

— Tu trouvais ça excitant ?

— Je suppose.

— Et personne ne faisait attention à toi ?

— Pas vraiment, non. On aurait dit que j'étais devenu… Qu'ils ne me voyaient pas, tu comprends. »

Je ne t'ai pas interrogé davantage, parce que j'avais en effet compris ce qui s'était passé. Je le voyais dans ton esprit : le preneur de son et toi vous précipitant, vous accroupissant, liés l'un à l'autre par l'équipement de tournage, au cœur de l'action, filmant et enregistrant d'instinct. Tu avais bu un verre, tu étais fatigué, personne ne semblait conscient de ta présence. Je connaissais parfaitement cette impression, j'imaginais sans peine comment tu t'étais senti. Ton nuage s'était momentanément épaissi autour de toi et de ton collègue pour vous protéger ; vous aviez traversé le danger invisibles.

On est restés trois jours de plus à Londres, selon toute apparence pour préparer le voyage, mais en fait pour apprendre à mieux se connaître. On a aussi passé beaucoup de temps au lit. Comme ton existence de célibataire me donnait une âme domestique, on a parlé de redécorer ton appartement, je t'ai fait acheter des ustensiles de cuisine, et je t'ai offert une énorme plante en pot destinée à ton séjour. Ce genre de choses te déconcertait visiblement, mais je ne m'étais jamais sentie aussi heureuse.

Le jeudi matin, on est partis, cap au nord sur l'autoroute M1, sans but précis, avec juste l'envie de rester seule à seul. J'étais toujours nerveuse à l'idée que Niall traîne dans le coin. Il a fallu qu'on soit tous les deux dans ta voiture, en train de rouler, pour que je me sente enfin à l'abri.

La première nuit, on a pris une chambre dans un petit hôtel de Lancaster, près de l'université. Ça faisait du bien de se reposer après la longue route. On était heureux, ravis de passer des vacances ensemble, on tirait des plans pour le lendemain : parcourir le Lake District nous tentait assez.

On s'est vite rendu compte qu'on n'aimait ni l'un ni l'autre jouer les touristes. Ce qui nous plaisait, c'était d'aller quelque part, de nous balader un moment à pied, de prendre deux, trois photos, peut-être de boire un verre ou de manger un morceau, et puis de repartir. J'aimais bien être ta passagère ; je trouvais ta voiture confortable. Les bagages rangés dans le coffre, la banquette arrière inoccupée nous servait à entasser les guides et cartes touristiques, les provisions destinées aux pique-niques, un sac de pommes et de chocolat, les souvenirs et autres bricoles accumulés au fil du voyage. On a passé trois jours à se déplacer de manière erratique, en traversant et en retraversant le nord du pays : des lacs aux vallons du Yorkshire, une courte virée dans le sud de l'Écosse, puis retour sur la côte nord-est de l'Angleterre. J'ai adoré les paysages britanniques tellement contrastés, les transitions rapides des basses aux hautes terres, des zones industrielles à la rase campagne.

Enfin, on a quitté le Nord pour descendre au sud par l'Est sans relief. Tu n'avais encore jamais visité la région, tu la découvrais donc aussi. Apparemment, je te surprenais toujours, et la situation te plaisait autant qu'à moi. Plus on passait de temps ensemble, plus je me sentais libre. Je laissais enfin derrière moi une vie malheureuse, inadéquate.

Et puis, le cinquième jour, s'est produite la première intrusion.

On avait gagné un village de la côte nord du Norfolk, Blakeney, où on s'était installés dans une pension de la rue étroite menant au rivage. La bourgade m'a déplu dès l'abord, mais on avait roulé des heures ; tout ce qu'on voulait, c'était un endroit où passer la nuit avant d'aller visiter Norwich, le lendemain. Aussitôt les bagages posés dans la chambre, on est ressortis chercher où dîner sans même les ouvrir. À notre retour, tous mes vêtements avaient été tirés de mon sac et disposés sur le lit en petites piles, pliés avec soin.

« Sans doute la propriétaire, as-tu dit.

— Elle ne se permettrait quand même pas de fouiller dans nos affaires ? »

Je me suis lancée à la recherche de notre hôtesse, mais elle était déjà couchée.

La nuit suivante, dans un hôtel de Norwich, j'ai été réveillée aux petites heures par un choc, un heurt soudain, désagréable. Toi, tu dormais. Je tendais la main vers l'interrupteur, quand quelque chose est tombé de l'oreiller sur le matelas. Quelque chose de dur et de froid. Je me suis assise, effrayée, en me tortillant pour m'éloigner de la chose en question, puis j'ai allumé. Ce que j'ai découvert dans le lit, près de moi, n'était autre qu'un savon presque sec, parfumé, gravé du nom du fabricant. Tu t'es agité, mais pas réveillé. Je me suis levée. Le papier aluminium coloré de l'emballage m'est presque aussitôt apparu. Posé à plat sur la moquette, déplié avec soin. Je l'ai regardé bêtement, en me demandant ce que ça pouvait bien signifier. Finalement, je me suis recouchée, j'ai éteint la lumière et je me suis blottie sous les couvertures, cramponnée à toi. Je n'ai pas refermé l'œil de la nuit.

Le lendemain matin, tu m'as proposé de partir à l'ouest en coupant à travers la partie la plus large de l'Angleterre pour gagner le pays de Galles. Préoccupée par l'incident de la nuit, je me suis contentée d'acquiescer, puis je me suis portée volontaire pour aller chercher la carte routière dans la voiture.

La Nissan se trouvait où on l'avait garée la veille au soir, sur le parking de l'hôtel. Il y avait une clé sur le contact, et le moteur tournait.

J'ai d'abord pensé que tu l'avais laissé tourner par erreur toute la nuit, mais je me suis aperçu que la portière était verrouillée. Or la même clé servait à tout. Tremblante, j'ai ouvert avec celle que tu m'avais confiée la portière conducteur, puis j'ai retiré l'exemplaire resté sur le contact. Il était flambant neuf, comme si on venait juste de l'acheter — ou de le voler.

Je l'ai jeté de toutes mes forces dans les buissons autour du parking. Quand je suis revenue te donner la carte, tu m'as demandé ce qui se passait. Ne sachant trop quoi dire, j'ai prétexté que mes règles allaient commencer — c'était vrai, d'ailleurs, mais en fait je redoutais de plus en plus l'inévitable.

Je n'ai pas prononcé un mot de tout le petit déjeuner, et je suis restée plongée dans une introspection terrifiée pendant qu'on suivait les routes rectilignes tracées à travers les plaines marécageuses.

« Je mangerais bien une pomme, as-tu fini par lancer. Il en reste ?

— Je vais voir », ai-je réussi à répondre.

Je me suis retournée, comme je l'avais fait bien souvent au fil des derniers jours, sauf que là, je tremblais de peur.

Le sac en papier contenant les pommes se trouvait sur la partie de la banquette située juste derrière toi. D'ailleurs, tout le reste était entassé de ce côté-là : les cartes, ta veste, mon fourre-tout, les provisions destinées au pique-nique de midi. Tout du même côté : chaque fois qu'on se débarrassait de quelque chose, on le posait derrière toi, d'instinct, pour ne pas encombrer l'autre moitié de la banquette.

Pour laisser de la place à un deuxième passager.

Je me suis forcée à regarder cet endroit-là, derrière mon siège à moi. Le coussin était creusé comme par un poids.

Niall était là avec nous.

« Arrête-toi, Richard ! me suis-je exclamée.

— Qu'est-ce qui se passe ?

— S'il te plaît ! Je vais être malade ! Dépêche-toi ! »

Tu t'es aussitôt garé en roulant sur le bas-côté. À l'instant même où la voiture s'immobilisait, je suis sortie en titubant, sans lâcher ta pomme, puis j'ai fait quelques pas mal assurés. Je tremblais de tous mes membres, prête à m'évanouir. Une haie basse dominait le talus, derrière lequel s'étendait un champ immense, parfaitement plat. Je me suis penchée dans les branches des arbustes, dont les épines et les brindilles ont exploré ma chair. Le moteur coupé, tu m'as rejointe en courant, tu m'as passé un bras sur les épaules, tandis que je sanglotais, frissonnante. Malgré tes paroles apaisantes, l'horreur de la révélation palpitait en moi. Sans m'écarter de toi, je me suis jetée en avant contre la haie pour vomir.

Tu es allé chercher dans la voiture des mouchoirs en papier avec lesquels je me suis essuyée. Je m'étais éloignée des arbustes, mais je manquais de courage pour me tourner vers la Nissan.

« Tu veux qu'on aille voir un médecin, Sue ?

— Non, ça ira mieux dans une minute. C'est les règles. Ça fait parfois cet effet-là. » Je ne pouvais te dire la vérité. « J'avais besoin d'air frais.

— On peut rester ici, si tu veux ?

— Non, non, on va continuer. Dans un petit moment. »

Mon sac contenait des cachets contre les aigreurs

d'estomac que tu m'as apportés. Le goût de menthe crayeux, prosaïque, m'a réconfortée. Assise dans l'herbe sèche, j'ai contemplé les longs brins de cerfeuil sauvage qui s'inclinaient autour et au-dessus de moi, les insectes qui dérivaient à la chaleur. Les voitures filaient derrière nous; les pneus produisaient un bruit de succion sur le macadam moelleux de la chaussée. Depuis que je savais où se trouvait Niall, il m'était purement et simplement impossible de regarder en arrière.

Sans doute nous accompagnait-il depuis le début. Après être resté et nous avoir espionnés pendant que je te parlais pour la première fois, au pub, il nous avait suivis lors de chacun de nos rendez-vous, avant de quitter Londres avec nous. Il était là, silencieux, à nous regarder, nous écouter. Jamais je n'avais été débarrassée de lui.

Cette fois-ci, il m'obligeait à agir. Pour vivre la vie normale à laquelle j'aspirais, je devais le laisser à jamais derrière moi. Je ne pouvais retourner à l'existence morbide, errante des glams. Niall voulait m'y ramener de force en réduisant à néant tout ce qui le menaçait, lui.

Il fallait que je me batte. Pas sur l'instant — le choc de la découverte était trop récent — et, de préférence, pas seule. J'avais besoin de ton aide.

Alors j'ai attendu dans l'herbe. Tu t'étais accroupi près de moi. Quelques minutes plus tôt, je n'aurais même pas pu envisager de regagner la voiture, sachant que Niall s'y trouvait. Pourtant, c'était la première étape — forcée — de la lutte.

« Je me sens mieux, ai-je annoncé. On peut repartir.

— Tu es sûre ? »

Tu m'as aidée à me relever, puis on s'est doucement serrés l'un contre l'autre. Je t'ai dit que j'étais désolée de te causer tous ces problèmes, que ça irait sans doute, à partir de maintenant, que je me sentirais mieux dès que mes règles auraient vraiment commencé. Par-dessus ton épaule, je regardais la voiture. Le soleil se reflétait sur la vitre arrière.

On a repris nos places et rattaché nos ceintures. J'ai tendu l'oreille au bruit de la portière arrière, au cas où Niall serait descendu pendant la halte, mais un invisible est parfaitement capable d'ouvrir et de refermer une porte sans que personne le remarque.

De retour sur la route, je me suis raidie avant de me retourner pour examiner la banquette. Je savais que Niall était là, j'avais conscience de son nuage, mais je ne le *voyais* pas. Je voyais le tas de cartes et de provisions, le coffre de la voiture, mais quand j'essayais d'examiner ce qui se trouvait juste derrière moi, mes yeux refusaient de se fixer, ils se détournaient systématiquement. N'empêche qu'une présence indétectée creusait le coussin sous son poids.

À partir de là, j'ai regardé la route droit devant moi. Niall était là, dans mon dos. Il me surveillait ; il te surveillait.

On a passé la nuit à Great Malvern, dans un hôtel très bien situé, à flanc des célèbres collines de

Malvern. Notre fenêtre dominait la vallée d'Evesham. Sitôt arrivée, je t'ai entraîné au lit, dans l'espoir de compenser par le seul moyen de ma connaissance mon comportement bizarre de la journée. Comment pourrais-je jamais t'expliquer ce qu'il en était de Niall ? Mais quel avenir aurions-nous, s'il nous suivait toujours et partout ?

Finalement, j'ai décidé de me conduire à court terme comme si de rien n'était, en le chassant de mes pensées. La décision s'est, hélas, révélée impossible à mettre en application : j'ai écarté la conversation du moindre sujet personnel pendant toute la soirée, consacrée à une promenade dans les collines puis à un dîner en ville. Tu t'en es parfaitement rendu compte.

De retour à l'hôtel, je t'ai pris la clé de la chambre pour ouvrir moi-même. Tu es entré le premier. Je t'ai suivi d'un mouvement vif, que je voulais surprenant, en repoussant brusquement la porte derrière moi. J'en ai été récompensée par la sensation qu'un poids s'y appuyait, de l'autre côté, mais je l'ai maintenue fermée en donnant un tour de clé. Il n'y avait pas de verrou, elle ne constituait donc pas réellement un obstacle pour Niall, à qui il suffirait de voler un passe-partout puis de nous rejoindre discrètement, mais ça lui prendrait au moins quelques minutes. Le temps dont j'estimais avoir besoin.

« Richard, ai-je commencé, il faut que je te parle.

— Qu'est-ce qui se passe, Sue ? Tu es toute drôle, ce soir.

— Je vais être honnête avec toi. Je t'ai parlé de Niall. Bon. Il est ici.

— Comment ça, il est ici ?

— À Malvern. Je l'ai vu ce soir, pendant notre balade.

— Je croyais qu'il était en France.

— Je ne sais jamais où il est. Il m'a dit qu'il allait en France, mais il a dû changer d'avis.

— Mais qu'est-ce qu'il fait ici, bordel ? Il nous a suivis ?

— Je ne sais pas. C'est peut-être une coïncidence. Il voyage souvent pour aller voir ses amis.

— Qu'est-ce que tu racontes ? Tu veux qu'il passe le reste des vacances avec nous ?

— Certainement pas ! Mais il nous a vus ensemble, toi et moi. Il faut que je lui parle, que je lui dise ce qui se passe.

— Je ne suis pas d'accord. S'il nous a vus ensemble, il n'a pas besoin d'en savoir plus. Qu'est-ce que tu veux lui apprendre d'autre ? On part demain matin, je ne vois pas pourquoi on s'occuperait de lui.

— Tu ne comprends pas ! Je ne peux pas lui faire ça. Je le connais depuis trop longtemps. Je ne peux pas le quitter sans prévenir.

— C'est déjà fait, Sue. »

Je n'étais pas raisonnable, je le savais, mais je ne pouvais te décrire Niall que comme un ancien amant possessif, sur qui je venais de tomber par hasard. On a discuté plus d'une heure avec une obstination croissante. Sans doute en a-t-il profité pour s'introduire dans la chambre, mais je ne me suis pas laissé influencer par la peur qu'il m'inspirait. Enfin, on s'est couchés, épuisés par cette impasse. Je me

sentais plus en sécurité dans le noir. On s'est blottis
l'un contre l'autre sous les couvertures et, comme
mes règles étaient effectivement arrivées, on n'a
pas fait l'amour. On n'en avait d'ailleurs pas envie.

Ç'a été une autre nuit d'insomnie, car le problème me tournait dans la tête en permanence.
Sans qu'aucune solution ne se présente, évidemment — les difficultés obsessionnelles se res-
semblent toutes. La solitude de la nuit se traduisait
par un désespoir envahissant.

N'empêche qu'à six heures et demie du matin,
j'étais bien réveillée, ma décision prise. Il fallait
affronter Niall, alors autant le faire le plus tôt possible. Je me suis habillée en silence, pendant que tu
dormais encore, je lui ai dit de me suivre, et j'ai
quitté la chambre, puis l'hôtel, par la porte principale.

La matinée était déjà belle et chaude. J'ai escaladé la colline en longeant la route jusqu'au sommet, où elle virait brusquement à droite puis fendait
deux à-pics abrupts avant d'arriver sur le flanc
opposé. La veille au soir, on était venus là, toi et
moi, juste après avoir fait l'amour. J'ai grimpé un
des monticules, presque à quatre pattes, puis traversé la cime spacieuse de l'éminence. De petits
rochers dépassaient de l'herbe. Il régnait un calme
parfait.

Ayant découvert une pierre plate, je m'y suis installée, le regard perdu sur le Herefordshire.

« Tu es là, Niall ? »

Silence. Des moutons paissaient sur les pentes,
en contrebas. Une voiture solitaire se hissait sur la

route ; elle a franchi la saignée en direction de Malvern.

« Niall ? Il faut qu'on discute.

— Je suis là, espèce de salope. »

Sa voix s'élevait non loin de moi, sur ma gauche. Il semblait hors d'haleine.

« Où es-tu ? Je veux te voir.

— On peut très bien discuter comme ça.

— Rends-toi visible, Niall.

— Non. Rends-toi invisible, *toi*. À moins que tu n'aies oublié comment faire ? »

Je me suis alors aperçue que j'avais passé plus d'une semaine en état de visibilité continuelle, ce qui ne m'était jamais arrivé depuis le début de l'adolescence. La chose avait été si naturelle en ta présence que je n'y avais tout simplement prêté aucune attention.

« Comme tu voudras. »

Il se déplaçait en permanence. Chaque fois qu'il prenait la parole, sa voix venait d'une direction différente. Je me suis efforcée de le repérer, sachant qu'il m'était toujours possible de trouver son nuage, si seulement je savais *voir*. Mais j'avais passé trop de temps avec toi, ou Niall s'était retiré trop loin dans le glamour. Je l'imaginais rôdant autour de moi, assise sur mon rocher. Alors je me suis levée.

« Pourquoi ne me laisses-tu pas tranquille, Niall ?

— Parce que tu couches avec Grey. J'essaie de t'en empêcher.

— Fiche-nous la paix ! J'en ai assez de toi. Je ne veux plus jamais te voir.

— J'y ai veillé pour toi, Susan. »

Il se déplaçait toujours, parfois dans mon dos. Si seulement il était resté immobile, je n'aurais pas eu aussi peur.

« S'il te plaît, Niall, arrête de t'en mêler. Tout est fini entre nous !

— Tu es une glam. Ça ne marchera jamais avec lui.

— Je ne serai jamais comme toi ! Je te déteste ! »

C'est à ce moment-là qu'il m'a frappée, un poing brutal surgi de nulle part pour me cogner à la joue sans me laisser la possibilité de me raidir ni d'esquiver. Ma tête est partie de côté, j'ai titubé en arrière, et mon pied s'est pris contre la pierre sur laquelle je m'étais assise. Je suis tombée lourdement, le bras tendu. Un instant plus tard, un coup de pied m'a touchée à la cuisse, près de la hanche. Un cri de douleur m'a échappé. Dans mon désespoir, je me suis roulée en position fœtale, les bras sur la tête, prête à subir d'autres violences, mais Niall s'est immobilisé juste à côté de moi. Il s'est penché pour approcher de mon oreille sa bouche invisible, car l'odeur aigre, familière de son haleine au tabac froid m'est montée au nez.

« Je ne te lâcherai jamais, Susan. Tu m'appartiens, et je n'ai pas la moindre intention de te perdre. Sans toi, je ne suis rien. Arrête avec Grey ! »

Sa main a plongé sous mon bras pour m'attraper par le devant de mon corsage et m'asseoir d'une secousse ; le tissu tendu m'a tirée aux aisselles. Son autre main s'est enfoncée brutalement dans mon décolleté et m'a griffé, lacéré les seins. Je me suis recroquevillée davantage en m'écartant d'une torsion, ce qui l'a obligé à me lâcher, mais le tissu léger s'est déchiré sur ma poitrine.

« Tu ne lui as pas encore parlé de moi », a repris Niall, toujours accroupi. « Dis-lui que tu es invisible. Que tu es à moitié folle.

— Non !

— Dis-lui, ou je m'en chargerai, moi.

— Tu as déjà fait assez de mal comme ça.

— Je n'ai même pas encore commencé. Tu veux que j'attrape le volant, la prochaine fois qu'on ira assez vite pour que ce soit intéressant ?

— Tu es complètement fou !

— Pas plus que toi. On est fous tous les deux. Fais-le-lui comprendre, et s'il veut quand même de toi, je vous laisserai peut-être tranquilles. »

Je l'ai senti s'éloigner, mais je suis restée blottie par terre, terrifiée à l'idée qu'il continue à me battre. Ça lui était souvent arrivé, quand il était vraiment en colère, mais jamais comme ça, de l'intérieur du nuage. Je me sentais tout étourdie à cause du choc à la tête, j'avais mal à la jambe et au dos, mon sein gauche me donnait l'impression d'avoir été lacéré, mais quand je l'ai palpé avec douceur, il m'a semblé intact. Au bout de quelques minutes, je me suis lentement assise en regardant autour de moi. À quelle distance se trouvait-il ?

J'avais désespérément envie de te parler, désespérément besoin de réconfort, mais comment t'expliquer, et quelle serait ta réaction si je t'expliquais ? Après m'être accroupie dans l'herbe, malgré la souffrance, j'ai exploré avec précaution mes meurtrissures : une zone douloureuse au bas du dos, un bleu enflé à la cuisse, le coude râpé. J'avais mal à la tête aussi, et mon corsage bâillait, à cause de ses deux boutons de moins.

Je devais encore être étourdie, car j'ai erré un moment sur la colline, mais le besoin de te voir n'a pas tardé à l'emporter sur tout le reste. J'ai redescendu la route en boitillant jusqu'à l'hôtel, le corsage fermé à deux mains. Tu étais sorti ranger ta valise dans le coffre de la voiture. Je t'ai appelé, mais tu ne m'as pas entendue. Dans mon égarement, j'étais retournée à l'invisibilité — encore une victoire de Niall. Je me suis extirpée du nuage, puis je t'ai appelé une seconde fois. Là, tu m'as entendue et tu t'es retourné. Je me suis précipitée vers toi en pleurant de détresse et de soulagement.

Tu as aussitôt compris que j'étais allée retrouver Niall. Il m'était impossible de te le cacher. J'ai essayé de minimiser ce qu'il m'avait fait, mais je ne pouvais dissimuler ni mon corsage déchiré ni mes meurtrissures. J'aurais compris que tu m'en veuilles, du moins je pense. Au lieu de quoi tu as été aussi bouleversé que moi. On est restés toute la matinée au village à discuter de Niall, mais en termes compréhensibles pour toi, pas en termes véridiques.

Après un déjeuner anticipé, on est partis pour le pays de Galles. Niall était là, assis dans notre dos, silencieux.

À un moment, on s'est arrêtés pour refaire le plein. Je suis restée quelques instants dans la voiture, seule avec lui.

«Je ne te dois rien, lui ai-je lancé, mais je lui dirai demain.» Silence. «Tu es là, Niall ? »

Je m'étais retournée pour regarder la moitié vide de la banquette arrière, mais je ne le voyais pas. En fait, je voyais *à travers* : tu te tenais près de la voiture, le bec de remplissage à la main, les yeux fixés sur la pompe, où des chiffres orange clignotaient au soleil. Tu t'es aperçu que je te regardais — semblait-il —, et tu m'as souri.

Lorsque tu t'es détourné, j'ai repris :

« C'est ce que tu veux, non ? Je dirai tout à Richard demain. »

Niall n'a pas répondu, mais je savais qu'il était là. Comme son silence m'impressionnait, sans doute à dessein, j'ai ouvert ma portière pour descendre de voiture. Je t'ai rejoint dans la boutique de la station, où j'ai parcouru quelques magazines pendant que tu payais.

Après un long trajet, on est arrivés à Little Haven, un village de la côte ouest du comté de Dyfed. Une petite bourgade ravissante, à la longue plage rocheuse que les touristes n'avaient pas prise d'assaut, malgré la saison. Le soir venu, on s'est promenés au bord de la mer en contemplant le coucher de soleil, puis on a fait un tour au pub, avant de rentrer à l'hôtel.

Une distance s'était imposée entre nous. Tu ne comprenais pas pourquoi j'étais allée retrouver Niall, et il m'était impossible de te l'expliquer. Parce qu'il m'avait frappée, tu exigeais que je renonce à lui à jamais, mais je ne le pouvais ou ne le voulais pas. Tu étais malheureux, perplexe, furieux ; je souhaitais désespérément arranger les choses.

En passer par ce que voulait Niall, te parler de mon invisibilité, représentait sans doute la seule solution, parce que mes explications lui donneraient satisfaction et te permettraient de me comprendre, moi, mais je me sentais épuisée rien que d'y penser. Une méthode plus simple, mais aussi plus ludique, me semblait préférable. De retour dans notre chambre, je suis allée à la salle de bains mettre mon diaphragme pour interrompre momentanément l'épanchement sanguin des règles.

Une fois au lit, tu voulais continuer à parler de Niall, mais je t'en ai détourné. Je n'avais rien à dire pour ma défense, alors je t'ai serré dans mes bras, embrassé, j'ai cherché à t'exciter. Tu as commencé par résister, mais je savais ce que je voulais. On était allongés sur les couvertures, le vieux lit grinçait au moindre mouvement. Tu as fini par réagir, et mon désir à moi a crû aussi. Décidée à te faire l'amour de manière plus excitante que jamais, je t'ai embrassé et caressé très intimement. J'aimais ton corps, sa solidité, ses courbes anguleuses.

On a roulé pour que tu te places au-dessus de moi, m'explorant des mains et de la langue. J'ai levé mes genoux écartés, offerte, mais tu as de nouveau roulé sur le flanc — changeant visiblement d'avis. Tes mains m'ont attirée contre toi, ont poussé mes épaules vers le bas de ton torse. J'avais envie de te sentir en moi, mais tu écartais mes fesses de ton corps en me faisant maladroitement pivoter le bassin. Bouche à bouche avec toi, je ne comprenais pas ce que tu voulais. Tes doigts s'enfonçaient dans la chair de mes hanches, me repoussaient. Et puis j'ai pris conscience de tes deux mains posées sur mes seins, jouant doucement avec mes mamelons.

D'*autres* mains m'avaient attrapée par-derrière pour me tirer par les hanches !

J'ai été pénétrée, par-derrière aussi, d'une brusque poussée. Des poils pubiens m'ont picoté les fesses. Un hoquet m'a échappé, j'ai tourné la tête, senti un menton mal rasé me heurter la nuque, des genoux se loger au creux des miens. Le poids de l'homme agenouillé dans mon dos m'a rejetée vers toi. Lorsqu'une de tes mains a descendu mon corps pour me caresser, je t'ai attrapé par le poignet, décidée à t'empêcher de découvrir ce qui se trouvait déjà à l'endroit visé. Le désespoir m'a poussée à porter ta main à ma bouche afin de l'embrasser. Les violentes poussées de Niall m'arrachaient de petits gémissements de détresse et d'indignation. Toi, de plus en plus excité, tu voulais me pénétrer. D'une manière ou d'une autre, il fallait éviter ça. Je me suis penchée, m'écartant du buste de Niall mais collant simultanément les reins contre lui, dans une tentative désespérée pour me dégager d'une torsion. Un halètement de concupiscence lui a échappé, quand je me suis resserrée autour de son membre. Je t'ai pris dans ma bouche, tandis qu'il changeait de position, s'avançait pour s'agenouiller entre mes jambes, les mains sous mon ventre, me maintenant tout en m'envahissant violemment. Ses mouvements se sont faits plus rapides, il m'a empoignée par les cheveux, les a tirés brutalement et m'a poussé la tête vers le bas, contre toi, m'obligeant à te prendre plus profond dans ma gorge. Je n'arrivais plus à respirer, j'étouffais, et toi, allongé, tu m'avais lâchée pendant que je me faisais violer. J'agitais les coudes en l'air, derrière moi, dans l'espoir de déloger Niall, j'ai réussi à t'expulser de ma bouche, mais il me pressait toujours le visage contre ton entrejambe. Tu as poussé un gémissement de plaisir, tandis qu'il me pilonnait impitoyablement. Enfin, je l'ai senti jouir, avec un grognement audible, une expiration bruyante. Tu as dit mon nom, d'une voix emplie de désir. Il s'est effondré sur mon dos en me lâchant les cheveux et m'a promené les mains sur les seins. Comme il se détendait, j'ai réussi à déplacer mon poids, mais je n'arrivais toujours pas à me dégager de son étreinte. Il me possédait de manière monstrueuse, sa masse m'écrasait le visage contre toi. Tu as répété mon nom ; tu voulais me faire l'amour. Je suis parvenue à tourner la tête vers toi. Tes yeux clos, ta bouche ouverte. Il fallait que j'expulse Niall, mais il m'épinglait sous lui, mes coups de coude répétés n'avaient aucun effet. Son souffle frénétique était tout proche de mon oreille, ses doigts s'enfonçaient encore dans ma chair. Consciente qu'il ramollissait en moi, j'ai fait une autre tentative pour rouler les hanches en soulevant tout mon corps, et j'ai enfin réussi à m'écarter de lui, même s'il se cramponnait toujours à moi. Son contact me dégoûtait ! Je lui ai redonné des coups de coude jusqu'à ce que sa prise se relâche puis, sitôt libre, je t'ai rampé dessus en t'étreignant, en approchant le visage du tien. Tu m'as embrassée passionnément et serrée contre toi, un sourire de tendresse et de désir aux lèvres. Niall restait sur le lit, appuyé à mon flanc.

Enfin, tu m'as pénétrée et on a fait l'amour. J'étais assise sur toi, ce qui signifiait qu'on se regardait. Je suis restée impassible, parce que si j'avais laissé transparaître mes émotions réelles, j'aurais poussé des gémissements d'horreur. Je bougeais au même rythme que toi, dans l'espoir que ça suffise. Niall était toujours là. Son corps me chauffait le mollet.

Comment pouvais-tu ne pas être conscient de sa présence ? Était-il si profondément invisible pour toi que tu n'entendes pas son souffle rauque, que tu ne flaires pas l'odeur de son corps assouvi, que tu ne perçoives pas son poids sur le lit ? Comment pouvais-tu ne pas comprendre la cause des contorsions violentes auxquelles il m'avait contrainte ?

Dès que tu en as eu terminé, je me suis allongée contre toi. On s'est couverts avec le drap, je t'ai chuchoté que j'étais épuisée, et on est restés là, dans les bras l'un de l'autre, sans lumière. J'ai attendu, attendu que ton souffle s'apaise et que tu t'endormes. Une fois sûre de ne pas te déranger, je me suis glissée hors du lit pour gagner la salle de bains, où je me suis douchée le plus discrètement possible. Un véritable décapage.

À mon retour, la chambre sentait les cigarettes françaises.

« Tu te rappelles la devinette qu'on trouvait dans les livres pour enfants ? » t'ai-je demandé le lendemain matin.

J'ai pris une feuille, sur laquelle j'ai tracé deux signes :

X   O

« Quand on ferme l'œil gauche, qu'on regarde la croix de l'œil droit et qu'on approche le papier du visage, on a l'impression que le cercle disparaît, ai-je ajouté.

— Je sais, c'est un défaut physique de l'œil. La rétine n'a qu'une vision périphérique restreinte.

— Mais le cerveau compense ce que l'œil ne voit pas. Personne ne s'imagine que le cercle a *vraiment* disparu. Il n'y a pas brusquement un trou à la place. C'est juste qu'on ne le voit plus, qu'il devient invisible.

— Qu'est-ce que tu essaies de me dire ? »

On s'était assis sur les rochers du littoral, près de Little Haven. À marée basse, le sable brillait au soleil. Il y avait des vacanciers partout. Des enfants s'amusaient à s'éclabousser un peu plus loin, en eau peu profonde.

« Tu vois les nanas avec le chien, là-bas, celles qui marchent juste à la limite des vagues ? ai-je repris. Combien y en a-t-il ?

— Tu es sérieuse ?

— Oui. Combien y a-t-il de nanas avec le chien ?

— Deux.

— Tout à l'heure, il y en avait trois. Tu avais remarqué ?

— Non, je ne les regardais pas.

— Si. Tu regardes dans cette direction-là depuis qu'on s'est installés sur ce rocher.

— D'accord, mais je ne faisais pas attention.

— Exactement.

— Comment ça, exactement ?

— On voit sans remarquer, on regarde sans voir. Personne ne voit tout. Imagine que tu sois invité à une soirée où tu ne connais presque personne. Les gens ne te parlent pas, tu te sens gêné. Tu prends un verre et tu te postes à l'écart, en essayant de faire bonne figure. À force de regarder les autres invités, tu en remarques certains. Tu les jauges d'un coup d'œil. Tu te demandes si les femmes sont accompagnées. D'ailleurs, tu remarques aussi les hommes qui les entourent. Petit à petit, la glace se brise, tu te mets à discuter avec certaines personnes, qui deviennent alors le centre de ton attention. La soirée se poursuit. Tu ne te sens plus complètement étranger à ce qui se passe, mais il reste un tas de gens à qui tu n'adresses pas une seule fois la parole. Un des hommes attire peut-être ton attention, parce qu'il est saoul, ou une jeune femme à la robe provocante, une autre qui rit trop fort. Le gros des invités reste à l'arrière-plan. Tout le monde est visible, mais tu prends conscience de ceux qui t'entourent selon un ordre, suivant un enchaînement particuliers. De toute manière, dans n'importe quelle soirée, il y a toujours quelqu'un qu'on ne remarque *absolument* pas.

— Comment peux-tu en être sûre ?

— Comment peux-tu être sûr du contraire ? Bon, supposons que tu ailles à une autre soirée. Tu arrives dans une pièce où se trouvent dix hommes et une femme. À ton entrée, la femme, belle et voluptueuse, se met à danser. Elle se déshabille entièrement. Dès qu'elle est nue, tu repars. Combien des hommes seras-tu capable de décrire par la suite ? Seras-tu seulement sûr qu'ils étaient dix, et pas neuf, ou qu'il n'y en avait pas un onzième que tu n'as absolument pas remarqué ?

« Suppose que tu te promènes dans la rue et que deux femmes arrivent dans ta direction. L'une jeune, jolie, bien habillée ; l'autre plus âgée, peut-être la mère de la première, en banal manteau informe. Elles te sourient toutes les deux au passage. Laquelle remarques-tu en premier ?

— Il s'agit de réactions sexuelles !

— Le sexe en fait partie, mais pas toujours. Imagine un groupe de dix personnes : cinq hommes, cinq femmes. Une sixième femme arrive. La plupart du temps, elle prend d'abord conscience des autres femmes, et elle les regarde, elles, avant de passer aux hommes. Les femmes remarquent d'abord les femmes, comme vous, messieurs. Les enfants d'abord les enfants, ensuite les adultes. La plupart des hommes d'abord les femmes, puis les enfants, et enfin les hommes. L'intérêt visuel obéit à une certaine hiérarchie. Dans n'importe quel groupe, il y a forcément quelqu'un qu'on remarque en *dernier*.

« Un ami te téléphone, et vous prenez rendez-vous. Tu ne l'as pas vu — c'est un homme, attention —, tu ne l'as pas vu depuis cinq ans. Vous avez rendez-vous dans une rue animée. Il y a foule, des inconnus qui grouillent autour de toi. Tu les examines tous, à la recherche de ton copain. Les femmes aussi bien que les hommes. Au bout d'un moment, tu commences à te demander si tu te rappelles bien à quoi ressemblait l'ami en question, la dernière fois que vous vous êtes vus. Tu regardes avec plus d'attention les visages qui défilent. Et puis ton copain arrive enfin. Il a été retardé, mais vous vous retrouvez, tout va bien. Tu oublies instantanément que tu as eu peur de ne pas le reconnaître. Par la suite, si tu y repenses, tu t'aperçois qu'en l'attendant tu as dévisagé des centaines de gens et tu en as vu des milliers d'autres. Tu en as regardé la plupart, mais le fait est que tu ne les as pas enregistrés. Il te suffisait de quelques secondes pour être incapable de te rappeler à quoi ressemblait le moindre d'entre eux.

— Ça n'a rien de surprenant, et le reste non plus. Qu'est-ce que ça prouve ?

— Rien en ce qui vous concerne, ton copain et toi. Ce sont les passants qui m'intéressent. Il est normal de *ne pas* remarquer la plupart des gens. Chacun voit ce qu'il choisit de voir, ce qu'il trouve intéressant, ce qui attire son attention. J'essaie de te dire qu'il existe des êtres humains que tu ne verras *jamais*, parce qu'ils se situent trop bas dans la hiérarchie ; ce sont ceux qu'on remarque en dernier ou qu'on ne remarque pas du tout. Quelqu'un d'ordinaire ne sait pas comment faire pour les voir. Il ne les remarque pas. Ils sont naturellement invisibles.

« *Je* suis naturellement invisible, Richard. Tu ne me vois que parce que tu en as envie.

— N'importe quoi.

— Regarde-moi bien. »

Plantée devant toi, je me suis laissé envelopper par le nuage.

On a regagné l'hôtel en silence. À ma grande surprise, tu semblais plus mécontent que jamais, et l'invisibilité que je venais de te démontrer ne t'inspirait pas le moindre commentaire. Que fallait-il que je fasse d'autre ? Je t'avais dévoilé le secret le plus profond de mon existence, donné les explications que tu réclamais, mais tu réagissais par l'indifférence. On aurait dit que tu n'y croyais pas, que tu ne comprenais pas, voire que tu t'en fichais. Il ne pouvait pourtant pas exister tellement de révélations plus importantes que celle de l'invisibilité humaine ? J'avais disparu sous tes yeux sans que tu paraisses le remarquer ! Je n'arrivais pas à y croire !

Peut-être avais-je commis une erreur, activé un traumatisme enfoui de ton enfance ou exhumé les conflits intérieurs que t'imposait ton propre glamour. Tu rejetais si totalement ma démonstration qu'il me semblait impossible d'évoquer le sujet une seconde fois.

Comme Little Haven nous plaisait, on y a passé trois jours de plus. Les non-dits planaient entre nous en permanence ou presque, car je me taisais, ne sachant qu'ajouter. De toute manière, c'était sans doute la stratégie la plus sage pour préserver l'harmonie de notre liaison : la bonne humeur et le plaisir d'être ensemble ont fini par nous revenir. Au moins, j'avais eu le temps de réfléchir à ce qui s'était passé, et j'en avais conclu que je m'étais montrée maladroite. Mes explications n'avaient pas été assez claires, ou alors tu n'avais pas compris, tu n'avais pas réalisé que je m'exprimais littéralement.

Au moment où j'étais devenue invisible, pourtant, un *nuage* était passé devant tes yeux, signe de compréhension.

Je te voulais, Richard, ton glamour m'attirait mais, de toute évidence, tu vivais dans le déni de ta nature. J'en suis arrivée à me dire que j'avais voulu aller trop vite, impression qu'un incident a confirmée, la veille de notre retour à Londres.

Comme tu voulais consulter la carte routière en prévision du trajet du lendemain, tu es parti la chercher dans la voiture, garée sur le parking longue durée, à la limite du village. J'ai fait un bout de chemin avec toi, avant de décider de me rendre plutôt à la minuscule librairie de la grand-rue. J'y suis restée un quart d'heure à lire distraitement les titres des livres, puis je suis retournée sur le front de mer en m'attendant vaguement à te croiser, de retour du parking. Mais c'est Niall que j'ai vu.

Ou cru voir. Un homme jeune, qui avait son allure, posté au sommet de l'escalier menant à la plage. Il y avait encore pas mal de monde sur le sable, par cette chaude soirée d'été. Un groupe d'adolescentes jacassantes est passé près du type que je venais de remarquer, me le dissimulant un instant.

J'avais presque oublié Niall, ces trois derniers jours. Même si je pensais qu'il nous suivait partout. Je l'avais chassé de mon esprit. Et voilà qu'il m'apparaissait. Je veux dire qu'il m'était visible ! Sans me poser de questions sur mes motivations, je me suis approchée de l'endroit où je l'avais vu, mais le temps que j'arrive à l'escalier, il avait disparu. J'ai parcouru du regard la plage et la promenade ; personne d'intéressant.

Quand je me suis retournée, le dos à la mer, il était là. Cette fois, le doute n'était plus permis. Je reconnaissais ses vêtements : veste bleu pâle, pantalon bleu marine étroit, chemise rose — dont on devinait le col sous les longs cheveux raides qui tombaient sur les épaules. Il avait volé cette tenue en ma compagnie puis l'avait portée à plusieurs reprises. Sa démarche aussi était caractéristique : il s'avançait d'un pas élastique, le dos très droit, presque aussi maniéré qu'un top-model. Pour quelqu'un que personne ne voyait jamais, Niall se conduisait toujours comme s'il avait une conscience aiguë de son apparence.

Je l'ai suivi dans la grand-rue, où il a de nouveau disparu, au niveau de la taverne du Red Lion. Persuadée qu'il s'y était glissé, je me suis approchée de la porte, mais je n'étais pas arrivée à mi-chemin qu'il m'est réapparu. Il se trouvait à quelques mètres, pas davantage, et marchait droit dans ma direction.

Le voir de face m'a causé un choc. Une barbe de plusieurs jours lui ombrait le visage, il n'était pas coiffé, ses vêtements paraissaient sales et froissés, son regard avait quelque chose d'égaré, de désespéré. Son assurance n'était plus qu'un souvenir. On était si proches l'un de l'autre qu'il m'a croisée presque aussitôt. Dans son sillage flottait une odeur de fauve et de transpiration. Je ne l'avais jamais vu comme ça. Il était toujours bien habillé, exagérément propre et soigné.

« Niall ? » ai-je appelé — dans son dos, car ses longues enjambées l'éloignaient déjà.

Sans paraître m'entendre, il a continué son chemin.

Je l'ai suivi, et je l'ai presque aussitôt perdu. Il oscillait aux frontières du visible, qu'il passait et repassait sans arrêt. J'ai poursuivi ma route dans la direction où il allait, *a priori*, en cherchant à me représenter où il se trouvait, puisque je ne le voyais plus. Sans avertissement, il est réapparu de l'autre côté de la rue, plus loin, marchant dans la direction *opposée*. On aurait dit qu'il s'était par miracle transporté à distance, avant de revenir sur ses pas pour se montrer. Comment avait-il bien pu faire une chose pareille ?

Je l'ai appelé, mais il ne m'a visiblement pas entendue, là non plus. Il n'y avait pourtant pas grand-chose pour nous séparer : sur la chaussée étroite passait la circulation du soir, réduite et assez lente. Je l'ai rejoint en esquivant les voitures.

« Qu'est-ce que tu fais là, Niall ? »

Il a continué son chemin comme si de rien n'était. Je l'ai de nouveau suivi, déroutée par son comportement, mais doutant aussi de mes sens et de ce qui se passait réellement. On aurait dit qu'il n'avait pas conscience de ma présence, que je lui étais invisible, moi !

C'était tellement à l'opposé de tout ce que je savais de lui, mais aussi de moi, que je n'arrivais pas à y croire.

Persuadée qu'il allait de nouveau disparaître, je me suis précipitée pour l'attraper par le bras, en l'appelant d'un ton pressant. Son corps était bien matériel, les reliefs doux de sa veste en velours aussi, mais il a poursuivi sa route, un regard morose fixé sur ses pieds. Quelques instants plus tard, il s'est évanoui.

Je commençais à attirer l'attention. Un groupe de trois couples d'âge mûr s'était arrêté de l'autre côté de la rue étroite pour m'examiner avec curiosité. Deux des femmes riaient. Mon comportement paraissait sans doute extrêmement bizarre dans cette petite station balnéaire, emplie de gens ordinaires menant une vie ordinaire. Fuyant les regards, je me suis éloignée sur le trottoir d'un pas rapide, les yeux fixés droit devant moi. Il ne m'a pas fallu longtemps pour gagner la petite place au centre gazonné qui s'étendait devant l'église paroissiale. Je suis allée m'asseoir sur un banc de bois. J'avais horreur que Niall parte sans prévenir ; et j'en avais encore davantage horreur maintenant qu'il ne me voyait plus — semblait-il. Je me sentais perplexe, incertaine. Ses horribles intrusions, l'état névrotique où il parvenait à me plonger se rappelaient à moi.

Le pire, c'était que j'en arrivais à me demander s'il avait vraiment été là. Ses brusques manifestations avaient quelque chose de surnaturel : une voix, un poing jaillis du néant, conscience de mon passé.

Jamais il ne s'était servi de son invisibilité profonde contre moi, avant que je ne fasse ta connaissance. Pourquoi ?

Si personne ne le voit, est-il réellement là ?

Quand il se matérialise, surgissant de nulle part, que me semble-t-il voir ?

Ces pensées me rapprochaient de la folie redoutée. Mon corps s'agitait, en proie à une frustration toute physique. Le besoin impérieux m'avait envahie de régler le problème à n'importe quel prix. Pour m'éclaircir les idées, pour me détendre les nerfs, j'ai repris le chemin de l'hôtel. Je voulais te voir, quels que soient les conséquences ou l'aboutissement de nos retrouvailles. Jamais je n'avais été aussi persuadée que toi seul pouvais m'apporter la santé mentale et la sécurité.

Tu étais rentré avant moi. Assis sur le lit, plongé dans le journal du matin, tu as fait mine de ne pas me remarquer.

« Richard, ai-je lancé, il s'est passé quelque chose.

— Ne me dis pas que c'est encore Niall », as-tu protesté en levant les yeux une fraction de seconde, avant de les rabaisser vers le journal.

« Si. Comment as-tu deviné ?

— Je le lis sur ton visage. Tu m'as dit qu'il était à Malvern. Qu'est-ce qu'il fiche ici, nom de Dieu ? Il nous suit ou quoi ?

— Quelle importance ? Il est ici, c'est tout.

— Je ne vois pas les choses comme ça. J'en ai assez. Demain, on rentre à Londres, et basta. Si tu as envie d'être avec ton cher petit Niall, tu n'as qu'à rester ici.

— Je t'aime, Richard.

— Ça m'étonnerait. »

Je m'étais laissé détourner de ce que je voulais te dire. Les choses étaient trop compliquées, le fardeau des émotions trop pesant, le potentiel de souffrance et d'incompréhension trop grand. Je voulais simplifier la situation, repartir de ce que je considérais comme la vérité centrale : mon envie d'être ta compagne à toi, et à toi seul, mais voilà que cette vérité, tu me la jetais à la figure. Alors je me suis mise en colère aussi. La discussion a sombré dans l'illogique, jusqu'à ce qu'on laisse tomber.

Comme on avait faim, on est allés au restaurant, mais on n'a pratiquement pas dit un mot de tout le repas. Tes rares remarques étaient sarcastiques, critiques. De retour à l'hôtel, ça ne s'est pas arrangé. Tu faisais les cent pas dans la chambre, aussi décidé que moi à ne pas lâcher le morceau.

« Bordel, Sue, qu'est-ce qui ne va pas chez toi ? On a beau être ensemble, la moitié du temps, tu penses à autre chose. Quand tu ne pars pas brusquement dans tes délires sur l'invisibilité !

— Ce n'est pas des délires ! ai-je protesté, saisie.

— Si.

— Je suis naturellement invisible, Richard. Et toi aussi.

— Tu n'es pas invisible, ni moi non plus. C'est un ramassis d'âneries.

— C'est la chose la plus importante de toute ma vie.

— Bon, d'accord. Vas-y. Deviens invisible.

— Pourquoi ?

— Parce que je ne te crois pas. »

Tu me considérais avec une antipathie glacée.

« Je t'ai déjà montré.

— C'est ce que tu as dit sur le moment, oui.

— Là, maintenant, je suis bouleversée. C'est difficile.

— Alors dis-moi pourquoi tu m'as sorti tous ces délires.

— Ce ne sont pas des délires. » Je me suis concentrée pour densifier le nuage. Après quelques instants d'incertitude, l'invisibilité m'a enveloppée, je l'ai senti. « Voilà, ça y est.

— Alors comment se fait-il que je te voie toujours ? »

Tu regardais droit vers moi.

« Je ne sais pas. Tu me vois vraiment ?

— Comme le nez au milieu de la figure.

— C'est parce que... parce que tu sais *regarder*. Tu sais où je suis. Et puis parce que tu me ressembles. Les invisibles sont visibles aux autres invisibles. »

Tu as secoué la tête.

J'ai approfondi le nuage, puis je me suis déplacée de côté en son sein. Malgré l'exiguïté de la chambre, je me suis éloignée du lit au maximum pour aller me presser contre le vernis brillant de l'armoire. Tu me suivais du regard.

« Je te vois toujours.

— Parce que tu sais *comment*, Richard ! Tu ne comprends donc pas ça ?

— Tu n'es pas plus invisible que moi.

— J'ai peur d'aller plus profond. Tu as l'air tellement en colère.

— Je ne sais pas ce qui se passe. C'est une blague ou quoi ? Tu cherches à me ridiculiser ? »

J'ai réessayé, en fixant ton visage furieux depuis les profondeurs du nuage et en me demandant comment te convaincre. Il fallait que je me rappelle l'enseignement de Mme Quayle. Je savais densifier le nuage mais, des années durant, la peur des ombres m'avait poussée dans la direction opposée. J'étais terrifiée à l'idée que, si je pénétrais un jour les niveaux les plus profonds du glamour, j'y resterais bloquée à jamais, comme Niall.

À un moment, tu as froncé les sourcils et détourné les yeux : on aurait dit que tu suivais mes déplacements à travers la chambre. J'ai retenu mon souffle, persuadée que tu m'avais perdue de vue, mais tes prunelles se sont reposées sur moi.

« Tu n'es pas plus invisible que moi », as-tu répété en me regardant bien en face.

Le nuage s'est dissipé, et je me suis écroulée sur le lit, où je me suis mise à pleurer. Au bout d'un moment, tu t'es assis près de moi, le bras sur mes épaules. Aucun de nous n'a dit un mot pendant que tu m'étreignais doucement. Sanglotante, serrée contre toi, j'ai laissé la tension s'écouler de mon corps.

On a fini par se coucher, mais on n'a pas fait l'amour, cette nuit-là. On est juste restés allongés l'un près de l'autre. Malgré l'épuisement, je n'arrivais pas à m'endormir. Toi non plus, j'en étais consciente. Que pouvais-je te dire de Niall ? Malgré mes démonstrations, tu ne me croyais pas capable de me draper à volonté dans l'invisibilité, alors que penserais-tu de quelqu'un qui ne te serait jamais visible une seule seconde ?

Moi aussi, je savais que les choses ne pouvaient pas durer comme ça ; j'allais te perdre, malgré les sentiments que tu m'inspirais. Niall allait me harceler tout le reste de ma vie.

« Ce soir, en allant à la voiture, je t'ai vue dans High Street. » Ta voix s'était élevée dans le noir. « Qu'est-ce que tu faisais ?

— Qu'est-ce que j'avais l'air de faire ?

— On aurait dit que tu avais perdu la tête. Tu courais n'importe où en parlant toute seule.

— Je ne savais pas que tu étais là.

— Ça avait quelque chose à voir avec Niall ?

— Bien sûr.

— Où est-il en ce moment ?

— Quelque part dans le coin. Je ne sais plus vraiment.

— Je ne comprends toujours pas comment il nous a suivis.

— Il est têtu, quand il veut.

— On dirait qu'il te tient en son pouvoir. J'aimerais bien savoir comment. »

Je suis restée muette, me demandant que dire. Il n'y avait de logique que ma logique à *moi*, mais tu n'y croirais pas.

« Sue ?

— Je pensais que tu avais compris. Niall aussi a le glamour. Il est invisible. »

Le lendemain a été entièrement consacré au retour à Londres. Une barrière de rancune et d'incompréhension subsistait entre nous, mais je n'avais pas la moindre idée de ce que je pouvais dire ou faire pour y remédier. Tu étais blessé, furieux, imperméable à la raison et à la tendresse. Je ne voulais que toi, encore et toujours, mais j'étais en train de te perdre.

Niall rentrait avec nous, silencieux et invisible sur la banquette arrière.

On est arrivés à Londres pendant les embouteillages du soir. Après l'autoroute, le trajet jusqu'à Hornsey a été long, fatigant. Quand tu t'es garé devant chez moi, je lisais la lassitude dans tes yeux.

« Tu veux entrer un moment ? t'ai-je demandé.

— Oui, mais pas longtemps. »

On a déchargé mes affaires. Je cherchais des signes de la présence de Niall, mais s'il est descendu de voiture, je ne l'ai pas remarqué. Quand on est entrés dans le hall, j'ai vite refermé la porte, au cas où. Précaution inutile, puisqu'il en avait la clé depuis des années. J'ai ramassé la petite pile de courrier qui m'attendait sur la table du vestibule puis ouvert ma propre porte. À peine l'avait-on passée que je me suis dépêchée de la refermer et de la verrouiller — c'était le seul moyen sûr d'empêcher Niall de s'introduire chez moi s'il ne s'y trouvait pas déjà. Tu as remarqué, mais tu n'as fait aucun commentaire.

J'ai ouvert le haut de la fenêtre, puis les rideaux, à demi fermés. Tu t'es assis au pied du lit.

« Il faut tirer les choses au clair, Sue. Est-ce qu'on va continuer à se voir ?

— Tu en as envie ?

— Oui, à condition que Niall ne traîne pas dans les parages.

— C'est fini, je te le promets.

— Tu m'as déjà dit ça une fois. Comment être sûr qu'il ne va pas refaire surface ?

— Il m'a dit que si je te parlais de lui, si je t'informais de ce qu'il estimait perdre, il accepterait ma décision. »

Tu as réfléchi un moment avant de reprendre :

« Bon, d'accord, c'est quoi le grand sacrifice ?

— J'ai essayé de te le dire. Niall et moi, on est tous les deux invisibles. C'est pour ça que...

— Ne recommence pas avec ça ! » Tu t'es levé et éloigné de moi. « Je vais te dire ce que je pense de cette histoire. La seule invisibilité dont je sois sûr, c'est celle de cet ex qui te suit partout. Je ne l'ai jamais croisé, jamais vu. En ce qui me concerne, il n'existe pas ! J'en arrive à me demander...

— Richard, non !

— Il faut le chasser de ton existence.

— Je sais.

— Bon. On est tous les deux fatigués. Je veux rentrer chez moi dormir un peu. On aurait sans doute mieux fait de ne pas partir aussi longtemps. Ça ira mieux après un peu de repos. Tu veux qu'on dîne ensemble, demain ?

— Tu en as envie ?

— Je ne le proposerais pas, autrement. Je t'appellerai dans la matinée. »

Sur ce, on s'est séparés, après un baiser rapide. Je t'ai regardé t'éloigner en voiture avec l'impression superstitieuse que je ne te reverrais pas. Comme si on avait atteint une conclusion naturelle, que j'avais été incapable d'empêcher. J'étais impuissante à

lever tes doutes au sujet de l'invisibilité. Niall avait
tout gâché.

De retour dans ma chambre, j'ai fermé et ver-
rouillé ma porte.

« Niall ? Niall, tu es là ? » Long silence. « Si tu es là,
je veux te parler. S'il te plaît ! Dis quelque chose ! »

Son absence me rendait presque aussi nerveuse
que sa présence invisible. J'ai parcouru la pièce à
grands pas en agitant les bras, avec des sautes
d'activité brusques, imprévisibles. Il n'avait pas l'air
d'être là, mais je n'en étais pas sûre. Je suis restée
plantée devant la bouilloire jusqu'à ce que l'eau
frémisse, puis je me suis préparé une tasse de thé,
que j'ai posée sur la table, devant ma chaise. Après
avoir déniché une des bougies achetées en prévision des coupures d'électricité, je l'ai collée dans
une vieille soucoupe, allumée et placée près de ma
tasse. Enfin, je me suis assise. Figée, la tasse entre
les mains, j'ai contemplé la flamme de la bougie.

Cinq minutes plus tard, l'air de la chambre était
toujours immobile, le soleil me chauffait les
jambes, la flamme n'avait pas vacillé une seule
fois. L'absence de Niall était aussi certaine que
possible. J'ai soufflé et rangé la bougie. J'ai ouvert
ma valise et accroché mes vêtements dans mon
armoire, laissant en tas par terre ceux qu'il fallait
laver. Je n'avais rien à manger, mais comme on
s'était arrêtés en route pour déjeuner, je n'avais
pas vraiment faim non plus. Je me suis changée,
enfilant un jean et un corsage propre, puis le courrier m'est revenu à l'esprit. Assise en tailleur sur le
lit, j'ai regardé de quoi il s'agissait.

Perdue dans la pile d'enveloppes se trouvait une carte postale.

Elle n'était pas signée, mais j'ai reconnu l'écriture de Niall. *Dommage que tu ne sois pas là*, disait le message, sous lequel s'étalait un grand X. De l'autre côté de la carte figurait une reproduction moderne d'une vieille photo noir et blanc : un quai de Saint-Tropez, avec un entrepôt en arrière-plan. J'aurais aimé déchiffrer le cachet de la poste, mais il s'est avéré trop flou. Le timbre, en tout cas, était français.

C'étaient indéniablement des nouvelles de Niall. Il ne signait jamais de son nom, et de toute manière je connaissais son écriture. Le X même était flamboyant.

J'ai ouvert les enveloppes, dont j'ai parcouru le contenu presque sans rien voir. Après quoi enveloppes et circulaires ont atterri dans la corbeille à papier, tandis que la carte postale restait posée sur le lit.

J'avais toujours un bleu à la cuisse, là où Niall m'avait donné un coup de pied. J'avais toujours le dos raide, parce que j'étais tombée par terre. Je me rappelais parfaitement le viol, la voiture dont le moteur tournait, le savon lâché sur moi en pleine nuit. J'avais *vu* Niall la veille au soir, dans les rues étroites de Little Haven, oscillant entre visibilité et invisibilité.

Comment aurait-il pu être en France ?

La carte postale, avec son message ironique, son anonymat exhibitionniste, niait tout ce que j'avais vécu au fil des derniers jours.

Soit Niall m'avait suivie pendant mes vacances avec toi, soit il était allé en France, comme il l'avait dit dès le début.

Étais-je le jouet de mon imagination ?

Je me rappelais ma décision : Niall devait *impérativement* être en France, puisque, s'il n'y était pas, cela signifiait que j'acceptais la folie du monde invisible. J'étais déterminée à baser ma conduite sur ce postulat, lorsqu'il s'était montré en Angleterre, m'obligeant à modifier ma position : il n'était pas en France. Croire n'importe quoi d'autre impliquait la même folie.

Sa présence avait été entourée d'incertitude pendant tout le voyage. Les passants étaient persuadés que je parlais et gesticulais toute seule ; tu ne l'avais pas vu une seule fois ; il m'avait violée pendant que je faisais l'amour avec toi, mais tu ne t'étais aperçu de rien ; il entrait et ressortait sans que je voie s'ouvrir les portes ; il était dans la voiture sans y être, installé derrière nous, invisible à nos yeux. Quand je le voyais, il avait l'air d'une émanation, d'une image de cauchemar : il se déplaçait en silence, apparaissait et disparaissait, m'ignorait, me narguait.

Toutefois, quelques détails plausibles surnageaient : ses halètements après l'ascension de la colline de Malvern, le frottement de ses poils pubiens durant le viol, la netteté des coups de fil pendant lesquels il me semblait étrangement proche, l'odeur caractéristique de ses cigarettes.

La carte postale constituait une démonstration

objective de leur fausseté. Postée en France, apparue au milieu d'un tas de courrier anonyme.

J'ai cherché une explication, si inouïe soit-elle. Niall avait volé la carte à Londres et convaincu un de ses amis de me l'envoyer de France. Mais où trouver une chose pareille en Angleterre ? (Les mots : DIRA — *31, rue des Augustines, 69100* VILLEUR-BANNE étaient imprimés verticalement en lettres minuscules, près de la ligne séparant le message de l'adresse.) Peut-être Niall l'avait-il dénichée dans un magasin quelconque puis me l'avait-il expédiée dans le seul but de me déconcerter ? Il était parfaitement capable de ce genre de choses, mais ça me paraissait un peu trop alambiqué. Et puis il m'avait dit qu'il allait à Saint-Raphaël, pas à Saint-Tropez. Pourquoi une incohérence pareille ? Peut-être s'était-il bel et bien rendu en France quand il me l'avait dit, m'avait-il envoyé la carte puis était-il rentré aussitôt ? Mais pourquoi ? Il semblait peu vraisemblable qu'il se soit donné tant de mal, alors qu'il avait d'autres moyens de s'en prendre à moi.

De toute manière, je l'avais *vu*. Il avait vraiment l'air de nous avoir suivis, mal rasé, pâle, dans ses vêtements sales. Il m'avait paru très réaliste, très crédible.

L'avais-je amené à l'existence par la force de mon imagination, incarnation de mon sentiment de culpabilité, de mon passé ou de ma conscience ?

Si j'étais capable de me rendre invisible au monde, l'étais-je aussi de susciter une présence autre ? Niall était-il sorti de mon inconscient ?

N'était-il qu'une visitation de ce que je désirais, attendais, redoutais le plus ?

Assise sur mon lit, en proie à des angoisses turbulentes, je me suis aperçue que j'avais glissé sans en avoir conscience à l'invisibilité. La peur avait épaissi mon nuage. J'ai poussé la carte sous les couvertures, hors de vue.

Mon invisibilité — talent ou malédiction, peu importait — était la seule certitude de mon existence. Je savais ce que j'étais et ce que je pouvais devenir. C'était peut-être de la folie, mais c'était la mienne.

Je suis allée ouvrir mon armoire pour me regarder dans le miroir de la porte. Mon reflet m'a rendu mon regard : échevelé, les yeux écarquillés. Lorsque j'ai fait osciller le battant dans l'espoir de brouiller l'image, de l'effacer, je n'ai pas disparu. Je me rappelais le tour que m'avait joué Mme Quayle en cachant une glace pour me prendre par surprise et m'empêcher de m'y voir. Seulement elle croyait plus que moi en mon talent.

Niall et toi érodiez également mon assurance, quoique de manière différente : lui par son comportement, toi par ton incrédulité. En t'entraînant dans le monde des invisibles, j'avais cru t'amener à me voir telle que j'étais et te pousser à me montrer par compréhension, par compassion comment en sortir. Niall me retenait en arrière, ou du moins essayait, pour les raisons inverses. Vous étiez complémentaires ; je restais en suspens entre vous.

De quelque côté que je me tourne, il me semblait perdre la tête.

Mon reflet même n'était pas fiable. J'avais l'air d'être là, alors que je n'y étais pas.

Tu avais dit que tu me voyais, quand je savais pertinemment que tel n'était pas le cas.

Niall seul me connaissait telle que j'étais vraiment, mais je ne pouvais lui faire aucune confiance.

Je me suis précipitée dans le vestibule pour décrocher le téléphone et composer ton numéro. Pas de réponse. Quand j'ai regagné ma chambre, la carte était toujours là, inexpliquée. Je l'ai regardée un moment en pensant à ce qu'elle impliquait, puis je l'ai posée bien en vue sur l'étagère, au-dessus du feu au gaz de la vieille cheminée. Il était plus sûr, plus facile de la considérer comme une banale carte postale envoyée par un ami en vacances.

Après avoir parcouru une seconde fois le reste de mon courrier — une des lettres s'accompagnait d'un chèque dont j'avais grand besoin, une autre d'une commande —, je me suis déshabillée et couchée.

Le lendemain matin, la première chose que j'ai faite a été de te téléphoner. Tu as décroché au bout de quelques sonneries.

« Richard ? C'est moi, Sue.

— Je pensais que tu appellerais peut-être hier soir. »

Tu avais la voix rauque. Je me suis demandé si je te réveillais.

« J'ai essayé, mais personne n'a répondu. » Il y a eu un silence. Je ne me rappelais pas si on avait réellement décidé que c'était à moi d'appeler. « Ça va ? Comment tu te sens ?

— Fatigué. Qu'est-ce que tu fais, aujourd'hui ?

— Je vais passer à l'atelier. Ils ont du travail pour moi. Je ne peux pas me permettre de le laisser passer.

— Ça va te prendre toute la journée ?

— La majeure partie.

— On dîne ensemble ce soir ? J'aimerais te voir, et j'ai des choses à te dire.

— Ah bon ? Quoi donc ?

— On me propose du travail. Je t'en parlerai plus tard. »

On a décidé où et quand se retrouver. Tout en discutant, je te voyais en esprit, assis par terre près du téléphone. Je t'imaginais décoiffé au saut du lit, les yeux mi-clos. Dormais-tu en pyjama, quand tu étais seul ? La pensée a réveillé ma tendresse. J'ai eu envie de te retrouver tout de suite. De retourner chez toi, d'y rester avec toi, au lieu de passer en permanence d'un hôtel à l'autre, sans jamais savoir vraiment si Niall nous épiait ou non. Je ne sais pas pourquoi, ton appartement me semblait à l'abri de son espionnage, même s'il n'y avait aucune raison que tel soit réellement le cas

Ces réflexions m'ont rappelé le jour de l'orage, où on avait décidé de partir en voyage.

« Quelqu'un m'a envoyé une carte postale en notre absence. Ce n'était pas toi, par hasard ?

— Une carte postale ? Pourquoi aurais-je fait une chose pareille ?

— Elle n'est pas signée. » Je pensais à l'écriture caractéristique de Niall. « C'est une carte à l'ancienne, comme celles de ta collection.

— Eh non, ce n'était pas moi.

— Tu veux bien en apporter certaines ce soir, quand on se voit ? Les endroits où tu voulais aller, en France. J'aimerais y jeter un autre coup d'œil. »

Je suis passée à l'atelier prendre le descriptif de la commande que voulaient me confier les patrons et sur laquelle j'ai commencé à travailler, une fois de retour chez moi, dans l'après-midi, mais j'avais la tête ailleurs. Alors je suis partie en avance à notre rendez-vous, et j'ai traîné une vingtaine de minutes devant la station de métro en t'attendant. Dès que je t'ai vu arriver de ton appartement, un tel bonheur, un tel soulagement m'ont envahie que je t'ai sauté au cou. On est restés un long moment à s'étreindre et à s'embrasser, pendant que la circulation allait et venait.

Puis on est retournés chez toi, bras dessus, bras dessous, et là, on est immédiatement allés au lit. Se retrouver ensemble a tout arrangé. Après, on a monté la colline jusqu'à Hampstead, où on a déniché un restaurant. Pendant le dîner, je t'ai parlé du travail qu'on venait de me confier.

« Ils me demandent plusieurs affiches, sans doute pour le métro. Je suis contente qu'ils aient pensé à moi.

— C'est de la pub pour quoi ?

— Une expo à Whitechapel. Exactement le genre de choses que j'aime. Et toi ? Tu m'as dit qu'on t'avait proposé quelque chose ?

— J'hésite à accepter. Ça m'obligerait à partir un certain temps. Deux ou trois semaines, je pense.

Une chaîne américaine du câble a besoin de professionnels britanniques pour couvrir la situation mili-
taire au Costa Rica. Ces messieurs ne peuvent pas
y envoyer une de leurs équipes à eux. Question de
politique.

— Ça ne me plaît pas beaucoup.

— Travailler en zone de guerre, c'est ce que je
fais le mieux. Là, je suis vraiment doué. À ton avis,
est-ce que j'accepte ?

— Pas si tu risques ta vie. »

Tu as écarté l'objection d'un geste.

« Ce n'est pas à ça que je pensais. Je pensais à
toi. Si je pars deux semaines, est-ce que tu seras
encore là à mon retour ?

— Évidemment !

— Et Niall ? C'est fini fini ?

— Oui, j'en suis sûre et certaine.

— C'est ce qu'on dit quand on n'est pas sûr.

— Moi, je le suis, Richard. C'est *fini*.

— Je ne veux pas qu'on recommence à se disputer, tu comprends. Mais pendant le voyage, il y
avait quelque chose. Je voulais que tu me dises la
vérité, et toi, tu m'as raconté ces histoires d'invisibilité.

— Pareil pour moi.

— Ce n'était pas ce que je voulais entendre. »

Je t'ai pris la main sur la table.

« C'est *toi* que j'aime, Richard. Je regrette ce qui
s'est passé, je t'assure. Tu n'as aucune raison de
t'inquiéter. »

J'étais sincère, je l'avais toujours été, mais au fond
je savais que le problème n'était pas vraiment résolu.

Alors j'ai changé de sujet. Je t'ai conseillé d'accepter la proposition, et je t'ai promis de t'attendre jusqu'à ton retour. Là aussi, j'étais sincère. Tu m'en as dit un peu plus sur ce que tu étais censé faire : les collègues avec qui tu allais travailler, les endroits où on allait t'envoyer, les sujets que tu étais censé traiter. J'aurais bien aimé t'accompagner.

Tu avais apporté certaines de tes cartes postales, que tu m'as tendues. Je les ai rapidement passées en revue, pour te donner l'impression d'agir poussée par une simple curiosité. Il y avait des photos de Grenoble, de Nice, d'Antibes, de Cannes, de Saint-Raphaël, de Saint-Tropez, de Toulon, toutes datant d'avant la Seconde Guerre mondiale, et deux vues seulement de Saint-Tropez : l'une d'une plage proche du village, l'autre d'une rue, entre les maisons de laquelle on devinait le port.

« Qu'est-ce que tu cherches ? m'as-tu demandé.

— Rien. Je voulais juste les revoir. » Je les ai empilées puis te les ai négligemment redonnées. « On aurait peut-être dû aller en France, comme tu en avais envie. »

On a décidé de passer la nuit chez toi, mais il fallait que je repasse à ma chambre prendre deux ou trois bricoles. Tu m'y as emmenée en voiture, puis tu as attendu devant la vieille cheminée pendant que je fourrais des vêtements de rechange dans un petit sac. La carte postale de Niall se trouvait toujours sur l'étagère, appuyée au mur. Comme tu la regardais, je l'ai prise et te l'ai donnée.

Tu as lu le message à haute voix.

« *Dommage que tu ne sois pas là.* Pas de signature. Tu sais de qui c'est ?

— De Niall, je crois. C'était dans le tas de courrier que j'ai trouvé hier.

— Mais je croyais qu'il était…

— Je sais. Ça n'a aucun sens, hein ? Exactement ce que tu disais. Il est là, à nous suivre, et il est là, à m'envoyer des cartes postales de France.

— Alors maintenant, tu me dis qu'il était en France tout du long ?

— Il semblerait. Je ne peux pas plus l'expliquer que toi. Viens, on y va. »

Malheureusement, on se retrouvait en territoire connu. Je lisais dans tes yeux la crainte que je ressentais dans mon cœur.

« Tu n'en as pas terminé avec Niall, hein ! Quoi que tu dises, quoi que tu promettes, il traîne toujours dans le coin ! » Tu as brutalement reposé la carte sur l'étagère, la photo tournée vers le bas. « Je vais te dire, Sue. Quand on rencontre quelqu'un, on est conscient qu'il risque d'y avoir un ancien amant, un type qui fait encore partie du paysage ou qui compte encore beaucoup pour la personne en question. Ça m'est déjà arrivé, je sais que c'est inévitable. J'ai toujours réussi à le gérer. Mais Niall et toi, c'est différent. Tu peux bien dire ce que tu veux, il n'empêche que ça continue.

— Ce n'est qu'une carte postale, Richard.

— Alors pourquoi me l'avoir montrée ? Pourquoi y attacher de l'importance ?

— Parce que j'ai essayé de t'expliquer. Tu n'as pas voulu comprendre.

— Tu ne m'as rien dit de sensé. Je sais que tu me trouves injuste, mais il faut que ça cesse ! Je n'ai jamais aimé personne d'autre que toi. Il est hors de question que je continue à supporter ça. Je pars deux semaines. Ça devrait suffire pour te décider.

— Tu veux dire qu'il faut que je choisisse entre Niall et toi ?

— En résumé.

— J'ai déjà choisi, c'est lui qui ne l'accepte pas.

— Il va falloir que tu l'y obliges. »

On a fini par retourner chez toi, où on a passé une autre nuit de colère et de quasi-insomnie. Le lendemain matin, je suis rentrée chez moi, désolée, j'ai déchiré la carte postale et j'ai jeté les morceaux dans le lavabo. Le surlendemain, tu m'as appelée pour me prévenir que tu partais le soir même à San José. Tu m'as promis de me contacter dès ton retour.

Deux jours après ton départ, Niall est revenu.

Je suis entièrement responsable de ce qui a suivi. Je me sentais acculée à une décision, et j'ai décidé. Consciente des conséquences les plus probables ; les acceptant. Tu voulais que je choisisse entre Niall et toi : j'ai choisi Niall.

Le fait était qu'il me harcelait et me harcèlerait tant qu'il n'aurait pas obtenu satisfaction. Que ce soit en me suivant partout, invisible, ou plus simplement en étant qui il était. Il ne renoncerait pas. Ma relation avec toi était en danger permanent. Tu en avais assez, et moi aussi. Je t'aimais, je te voulais, mais je comprenais enfin que je ne pourrais jamais t'avoir.

Présentée de cette manière, ma décision paraît
sans doute plus réfléchie qu'elle ne l'était réellement. Quand tu es parti pour l'Amérique centrale,
j'avais la ferme intention de tenir bon — je le faisais d'ailleurs, en suspens jusqu'à ton retour. Et
puis Niall a frappé à ma porte ; il m'a suffi de le
voir pour comprendre ce que j'avais à faire. Je ne
me libérerais de son emprise qu'en réussissant à le
persuader de ce que je voulais. Ce qui ne me serait
possible qu'en ton absence.

Il s'était introduit dans la maison grâce à sa
propre clé, mais les verrous de ma porte l'ont
empêché d'aller plus loin. Il a frappé en m'appelant. J'ai ouvert, et il est entré. En pleine forme,
visiblement. Rasé de près, les cheveux coupés
depuis peu, habillé de neuf. Il avait retrouvé un peu
de son assurance d'autrefois, et il était de bonne
humeur. Quand je l'ai informé de ton départ, il a
juste répondu que ça n'aurait jamais marché, il
l'avait toujours su. Puis il a digressé avec humour
sur l'instabilité supposée des professionnels de la
télé ou des gens que leur travail obligeait à beaucoup voyager. Ce n'était pas méchant, mais l'effet a
été sensiblement le même : semer le doute à ton
sujet. Il se conduisait comme si rien n'avait changé
entre lui et moi. La première nuit, je ne l'ai pas
laissé rester, mais ensuite on s'est remis à coucher
ensemble.

Où était-il allé ? Le problème m'obsédait, parce
qu'il avait soulevé des questions sans fin. Malheureusement, Niall était par nature incapable de se
montrer franc et direct. Maintenant que je le tenais

en tête à tête, je voulais savoir ce qu'il avait cherché à obtenir, pourquoi il s'était conduit de manière aussi ignoble, ce qu'il mijotait cet après-midi-là, à Little Haven. Mais, comme d'habitude, il a détourné la conversation d'une pirouette dès que j'ai essayé de l'interroger crûment sur les deux semaines précédentes.

Sa seconde visite, par exemple. Il faisait encore très beau ; on étouffait dans ma chambre.

« Je prendrais bien un verre, a-t-il lancé, assis sur mon lit. Tu as quelque chose à boire ?

— Deux trois bières, je crois. Au frigo.

— Non, ça ne me dit rien. Passe-moi mon sac. Je t'ai apporté du picrate du coin. »

J'ai tiré la bouteille de son sac et déchiffré l'étiquette :

« *Côtes de Provence 2003.*

— Où est le tire-bouchon ?

— Derrière toi, dans le tiroir. Tu as acheté ça en France ?

— Plus ou moins.

— Ils vendent le même dans le magasin de la rue. Il était en promo ce week-end, je l'ai vu en vitrine. »

Niall jouait du tire-bouchon, penché hors du lit pour faire levier. Le bouchon ôté, il est allé prendre deux verres sur la table.

« À la tienne.

— Combien coûtait le vin ? Comment s'appelait l'endroit où tu l'as acheté ?

— Je ne me rappelle pas au juste. Quelques euros.

— Tu l'as payé ?

— Tu sais bien. Je l'ai vu, je me suis servi. Comme d'habitude.

— Tu as dit que tu l'avais acheté.

— Je n'achète jamais rien, tu le sais pertinemment. Allez, bois un coup ! »

Il a allumé une Gauloise, avant de jeter négligemment l'allumette par terre. Une mince traînée de fumée est restée suspendue dans son sillage, mais elle s'est éteinte avant de toucher la moquette. J'ai pris le paquet bleu, que j'ai examiné avec attention. Le sceau en papier apposé au sommet portait un *Exportation* bien français, mais sous lequel s'étalait un *Made in France* suivi d'un avertissement relatif à la santé également rédigé en anglais. Ça ne prouvait rien.

« Quel temps a-t-il fait, pendant ton séjour ?

— Chaud. Pourquoi ?

— Chaud et ensoleillé ? ai-je insisté. Méditerranéen ?

— Ouais, ce genre-là. Et alors ?

— Tu n'es pas bronzé.

— Toi non plus.

— Moi, je ne rentre pas du sud de la France.

— J'ai dit que je rentrais du sud de la France ?

— Pratiquement. Tu m'as envoyé une carte postale de Saint-Tropez.

— Vraiment ? Tu devais me manquer. »

Frustrée, j'ai frappé le lit du plat de la main, répandant un peu de mon vin. La tache s'est agrandie sur le drap.

« Arrête, Niall ! Dis-moi la vérité ! Est-ce que tu

es resté ici, en Angleterre ? Est-ce que tu m'as suivie pendant mes vacances avec Richard ? »

Son sourire m'exaspérait.

« Voilà donc ce que tu mijotais, a-t-il lâché. Je me disais bien que tu avais l'air bizarre, au téléphone.

— Tu ne m'as pas répondu.

— Qu'est-ce que tu en penses ?

— Je n'en sais *rien* !

— Tu couchais avec Richard Grey ?

— Ce n'est pas possible !

— Ne t'inquiète pas. C'est fini, hein ? Il est parti, je suis là, le passé est le passé. Je ne te demanderai pas ce que vous avez fait, à condition que tu ne me le demandes pas non plus. »

Son culot inouï m'a fait rire malgré moi.

« Tu es insupportable, Niall ! Tu t'en vas, furieux, tu refuses que je te voie, tu m'appelles pour me raconter des choses bizarres…

— Passé ? »

Je ne lui ai plus posé de questions sur la France, la carte postale, la volée qu'il m'avait administrée un matin, le viol. Au mieux, il les aurait éludées, avec son ironie et ses ambiguïtés faciles ; au pire, il m'aurait répondu sérieusement, soulevant de nouveau les contradictions. De toute manière, à ce moment-là, j'avais décidé d'oublier tout ça et de profiter au maximum de ce que j'avais. J'en ai été récompensée par le meilleur de Niall : drôle, insouciant, capricieux, stimulant, sexy. Ça ne durerait pas, d'accord, mais j'étais déterminée à en jouir le plus possible. Le répit était le bienvenu — la liberté de me concentrer sur un problème à la fois. Je *réussirais* à le persuader que tout était fini, je *réussirais* à m'en débarrasser pour de bon, mais au fil des jours j'ai compris que ce n'était pas pour tout de suite. Au contraire, on ne s'était pas aussi bien entendus depuis des mois.

Le pire s'est produit, de ton point de vue à toi. En rentrant du Costa Rica, au moins trois jours plus tôt que je ne le pensais, tu es venu me voir sans prévenir. J'étais au lit avec Niall, quand la sonnette a retenti dans le hall. Cinq minutes plus tôt, on faisait encore l'amour ; ensuite, on s'était blottis dans les bras l'un de l'autre, apaisés et en sueur. Un voisin est allé ouvrir. J'ai entendu ta voix.

« Mon Dieu ! » me suis-je exclamée en sortant du lit et en enfilant ma robe de chambre.

Dans mon dos, Niall, nu comme un ver, s'est redressé sur un coude.

« Tu attends quelqu'un ?

— Chut ! Pas si fort !

— Si c'est qui je pense, il ne m'entendra pas.

— Ça ne peut pas être lui ! Il ne devait pas rentrer avant la fin de la semaine.

— Débarrasse-toi de lui. Je resterai tranquillement assis là jusqu'à ce qu'il s'en aille. »

J'ai ouvert ma porte. Tu étais là. Ton arrivée soudaine m'avait tellement secouée que je ne savais pas quoi dire. J'ai reculé dans la chambre telle une coupable, cramponnée à mon peignoir pour le maintenir fermé. À peine avais-tu posé les yeux sur moi que tu as froncé les sourcils, méfiant, en t'avançant dans la pièce.

« Qu'est-ce qui se passe ? Qu'est-ce que tu fais au lit à cette heure-là ?

— J'ai travaillé tard, cette nuit. Je faisais la sieste.

— Seule ?

— Seule ! Tu vois quelqu'un d'autre ?

— Ne recommence pas, s'il te plaît ! Tu n'as pas reçu mon télégramme ?

— Non, je n'ai rien reçu.

— Je l'ai déchiré hier, a dit Niall en allumant une cigarette.

— *Hein ?* » J'ai fait volte-face, stupéfaite. Il s'était assis et se servait un verre de vin. Je me suis retournée vers toi. « Non, je ne savais pas que tu rentrais. Comment s'est passé le voyage ? Tu as terminé en avance ?

— Niall est venu te voir, hein ?

— Dis-lui que je suis là », m'a-t-il ordonné dans mon dos.

Il avait l'air dur, décidé. Moi qui connaissais ses pires côtés, qui savais de quoi il était capable, je me suis interposée entre vous.

« Tu le vois ? t'ai-je demandé.

— Bien sûr que non. Qu'est-ce qu'il a fait ? Il a sauté par la fenêtre quand j'ai frappé ?

— Hé, ce serait marrant ! »

Je lui ai lancé un regard noir. Il se tenait à présent près du lit, s'étirant les bras, la cigarette aux lèvres.

« N'essaie pas de t'expliquer, Sue », as-tu repris lorsque j'ai reposé les yeux sur toi. « Pas la peine. Je suppose que je l'ai cherché.

— Ce n'est pas ce que tu crois, Richard.

— C'est exactement ce qu'il croit. Il n'est pas si bête.

— Je suis toujours à l'heure du Costa Rica », as-tu ajouté en consultant ta montre, visiblement déconcerté. « Ce n'est pas la bonne. Quelle heure est-il en fait ?

— Onze heures et demie », a répondu Niall.

Il a pris le réveil sur l'étagère et te l'a agité devant le nez. J'ai essayé de l'écarter d'un coup de coude.

« C'est la fin de matinée. J'allais me lever.

— Mais tu as vu Niall ? En mon absence.

— Oui.

— C'est tout ? *Oui ?*

— Il m'a semblé… » Brusquement, la résolution dont je me sentais tellement sûre m'est apparue comme une trahison de la pire espèce. J'ai repris d'une voix faible : « Il m'a semblé que tu m'obligeais à choisir, Richard.

— Nom de Dieu, Sue. Tu m'avais promis que ça n'arriverait pas.

— Pourquoi est-ce qu'il t'appelle Sue ? a interrogé Niall.

— Ça suffit, j'en ai assez. Je ne supporte plus ces conneries. Je m'en vais.

— Richard ! Écoute-moi. Il faut qu'on discute. S'il te plaît !

— Je suis fatigué de discuter, mademoiselle.

— Non non, j'aimerais écouter ça, Susan, a encore lancé Niall.

— Je ne peux pas… est-ce que je peux te voir ce soir ?

— Non. Fini. Désolé. »

Le dialogue paraissait t'avoir complètement détruit.

« OK, casse-toi ! »

Niall.

« Tu vas vraiment laisser ce type diriger toute ton existence ?

— J'ai essayé de t'expliquer, Richard. Je ne peux pas lui échapper. Niall aussi a le glamour.

— Ne recommence pas avec ça. » Tu t'impatientais. « Pas maintenant.

— Ce type est un crétin, Susan. Qu'est-ce que tu lui trouves ? »

Incapable de contrôler plus longtemps cette conversation à trois voix, j'ai battu en retraite pour m'asseoir au bord du lit, désespérée, le regard rivé au sol.

« Qu'est-ce que ça a à voir avec le fait d'être glamour, Sue ?

— Pas avec le fait d'être glamour, avec le fait d'*avoir* le glamour. Niall a le glamour. On l'a tous les trois ! C'est ce qui compte le plus dans ma vie, et aussi dans la tienne, si seulement tu t'en rendais compte. On est tous les trois invisibles. Tu ne peux donc pas te fourrer ça dans le crâne ? »

Ma détresse me faisait sombrer dans l'invisibilité, je le sentais, mais je m'en fichais. Je n'avais plus qu'une envie : être débarrassée de vous, tous les deux. Planté près de toi, ridicule dans sa nudité, Niall arborait une expression déplaisante où se mêlaient arrogance et incertitude, preuve qu'il se sentait en danger. Toi, tu parcourais la chambre d'un regard stupide.

« Où es-tu, Sue ! Qu'est-ce qui se passe ? »

Je n'ai pas répondu. Tu ne m'aurais pas entendue. Tu as reculé, posé la main sur la porte, que tu as ouverte de quelques centimètres.

« Ouais, Grey, il est temps de te tirer.

— Tais-toi, Niall », ai-je lancé.

Sans doute ma voix t'est-elle parvenue, car tu as soudain regardé dans ma direction.

« Il est là, hein ? Niall est là, en ce moment !

— Il est avec nous depuis qu'on a fait connaissance, ai-je répondu. Si tu avais appris à regarder quand je t'ai montré, tu l'aurais vu.

— Où est-il ? Où est-il *exactement* ?

— Ici, espèce de connard ! »

Il te tournait autour en agitant les bras. Sa voix était brusquement devenue plus forte que jamais. Je me suis alors aperçue que son nuage s'effilochait depuis quelques secondes, que jamais je ne l'avais vu aussi ténu. Niall t'a donné un coup de pied qui t'a atteint au menton. Surpris, tu l'as considéré avec attention. Il était plus proche de la visibilité réelle que je ne l'aurais cru possible pour lui ; tu le voyais, j'en étais persuadée, ou du moins tu en voyais quelque chose. Mais tu as fait volte-face en l'écartant de ton chemin, tu as ouvert la porte, tu es sorti et tu l'as claquée derrière toi. Un instant plus tard, la porte d'entrée claquait aussi.

Je me suis effondrée sur le lit, en larmes. De longues minutes ont passé. Niall remuait, mais je lui fermais mon esprit. Quand j'ai relevé les yeux, il avait enfilé sa tenue de paon, l'air à la fois secoué et provocateur.

« Je crois que je repasserai plus tard, Susan.

— Pas la peine ! Je ne veux plus jamais te voir !

— Il ne reviendra pas, tu sais.

— Je m'en fiche ! Je ne veux pas le voir non plus ! Maintenant, dégage !

— Je t'appellerai quand tu te seras calmée.

— Je ne répondrai pas ! Tire-toi de là et ne t'avise pas de revenir !

— Je vais m'occuper de Grey ! » a-t-il dit d'une voix basse, étrangement menaçante. « Et de toi aussi, je pense...

— Mais *va-t'en*, bordel ! »

J'ai bondi du lit, je suis allée ouvrir la porte en courant et je l'ai poussé dehors, avant de refermer contre son dos puis de verrouiller. Il a martelé le battant du poing en criant quelque chose que je n'ai pas écouté. J'en avais vraiment assez, je m'en voulais à moi, je t'en voulais à toi, je lui en voulais à lui.

Un bon moment plus tard, en m'habillant pour aller faire un tour, je me suis rendu compte que j'étais de nouveau visible.

Avec toi, je m'y étais habituée, mais maintenant je me retrouvais seule. Il n'y avait aux alentours aucun nuage dont je puisse tirer de l'énergie. La visibilité était devenue mon état normal. C'était bizarre, quoique vaguement agréable, comme arborer des vêtements neufs.

De retour dans ma chambre, j'ai cherché à m'envelopper du nuage, ce qui m'a été plus difficile que prévu. Quand je me suis détendue, il s'est immédiatement dissipé. Le soir venu, j'avais compris : tout ce que j'avais désiré était mien. Il me semblait ironique, mais juste, de t'avoir perdu pour l'obtenir.

Bien que l'attentat à la voiture piégée ait eu lieu ce jour-là, je n'en ai pas entendu parler avant un moment. Maintenant que j'y repense, la bombe a probablement explosé pendant ma balade, même si je ne me rappelle pas l'avoir entendue. Il y a tellement de bruits de toutes sortes, à Londres, et nos deux quartiers sont séparés par Hampstead Heath, plus élevé. Je n'avais pas la télé, je ne lisais que rarement les journaux, et de toute manière mes préoccupations personnelles étaient trop envahissantes. J'ai travaillé à ma table à dessin jusque tard dans la nuit.

Le lendemain, je suis allée à l'atelier du West End. Les pubs et la une des journaux m'ont appris qu'il y avait eu un attentat important. La bombe avait explosé devant un commissariat, dans le nord-ouest de Londres, faisant six morts et plusieurs blessés graves. Il ne m'est pas venu à l'esprit que tu en avais peut-être été victime. Le quotidien que j'ai acheté ne donnait pas le nom des personnes concernées, et je ne m'attendais pas à ce que tu m'appelles. La nouvelle m'a causé le choc et le dégoût habituels dans un cas pareil, mais à part ça, je n'ai pas tellement pensé à cette histoire.

Niall ne s'est pas montré pendant près d'une semaine, puis un jour il est venu chez moi. Au lieu d'entrer dans la maison avec sa clé, il a sonné depuis la rue. Sa vue ne m'a pas surprise du tout. À ce moment-là, j'avais pratiquement oublié l'attentat.

«Je n'entre pas, Susan. Je me demandais juste comment tu prenais la nouvelle.» Je ne savais pas de quoi il parlait, je l'en ai informé. Il semblait bourrelé de remords. «Je passais dans le coin. Il m'a semblé que je te devais une visite. Au cas où tu aurais quelque chose à me dire.

— Je n'ai absolument rien à te dire. De quelle nouvelle veux-tu parler?

— Tu n'es pas au courant, on dirait. Je n'étais pas sûr que tu saurais. Tiens, lis.» Il me tendait un exemplaire du *Times* roulé serré. J'ai entrepris de le dérouler. «Non, pas maintenant. Attends que je sois parti.

— C'est au sujet de Richard? Il y a un problème?

— Tu vas voir. J'ai quelque chose à te donner aussi. Tu m'as dit souvent que tu aimerais lire mes textes. Bon, j'en ai écrit un pour toi. Quand tu l'auras lu, tu peux le garder ou le jeter, à toi de voir. Je n'en veux plus.»

Il m'a tendu une enveloppe en papier bulle, fermée au ruban adhésif transparent.

«Il est arrivé quelque chose à Richard? ai-je insisté en entrouvrant le journal.

— Tout est là.»

Niall a pivoté puis s'est éloigné d'un pas vif.

Je me suis coincé l'enveloppe sous le bras avant de parcourir le *Times*, toujours plantée sur le seuil. L'article figurait en première page, à suivre à l'intérieur. Enfin, j'apprenais ce qui t'était arrivé. Le quotidien que je tenais datait du surlendemain de l'attentat et n'était donc pas consacré pour l'essentiel à l'événement proprement dit. À ce moment-là, c'étaient les conséquences qui avaient la vedette : la chasse aux terroristes, les informations politiques relatives aux mesures de sécurité supplémentaires proposées par le ministère de l'Intérieur et, en deuxième page, les derniers bulletins de santé des blessés. Tu te trouvais au service des soins intensifs, en compagnie de plusieurs autres victimes, sous protection policière. Un des terroristes avait également été blessé par l'explosion, et ses camarades avaient envoyé un avertissement macabre, promettant d'éliminer les passants survivants — les *témoins*, comme ils disaient. Compte tenu de la menace, le nom même de l'hôpital où on soignait les victimes était tenu secret.

J'ai acheté tous les journaux disponibles pour suivre l'histoire aussi longtemps qu'on en a parlé. Tu étais le plus gravement blessé des survivants, celui qu'on a retiré en dernier de la liste des « états critiques ». Si j'avais vraiment essayé, j'aurais pu te rendre visite plus tôt, d'accord, mais j'étais sincèrement persuadée que, après notre dernière confrontation, me voir risquait de te faire plus de mal que de bien.

Finalement, il n'est plus resté qu'un unique torchon à sensation pour publier parfois des nouvelles de tes progrès, parler de ton « histoire », suivant sa propre expression. C'est ce journal qui m'a appris qu'on te transférait dans un centre de convalescence du Sud-Ouest et que tu souffrais toujours d'amnésie. Enfin, enfin, j'ai trouvé le courage de chercher à te voir, en me disant que je serais peut-être capable de t'aider, au moins de ce côté-là. J'ai appelé le quotidien. Ses administrateurs ont tout arrangé.

Voilà ce qui t'est arrivé, Richard, les semaines précédant l'attentat. Les souvenirs te reviennent-ils, maintenant ?

SIXIÈME PARTIE

Trois semaines après son retour du Devon, Richard Grey se vit proposer du travail à Liverpool : quatre jours à tourner un documentaire télé sur le renouvellement urbain après les émeutes des années 1980 à Toxteth. Un job physiquement difficile, à cause de ses blessures, mais il ferait partie d'une équipe assez importante pour satisfaire aux exigences des syndicats — il y aurait même des assistants cameramen. Il n'hésita pas une heure avant d'accepter et prit le train pour Liverpool le lendemain.

La proposition apportait une solution momentanée au problème que lui posait tout son temps libre. Son corps restait d'une raideur obstinée, frustrante, mais il brûlait de reprendre le travail. D'autant que ses réserves financières finissaient par se tarir. Le ministère de l'Intérieur lui verserait sans doute un dédommagement, son avocat était en pourparlers avec l'administration des Indemnités des blessures criminelles, mais on ne pouvait pas compter sur ce genre de choses.

Jusqu'ici, il avait traversé ses journées cahin-
caha, réapprenant à faire les courses, aller voir un
film ou boire un verre. Il ne fallait pas se presser.
Une fois par semaine, il se rendait au service phy-
siothérapie du Royal Free Hospital de Hampstead.
Son état s'améliorait, mais progressivement, alors
qu'il rêvait d'avancées fulgurantes. Il marchait le
plus possible, car s'il se sentait aussitôt après
fatigué, mal à l'aise, l'exercice lui permettait à
terme d'assouplir sa hanche gauche. L'escalier
menant à son appartement constituait un obstacle,
qu'il parvenait cependant à négocier. La conduite
lui posait toujours problème, parce qu'il sollicitait
sa hanche chaque fois qu'il appuyait sur la pédale
d'embrayage. Il envisageait de changer de voiture
pour disposer d'une boîte de vitesses automatique,
mais pas avant que sa situation financière s'améliore.

Quitter Londres l'obligerait aussi à passer un
moment sans voir Sue, chose que, quelques
semaines plus tôt, il n'aurait jamais cru désirer. À
présent, une courte séparation lui semblait nécessaire. Il avait besoin de se tenir un peu à l'écart de
Sue pour réfléchir, s'éclaircir l'esprit.

Si seulement elle était réellement telle qu'il
l'avait vue au premier abord : une amante séduisante de ses semaines perdues, capable de l'aider
pendant sa convalescence, voire plus — ou moins.
Les choses ne se passaient malheureusement pas
comme ça. Quand il avait fait sa connaissance, il
avait trouvé son étrangeté intrigante, stimulante, il
avait pris ses bizarreries pour le signe d'une

complexité enfouie qu'il parviendrait à démêler, avec de la patience. La jeune femme lui semblait toujours aussi attirante, aussi intéressante, une grande tendresse les unissait, et les progrès physiques de Grey se traduisaient par des relations sexuelles plus excitantes, plus satisfaisantes. Ce qui les séparait, c'était qu'elle disait l'aimer, alors que lui, au fond de son être, savait qu'il ne l'aimait pas. Il l'appréciait, il avait envie de la connaître mieux, plus intimement, mais il ne l'aimait pas. Il dépendait d'elle d'un point de vue émotionnel, elle lui manquait lorsqu'ils étaient séparés, il avait envie de la protéger, mais, malgré tout, il ne l'aimait pas.

Le problème, c'était leur passé commun.

Grey n'avait pas l'*impression* que ce passé-là soit le sien. De vagues réminiscences de ses semaines perdues lui revenaient à présent, mais fragmentaires, déconcertantes, plus déroutantes que révélatrices.

Les souvenirs réels se composent d'un mélange d'expérience remémorée et oubliée. Des faits étranges, totalement indépendants les uns des autres, traînent dans la tête, échappant obstinément à l'oubli pendant des années, alors que des événements et des dates essentiels se perdent dans la bouillie d'ensemble. Bribes de chansons, blagues éculées, jeux d'enfant se présentent à l'esprit sans qu'on les cherche, mais on oublie parfois en quelques jours les résultats d'une réunion importante. Des associations inexplicables se font : une odeur évoque un incident particulier, quelques notes de musique une ville, une couleur reste indissolublement liée à une humeur. Grey possédait ce genre de souvenirs pour presque toute sa vie, mais sa période d'amnésie était à la fois incomplète et réglée.

Les souvenirs qu'il en gardait n'étaient pas de bonne qualité. Ils se présentaient avec une exactitude superficielle telle que, d'instinct, il s'en méfiait. Son esprit lui racontait des histoires en lui présentant des séquences d'événements superficiellement plausibles, mais qui, d'après lui, ne s'étaient jamais produits. Ils évoquaient à ses yeux un film monté de manière à éliminer les extraits incohérents, inexpliqués, brouillés, dans le but de préserver la continuité narrative.

Le reste de ses souvenirs, relatifs à son ancienne vie, ressemblait à des rushes non coupés, non triés, non assemblés, qui traînaient n'importe où dans son esprit.

Il admettait enfin que ceux qu'il conservait de ses vacances en France étaient pour la plupart des faux, projetés dans sa tête par une bizarrerie quelconque de son inconscient, puis mis en lumière grâce aux séances d'hypnose du docteur Hurdis. Grey était pratiquement sûr de ne pas s'être rendu en France, du moins pas à ce moment-là. Son passeport ne comportait aucun tampon supplémentaire, par exemple, même si cela ne signifiait pas grandchose, compte tenu des lois de l'UE sur le passage des frontières européennes. Plus significatif, peutêtre, rien dans ses relevés bancaires — y compris ceux concernant sa carte de crédit — ne laissait supposer qu'il était allé à l'étranger. Il n'avait pas non plus de factures, de tickets ou autres choses de ce genre en provenance de France. Des retraits d'argent importants tendaient à prouver qu'il avait fait des dépenses inhabituelles, mais au Royaume-Uni. Apparemment, certaines parties de l'histoire étaient vraies. Il avait rencontré Sue, bien sûr, et ils avaient eu des problèmes avec Niall. Sue et Grey avaient passé des vacances ensemble. Il était parti travailler en Amérique centrale. Puis était arrivée la dernière dispute perturbatrice.

Toutefois, il y avait aussi la manière dont elle racontait leur passé commun. Là apparaissait le gouffre qui les séparait.

Certes, le récit de la jeune femme confirmait par la bande les souvenirs tronqués de Grey, mais en ce qui le concernait, ce n'était jamais qu'une *histoire*. S'il en admettait la véracité, s'il y croyait, il aurait cru de la même manière à ce qu'il aurait lu dans un livre ou un journal. Sue, elle, s'imaginait visiblement en la lui relatant faire jouer chez lui un mécanisme inconscient qui lui rendrait par miracle le souvenir réel des incidents en question. Il avait envie d'y croire — à ça aussi —, il avait attendu tout au long du récit une image résonnante à laquelle s'identifier, un instant de conviction psychologique assez forte pour ouvrir la voie au reste, mais rien de tel n'était arrivé. L'histoire de Sue restait une histoire qui ne le touchait pas.

À la limite, le problème de la période oubliée s'en trouvait aggravé. Pour reprendre l'analogie dont se servait Grey, sa compagne lui avait montré un autre film monté, achevé, cohérent, reprenant en partie le matériau du sien, mais différent.

Le chaos de ses souvenirs réels lui échappait toujours.

Ses préoccupations actuelles se concentraient cependant sur deux autres sujets. La prétention répétée de Sue à l'invisibilité et sa relation obsessive, destructrice avec Niall.

Grey s'était déjà trouvé pris dans une relation sentimentale triangulaire. À l'époque, la femme qui représentait le cœur du problème lui était vraiment chère. Il avait essayé de ne rien lui imposer, mais elle hésitait en permanence, sa loyauté oscillait, et lui, inévitablement, se sentait jaloux. Bref, le problème avait fini par tout gâcher. Il s'était juré après coup de ne plus jamais fréquenter quiconque menait une double vie... serment qu'il avait manifestement rompu avec Sue. Quelque chose de puissant avait dû le pousser vers elle.

La jeune femme affirmait que Niall avait cessé de la harceler et qu'elle ne l'avait pas vu depuis le jour dont elle avait parlé, celui où il était venu chez elle lui donner un exemplaire du *Times*. Grey avait d'ailleurs bel et bien l'impression que personne ne leur tournait autour, à elle et lui.

Niall n'en restait pas moins un des facteurs de l'équation.

On aurait dit qu'en ce qui le concernait, elle gardait quelque chose en réserve. Si jamais il décidait brusquement de réaffirmer sa présence, les problèmes recommenceraient, Grey en était persuadé. Sue et lui évitaient le sujet d'un commun accord, mais l'absence même de Niall le rendait omniprésent.

La prétention de Sue à l'invisibilité ne faisait qu'élargir le gouffre.

Grey était pragmatique, habitué à se servir de ses yeux et de ses mains. Il s'intéressait par vocation aux images, soumises à un éclairage volontaire, enregistrées avec soin. Il croyait ce qu'il voyait ; et ce qu'il ne voyait pas n'était pas là.

En écoutant Sue, il avait d'abord pensé que ses sempiternelles déclarations sur les invisibles relevaient de l'allégorie, qu'elle décrivait une attitude ou une sorte de personnalité récessive. Peut-être en allait-il bien ainsi, mais ses discours avaient aussi un côté littéral qui s'attachait au physique. Elle soutenait que certaines personnes échappaient à l'attention, parce que les autres ne les voyaient pas.

L'argument semblait peu convaincant à Grey. Quant à s'imaginer qu'il faisait partie des personnes en question, ça lui paraissait tout bonnement incroyable.

D'après Sue, cependant, elle avait remarqué en lui le don d'invisibilité, et il l'avait utilisé à plusieurs reprises sans le savoir. Cette capacité était maintenant en sommeil, à cause du choc dû aux blessures. Mais si seulement il se rappelait *comment*, il la laisserait se réveiller.

En prêtant l'oreille à la jeune femme, en prenant note des doutes qu'elle exprimait souvent, de ses incohérences, de ses digressions sur la folie et l'hallucination, il se demandait si la réponse n'était pas là. L'insistance de Sue, avec son jargon démentiel,

trahissait une obsession proche de l'état hallucina-
toire, un désespoir alimenté par une croyance per-
sistante, mais illogique.

De son point de vue à lui, des allégations aussi
surprenantes devaient être étayées par des preuves
ou, au moins, par des indices convaincants. Tran-
cher, dans un sens ou dans l'autre, ne serait sans
doute pas difficile, mais Sue se montrait d'une
imprécision exaspérante. Les invisibles étaient bel
et bien *là*, on pouvait les *voir*, mais si on ne savait
pas comment, on ne les *remarquait* pas.

Un après-midi, ils se rendirent à Kensington
High Street, où ils se mêlèrent à la foule animée
qui faisait du lèche-vitrines. D'après elle, c'était le
genre de situation où des glams traînaient toujours
dans le coin. Elle montra dûment à Grey quelques
personnes, qu'elle prétendit invisibles. Il les repéra
parfois; d'autres fois, non. Les malentendus ne
manquaient pas: ce type-là, près de l'entrée du
magasin, non, pas celui-ci, celui-*là*, il est parti, trop
tard.

Grey se mit à prendre des photos, en braquant
l'appareil dans la direction où étaient censés se
trouver les invisibles, mais les résultats ne furent
pas concluants: une photo de foule était une photo
de foule, ni plus ni moins. Sue et lui se disputèrent
pour savoir si telle ou telle personne était visible au
moment crucial, ou s'il avait vu ces deux-là.

« Bon, rends-toi invisible, finit-il par lui dire. Pendant que je regarde.

— Je ne peux pas.

— Tu as dit que tu pouvais.

— Ce n'est plus pareil. C'est difficile, maintenant.

— Tu peux toujours, quand même ?

— Oui, mais tu sais comment me voir. »

Elle essaya malgré tout. Il lui fallut se concentrer un bon moment, les sourcils froncés, avant de se déclarer invisible. En ce qui concernait Grey, cependant, elle était toujours là, bien visible. Elle l'accusa alors de ne pas la croire, mais ce n'était pas si simple.

Par exemple, il croyait à ce qu'il aurait appelé la neutralité de son apparence, cette sorte d'insignifiance qu'il trouvait attirante depuis le début. D'une certaine manière, le côté ordinaire de Sue lui servait de déguisement. Physiquement, elle n'était que simplicité, banalité, régularité. Peau claire, cheveux châtains, yeux noisette, traits réguliers, silhouette mince. Taille moyenne, allure naturelle. Quand ils ne se disputaient pas au sujet de leur vie amoureuse, quand ils passaient ensemble des moments sereins, elle se montrait lénitive, émolliente. Elle se déplaçait en silence. Sa voix, certes agréable, n'avait rien de remarquable. Sans doute paraissait-elle timide, voire terne, si on ne lui jetait qu'un regard distrait. Mais pour Grey, qui s'intéressait à elle, qui était son amant, c'était une femme exceptionnellement attirante, car il percevait quelque chose en elle sous la banalité de surface, une sorte d'électricité intérieure. Quand ils étaient ensemble, il avait en permanence envie de la toucher. Il aimait voir son visage transformé par le sourire, la préoccupation ou la concentration nécessaire au travail. À ses yeux à lui, elle était belle. Pendant l'amour, il avait l'impression que leurs corps se fondaient sans se toucher, sensation imprécise qui s'imposait à chaque fois, mais restait toujours aussi indéfinissable. C'était comme si Sue le complétait, comme si elle était à la fois son égale et son opposée.

D'après elle, en refusant de croire à son invisibilité, il rejetait en bloc ce qu'elle lui avait raconté, mais ce qui l'intriguait, lui, c'était la face cachée de la jeune femme. Le côté secret de Sue la rendait invisible, émotionnellement, sinon pratiquement. Elle ne l'était pas du tout dans le sens que lui donnait au mot, mais elle se révélait en quelque sorte inexacte. Il s'estimait très loin de la rejeter.

Il n'empêchait que partir quelques jours donnait à Grey l'occasion de réfléchir à elle d'un peu plus loin.

À Liverpool, la proximité de l'océan ne se laissait jamais oublier : les abords dégagés du fleuve, sur l'autre rive duquel s'étendait Birkenhead, l'aperçu de la mer d'Irlande, à l'ouest, l'architecture orgueilleuse des bureaux victoriens de la navigation, l'odeur de l'eau portée par les bourrasques. Non loin du centre-ville, parmi les immeubles plus pauvres, les rues plus étroites, l'océan se montrait sous un jour différent. C'était le quartier sinistre des bordels, des taudis, des entrepôts vides où s'étaient autrefois entassées les marchandises, des pubs aux noms maritimes, des zones rasées, entourées de façades où s'étalaient des affiches vantant le rhum jamaïquain ou les billets d'avion bon marché pour l'Amérique.

C'était Toxteth, où le gouvernement intervenait, bien tard, dans l'espoir d'imposer un esprit communautaire alors que le transitoire était la norme.

Reprendre le travail avec une Arriflex, sentir sur l'épaule son poids bosselé, sur le sourcil son oculaire moulé — ça faisait vraiment du bien. Grey avait l'impression de vivre des retrouvailles discrètes avec la banale caméra. À sa grande surprise, il la maniait toujours aussi naturellement ; voir et penser par l'intermédiaire du viseur étrécissait et aiguisait toujours autant sa vision. Mais il avait l'habitude de travailler avec une équipe plus réduite, et la petite foule qui l'entourait lui parut d'abord déconcertante. Il avait l'impression qu'on le testait, qu'on attendait de voir s'il valait encore quelque chose en tant que cameraman. Jusqu'au moment où il s'aperçut qu'il projetait purement et simplement ses peurs sur ses compagnons, lesquels avaient trop de travail pour s'occuper de lui. À partir de là, il se concentra sur ce qu'il avait à faire.

Le premier jour de tournage l'épuisa, parce qu'il avait perdu la main à d'autres niveaux. Le lendemain matin, ses jambes et ses épaules lui faisaient mal, mais il se replongea dans le tournage. Ce reportage valait des dizaines d'heures de kinésithérapie, il en était conscient.

Le réalisateur ayant l'expérience des documentaires, l'équipe suivait sans problème le planning. Elle en terminait toujours en fin d'après-midi, ce qui laissait chacun libre de ses soirées. Ils étaient tous descendus à l'hôtel Adelphi, où ils passaient pour la plupart leurs soirées à boire dans le grand bar de la mezzanine, orné de palmiers. C'était pour Grey une précieuse occasion de parler boutique, de discuter d'anciens jobs, de glaner les derniers commérages sur les professionnels de sa connaissance. On évoquait d'éventuelles propositions à venir : la possibilité de travailler en Arabie saoudite, un sujet politique qui prenait forme en Italie.

C'était tellement différent des semaines précédentes, que Grey avait passées obsédé par Sue et par lui-même, par l'histoire bizarre et les relations claustrophobes de la jeune femme. Un soir, il l'appela depuis sa chambre ; la voix qui s'éleva au bout du fil lui donna l'impression de creuser un long tunnel afin de rejoindre quelque chose qu'il avait déjà laissé derrière lui. Sue lui dit qu'elle se sentait seule, qu'elle attendait son retour avec impatience, qu'elle regrettait pour tout, que les choses seraient différentes, maintenant. Il marmonna des paroles de réconfort spécieuses, d'un ton qu'il espérait sincère. Elle lui manquait toujours, il mourait toujours d'envie de lui faire l'amour, mais loin d'elle les choses paraissaient aussi différentes qu'elle le disait.

La dernière séquence fut mise en boîte le quatrième soir. Dans un club d'ouvriers, un ancien entrepôt dont l'intérieur évoquait une grange. Grey arriva en avance avec ses assistants, installa les éclairages destinés aux interviews et élargit deux allées en prévision des travellings. Sur le côté se trouvait une petite estrade où attendaient des projecteurs à pied, disposés devant une pile d'amplificateurs inutilisés. L'acoustique était mauvaise, les bruits éclatants. Lorsque le preneur de son jaugea l'écho, il fit la grimace. Il s'avéra que la plupart des membres du club, de sexe masculin, portaient un costume mais pas de cravate. Quant aux rares femmes, elles gardaient leur manteau. Ils buvaient tous dans des verres de cuisine, en parlant fort pour couvrir la musique banale déversée par les haut-parleurs. Il y avait de plus en plus de monde, et deux videurs finirent par prendre position à la porte ; les circonstances rappelèrent à Grey un pub d'Irlande du Nord où il avait filmé, quelques années auparavant. Le même décor spartiate : tables et chaises toutes simples, plancher nu, sous-verres et cendriers de brasseurs, lustres aux abat-jour bon marché, bar éclairé au néon.

L'équipe commença par des séquences montrant la salle bondée, suivies de gros plans sur quelques buveurs puis de plusieurs interviews : nombre de chômeurs, niveau de délinquance violente, perspectives de déménagement, délocalisation des emplois.

Le clou de la soirée était une strip-teaseuse, qui arriva sur l'estrade dans un costume voyant, brodé de sequins, mais visiblement usé. La caméra à l'épaule, Grey se rapprocha pour la filmer. Consciente de sa présence, elle se lança dans un numéro élaboré à base de grimaces sexy, de rotations du derrière, de gestes d'effeuillage exagérés. Elle avait visiblement la trentaine bien entamée, quelques kilos de trop, une vilaine peau sous le maquillage, des vergetures sur le ventre et les seins pendants. Une fois nue, elle bondit de l'estrade. Grey la suivit sans arrêter de filmer, tandis qu'elle passait de table en table, s'asseyait sur les genoux des clients, tendait les jambes, se laissait tripoter la poitrine, une gaieté sinistre inscrite sur le visage.

Après son départ, il reposa la caméra sur le chariot et se posta à côté, en proie aux souvenirs.

Il y avait une strip-teaseuse dans le bar de Belfast. Le preneur de son et lui s'y étaient rendus un soir, après une attaque coup de poing d'un groupe extrémiste. Ils étaient arrivés au moment où les ambulances et la police repartaient : il ne restait plus à filmer que les trous creusés dans les murs par les balles et les éclats de verre répandus sur le sol. On était à Belfast. Le sang avait vite été nettoyé, l'agitation oubliée. Avant qu'ils aient rangé leur matériel, les clients avaient recommencé à boire, à entrer et sortir. Une strip-teaseuse était venue faire son numéro. Grey et le preneur de son avaient regardé. Ils se préparaient à partir, quand les tireurs avaient brusquement resurgi, se frayant un passage parmi la foule qui bloquait la porte, braillant des menaces, armés de fusils Armalite pointés vers le plafond. Sans réfléchir, Grey s'était hissé la caméra sur l'épaule et l'avait rallumée. Il s'était frayé lui aussi un passage dans la foule pour s'approcher des intrus, qu'il avait filmés en gros plan. Il était là au moment où ils avaient ouvert le feu, tué un homme à bout portant puis envoyé des dizaines de balles dans le plafond, dont le plâtre était tombé par plaques et par écailles. Après quoi ils étaient repartis.

Cette séquence-là n'avait jamais été diffusée, mais la pellicule avait servi plus tard à identifier les tireurs, qui avaient été arrêtés et condamnés. La témérité de Grey lui avait valu une prime de la chaîne, avant que l'incident ne sombre rapidement dans l'oubli. Personne, même pas lui, ne comprenait pourquoi les coupables l'avaient laissé faire au lieu de l'abattre.

À présent, entouré du vacarme du pub de Liverpool, il repensait à ce que lui avait dit Sue. Elle lui avait rappelé un incident qu'il avait dû lui raconter — l'émeute filmée en pleine nuit. Dans le feu de l'action, tu t'es rendu invisible, avait-elle affirmé.

Avait-il fait de même lors de la fusillade de Belfast ? Y avait-il finalement du vrai dans ce qu'elle disait ?

Il termina ses prises de vues, un peu gêné, avec l'impression de s'immiscer en sans-gêne dans la vie déprimante de ceux qui l'entouraient. Heureusement, l'équipe ne tarda pas à regagner l'hôtel, après avoir remballé le matériel.

Le lendemain matin, il appela Sue au réveil. Elle répondit d'un ton à moitié endormi. Quand il l'avertit que le tournage se prolongeait et qu'il ne rentrerait pas à Londres avant deux jours, elle se montra déçue, mais ne posa pas de question. En fait, elle lui dit juste qu'elle avait réfléchi et voulait lui parler. Il promit de la contacter dès son retour, avant de raccrocher.

Le petit déjeuner terminé, l'équipe se retrouva

dans le hall, prête à se disperser. Grey nota quelques numéros de téléphone, puis le producteur et lui se fixèrent un rendez-vous provisoire à Londres, la semaine suivante. Enfin, les adieux terminés, l'assistant-réalisateur, qui se rendait à Manchester, lui proposa une place dans sa voiture. Le jeune homme déposa Grey pas très loin, en bus, de la banlieue où Sue affirmait être née.

Il localisa l'adresse dans un annuaire téléphonique puis parcourut à sa recherche un quartier résidentiel. Les Kewley occupaient dans une petite impasse une maison indépendante, construite avant guerre.

Une femme répondit au coup de sonnette, souriante, quoique visiblement un peu méfiante.

« Excusez-moi de vous déranger, mais vous êtes bien Mme Kewley ?

— Oui. Que puis-je pour vous ?

— Je suis Richard Grey, un ami de votre fille, Susan. »

Le sourire disparut.

« Il ne lui est rien arrivé, j'espère ?

— Non non. Je travaillais dans le coin, alors je me suis dit que j'allais passer vous saluer. J'aurais dû appeler avant. Susan va bien, elle vous embrasse. Je ne voulais pas vous faire peur.

— Vous vous appelez… ?

— Richard Grey. Si je vous dérange…

— Si vous voulez vous donner la peine d'entrer un moment. »

Il pénétra dans un corridor aux murs ornés de petites peintures encadrées, au bout duquel se devinait une cuisine et d'où partait vers l'étage un escalier moquetté. Son hôtesse le guida jusqu'à la pièce de façade, aux fauteuils et aux ornements disposés avec un soin maniaque. Elle se pencha pour allumer le feu au gaz puis se redressa lentement.

« Une tasse de thé, monsieur Grey ? À moins que vous ne préfériez un café ? »

Mme Kewley avait l'accent du Nord, sans la moindre trace de l'accent écossais auquel il s'attendait.

« Plutôt du thé, s'il vous plaît. Je suis navré d'être passé sans prévenir.

— Non non, c'est un plaisir de voir un ami de Susan. J'en ai pour une minute. »

Une photo de Sue ornait le manteau de cheminée : Grey lui trouva l'air beaucoup plus jeune, avec ses cheveux longs, attachés par un ruban, mais elle prenait toujours quand elle se savait observée la même position assise bizarre, inconfortable. Un cadre mettait en valeur le portrait, au coin duquel figurait le nom du studio, écrit en lettres d'or. Sans doute le cliché avait-il été pris peu de temps avant que la jeune fille parte pour Londres.

Grey parcourut la pièce en silence, persuadé qu'elle ne servait guère. Au bout du corridor s'élevaient des voix et des bruits de vaisselle. Il se sentait dans la peau d'un intrus, car il savait pertinemment que Sue serait furieuse si elle apprenait qu'il était venu. Comme les voix se rapprochaient, il s'assit dans un fauteuil, près du feu.

« Au revoir, May, lança une femme dans le couloir. Je repasse demain.

— À demain, Audrey. »

La porte d'entrée s'ouvrit, se referma, puis la mère de Sue réapparut, chargée d'un plateau.

Ils étaient tous les deux mal à l'aise, Grey parce qu'il ne savait pas trop pourquoi il était là, Mme Kewley à cause de cette visite inattendue, probablement. Elle avait l'air plus âgée qu'il ne s'y attendait, les cheveux déjà blancs, les mouvements un peu raides, mais elle ressemblait indéniablement à Sue. Il remarqua avec plaisir qu'elle avait aussi parfois les mêmes gestes.

« Vous ne seriez pas par hasard son ami photographe ? demanda-t-elle.

— Oui, c'est moi. Enfin, je suis cameraman.

— Ah oui. Susan nous a parlé de vous. Vous avez eu un accident, c'est ça ? »

Ils discutèrent un moment de l'attentat et du séjour de Grey à l'hôpital. Il était soulagé d'avoir un sujet de conversation aussi évident, mais surpris que Sue ait parlé de lui à ses parents, car elle donnait l'impression de n'avoir que peu de contacts avec eux. Les gens livraient en général à leur famille une forme étudiée de la vérité, il en était assez conscient pour se montrer prudent en évoquant la vie actuelle de la jeune femme. Toutefois, elle écrivait souvent, sa mère était très bien informée de sa carrière et possédait même un album de coupures de presse consacrées à ses œuvres, dont beaucoup inconnues du visiteur. Les regarder lui donna un petit aperçu de Sue : il découvrit qu'elle avait beaucoup vendu, que son travail était pour l'essentiel excellent, et qu'elle avait l'air bien connue dans sa partie.

«Susan fréquente toujours Niall?» demanda Mme Kewley, une fois l'album reposé.

«Je ne sais pas au juste. Je ne crois pas. Je ne savais pas que vous le connaissiez.

— Oh oui, on le connaît bien. Susan est venue nous voir avec lui, un week-end. Charmant garçon, quoique discret. Il est écrivain, je crois, mais il n'en a pas beaucoup parlé. C'est un de vos amis à vous aussi?

— Non, je ne le connais pas.

— Je vois.»

Un sourire nerveux aux lèvres, Mme Kewley détourna soudain les yeux de la même manière que Sue. Comme elle était visiblement consciente d'avoir gaffé, Grey s'empressa de l'assurer que sa fille et lui étaient amis, rien de plus. Cet instant d'intimité brisa la glace, et elle se montra ensuite plus loquace, parlant de son aînée, Rosemary, qui vivait en famille à Stockport, quelques kilomètres plus loin, et de sa petite-fille — Sue l'avait mentionnée, un jour.

Grey pensait au compte rendu que la jeune femme lui avait fait de son unique visite dans le Nord en compagnie de Niall. Le séjour qu'elle avait évoqué ne ressemblait guère aux scènes d'approbation parentale indulgente décrites par sa mère, puisqu'il s'était soldé par la première séparation de son couple. Toutefois, Mme Kewley avait visiblement fait la connaissance de Niall, ne l'avait pas trouvé bizarre du tout et avait même plutôt bonne opinion de lui.

«Mon mari ne va pas tarder à rentrer, dit-elle enfin. Il travaille à temps partiel, maintenant. Si vous voulez rester pour le voir… ?

— Ce serait avec plaisir, mais il faut que je rentre à Londres aujourd'hui. Peut-être me sera-t-il possible de le saluer avant de prendre le train. »

Elle se mit à lui poser des questions fort innocentes sur Sue et la vie qu'elle menait à Londres : à quoi ressemblait sa chambre, avec quelle sorte de gens elle travaillait, si elle faisait assez de sport, ce genre de choses. Grey répondit, non sans une vague inquiétude, sachant qu'il risquait de s'embourber dans une contradiction mineure de la version de Sue. La révélation concernant Niall soulignait à quel point le visiteur connaissait et comprenait mal la jeune femme. Décidé à esquiver le problème, il se mit à poser des questions, lui aussi. Il ne fallut pas longtemps à Mme Kewley pour aller chercher un album photos, qu'il parcourut avec intérêt, se sentant plus que jamais dans la peau d'un espion.

Sue avait été une jolie petite fille : la banalité qui intriguait tellement Grey ne s'était développée que plus tard. À l'adolescence, elle posait en enfant obéissante, mais le visage détourné, l'air morose, dégingandée. Sa mère ne fit que survoler ces photos-là, qui lui rappelaient visiblement des souvenirs précis.

À la fin de l'album, glissée entre les pages au lieu d'y être collée, comme les autres, se trouvait une photo couleurs qui tomba à terre quand Mme Kewley reposa le volume. Grey la ramassa. Elle était plus récente et montrait Sue à peu près telle qu'il la connaissait. Debout dans un jardin, près d'un parterre de fleurs, à côté d'un jeune homme qui lui avait posé le bras sur les épaules.

« Qui est-ce ? demanda Grey.

— Niall, bien sûr.

— *Niall ?*

— Oui, je croyais que vous le reconnaîtriez. La photo a été prise ici, la dernière fois que Susan est venue nous voir.

— Ah oui, maintenant que vous le dites. »

Grey contemplait la petite image. Jusque-là, son rival invisible avait eu dans son esprit quelque chose de menaçant, mais le voir enfin, ne serait-ce que sur une photo un peu floue, le privait instantanément de son aura inquiétante. Niall paraissait jeune et assez frêle, il avait un grand front couronné d'une masse de cheveux châtains, l'air à la fois maussade et arrogant. Les sourcils froncés, il levait à contrecœur des yeux très enfoncés sous ses sourcils. Sa bouche s'affaissait, dédaigneuse. Sa posture, notamment la ligne de ses épaules, trahissait mépris et condescendance. Il semblait ambitieux, intelligent, agacé par les manques d'autrui. Sa tenue était élégante, quoique colorée. Une cigarette aux lèvres, il considérait Sue, qu'il serrait possessivement contre lui. Elle, en revanche, paraissait tendue, mal à l'aise.

Grey rendit la photo à Mme Kewley, qui la remit dans l'album. Inconsciente de l'effet produit sur son hôte par cette image, elle se mit à parler de Sue et de son enfance. Il l'écouta sans mot dire. Une histoire se fit jour, qui ne correspondait ni aux photos

qu'il venait de voir, ni au récit de Sue en personne.
D'après sa mère, ç'avait été une enfant épanouie,
bonne élève, appréciée de ses condisciples, douée
pour le dessin. Une bonne fille, proche de sa sœur,
respectueuse de ses parents. Ses professeurs n'en
disaient que du bien, ses amis du voisinage demandaient toujours de ses nouvelles. Jusqu'au départ
des deux enfants, devenues adultes, les Kewley
avaient formé une famille heureuse, intimement
liée, qui partageait tout ou presque. À présent, Sue
faisait la fierté de ses parents, aux yeux desquels
elle tenait les promesses de sa jeunesse. Leur seul
regret était qu'elle ne puisse leur rendre visite plus
souvent, mais elle était tellement occupée.

Il manquait quelque chose, Grey finit par comprendre quoi. La plupart du temps, les parents qui
chantaient les louanges de leurs enfants racontaient
aussi pour compléter le tableau des histoires amu-
santes dont ils étaient les héros et des anecdotes
innocentes sur leurs petites manies. Mme Kewley
s'exprimait par généralités et platitudes, sans donner de détails, mais son enthousiasme était sincère :
ses souvenirs lui faisaient souvent monter aux
lèvres un sourire plein de tendresse et de gen-
tillesse.

Peu après midi, son mari rentra. Grey le vit arriver dans l'allée par la fenêtre, et sa femme se
porta à sa rencontre. Un instant plus tard, il venait
au salon serrer la main du visiteur.

« Je vais préparer le déjeuner, annonça
Mme Kewley. Vous le partagerez avec nous, n'est-
ce pas ?

— Non, merci, il faut vraiment que j'y aille bientôt. »

Elle laissa les deux hommes en tête à tête, plantés l'un en face de l'autre. Un silence maladroit suivit.

« Vous prendrez bien un verre, avant de partir ? » proposa enfin M. Kewley, qui tenait toujours le journal du matin à la main.

« Avec plaisir, merci. »

Il s'avéra que le seul alcool disponible dans la maison était du xérès doux. Grey n'aimait pas ça, mais prit son verre de bonne grâce puis le sirota poliment. Mme Kewley réapparut peu après, ils s'installèrent tous trois en demi-cercle dans la petite pièce et se mirent à discuter de l'entreprise où travaillait M. Kewley. Grey termina son xérès le plus vite possible, avant d'annoncer qu'il devait vraiment partir pour la gare. Malgré le soulagement visible de ses hôtes, ils rejouèrent à trois la séquence de l'invitation à déjeuner et du refus poli. Il serra de nouveau la main de monsieur, puis madame le raccompagna jusqu'au seuil de la demeure.

À peine avait-il fait quelques pas qu'il entendit se rouvrir la porte d'entrée.

« Monsieur Grey ! » La mère de Sue s'empressa de le rejoindre. À la lumière du jour, elle lui parut soudain nettement plus jeune, plus semblable à sa fille. « Je voulais juste vous dire quelque chose !

— Oui ? » répondit-il tranquillement, dans l'espoir de la rassurer, car son expression avait changé sans avertissement, comme si elle éprouvait un sentiment d'urgence tout neuf.

« Je ne veux pas vous retarder. » Elle jeta un coup

d'œil en arrière. Peut-être se demandait-elle si son mari allait la suivre. « C'est au sujet de Susan. S'il vous plaît, dites-moi comment elle va !

— Bien, je vous assure.

— Non, ne me racontez pas ce genre de choses. Dites-moi comment elle va vraiment ! Que fait-elle ? Comment se sent-elle ? Est-elle heureuse ?

— Oui, dans les deux cas. Elle mène une vie agréable. Elle se débrouille bien. Elle a l'air satisfaite.

— Mais vous la *voyez* ?

— De temps en temps. Une ou deux fois par semaine. » Comme l'expression de son interlocutrice n'avait pas changé, il ajouta : « Oui, je la vois bel et bien. »

Mme Kewley était au bord des larmes.

« Mon mari et moi, vous comprenez, on ne connaît plus vraiment Susan. C'était notre petite dernière. Au début, on n'avait d'yeux que pour elle, mais plus tard, Rosemary, sa sœur, est devenue fragile, et elle, on l'a un peu négligée. Je crois qu'elle ne nous l'a jamais pardonné ou qu'elle n'a jamais compris pourquoi on s'était... détournés d'elle, elle devait le voir comme ça. Ce n'était pas le cas, on n'y pouvait rien... J'aimerais la voir. Dites-lui, s'il vous plaît. Dites-lui exactement ça : j'aimerais la voir. »

Un sanglot lui échappa, mais elle se maîtrisa vite, la tête haute, détournée, la poitrine se soulevant et s'abaissant.

« Je lui dirai dès que je la verrai. »

Elle hocha la tête puis regagna la maison d'un pas rapide. La porte se referma en douceur. Grey resta planté dans la rue silencieuse, conscient que l'histoire de Sue venait de recevoir une étrange confirmation. Il regrettait d'être venu.

Il avait promis à la jeune femme de lui téléphoner sitôt de retour à Londres, mais en rentrant de Manchester, épuisé, il alla tout droit se coucher. Le lendemain matin, quand il s'aperçut qu'il disposait d'une journée de liberté, il décida de n'appeler que le soir.

Si seulement il n'avait pas rendu visite aux Kewley. Ça n'avait servi à rien. Maintenant qu'il avait regagné ses pénates, il devait bien admettre avoir agi poussé par la curiosité que lui inspirait l'invisibilité de Sue, par le désir d'obtenir une preuve, dans un sens ou dans l'autre, peu importait. Seulement il n'avait récolté que des ambiguïtés supplémentaires. Une adolescence difficile, dont les parents gardaient un souvenir synoptique, en partie refoulé, soi-disant le signe de la normalité. Si Sue leur avait été invisible, il fallait en accuser la banale incapacité à voir parentale : père et mère refusaient d'admettre que leurs enfants grandissaient, changeaient, étaient en quête d'indépendance, d'identité personnelle, rejetaient la vie et l'éducation de la génération précédente.

Les tâches domestiques le soumettaient à une pression croissante. Quand il rentrait chez lui, après s'être absenté pour des raisons professionnelles, la même routine l'attendait toujours : s'occuper du courrier en retard, laver ses vêtements, faire des courses. Il passa la majeure partie de la matinée à

l'extérieur pour s'occuper de ce genre de choses et,
en achetant des provisions, appela le marchand de
journaux qui lui livrait toujours la feuille de chou
honnie chaque matin de la semaine. Grey la détestait pour plusieurs raisons, dont la moindre n'était
pas qu'elle lui rappelait son long séjour à l'hôpital.
Son correspondant lui apprit que la livraison était
faite sur ordre du distributeur, mais finit par se laisser convaincre d'y mettre un terme.

En rentrant, chargé de trois sacs — un de vêtements propres, deux de nourriture —, Grey vit
quelqu'un s'éloigner de la porte de son petit
immeuble. Une jeune femme remarquable, aux
cheveux noirs coupés court. À peine l'aperçut-elle
qu'elle lui sourit, dans l'expectative.

« Monsieur Grey ? Je vous croyais sorti, je me
préparais à repartir.

— Je faisais des courses, répondit-il, inutilement.

— J'ai essayé de vous appeler, hier, mais personne n'a répondu. » Devant son froncement de
sourcils, elle ajouta : « Je suis Alexandra Gowers,
une élève du docteur Hurdis.

— Mademoiselle Gowers ! Excusez-moi, je ne
vous avais pas… Entrez, je vous en prie.

— Le docteur Hurdis m'a donné votre adresse.
J'espère que ça ne vous dérange pas.

— Du tout. »

Il ouvrit la porte, entra le premier avec son
chargement puis s'effaça de son mieux pour la laisser passer. Elle se faufila près de lui dans le couloir
étroit, se pencha et ramassa un bout de papier.

« Je vous avais laissé un mot », expliqua-t-elle en le froissant.

Grey la suivit dans l'escalier avec sa lenteur habituelle.

Il cherchait à rassembler les souvenirs qu'elle lui avait laissés : l'image mentale d'un visage assez sévère, d'épais vêtements informes, de lunettes, de cheveux longs. Apparemment, Mlle Gowers avait travaillé son image, depuis, avec succès. Il la guida jusqu'à la salle de séjour.

« Il faut que je range les courses. Je vous fais un café ?

— S'il vous plaît. »

À la cuisine, il chargea la cafetière, alluma la bouilloire, fourra les plats préparés au congélateur. Alexandra Gowers était là quand Hurdis l'avait hypnotisé pour la première fois, mais elle n'avait pas assisté aux séances suivantes. Depuis que Grey avait quitté Middlecombe, il n'avait eu aucune nouvelle du psychiatre.

Lorsqu'il apporta le café à la visiteuse, elle s'était assise sur le vieux canapé. Il servit deux tasses puis s'installa dans un fauteuil, en face d'elle.

« Je venais vous voir dans l'espoir de prendre rendez-vous, expliqua-t-elle. J'aimerais vous parler.

— Ça va être long ? Je dispose du reste de mon après-midi, si ça vous suffit.

— Ça risque de demander une journée entière. C'est pour mon mémoire. J'ai ma licence, et je fais de la recherche avec le docteur Hurdis à l'université d'Exeter. Sur l'expérience subjective de l'hypnose. » Elle attendait visiblement une réponse, mais comme il restait muet, elle ajouta : « Il y a eu pas mal de travaux récents consacrés à l'hypnose en tant qu'outil clinique, mais pratiquement aucun donnant le point de vue du sujet.

— Je ne pense pas que je vous serai d'une grande aide », déclara Grey, après réflexion. Les jambes croisées de son interlocutrice le distrayaient de la conversation, et le seul fait de les avoir remarquées le plongeait dans un conflit intérieur. « D'une part, c'est du passé. D'autre part, je crains de ne pas me rappeler grand-chose.

— À vrai dire, c'est surtout pour ça que j'aimerais m'entretenir avec vous. Si vous n'y voyez pas d'inconvénient, pouvez-vous me donner le jour et l'heure qui vous conviendraient ?

— Je ne sais pas. Je ne suis pas sûr d'avoir envie d'en parler. »

Sans répondre, elle remua son café en le regardant bien en face. Elle lui inspirait des sentiments mitigés très déraisonnables. Une fois qu'on était devenu un cas répertorié, il était visiblement hors de question que la faculté vous lâche. La visiteuse rappelait à Grey comment il se sentait en fauteuil roulant, taraudé par une douleur perpétuelle, totalement dépendant d'autrui, incapable de rien faire lui-même. Il s'était imaginé qu'après avoir quitté la clinique il laisserait tout ça derrière lui.

« Alors vous ne voulez pas ? reprit-elle enfin.

— Vous pouvez sans doute vous adresser à quelqu'un d'autre. »

Elle avait rangé son bloc-notes dans son sac à main.

« Le problème, c'est que le docteur Hurdis m'interdit de contacter les patients si je n'ai pas assisté à certaines de leurs séances. Bref, s'ils n'ont pas autorisé ma présence. Et, par ailleurs, je n'ai accès qu'à des sujets d'expérience. Surtout des étudiants. Les cas cliniques sont essentiels dans mon domaine de recherche, et le vôtre est particulièrement intéressant.

— Pourquoi ?

— Parce que vous êtes articulé, parce qu'il s'est passé quelque chose d'étonnant, parce que les circonstances...

— Comment ça, il s'est passé quelque chose d'étonnant ? »

Elle haussa les épaules et prit sa tasse pour siroter une gorgée de café.

« Ma foi, c'est précisément ce dont j'aimerais discuter. »

Déjà, il regrettait son hostilité inexprimée et se surprenait à apprécier la manière franche, directe dont elle cherchait à susciter son intérêt. Évidemment, elle lui agitait sous le nez une curiosité bien choisie, tout comme, dans un autre genre, elle allongeait ses jambes élégamment gainées de nylon noir brillant.

« D'accord, concéda-t-il. On va en parler si vous voulez, mais je comptais déjeuner dans un instant. Pourquoi n'irions-nous pas manger un morceau au pub ensemble ? »

Quelques minutes plus tard, pendant qu'ils

parcouraient la rue d'un pas lent, il identifia soudain le souvenir qui lui agaçait la mémoire. Il ne se rappelait que vaguement à quoi ressemblait Alexandra Gowers, mais à l'inverse sa supposée disparition l'avait à la fois stupéfié et impressionné. À un moment où il était sous hypnose, le docteur Hurdis lui avait dit de regarder la jeune femme. Mais, bien que sachant parfaitement où elle était, il n'avait pas réussi à la *voir*. Écho étrange, préexistant, de ce que Sue avait raconté par la suite.

Le pub n'étant qu'à moitié plein, ils s'installèrent en tête à tête dans un des box. Lorsqu'ils eurent été servis, Alexandra parla un peu d'elle-même. Après avoir passé sa licence à Exeter elle n'avait pas trouvé de travail, ce qui l'avait décidée à rester à l'université pour faire de la recherche. Le problème de la carrière se trouvait repoussé d'autant, elle espérait obtenir d'autres diplômes, mais elle tirait en permanence le diable par la queue. Son frère et sa belle-sœur l'hébergeaient quand elle se trouvait à Londres, tandis qu'à Exeter elle logeait dans une maison décrépite où vivaient d'autres étudiants. Son mémoire l'occuperait sans doute quelques mois encore, après quoi elle serait obligée de chercher un emploi. Peut-être partirait-elle à l'étranger.

Elle parla aussi de ses recherches. Le phénomène qui l'intéressait le plus n'était autre que l'amnésie spontanée : l'expérience du sujet hypnotisé qui, sans instruction de l'hypnotiseur, oubliait ensuite la séance. C'était en soi assez banal, mais nettement plus significatif quand le patient était soigné pour une perte de mémoire.

« Votre cas à vous est particulier, dans la mesure où vous avez apparemment retrouvé certains souvenirs, sous hypnose, mais où vous ne vous êtes pas rappelé ensuite que vous vous étiez rappelé.

— C'est ça, acquiesça-t-il. Voilà pourquoi je ne peux pas vous être d'une grande utilité.

— Mais d'après le docteur Hurdis, vous avez recouvré la mémoire, depuis.

— En partie seulement. »

Elle tira son bloc-notes de son sac.

« Ça ne vous dérange pas ? » Il secoua la tête, souriant, pendant qu'elle mettait ses lunettes et tournait rapidement les pages du calepin. « Vous êtes allé en France avant l'accident ?

— Non, je me *rappelle* y être allé. Je ne crois pas que ce soit le cas.

— Le docteur Hurdis dit que vous avez insisté sur ce point. Que vous avez parlé français, par exemple.

— Ça s'est reproduit durant les séances postérieures, oui. Je crois qu'en fait je construisais une sorte de faux passé. À ce moment-là, je voulais vraiment me rappeler quelque chose, n'importe quoi.

— Paramnésie.

— Oui, Hurdis m'en a parlé.

— Vous vous souvenez de ça ? » La jeune femme tendait une feuille aux bords fripés qui avait visiblement été pliée et dépliée bien des fois. « Le docteur Hurdis m'a demandé de vous le rendre. »

Grey reconnut immédiatement le papier : celui sur lequel il avait écrit durant sa première séance d'hypnose, en présence d'Alexandra. L'aéroport de Gatwick, la salle d'attente des départs, la foule des passagers. Rien que de familier, de banal. Il n'y jeta qu'un coup d'œil, avant de le replier puis de le glisser dans la poche de sa veste.

« Ça ne vous intéresse pas ? s'enquit son interlocutrice.

— Pas maintenant. »

Il alla au bar renouveler leurs consommations. Un autre souvenir de leur première rencontre s'agitait dans son esprit. Au moment de partir, elle avait fait une remarque explicite sur les hypnotiseurs de music-hall et les tours qu'ils jouaient à leurs sujets, en les obligeant à voir les spectateurs du sexe opposé dans le plus simple appareil. À l'époque, il ne pensait qu'à Sue, mais Alexandra avait consacré quelques instants à l'asticoter sans vergogne. Il trouvait la compagnie d'une autre femme rafraîchissante, parce que, avec Sue, subsistait en permanence la conscience enfouie des sujets à éviter. Alexandra était attirante, car directe. Comme il la connaissait à peine, il ne voyait d'elle que cette qualité. Le sérieux et l'obstination de l'étudiante lui plaisaient, de même que la manière dont elle l'intimidait, apparemment sans le vouloir, et celle dont elle le provoquait, apparemment dans cette intention. Elle semblait d'une grande maturité, imperméable à la gêne, et possédait de toute évidence une intelligence formidable. Lorsqu'il lui jeta un regard en coin, il s'aperçut qu'elle le regardait aussi, au lieu de parcourir son bloc-notes, sa courte chevelure noire ramenée derrière l'oreille — sans doute une habitude de l'époque où ses cheveux lui tombaient dans les yeux quand elle se penchait en avant.

« Qu'est-il arrivé d'autre, ce jour-là ? demanda-t-il, de retour à leur table.

— Vous avez dit au docteur Hurdis que vous ne vous rappeliez pas la transe.

— Une partie m'en est revenue plus tard, seulement il subsistait une sorte de trou. Il m'a ordonné d'aller plus profond, mais dans mon souvenir suivant il me réveillait progressivement.

— Je pense pouvoir affirmer que la séance a un peu échappé à notre contrôle. Je n'étais jamais tombée sur rien de pareil, et je ne crois pas que le docteur Hurdis s'y attendait non plus. D'abord, vous vous êtes mis à parler français. Vous marmonniez, on entendait mal, alors on se tenait près de vous et on vous regardait sous le nez. Ensuite... c'est difficile à décrire. Je suppose que notre attention s'est relâchée, que quelque chose nous a distraits. On avait *l'impression* que c'était fini, que la séance était terminée et que vous étiez parti, avec notre accord.

« On s'est redressés, et le docteur Hurdis m'a dit : *Je vais à Exeter après déjeuner. Je vous emmène ?* Je me rappelle parfaitement le moindre mot. J'ai accepté, je l'ai remercié, j'ai rangé mes notes et pris mon manteau. Il avait quelque chose à dire à un autre praticien, mais il m'a assuré qu'on déjeunerait ensemble juste après. On a quitté le bureau. Je suis sortie sur ses talons. J'ai jeté un coup d'œil dans la pièce comme on fait souvent, pour vérifier qu'on n'a rien oublié. Tout était normal. Le fauteuil que vous aviez occupé était vide. J'en suis sûre et certaine : vous n'étiez plus là.

« J'ai fermé la porte, rattrapé le docteur Hurdis, on a pris la direction de l'escalier. Et puis, tout d'un coup, il s'est arrêté et il a dit : *Mais qu'est-ce qu'on fait, nom de Dieu ?* Je n'avais pas la moindre idée de ce dont il parlait, jusqu'au moment où il a brusquement claqué des doigts devant mes yeux. Là, j'ai sursauté. On aurait dit que je me réveillais en sursaut. Un moment, je ne savais même pas où j'étais. *La consultation n'est pas terminée, mademoiselle Gowers !* a-t-il ajouté.

« On est vite retournés au bureau. Vous étiez là, dans le fauteuil, toujours en transe, à marmonner. »

Elle s'interrompit pour boire. Grey fixait la table qui les séparait en pensant à la séance d'hypnose.

« Je suppose que vous ne vous rappelez pas ce moment-là ? reprit Alexandra.

— J'avais disparu ?

— En ce qui nous concernait, oui. Juste quelques instants.

— Mais assez longtemps pour vous persuader tous les deux que la séance était terminée. Ce n'est pas un peu inhabituel ?

— Vous pouvez le dire ! Mais laissez-moi vous raconter la suite, parce qu'il nous semble tenir une explication. Dès qu'on a regagné le bureau, j'ai bien vu que le docteur Hurdis était secoué. Il n'est pas toujours facile quand il se met en colère, et là, il m'ordonnait de faire ceci ou cela comme si tout était arrivé par ma faute. J'ai ressorti mon bloc-notes et essayé d'écouter ce que vous racontiez, mais il m'a écartée de vous. Il s'est adressé à vous, dans votre transe, pour vous demander de décrire ce que vous faisiez. C'est à ce moment-là que vous avez réclamé de quoi écrire. Il m'a arraché mon calepin et mon stylo pour vous les passer. Voilà ce que ça a donné. »

Elle montrait la poche où Grey avait glissé la feuille.

« Pendant que vous griffonniez, le docteur Hurdis m'a prise à part pour me dire : *Quand le patient va se réveiller, ne lui parlez pas de ce qui s'est produit.* Je lui ai demandé ce qui s'était produit, et il m'a répondu qu'on en discuterait plus tard. Et puis il m'a répété qu'il ne fallait surtout pas en parler en votre présence, quoi qu'il arrive. Vous écriviez toujours, et lui était toujours secoué, ça se voyait. Il s'est montré aussi rude avec vous qu'avec moi, puisqu'il vous a arraché le stylo avant de me rendre mon bloc-notes. Vous avez protesté, parce que vous n'aviez pas terminé. Vous aviez l'air bouleversé. Mais il a dit qu'il allait vous réveiller. Il m'a de nouveau avertie de me taire. Il vous a calmé, puis il a entrepris de vous tirer de la transe. Vous vous rappelez sans doute le reste.

— Quand j'ai ouvert les yeux, il m'a bien semblé qu'il y avait eu un problème, commenta Grey. Seulement j'étais incapable de dire lequel.

— Maintenant, vous savez. On vous avait momentanément perdu.

— Vous avez une explication, m'avez-vous dit ?

— Ce n'est qu'une supposition, mais le docteur Hurdis pense qu'il s'agissait peut-être d'une sorte d'hallucination négative. L'hypnose affecte parfois d'autres personnes que le sujet. Les mots répétés en boucle, les suggestions apaisantes, le calme de l'environnement. Il arrive que tous ces facteurs combinés plongent l'hypnotiseur en personne dans une transe superficielle où il est aussi influençable que son sujet. Ce n'est pas rare, bien que les professionnels prennent en principe leurs précautions. À notre avis, ce qui s'est passé, c'est que le docteur Hurdis et moi avons été hypnotisés aussi. On est de bons sujets, tous les deux. Dans ce cas précis, il est possible qu'on ait eu la même hallucination négative, qui nous a empêchés de vous voir. Il y a déjà eu des cas de ce genre. J'ai réussi à en dénicher quelques-uns, mais l'hypnotiseur travaillait seul. Autant que je sache, il n'existe aucun précédent où le thérapeute ait partagé une expérience hypnotique avec un assistant. »

Grey pensait à une des déclarations de Sue selon laquelle l'invisibilité dépendait autant de l'observateur que du sujet observé. Certains *voient*, d'autres non. La fameuse invisibilité de la jeune femme dépendait-elle d'une hallucination négative induite — et était-elle, par conséquent, explicable en termes utilisés, confirmés par les psychologues cliniciens ? Alexandra avait parlé des méthodes apaisantes de l'hypnotiseur, de la répétition suave des mots, ce qui rappelait forcément à Grey l'effet de l'aspect et de la contenance de Sue : sa discrétion, ses manières lénifiantes, le contentement qu'elle instillait en lui quand rien ne venait les troubler — qu'ils ne se disputaient pas à cause de Niall.

Il se rappelait aussi le jour où ils avaient tenté de prouver l'existence ou la non-existence de l'invisibilité, en photographiant dans la rue les gens que Sue prétendait naturellement invisibles ; la photo où Niall figurait en sa compagnie. Un appareil n'était pas sujet aux hallucinations négatives.

« Alors, d'après vous, voilà ce qui s'est passé ? demanda-t-il.

— À moins que vous ne soyez vraiment devenu invisible. » Alexandra souriait. « Il n'y a pas d'autre explication.

— Bon, et la véritable invisibilité, alors ? questionna-t-il impulsivement. Ce n'est pas possible du tout ? Je veux dire...

— L'invisibilité physique, corporelle ? » Elle souriait toujours. « Non, sauf si vous croyez à la magie. Vous-même, vous avez eu une hallucination négative, ce jour-là. Le docteur Hurdis vous a rendu incapable de me voir ; vous savez donc comment ça marche. Je n'étais pas *réellement* invisible, sauf à vos yeux.

— Je ne comprends pas bien la différence, s'obstina-t-il. Je ne vous voyais pas, donc vous étiez de fait invisible. En quoi l'invisibilité physique serait-elle différente ? Et, d'après vous, je suis devenu invisible à vos yeux et à ceux du docteur Hurdis. Est-ce que j'étais encore là ?

— Bien sûr.

— Que se serait-il passé si vous aviez tendu la main et cherché à la poser sur le fauteuil où j'étais assis ? Vous m'auriez touché ?

— Oui, mais je ne vous aurais pas *senti*, parce que l'hallucination est totale. Ce n'est pas seulement l'œil qui cesse de voir, c'est l'esprit conscient tout entier qui perd la faculté de percevoir.

— À mon avis, c'est la même chose. Vous m'avez rendu invisible.

— Subjectivement, oui. On vous a rendu invisible à nos yeux, parce qu'on ne vous remarquait plus. »

Alexandra entreprit de décrire à Grey un autre cas, celui d'une femme qui avait des hallucinations négatives spontanées et qu'on traitait par l'hypnose. Il avait beau l'écouter, il réfléchissait aussi en parallèle, cherchant à réinterpréter en termes semblables tout ce que Sue lui avait raconté.

Si elle avait dit vrai, comme elle en était indéniablement persuadée, il tenait là une explication plausible. Alexandra avait raison, c'était même la seule explication rationnelle, si improbable fût-elle — et l'étendue des prétentions de Sue la rendait encore plus improbable. D'après elle, en effet, personne ne voyait Niall, c'est-à-dire qu'il provoquait des hallucinations simultanées chez tous les observateurs.

Réfléchir en écoutant son interlocutrice n'était pas évident, aussi Grey chassa-t-il momentanément ses préoccupations. La conversation devint plus générale, mais aussi plus personnelle. Alexandra le questionna sur sa convalescence, sur sa réadaptation à une vie normale, sur ses problèmes persistants. Il lui parla du contrat qu'il venait de remplir, ajoutant qu'il avait fait un tour à Manchester. À aucun moment il ne mentionna Sue.

Ils finirent par regagner ensemble son immeuble.

«Je retourne chez mon frère», annonça la visiteuse en arrivant devant la porte. «Je vous remercie de m'avoir reçue.

— Je crois que j'en ai appris plus que vous.»

Ils se serrèrent la main poliment, comme lors de leur première rencontre.

«Je me demandais, ajouta Grey. Si on se reverrait. Un soir, peut-être?

— Pas pour un entretien, je suppose.

— Non, en effet.

— J'en serais ravie.»

Ils se fixèrent un rendez-vous la semaine suivante. Elle coucha son adresse et son numéro de téléphone sur une page de son calepin, qu'elle arracha pour la lui donner. Il remarqua qu'elle barrait d'un trait bref la hampe de son «7».

Le soir venu, Grey rendit visite à Sue. Sitôt arrivé, il comprit que quelque chose n'allait pas. Il ne lui fallut pas longtemps pour apprendre quoi: Mme Kewley avait appelé et parlé à sa fille de la visite du «photographe».

Il commença par mentir:

«On est allés tourner à Manchester. Alors j'ai décidé sur un coup de tête de passer chez tes parents.

— Je croyais que tu travaillais à Toxteth. Qu'est-ce que ça a à voir avec Manchester, nom de Dieu?

— Bon, d'accord, j'y suis allé exprès. Je voulais les voir.

— Mais ils ne savent rien de moi! Qu'est-ce qu'ils t'ont raconté?

— Je sais que, pour toi, c'est de l'espionnage, mais je ne le voyais pas comme ça. Il fallait que je sache, Sue.

— Que tu saches quoi ? Qu'est-ce qu'ils pouvaient bien te dire de moi ?

— Ce sont tes *parents*.

— Ils ne m'ont pratiquement pas vue depuis mes douze ans !

— C'est pour ça que j'y suis allé. Il s'est produit quelque chose sur le tournage. » Il lui parla du numéro de la stripteaseuse et du pub de Belfast auquel ce spectacle l'avait fait penser. « Ça m'a montré ce que tu m'avais raconté sous un jour différent. Je me suis dit qu'il y avait peut-être du vrai là-dedans, en fin de compte.

— Je savais bien que tu ne me croyais pas.

— Ce n'est pas ça. Il faut que je découvre moi-même ce qu'il en est. Je suis désolé si tu as l'impression que je suis allé fouiner, mais l'idée m'est venue comme ça, à ce moment-là. Je voulais parler à quelqu'un qui te connaissait.

— Je suis invisible à mes parents depuis mon enfance. Ils ne me voyaient que quand je me forçais à être visible.

— Ce n'est pas l'impression qu'ils m'ont donnée. Ils te connaissent mal, c'est vrai, mais parce que tu es devenue adulte et que tu es partie de chez eux. »

Elle secouait la tête.

« C'est leur manière à eux de l'expliquer. La manière dont les gens réagissent aux invisibles de leur entourage. Ils inventent une version rationnelle des événements. Pour vivre avec. »

Il pensa à Alexandra, à la manière dont elle rationalisait.

« Ta mère m'a dit qu'elle avait fait la connaissance de Niall.

— Ce n'est pas possible ! »

Sue semblait pourtant surprise.

« Tu m'as dit toi-même qu'il était allé chez eux un week-end avec toi.

— Il est resté invisible en permanence. Ils *croient* l'avoir vu, Richard. Ils sont au courant de son existence, je leur ai parlé de lui il y a des années. La seule fois où il est passé là-bas, c'était ce week-end-là, mais ils ne l'ont pas vu, ce n'est tout simplement pas possible.

— Alors pourquoi ta mère s'imagine-t-elle qu'elle le connaît ? Elle a même une photo de lui. Je l'ai vue. Niall et toi, ensemble, dans le jardin de derrière.

— Mes parents ont pris pas mal de photos, et il figure sans doute sur la plupart. Tu ne comprends donc pas ? C'est comme ça qu'ils s'expliquent les choses ! Quand ils ont fait développer la pellicule, Niall était là, le type dont ils avaient senti la présence sans le voir. Chaque fois qu'ils y repensent, il leur semble se souvenir de lui.

— D'accord, mais il est tout aussi probable qu'ils l'ont vu. Ça ne prouve rien, ni dans un sens ni dans l'autre.

— Pourquoi te faut-il des preuves ?

— Parce que cette histoire s'interpose entre nous. D'abord Niall, maintenant ça. Je veux te

Le glamour

croire, je te crois, mais tout ce que tu me dis peut s'expliquer de deux manières différentes. »

Ils se trouvaient dans la chambre de Sue, elle assise en tailleur sur son lit, Grey sur la chaise de bureau. Elle se leva et se mit à faire les cent pas.

« Bon. J'y ai beaucoup réfléchi en ton absence. Tu as peut-être raison, c'est peut-être ça qui se dresse entre nous, auquel cas il faut résoudre le problème. On est en train de s'éloigner l'un de l'autre, et ça ne me plaît pas du tout. Si tu veux une preuve, Richard, je pense pouvoir te la donner.

— Comment ?

— Il y a deux possibilités. La première est bien simple. Niall. Son influence s'est exercée sur nous dès notre première rencontre, après quoi il nous a accompagnés tout du long, il a été physiquement présent, avec nous, même si tu n'en avais pas conscience.

— Ce n'est pas une preuve. Ça marche dans les deux sens. Soit il est là, avec nous, comme tu le dis, il traîne invisible dans le coin, soit il ne m'a jamais approché, et je ne l'ai jamais vu pour la bonne et simple raison qu'il ne s'est jamais trouvé à portée de vue.

— Je savais que tu dirais ça. »

Sue semblait agitée, mais déterminée.

« Un moment, j'ai sérieusement douté de l'existence de Niall, reprit Grey. Tu n'as jamais fait que me *parler* de lui. Et, après ma sortie de clinique, tu ne m'as plus parlé de lui qu'au passé. Tu reconnais toi-même que tu ne l'as pas vu depuis longtemps.

— Exact.

— C'est quoi, ton autre preuve ? »

Elle interrompit ses allées et venues.

« Quelque chose de plus compliqué. Mais là, j'ai faim. J'ai acheté à manger. Je ne peux pas me permettre d'aller aussi souvent au restaurant. »

Elle tira d'un recoin un sac de supermarché puis s'empara d'une cocotte et d'une casserole.

« Explique-moi en cuisinant, proposa Grey.

— Il faut que je te montre. Écarte-toi, je ne veux pas de toi dans mes jambes. »

Il obéit, avant de s'amuser à tourner sur la chaise de bureau dans un sens, puis dans l'autre. Sue ne lui avait fait la cuisine que deux ou trois fois, mais il aimait la manière dont elle s'y prenait. C'était agréable de la regarder vaquer à des occupations aussi ordinaires. Ils passaient tellement de temps à ressasser leurs problèmes.

« Puisqu'on en parle, reprit-il pendant qu'elle s'activait, où est donc Niall, ces jours-ci ?

— Je me demandais quand tu poserais la question. » Elle ne s'était pas tournée vers lui. « Ça te tracasse ?

— D'après ce que tu en disais, il ne te laisserait jamais tranquille.

— Il ne me lâchera pas, non. » Elle coupait des légumes, qu'elle versait par petites portions dans la cocotte. « Pour ce que j'en sais, il est peut-être ici avec nous. Auquel cas je n'y peux pas grand-chose. Ce que je peux faire, ce que j'ai fait, c'est changer, moi. Avant, je me laissais obséder par ce genre de pensées. Maintenant, ça m'est égal. Niall peut bien aller où il veut et faire ce qu'il veut. Enfin bref, je me fiche qu'il soit ou non ici. Je sais qu'il peut y être, alors de toute manière c'est comme s'il y était. Je considère qu'il est partout où je vais. Je tiens pour acquis qu'il me guette, qu'il m'espionne en permanence. Peu importe que ce soit le cas. Il me fiche la paix, c'est tout ce que je demande. » Elle baissa le gaz au minimum puis couvrit casserole et cocotte. « Bon, c'est prêt dans dix minutes. Après dîner, on ira se balader. »

Il avait plu dans la soirée, mais le ciel s'était dégagé. Les voitures passaient, tonitruantes sur fond d'humidité luisante. Grey et Sue longèrent plusieurs pubs, un kiosque à journaux ouvert tard la nuit, un restaurant indien à l'enseigne de néon bleu. Ils ne tardèrent pas à s'engager dans une large rue résidentielle qui longeait Crouch Hill. Les lumières du nord de Londres brillaient en contrebas. Au-dessus d'eux, un avion animé de palpitations lumineuses éblouissantes traversa les cieux en direction de Heathrow, quelques kilomètres à l'ouest.

« On va vraiment quelque part ? s'enquit Grey.

— Non, c'est à toi de choisir.

— Si on faisait le tour du pâté de maisons et qu'on rentrait chez toi ? »

Sue s'arrêta sous un réverbère.

« Tu as dit que tu voulais une preuve, je vais te la donner. Est-ce que, ensuite, tu accepteras l'invisibilité pour ce qu'elle est ?

— Si c'est une preuve.

— C'en est une. Regarde-moi bien, Richard. Est-ce que je te parais changée ? »

Il l'examina dans la clarté orange de la lampe à sodium.

« La lumière ne t'avantage pas.

— Je suis invisible depuis qu'on est partis de chez moi.

— Je te vois, Sue.

— Tu es le seul. Voilà ce que je vais faire : je vais te rendre invisible aussi, et on va s'introduire dans une de ces maisons.

— Tu veux rire ?

— Pas du tout.

— D'accord, mais le problème, c'est moi.

— Non, tu n'es pas un problème. » Elle lui prit la main. « Maintenant, tu es invisible aussi. Tout ce que je décide de toucher est invisible. »

Il ne put s'empêcher de jeter un coup d'œil à son propre corps : son torse et ses jambes étaient là, bien solides. Une voiture passa, indiquant par son clignotant qu'elle allait tourner à gauche. Ils furent brièvement environnés d'embruns.

« Personne ne nous voit plus, déclara Sue. Il suffit que tu me tiennes la main. Quoi qu'il arrive, ne me lâche pas. » Elle resserra sa poigne. « Bon, choisis une maison. »

Sa voix brusquement pressante trahissait une excitation qui chatouilla aussi son compagnon.

« Pourquoi pas celle-là, là-bas ? »

Ils examinèrent tous deux la demeure en question. La plupart des fenêtres étaient obscures, mais au dernier étage, une faible lueur rouge brillait derrière les rideaux.

« J'ai l'impression qu'elle a été divisée en appartements, objecta Sue. Plutôt une autre. »

Ils continuèrent leur chemin sans se lâcher la main, en regardant les maisons environnantes, s'approchèrent même de certaines, mais découvrirent chaque fois plusieurs boutons de sonnette et une liste de noms qui incitèrent Sue à proposer d'essayer ailleurs — car des appartements indépendants seraient défendus par des portes fermées à clé. La dernière des constructions mitoyennes, dotée d'un porche obscur, ne comportait qu'un unique bouton de sonnette. Les rideaux de la pièce de façade laissaient filtrer l'éclat d'un écran télé.

« Là, ça ira, décida Sue. Espérons qu'ils ont laissé ouvert, quelque part.

— Je croyais qu'on allait casser une fenêtre.

— On fait ce qu'on veut, mais je préférerais ne rien abîmer. »

Ils traversèrent le jardin puis, frôlant les arbres et les buissons trempés, empruntèrent l'allée étroite qui menait derrière la maison. De ce côté-là, un tube fluorescent à la lumière éclatante brillait au rez-de-chaussée. Lorsque Sue appuya sur la poignée de la porte de service, elle s'ouvrit sans problème.

« On va rester juste le temps qu'il faut, reprit la jeune femme. Ne lâche pas ma main. »

Elle ouvrit en grand pour entrer, puis Grey referma derrière lui. Ils se trouvaient dans une cuisine, occupée par deux femmes debout, adossées à un plan de travail, l'une serrant contre son épaule un bébé endormi. Sur la table, devant elles, étaient posés deux verres bon marché pleins de bière et un cendrier où fumait une cigarette. Un enfant un peu plus âgé, en couche souillée et T-shirt sale, jouait sur le carrelage en vinyle avec une petite voiture en plastique et quelques cubes.

«... mais quand on arrive, ils nous traitent comme des moins-que-rien, disait la femme au bébé, alors je lui dis, à lui, ne me parle pas sur ce ton-là, et il me regarde comme si j'étais de la crotte... »

Grey se sentait énorme et embarrassé de sa personne dans la pièce encombrée. Il avait envie de se faufiler près des inconnues pour gagner le couloir, mais Sue s'approcha de l'évier, où elle fit couler l'eau froide. Le jet éclaboussa bruyamment la vaisselle sale empilée sous le robinet, de grosses gouttes ricochèrent puis s'abattirent sur le carrelage, autour du gamin occupé à jouer. Il bondit en arrière avec un cri. Toujours attentive à la femme au bébé, l'autre fit le tour de la table pour aller couper l'eau. En regagnant sa place, elle s'empara de la cigarette, qu'elle porta à sa bouche.

«Tu veux voir ce qu'ils regardent à la télé?» demanda Sue.

Grey tressaillit, car elle parlait fort, mais les inconnues ne s'en aperçurent visiblement pas. Sans lâcher la main de sa compagne, il la suivit dans le couloir menant à la pièce de façade. Deux vieux vélos étaient appuyés à la balustrade de l'escalier, près de trois gros cartons de bouteilles empilés les uns sur les autres. Sue ouvrit une deuxième porte, qu'elle franchit.

Ils arrivaient en plein match de foot, au volume sonore élevé. Deux générations d'hommes se penchaient vers la télé, les coudes sur les genoux, une canette de bière ou une cigarette à la main. L'atmosphère était enfumée. Les occupants du salon réagissaient bruyamment aux commentaires des reporters et au match proprement dit. L'Angleterre affrontait les Pays-Bas, qui, apparemment, gagnaient. Chaque fois que les Anglais perdaient le ballon, moqueries et sarcasmes fusaient, mais les sifflets étaient encore plus énergiques quand les Hollandais le prenaient.

« On va regarder tout ce beau monde d'un peu plus près », déclara Sue.

Elle alluma le lustre puis entraîna Grey à travers la pièce, où se trouvaient déjà quatre adolescents et trois adultes.

« Bordel, John, éteins-moi cette lumière ! » s'exclama le plus âgé, sans détourner les yeux de l'écran.

Un des jeunes gens se leva pour obtempérer. Regagner sa place l'obligea à frôler Grey, qui s'écarta d'instinct afin de dégager le passage. Sue lui serra de nouveau la main.

« On s'assied ? » proposa-t-elle.

Sans lui laisser le temps de répondre, elle l'entraîna jusqu'au canapé, où étaient installés deux hommes. Ils ne levèrent pas les yeux, mais l'un d'eux se tortilla vers l'avant jusqu'à se retrouver assis par terre, tandis que l'autre se poussait pour faire de la place aux arrivants. Ils s'assirent, Grey persuadé qu'on allait les remarquer d'une seconde à l'autre. Le match se poursuivit, l'Angleterre manquant encore une occasion. Exclamations et bruits méprisants retentirent dans le salon ; une canette s'ouvrit avec un sifflement humide.

« Comment tu te sens ? questionna Sue, élevant la voix pour couvrir le vacarme.

— Ils vont nous voir dans une minute.

— Mais non. Tu voulais une preuve, la voilà. » Son compagnon s'aperçut que sa voix avait changé, s'étoffant, se chargeant de sensualité, un peu comme durant leurs ébats. La jeune femme avait la paume moite. « Il t'en faut davantage ? »

Elle se leva, l'entraînant dans le mouvement. Puis, à la grande surprise de Grey, elle se planta au centre de la pièce, entre la télé et la plupart des fans de foot. Il chercha à la tirer de côté, mais elle résista.

« Ce n'est pas possible, ils doivent quand même bien nous voir ?

— Ils sentent qu'on est là, mais ils ne nous voient pas. L'un d'eux nous a-t-il regardés ?

— Pas franchement, non.

— Ils ne peuvent pas. » Sue s'était empourprée. Elle avait les lèvres humides. « Tu vas voir. »

De sa main libre, elle déboutonna vivement le haut de son corsage. Puis, tirant toujours Grey derrière elle, elle s'approcha de l'homme le plus bruyant, se pencha vers lui et, d'un mouvement adroit, se dévoila un sein en baissant un des bonnets de son soutien-gorge. Après quoi elle se pencha davantage encore afin d'amener sa poitrine demi-nue à quelques centimètres du visage de l'inconnu. Il s'inclina de côté pour ne pas perdre l'écran de vue et ne rien rater du match.

Grey la tira en arrière.

« Arrête !

— Ils ne me voient pas !

— D'accord, mais n'empêche que ça ne me plaît pas. »

Elle se tourna vers lui, le corsage ouvert, le sein à l'air.

« Ça ne t'excite pas ?

— Pas comme ça. »

Il sentait cependant le désir s'imposer à lui.

« Moi, ça m'émoustille toujours, ce genre de choses. » Sue lui pressa la main contre son sein, dont le mamelon constituait une perle dure d'excitation. « Tu n'as pas envie de faire l'amour ?

— Tu veux rire !

— Pas du tout. Allez, on y va ! On est libres de faire tout ce qu'on veut.

— Non, ce n'est pas possible. »

Il avait trop peur, trop conscience des hommes qui les entouraient.

« Viens, on baise. Maintenant ! Par terre, sous leur nez ! »

Elle avait souvent fait montre d'une grossièreté incongrue pendant l'amour, mais jamais encore de manière aussi évidente. Après avoir tripoté l'avant du pantalon de Grey, elle en baissait la fermeture, y glissait la main, entreprenait de le libérer de ses vêtements.

« Pas ici, protesta-t-il. Dans le couloir. »

Ils s'empressèrent de regagner le vestibule, où

Sue se précipita dans l'escalier, sans lâcher la main de Grey. À l'étage, ils pénétrèrent dans une chambre, se jetèrent sur le lit, déboutonnèrent leurs vêtements et s'accouplèrent presque aussitôt. Au moment de la jouissance, la jeune femme poussa un cri de plaisir en saisissant par poignées les cheveux de son compagnon, qu'elle tira violemment. Il ne l'avait encore jamais vue aussi abandonnée sexuellement.

Ils étaient toujours imbriqués l'un dans l'autre, quand l'une des inconnues de la cuisine fit son entrée. Grey se raidit et détourna la tête en une tentative désespérée pour se cacher.

« Ne bouge pas, dit Sue sans baisser la voix. Elle ne sait pas qu'on est là. »

Il considéra l'arrivante. Elle ouvrit l'armoire, resta un moment plantée devant le grand miroir intérieur, à s'examiner, puis entreprit de se déshabiller ; et, une fois nue, retourna se poster devant la glace, pivotant légèrement de droite et de gauche. Une cellulite ponctuée de petits creux lui alourdissait les fesses, elle avait le ventre gonflé et affaissé, les seins aplatis sur le torse, les mamelons tournés vers l'extérieur. Penchée en avant, elle scruta les yeux de son reflet en tirant vers le bas ses paupières inférieures, péta sans la moindre retenue puis se gratta l'anus avec les ongles. Enfin, elle se redressa et s'efforça de donner forme à sa coiffure tout en continuant à se dandiner, un regard critique posé sur sa personne. Les intrus se dessinaient dans le miroir, derrière elle. Un dégoût profond s'était emparé de Grey, à l'idée qu'ils violaient l'intimité de l'inconnue. Comme le désir se tarissait en lui, il s'écarta de Sue, se laissant sortir d'elle.

Elle lui passa les bras autour des épaules pour le retenir.

« Ne bouge pas ! Reste jusqu'à ce qu'elle s'en aille.

— Mais elle va se coucher !

— Pas encore. Elle ne peut pas, tant qu'on est là. »

Quelques secondes plus tard, la femme soupira puis referma l'armoire. Le miroir disparut. Elle prit la robe de chambre accrochée derrière la porte, l'enfila, alluma une cigarette et lança la boîte d'allumettes sur la table de nuit, avant de quitter la pièce. Un nuage de fumée tournoya dans son sillage.

« Allons-nous-en, Sue. C'est bon, j'ai ma preuve. »

Grey s'écarta de sa compagne et sortit du lit en remontant son slip et son pantalon, où il rentra sa chemise. Sue ne le touchait plus, il était donc redevenu visible, mais il n'avait qu'une envie : sortir de cette maison, laisser ces gens tranquilles. Il était écœuré.

La jeune femme remit de l'ordre dans sa tenue puis le reprit par la main.

« Tu jouais à ça avec Niall, hein ?

— Je *vivais* comme ça. J'ai passé trois ans à squatter chez des inconnus. On mangeait leur nourriture, on se servait de leurs toilettes, on regardait leur télé, on dormait dans leur lit.

— Tu ne pensais donc jamais aux gens chez qui tu faisais intrusion ?

— Nom de Dieu ! » Elle lui arracha brusquement

sa main. « Pourquoi crois-tu que j'ai essayé de m'en sortir ? Je n'étais qu'une gamine. Je ne veux plus faire ce genre de choses. Niall vit toujours comme ça, lui, il vivra comme ça toute sa vie. Nous, on est là parce que tu voulais une preuve.

— Bon. » Il veillait à parler bas, puisqu'il était sans doute audible, à présent. Mais il n'en ajouta pas moins, en repensant à l'excitation de sa compagne : « N'empêche que ça t'éclate.

— Bien sûr ! Ça m'a toujours éclatée. Ça vaut n'importe quelle drogue.

— On ferait mieux de partir. On en discutera chez toi. »

Il lui tendit la main.

Elle secoua la tête et s'assit sur le lit.

« Pas maintenant.

— On est restés assez longtemps.

— Je ne suis plus invisible, Richard. Ça a commencé à passer après l'amour.

— Alors redeviens-le.

— Je ne peux pas. Je suis épuisée. Je ne sais plus comment faire.

— Mais qu'est-ce que tu racontes ?

— Je ne peux plus disparaître à volonté. Cette nuit, c'était la première fois depuis plus d'une semaine.

— Tu ne peux pas nous cacher le temps qu'on sorte d'ici ?

— Non. C'est fini.

— Qu'est-ce qu'on va faire, bordel ?

— Je suppose qu'il ne nous reste qu'à courir.

— Il y a des gens partout.

— J'ai remarqué. Mais la porte d'entrée est au pied de l'escalier. Peut-être qu'on s'en tirera.

— Allons-y. La bonne femme ne va pas tarder à revenir. »

Sue ne bougea pas.

« J'ai toujours eu une peur terrible que ça arrive, dit-elle tout bas. Quand j'étais avec Niall. Que le glamour nous abandonne brusquement pendant qu'on était chez quelqu'un. C'était ça l'éclate, le danger.

— On ne va pas rester plantés là à attendre que ça revienne ! C'est du délire !

— Tu n'as qu'à essayer, toi. Tu sais le faire.

— Hein ?

— Te rendre invisible ! Tu l'as déjà fait.

— Je ne me rappelle pas !

— Et le pub de Belfast ? Imagine-toi en train de filmer. On est acculés, mais tu as la caméra, tu n'as qu'à continuer à t'en servir.

— J'ai trop peur qu'on nous voie ! Je ne peux pas me concentrer !

— C'est dans ces cas-là que tu es le meilleur, quand tu te retrouves coincé, au milieu des cocktails Molotov. »

Grey plissa l'œil droit, le fermant à demi pour recréer le champ visuel réduit du viseur, imagina la pression familière de l'oculaire au caoutchouc spongieux et la faible vibration du moteur transmise jusque dans son sourcil. Son épaule droite se voûta sous le poids de l'Arriflex, tandis qu'il penchait légèrement la tête de côté. Un système d'alimentation pendait à sa taille, un fil se tordait sur son épaule pour redescendre dans son dos, en passant par son omoplate. Le preneur de son se tenait derrière lui, les écouteurs de contrôle sur les oreilles, l'Uher à la ceinture, brandissant le micro gris à perche de manière à le lui amener au-dessus de la tête. Grey évoqua les rues de Belfast, l'important piquet posté aux portes de l'usine, la foule qui se ruait sur les gradins croulants du terrain de foot de Maine Road, à Manchester, la manifestation pour le désarmement nucléaire de Hyde Park, l'émeute des affamés en Somalie, tant d'événements présents à son esprit, moments de danger imprévisible vécus à travers les lentilles de la caméra. Il pressa le bouton, et la pellicule se mit à défiler en silence à travers le couloir.

Sue lui posa la main sur l'épaule.

« On peut y aller, maintenant. »

La chasse d'eau des toilettes de l'étage se déclencha, puis des pas s'élevèrent sur le palier. Un instant plus tard, l'inconnue qu'ils avaient vue se déshabiller regagnait sa chambre, une cigarette à demi consumée aux lèvres. Grey la filma tandis qu'elle les contournait, Sue et lui, pour se planter une fois de plus devant la glace de l'armoire.

Il ouvrit la marche jusqu'au sommet de l'escalier, qu'il descendit lentement, une marche après l'autre. Les bruits du match de foot lui parvenaient par la porte ouverte du salon. Il exécuta un panoramique dans la pièce, aperçu du crâne des téléspectateurs. Sue tendit la main derrière lui pour ouvrir la porte d'entrée, qu'elle referma quand ils furent sortis.

Il continua à filmer jusqu'à la rue, où il se tassa,

éreinté. Elle lui prit le bras, levant la tête pour l'embrasser sur la joue, mais il se détourna, furieux, épuisé, écœuré.

Il y avait toujours un lendemain, un réveil aux réalités du présent. Richard Grey se rappelait rarement ses rêves lorsqu'il émergeait du sommeil, même s'il avait en général conscience d'avoir rêvé. Il les considérait comme la réorganisation des authentiques souvenirs de la journée en une sorte de code symbolique, qu'il stockait dans son inconscient. Du point de vue de la mémoire, chaque matin représentait donc un nouveau départ. Les deux ou trois premières heures de la journée, mal réveillé, il jetait un coup d'œil à son courrier, parcourait les gros titres des journaux, sirotait du café, conscient de l'espèce de ragoût onirique qui mijotait toujours dans son esprit, amalgame de rêves quasi oubliés et de réminiscences fragmentaires de la veille. Il était rare qu'un souvenir conscient s'impose à lui, sauf s'il se contraignait à penser correctement. Il devait d'abord boire sa deuxième tasse de café, s'habiller et se raser, se demander vaguement ce qu'il allait faire de sa journée, avant de commencer à considérer le nouveau jour dans la perspective de l'ancien. La continuité était longue à réapparaître.

Le lendemain de la visite chez les inconnus, le réveil s'avéra plus difficile que d'habitude. Grey ne s'était pas couché particulièrement tard, mais il n'était rentré chez lui qu'après une longue conversation, pour l'essentiel maussade, avec Sue. Ils n'avaient pas réussi à se mettre d'accord — entre autres — sur une question de sexe : elle voulait refaire l'amour, lui non.

Il se réveilla de mauvaise humeur. Le courrier n'avait aucun intérêt, et le journal était déprimant. Il se prépara un œuf sur le plat, avec lequel il se confectionna un sandwich gras, puis but son café, planté devant la fenêtre donnant sur la rue.

Lorsqu'il s'habilla, plus tard, il enfila des vêtements propres où il transféra le contenu de ses poches. Parmi diverses bricoles — pièces, clés et billets de banque — se trouvait aussi la feuille que lui avait donnée Alexandra et qu'il avait négligemment fourrée dans sa veste.

Il la déplia avec soin, la lissa sur la table puis la lut en entier.

> *Le tableau d'affichage indiquait que mon avion décollerait en retard, mais comme j'avais déjà passé les contrôles de sécurité et de passeport, je ne pouvais plus quitter la salle d'attente des départs.*

Ainsi commençait le récit. Il se poursuivait par une description des lieux, avant de conclure :

> *Il ne restait pas une place assise, et il n'y avait pas grand-chose à faire, à part se planter dans un coin ou errer en lorgnant les autres voyageurs. À mon troisième ou quatrième passage, j'ai rem*

C'était là que Hurdis avait interrompu Grey. Du dernier mot, « remarqué », il le savait, ne figuraient que les premières lettres, qui se poursuivaient par un trait peu appuyé. Être remarqué, tel était le commencement et la fin de tout.

Le reste lui était familier. Un regard distrait fixé par-delà la fenêtre de son appartement, il se remémora son long voyage ferroviaire en France, sa première rencontre avec Sue, la manière dont ils étaient tombés amoureux, le conflit et la séparation dus à Niall, les retrouvailles puis, enfin, le retour en Angleterre. Ses souvenirs s'achevaient par son implication accidentelle dans l'attentat à la voiture piégée, seul événement dont, apparemment, personne ne remettait en question la réalité.

Cette histoire restait réelle pour lui. Il ne savait rien d'autre de la période qu'il avait perdue par la suite. Dès qu'il y repensait, des images nettes, convaincantes lui revenaient. La première fois qu'il avait fait l'amour avec Sue. Ce qu'il avait ressenti quand il était fou d'elle. Ce qu'il ressentait quand elle lui manquait. La longue attente inutile à Saint-Tropez et la brève consolation offerte par l'employée de Hertz. La chaleur méditerranéenne débilitante. Le goût de la nourriture. Ces souvenirs allaient de pair avec une conviction intérieure, un sens de l'histoire et des événements en cours. Jusque-là, il y avait pensé comme à un extrait de film déjà monté, mais en y réfléchissant, une meilleure analogie lui venait à l'esprit : c'était plutôt comme un long métrage qu'il aurait vu au cinéma. Dans la salle, le public savait parfaitement qu'il regardait une œuvre de fiction, écrite, réalisée, jouée ; qu'une nombreuse équipe technique s'activait, hors champ ; que le film avait été monté et synchronisé ; que la musique et les effets sonores y avaient été ajoutés. N'empêche qu'il mettait son incrédulité en suspens pour se laisser emporter par l'illusion.

Grey avait l'impression que, pendant sa séance de cinéma, la vie réelle s'était déroulée *à l'extérieur*, mais que ses souvenirs du film constituaient un substitut acceptable à ce qu'il avait manqué.

Son passé affabulé lui paraissait important pour une autre raison : le fantasme avait jailli sans entrave de son inconscient, produit d'un besoin désespéré de *savoir*. Résultat : l'illusion faisait maintenant partie de lui, elle était aussi valable que la réalité, même si elle ne correspondait pas à ce qui était réellement arrivé. En traitant explicitement de la période perdue, des événements antérieurs à l'explosion, elle donnait une continuité à Grey.

Sue en était exclue ou, du moins, n'y incarnait qu'un personnage secondaire. Ce passé-là infirmait son invisibilité, tandis que la Sue réelle exigeait une position primaire, insistait pour que Grey accorde foi à son prétendu pouvoir.

Évoquer Sue lui rappela brusquement ce qui s'était produit la veille au soir. Depuis son réveil, il n'avait pas pensé du tout à la visite chez les inconnus, bien qu'elle ait été vaguement présente à l'arrière-plan de son esprit.

En ce qui le concernait, ç'avait été une expérience dérangeante, chargée d'une impression pesante d'intrusion, de violation, de voyeurisme, de concupiscence animale et de transgression.

L'acte sexuel qui avait apaisé la frénésie physique de Sue ne lui avait apporté, à lui, qu'un soulagement névrotique d'où le plaisir était absent : le déshabillage fiévreux, quoique partiel, la manière dont il s'était engouffré en elle sans qu'ils retirent leurs chaussures, entravés par leurs jeans descendus jusqu'aux genoux, le soutien-gorge dégrafé et le corsage déboutonné de la jeune femme barrant sa poitrine à demi nue. Puis l'innocente inconnue, grasse et narcissique, jaugée par des intrus dans sa propre chambre et, un peu plus tard, la peur d'être surpris, piégés là comme des voleurs.

À présent, Grey parcourait son appartement d'un pas titubant, plongé dans son habituelle stupeur matinale ; ses réminiscences de la soirée précédente présentaient la qualité particulière des rêves dont on se souvient mal, à croire que la réalité avait été réagencée symboliquement pendant la nuit, codée puis expédiée dans l'inconscient. Il se rappela soudain un incident qui remontait à quelques années : une nuit, il avait perdu en rêve un de ses amis. Le lendemain, il avait éprouvé presque toute la journée une certaine tristesse, une vague impression de deuil, mais en milieu d'après-midi il avait enfin réalisé qu'il s'agissait d'un simple songe et que son ami vivait toujours. L'intrusion perpétrée en invisible avec Sue lui laissait le même genre de sensation, quoique pour des raisons inverses : avant qu'elle ne s'impose de nouveau à son esprit, il se l'était rappelée à la manière d'un rêve qui aurait subtilement affecté son humeur, puis il avait réalisé que la chose s'était bel et bien produite.

Ces histoires d'invisibilité baignaient dans les problèmes de mémoire.

À en croire Sue, l'invisibilité potentielle de Grey avait pesé sur ses semaines perdues. À ce moment-là, il savait à un niveau subliminal qu'elle possédait le glamour, mais il avait oublié ce genre de choses à la suite de l'attentat. L'invisibilité était un état passé dont il ne gardait aucun souvenir : d'après Sue, il ne savait plus l'évoquer, et elle avait presque perdu le don, elle aussi. Quant à Niall, l'invisible suprême, définitif, il ne se trouvait plus nulle part aux alentours.

Et l'aventure de la veille au soir, la preuve soi-disant irréfutable… Grey avait failli l'oublier.

L'amnésie était-elle liée de manière inhérente à l'invisibilité ? Alexandra lui avait dit qu'il était devenu invisible, à ses yeux à elle et à ceux du docteur Hurdis, mais durant une transe hypnotique dont il ne conservait pas le souvenir. Ses semaines perdues, invisibles à ses yeux à lui, il les avait remplacées par de faux souvenirs de son invention. Son attitude n'était-elle pas exactement la même que celle des gens ordinaires cherchant à s'accommoder de la présence des invisibles ? Les parents de Sue avaient élevé une enfant qu'ils ne voyaient pratiquement pas, mais expliquaient le mystère en parlant d'une fille difficile, qui s'était éloignée d'eux avec le temps. Niall l'invisible avait égoïstement semé le désordre durant le séjour de Sue chez eux, pour se voir ensuite accorder le bénéfice du doute et considérer comme un charmant jeune homme. Les fans de foot, confrontés à une femelle concupiscente plantée devant leur télé, se penchaient juste de côté afin de continuer à suivre le match. La maîtresse de maison semblait persuadée que l'eau s'était mise à couler d'elle-même puis, plus tard, ne voyait pas les deux inconnus occupés à forniquer sur son lit.

Ça ressemblait de plus en plus à l'affabulation qu'il avait traversée en essayant de retrouver ses semaines perdues.

D'après Sue, ce qui *rendait* les gens invisibles, c'était le fait que personne ne les remarquait. S'agissait-il d'amnésie spontanée à grande échelle ?

Après déjeuner, Grey partit se promener, car il était toujours aussi important pour lui de faire travailler sa hanche. Il se rendit en voiture au West Heath, près de Hampstead, puis se balada deux heures à pied parmi les chênes, les hêtres et les charmes du ravissant petit parc. En regagnant sa Nissan, il tomba sur une équipe de tournage de la BBC qui filmait une scène d'extérieur. Comme il connaissait le cameraman, il alla le saluer, puis ils discutèrent quelques instants entre deux prises de vues. Grey, qui cherchait activement du travail, ne voyait aucun inconvénient à le faire savoir. Son collègue et lui décidèrent de se retrouver pour boire un verre quelques jours plus tard.

En voyant l'équipe à l'œuvre, il regretta de ne pas en faire partie. Elle se consacrait à un épisode de série policière et plus particulièrement, ce jour-là, à une scène durant laquelle deux hommes poursuivaient à travers bois une jeune femme terrifiée.

L'actrice ne portait alors qu'une robe jaune translucide. Entre les prises, elle tenait compagnie à son petit ami en frissonnant sous son manteau, en se plaignant du froid et en enchaînant les cigarettes. Son personnage apeuré et vulnérable semblait totalement différent de la femme qu'elle était hors caméra.

Lorsque Grey repartit, il évoqua l'unique incident de la veille à avoir modifié fondamentalement son point de vue. quand Sue se croyait invisible, l'excitation s'emparait d'elle, la poussant à une concupiscence vorace. Il avait assisté au changement, pour la bonne raison qu'il se trouvait là, il l'avait vécu, lui aussi, et il y avait réagi. Pourtant, c'était une découverte inattendue. Il trouvait Sue attirante à cause de ce qu'il considérait comme sa timidité, sa pudeur — elle n'aimait pas qu'on la regarde —, sa discrétion physique, ses manières apaisantes, son apparence neutre et sa réserve quand elle s'exprimait. Elle faisait parfois l'amour tendrement, non sans hésitation, attentive à ses besoins à lui, mais parfois aussi sauvagement, sans la moindre inhibition. Il en avait déduit que cette facette-là faisait partie de celles qu'il mettait en valeur chez elle. Connaître quelqu'un sexuellement se traduisait souvent par des découvertes surprenantes. Jamais, cependant, la jeune femme ne s'était montrée d'une concupiscence aussi agressive avant la veille au soir. Ça ne le dégoûtait pas, mais il lui semblait qu'il avait eu d'elle jusque-là une perception faussée.

L'actrice qu'il venait de voir ne ressemblait pas

dans la vie réelle au personnage qu'elle incarnait. Sue, persuadée l'être invisible, passait de son rôle habituel à un autre, bien différent. Elle était deux femmes : celle qu'il voyait le plus souvent, et celle qu'il avait découverte la veille. Dans son invisibilité, sa dissimulation au monde, elle se révélait.

Grey avait l'impression que ses autres doutes se condensaient autour de cette révélation. Si elle s'était produite plus tôt, peut-être rien n'en aurait-il été changé, mais à un stade aussi tardif de la liaison, il se sentait incapable de gérer pareil revirement.

Sue lui avait toujours posé problème, et elle ne faisait pas mine de changer. Lorsqu'il regagna sa voiture, il était décidé à cesser de la voir. Ils devaient se retrouver le soir même, mais il allait lui téléphoner aussitôt rentré pour annuler le rendez-vous. Sur le chemin du retour, il réfléchit à ce qu'il allait lui dire. Et, en arrivant, il la trouva assise devant la maison, sur les marches du petit porche.

Malgré la résolution prise quelques minutes plus tôt, une partie de lui se réjouissait toujours de la présence de la jeune femme. Elle l'embrassa chaleureusement avant d'entrer, mais il se sentait rétif. Ce fut à contrecœur qu'il ouvrit la marche dans l'escalier, en se demandant comment aborder le sujet en tête à tête. Ç'aurait été plus facile, plus lâche par téléphone. Sa fermeté s'évanouissait. Comme il avait envie d'un verre, il prit une bière dans le réfrigérateur, mais il prépara aussi du thé pour la visiteuse. Pendant que l'eau chauffait, il vida en partie sa canette ; Sue allait et venait nerveusement dans le séjour, il l'entendait.

Quand il lui apporta le thé, elle se tenait à la fenêtre, le regard plongé dans la rue.

« Tu n'es pas content de me voir, hein ? demanda-t-elle.

— J'allais t'appeler. J'ai réfléchi...

— J'ai découvert quelque chose d'important.

— Je préfère éviter le sujet.

— Au sujet de Niall. »

Il en était sûr depuis qu'elle avait prononcé le mot « important ». En posant la tasse de thé près du fauteuil libre, il remarqua qu'elle avait abandonné sur le coussin une grande enveloppe en papier bulle pleine de papiers. Dans la rue, quelqu'un essayait de démarrer une voiture ; le starter poussait des gémissements obsédants, pendant que la batterie se déchargeait. Ce genre de bruit évoquait toujours pour Grey une bête de somme malade, fouettée sans répit par un maître impitoyable.

« Je ne veux absolument rien savoir de Niall », déclara-t-il.

Il se sentait détaché de Sue, et la distance qui les séparait ne faisait que croître.

« Je suis venue te dire qu'il m'a quittée pour de bon.

— Ce n'est pas ce que tu disais hier. Quoi qu'il en soit, ce n'est plus Niall le problème.

— C'est quoi, alors ?

— Tout ce qui s'est passé la nuit dernière, tout ce que tu m'as dit jusqu'à maintenant. Là, ça y est, j'en ai assez, je ne veux plus de ce genre de choses.

— Richard, je suis venue ~ dire que rien ne peut plus nous séparer. C'es fini. Niall est parti, j'ai perdu le glamour. Qu'est-ce que tu veux de plus ? »

Elle le regardait depuis l'autre côté de la pièce, désemparée. Il se rappela soudain ce qu'il ressentait, amoureux d'elle. Si seulement il avait été possible de le redevenir. Dans la rue, le gémissement irritant qui accompagnait les vaines tentatives de démarrage s'interrompit. Grey rejoignit Sue pour jeter un coup d'œil dehors. Le bruit d'un moteur qui se réveillait le distrayait toujours, parce qu'il ne parvenait pas à chasser l'idée que quelqu'un cherchait peut-être à lui voler sa voiture. Toutefois, la rue était déserte, et sa Nissan garée où il l'avait laissée.

Sue lui prit la main.

« Qu'est-ce que tu regardes ?

— La voiture qui n'a pas démarré. Où est-elle ?

— Tu ne m'as pas écoutée ?

— Si, bien sûr. »

Elle le lâcha pour aller s'asseoir, la grande enveloppe sur les genoux. Après avoir parcouru la rue des yeux une dernière fois, Grey gagna son fauteuil, lui aussi. Deux êtres humains qui devenaient rapidement des étrangers l'un pour l'autre se faisaient face dans le salon.

« On a commis une erreur la nuit dernière, je le sais aussi bien que toi, déclara Sue. Ça ne se reproduira pas. Ça ne *peut* pas se reproduire. Il faut que je t'explique. Écoute-moi, s'il te plaît. » Il ne faisait aucun effort pour masquer son impatience. « Tant que je m'imaginais que Niall traînait dans les parages, je me sentais capable de me rendre invisible. Seulement hier soir, je n'aurais pas dû. Il y a eu un problème. Je croyais que je cherchais à te prouver l'invisibilité, mais en fait je cherchais à me prouver, à moi, que Niall n'avait plus d'influence sur moi. Maintenant, j'en suis sûre. »

Elle leva l'enveloppe pour bien la montrer.

« Qu'est-ce que c'est ? s'enquit Richard.

— Il m'a donné ça la dernière fois que je l'ai vu. » Sue inspira, le regard rivé sur son interlocuteur. « Quand il est venu m'apporter le journal où figurait le nom des victimes de l'attentat. Quelques jours après. Tu étais toujours aux soins intensifs, à l'hôpital de Charing Cross. On ne t'a transporté dans le Devon que bien plus tard. Niall m'a remis cette enveloppe en même temps que le *Times*. Je ne savais pas ce que c'était, et je m'en fichais royalement. Je ne l'ai jamais ouverte. C'était à lui, et à ce moment-là je me sentais coupée de tout ce qu'il représentait. Un peu comme s'il avait été responsable de l'attentat. *A posteriori*, on aurait dit que les événements qui s'étaient produits juste avant menaient droit à l'explosion. Mais ce matin, j'ai réfléchi à ce qu'on avait fait hier soir, aux raisons pour lesquelles ça s'était mal passé, et j'ai compris que Niall était derrière le problème, d'une manière ou d'une autre. Il me semblait que cette partie-là de ma vie, l'invisibilité, n'avait aucun sens sans lui. Et puis je me suis rappelé qu'il m'avait donné l'enveloppe, alors j'ai fouillé dans mes affaires pour remettre la main dessus. Il faut que tu voies ce que c'est.

— Niall ne m'intéresse pas, Sue.

— Jettes-y au moins un coup d'œil, s'il te plaît. »

Grey prit l'enveloppe, dont il tira le contenu d'un geste irrité. Une liasse de feuilles manuscrites au sommet dentelé à l'endroit où elles avaient été arrachées à un bloc-notes, format A4, tel qu'on en trouvait dans n'importe quelle papeterie. La première portait un court message, rédigé de la même main que le reste.

Susan, Lis et essaie de comprendre. Adieu, N.

Quoique bien formée et régulière, l'écriture avait un côté distrayant, avec ses boucles et ses courbes extravagantes. Les points des « i » et de la ponctuation étaient constitués de cercles minuscules. L'ensemble avait été rédigé à l'aide d'encres de couleurs variées et de différents stylos, mais pour l'essentiel en bleu turquoise. Même aux yeux de Grey, qui n'y connaissait rien en graphologie, tout cela trahissait l'affectation et une malencontreuse envie de se donner des airs.

« Qu'est-ce que c'est ? Un texte de Niall ?

— Oui. Tu devrais le lire.

— Pendant que tu restes assise là ?

— Je suppose. Feuillette-le au moins le temps de comprendre de quoi il s'agit. »

Il écarta le message pour parcourir les premières lignes de la page suivante :

La demeure dominait la mer. Après sa conversion en maison de repos, on y avait ajouté deux ailes du même style que l'original, puis on avait réaménagé les jardins pour éviter les pentes raides aux patients amateurs de promenades.

«Je ne comprends pas, lança Grey. De quoi ça parle ?

— Regarde plus loin.»

Il posa plusieurs pages de côté pour lire un passage au hasard :

> *Toutefois, elle rejeta ses cheveux en arrière d'un léger mouvement de tête et le considéra franchement. Il la contempla en s'efforçant de se la rappeler, de la voir comme il l'avait peut-être vue auparavant, mais au bout d'un moment elle baissa de nouveau les yeux. « Ne me regardez pas. »*

«C'est une description de toi, il me semble, remarqua-t-il, déconcerté.

— Oui, il y en a tout un tas. Continue.»

Il se mit à tourner les feuilles, piochant des phrases au hasard, étourdi par l'écriture hors du commun aux fioritures élaborées. Parcourir les pages en diagonale se révéla plus facile que lire réellement, mais il trouva ailleurs :

> *Grey se sentait bien en écoutant les instructions, décontracté et somnolent, les yeux fermés, quoique toujours conscient de son environnement. Ses sens lui semblaient même plus aiguisés qu'à l'ordinaire, puisqu'il percevait les mouvements et les bruits produits dans la pièce, mais aussi au-delà. Deux personnes passaient dans le couloir en discutant tranquillement. Le moteur de l'ascenseur ronflait.*

Quelque part dans le bureau, Alexandra Gowers
produisit un cliquetis évoquant un stylo-bille puis se
mit à écrire. Le bruit du stylo était si délicat, si délibé-
rément dirigé par la main de la jeune femme, qu'il
suffisait à Grey de l'écouter attentivement pour suivre
les fins tracés : elle venait de coucher son nom à lui
sur le papier, en majuscules, avant de le souligner.
Elle notait la date à côté. Pourquoi avait-elle dessiné
un tiret à travers la tige du « 7 »… ?

Sans un mot de plus, il feuilleta rapidement le
reste du manuscrit. Il savait de quoi il était question.
Le texte lui était compréhensible sans qu'il ait vraiment besoin de le lire, parce que le moindre mot lui
était intimement familier. Il s'agissait de son vécu,
de ses souvenirs.

La journée se traîna, le crépuscule arriva, et comme
le retard de Sue devenait évident, les espoirs de Grey
se muèrent en appréhension. Tard dans la soirée,
bien plus tard qu'il ne le pensait, elle appela d'un
téléphone public. Son train était enfin arrivé à la gare
de Totnes, d'où elle allait prendre un taxi. Une demi-
heure après, elle était là.

« Tu comprends ce que ça veut dire ? » demanda
Sue à Grey, quand elle constata qu'il était arrivé à
la fin.

« Je comprends ce que ça raconte. Qu'est-ce que
c'est ?

— La manière dont Niall gère l'inévitable. Il
savait que je le quitterais pour toi. C'est l'histoire
qu'il a écrite sur le sujet.

— Mais pourquoi te l'a-t-il donnée ? Ça raconte ce qui s'est passé ! Comment a-t-il bien pu l'*écrire*, nom de Dieu ?

— Ce n'est jamais qu'une histoire. »

Il roula lentement la liasse dans sa main, la transformant en une courte matraque.

« Mais comment a-t-il *su* ? Quand t'a-t-il donné l'enveloppe ? Peu après l'attentat, d'après toi, mais ce n'est pas possible. Ces choses-là ne se sont produites que bien plus tard !

— Je ne comprends pas non plus, admit Sue.

— Il n'a pas inventé ça ! Il n'a pas pu ! Il était là — tout le temps que j'ai passé à l'hôpital, il était là aussi ! Voilà ce que signifie cette histoire. Tu ne le vois donc pas ?

— Ce manuscrit est chez moi depuis des semaines, Richard. »

Il s'anima brusquement dans son fauteuil, promenant autour de lui un regard furieux.

« Tu crois qu'il me suit ? Qu'il est *là* ?

— Je te l'ai déjà dit. Il est où il veut. Ici ou là, peu importe.

— Il est là, Sue ! Avec nous ! »

Grey se leva, titubant à cause de sa hanche affaiblie, fit de côté un pas maladroit et battit l'air du rouleau qu'il tenait à la main. La canette de bière posée à ses pieds bascula puis déversa par à-coups le liquide mousseux sur la moquette. Il pivota brusquement, tâtonnant autour de lui de sa main libre, poussant et frappant de sa matraque en papier, s'approcha maladroitement de la porte, l'ouvrit pour jeter un coup d'œil dans l'escalier puis la

claqua. Il essayait de me toucher à l'aveuglette ;
l'air tourbillonnait autour de nous.

Je reculai afin de garder mes distances, peu désireux de récolter un coup de gourdin, fût-il de ma
fabrication.

« Du calme, Grey ! m'écriai-je — mais, bien sûr,
tu ne m'entendis pas.

— Mon Dieu, Richard, je t'en prie ! C'est ridicule ! » lança Susan, derrière moi.

Aucun de nous ne lui prêta la moindre attention,
puisque le conflit ne concernait que nous. Tu te
tenais juste devant moi, tout ton poids reposant sur
ta jambe valide, le poing levé, des yeux désespérés
rivés à mon visage, du moins le semblait-il. Je me
détournai de ton regard déconcertant de cameraman, même si, sans caméra, jamais tu ne me verrais.

Les choses sont allées trop loin. Il faut en finir.

Ne bouge plus, Grey ! Il n'arrivera plus rien. Tu
as de la force. Tu contrains ton bras à remuer, à
peine, comme sur les images d'un film passant une
à une par le couloir de projection. Stop !

Voilà, c'est mieux. Toi non plus, Susan : ne bouge
plus !

Pause.

Mes mains tremblent. Tu te rends compte de
l'effet que tu me fais, Grey ? J'ai si facilement peur
de toi. Chacun de nous constitue une menace pour
l'autre, toi par ton insensibilité brouillonne aux
souffrances d'autrui, moi par ma liberté de t'orches-
trer. Mais j'ai repris le contrôle de la situation, ne
serait-ce qu'un instant, alors reste où tu es.

Bon. Maintenant, je vais te dire ce que tu ne veux surtout pas entendre.

Je suis ton adversaire invisible, et je suis là, près de toi. Tu ne me vois pas, parce que tu ne sais ni où ni comment regarder. Je t'ai accompagné partout. À l'hôpital, notamment quand Susan est venue te voir ; j'ai vu ce que vous mijotiez, j'ai écouté ce que vous racontiez. Dans le sud de la France, je t'ai donné tes répliques. Au pays de Galles, je lui ai donné les siennes. À Londres, vos répliques sont miennes. Jamais tu n'as échappé à ma présence. À mes yeux ni à mes oreilles. Je sais tout ce que tu as fait et pensé. Tes secrets ne t'appartiennent pas ; rien ne t'appartient.

J'ai dit que je m'occuperais de toi, et c'est exactement ce que j'ai fait.

Je suis tout ce que tu as toujours redouté. Invisible à tes yeux, certes, mais ni au sens où l'entendait Susan ni à la manière dont tu le crois.

Regarde la pièce où nous voilà réunis tous les trois. Ton salon, dans l'appartement que tu considères comme tien. Nous sommes tous là à nous affronter, et pourtant nous n'arrivons pas plus que d'habitude à nous voir, à avoir conscience les uns des autres.

Je connais bien les lieux, quoique je n'y sois jamais venu en réalité. Je les *vois*. Je m'y déplace, foulant le sol ou dérivant en l'air, j'englobe la pièce du regard ou l'examine dans le moindre détail. Les murs blancs que Susan n'aime pas, couverts de la peinture bon marché dont se sont contentés les entrepreneurs qui ont transformé la maison en appartements. La moquette un peu usée, les meubles de meilleure qualité qui ont appartenu à tes parents, dont tu as hérité puis que tu as laissés quelques années au garde-meubles avant de trouver un foyer. La télé, dans un coin, l'écran couvert d'une poussière pâle, avec juste au-dessous le magnétoscope, réglé sur BBC 2, d'où dépasse une cassette à moitié utilisée. La pendule digitale affiche un *00:00:00* clignotant, car tu ne t'es jamais donné la peine de la mettre à l'heure. Les étagères fixées à un des murs s'affaissent en leur centre : la personne qui les a posées — toi ou quelqu'un d'autre — n'a visiblement pas mesuré la distance séparant les équerres. Quand je longe ta bibliothèque pour me faire une idée des livres que tu aimes, tu te révèles un lecteur sans intérêt, je dirais même un philistin. Manuels techniques sur les caméras et les projecteurs, ouvrages de théorie photo, guides touristiques et cartes routières, pile de magazines de charme — sans doute leur consacrais-tu tes longues soirées, avant de faire la connaissance de Susan —, quelques romans, des best-sellers en poche, le genre de choses qu'on trouve dans les aéroports. Nous n'aurions pas grand-chose à nous dire, toi et moi, si jamais nous nous rencontrions. Tu es pragmatique, dépourvu d'imagination, tu veux des preuves, toujours. Il faut que tu touches, que tu regardes à deux fois.

L'appui de la fenêtre est taché aux endroits où tu avais posé des plantes vertes : le soleil a jauni la peinture, sauf dans cinq cercles bien blancs par-

semés de grains de terreau séché. Il règne une
vague odeur de poussière, mais aussi d'humidité,
et encore de chemises sales. Quoique silencieux,
ton salon évoque les préoccupations masculines, la
fugacité, l'éphémère. Tu t'absentes souvent et,
quand tu rentres, tu ne te sens ni à l'aise ni vraiment chez toi.

Je connais cette pièce comme je te connais, toi. Je
l'ai occupée mentalement depuis le jour où j'ai fait
ta connaissance. Elle est réelle à mes yeux, dans la
mesure où elle est telle que je l'ai visualisée, imagi-
née quand j'ai su où tu vivais. Je connais de même
le reste de l'appartement : l'intérêt que je te porte
s'étend au moindre détail te concernant.

Assise dans le fauteuil près de la fenêtre, les
yeux écarquillés, Susan ne perd rien de tes tentatives. La bandoulière de son sac de toile, posé par
terre, lui serpente légèrement sur le pied. L'enveloppe ouverte qui contenait mon histoire gît devant
elle sur la moquette. Une tache sombre humide
marque les fibres en profondeur près de la canette
de bière renversée. Tu te tiens à quelques mètres
de là, figé dans ta quête féroce, exactement tel que
tu te trouvais quand j'ai décidé une pause.

Qu'espères-tu obtenir en me cherchant avec
cette agressivité ? Que ferais-tu, si tu me trouvais ?
Ton but est-il d'apporter à nos relations une conclusion violente ? Je ne dois plus représenter grand-
chose pour toi, puisque je te laisse tranquille depuis
des semaines ? Tu as décidé de mettre fin à ta liaison avec Susan sans que j'intervienne en rien. Ça
m'arrange, et toi aussi, disons-le. Dès que tu en

auras terminé avec elle, j'en aurai terminé avec toi. Alors comment se fait-il que je représente encore quelque chose pour toi ?

Susan t'a montré ce que j'avais écrit à ton sujet, et ça, visiblement, ça représente beaucoup !

Le problème, Grey, c'est que le manuscrit roulé dans ta main invalide ta personne. Tes souvenirs de la clinique ne sont plus que des faux, puisque j'ai tout écrit pour toi et sur toi. Or la clinique sert de base à ce qui a suivi ; ce qui a suivi est donc également nul.

Ces souvenirs-là, tu les estimais fiables, parce que convaincants ; je peux te dire qu'il n'en est rien.

Me crois-tu ? As-tu vraiment bonne mémoire ? Peux-tu te fier à ce dont tu te souviens, ou uniquement à ce qu'on te raconte ?

Nous sommes tous des fictions : toi, Susan — et moi aussi, dans une moindre mesure. Je t'ai utilisé comme porte-parole. Je t'ai fait. Tu ne crois pas en moi, Grey, mais je crois encore moins en toi.

Pourquoi résister à cette idée ? Nous fabriquons tous des fictions. Aucun de nous n'est ce qu'il paraît. Chaque rencontre nous sert de prétexte pour projeter si possible une image de nous qui plaira à notre interlocuteur ou qui l'influencera, d'une manière ou d'une autre. Chaque nouvel amour nous rend aveugles à ce que nous ne voulons pas voir. Nous portons des vêtements particuliers, conduisons des voitures particulières, vivons dans des quartiers particuliers, tout cela afin de projeter une image particulière. Nous ne parcourons pas nos souvenirs dans l'espoir de comprendre notre passé, mais de l'ajuster à notre compréhension présente de nous-mêmes.

Le besoin de nous réécrire en fictions soi-disant réelles est là, en chacun de nous. Dans le glamour de nos désirs, nous cherchons à dissimuler notre véritable nature.

Je n'ai fait ni plus ni moins.

Tu n'es pas toi, mais l'homme que j'ai fait de toi. Susan n'est pas Sue. Je ne suis pas Niall, mais Niall est une version de moi. Là non plus, je n'ai pas de nom. Je suis moi, voilà tout.

Ainsi se termine l'histoire. Je doute que cette fin te convienne. La vie n'est pas ordonnée. Tout n'est pas bien qui finit bien. Il n'y a pas d'explication.

Que te reste-t-il de Susan ?

Rien. Elle va repartir avec moi.

Je pourrais t'abandonner là, bloqué à jamais dans cet instant insatisfaisant, fiction délaissée, sans conclusion.

Mais ce serait injuste, si grande que soit la tentation. Ta vie réelle continue, il te suffit de la reprendre. Les choses seront sans doute beaucoup plus carrées, tu finiras de guérir, tout s'arrangera — je doute que tu saches jamais pourquoi. Tu oublieras grâce à une hallucination négative. Ce ne sera pas la première fois car, pour toi, oublier n'est qu'une manière de ne pas voir.

Cette année-là, l'été fut de nouveau caniculaire. Fin juin, on proposa à Richard Grey du travail à temps complet : son collègue de la BBC le mit en contact avec la personne qui s'occupait des dramatiques télé, laquelle lui offrit après entretien un contrat en indépendant prenant effet la première semaine de septembre.

La perspective d'un long été à occuper le fit retomber dans son agitation habituelle. Il dénicha un petit boulot de cameraman indépendant à Malte, mais se retrouva peu de temps après plus désœuvré que jamais. Le ministère des Affaires étrangères lui versa enfin une compensation financière pour ses blessures : une somme moins importante qu'il ne le pensait, quoique largement suffisante pour couvrir ses besoins immédiats. Il n'avait plus mal, son corps fonctionnait normalement, mais il acheta une nouvelle voiture à embrayage automatique. La vieille avait en effet quelques problèmes, à commencer par la batterie, qui se déchargeait. Lorsque Alexandra revint d'Exeter compléter ses notes de recherche, il attendit une semaine ou deux puis lui proposa des vacances communes.

Ils emmenèrent la nouvelle voiture en France, où ils voyagèrent lentement de place en place, au gré de leurs envies, mais aussi pour satisfaire une certaine curiosité rétrospective. Paris, Lyon, Grenoble, puis la Riviera, plus au sud. Les foules de la haute saison n'étaient pas encore au grand complet. Grey adorait la compagnie d'Alexandra, malgré leur différence d'âge. Tandis qu'ils s'éprenaient l'un de l'autre, une succession de paysages exotiques formait contrepoint à leur romance. Jamais ils ne parlaient du passé, de la manière dont ils avaient fait connaissance ni d'autre chose que du monde réduit de leurs vacances et de leur liaison. Ils restèrent un bon moment sur la côte méditerranéenne à bronzer au soleil, à se baigner, à jouer les touristes, à visiter. Saint-Tropez ne les retint que peu de temps, mais Grey y découvrit un petit magasin qui vendait des reproductions de cartes postales anciennes. L'une d'elles lui plut particulièrement : une photo du port, à l'époque où on n'y trouvait encore que des pêcheurs. Il en acheta un exemplaire pour l'envoyer à Sue. *Dommage que tu ne sois pas là*, écrivit-il d'une écriture volontairement élaborée, avant de signer d'un X.

DU MÊME AUTEUR

Aux Éditions Gallimard

LA MACHINE À EXPLORER L'ESPACE (Folio Science-Fiction n° 69)
LE MONDE INVERTI (Folio Science-Fiction n° 91)
LA FONTAINE PÉTRIFIANTE (Folio Science-Fiction n° 128)

Aux Éditions Denoël

Dans la collection « Lunes d'encre »

LE GLAMOUR (Folio Science-Fiction n° 417)
LA SÉPARATION (Folio Science-Fiction n° 310)
L'ARCHIPEL DU RÊVE (Folio Science-Fiction n° 392)
LE PRESTIGE (Folio Science-Fiction n° 260)
LES EXTRÊMES (Folio Science-Fiction n° 187)
EXISTENZ

Dans la collection « Présence du Futur »

UNE FEMME SANS HISTOIRES (Folio Science-Fiction n° 277)

Chez d'autres éditeurs

LE RAT BLANC
FUTUR INTÉRIEUR (Folio Science-Fiction n° 226)

Composition IGS.
Impression CPI Firmin-Didot
à Mesnil-sur-l'Estrée, le 3 janvier 2012
Dépôt légal : février 2012.
Numéro d'imprimeur : 109173.

ISBN 978-2-07-044568-4/Imprimé en France.